El Ángel

Sandrone Dazieri

El Ángel

Traducción del italiano de Xavier González Rovira

El papel utilizado para la impresión de este libro ha sido fabricado a partir de madera procedente de bosques y plantaciones gestionadas con los más altos estándares ambientales, garantizando una explotación de los recursos sostenible con el medio ambiente y beneficiosa para las personas. Por este motivo, Greenpeace acredita que este libro cumple los requisitos ambientales y sociales necesarios para ser considerado un libro «amigo de los bosques». El proyecto «Libros amigos de los bosques» promueve la conservación y el uso sostenible de los bosques, en especial de los Bosques Primarios, los últimos bosques vírgenes del planeta.

Papel certificado por el Forest Stewardship Council®

Título original: *L'Angelo*
Primera edición en castellano: abril de 2017

Printed in Spain – Impreso en España

ISBN: 978-84-204-2628-0
Depósito legal: B-2297-2017

Maquetación: MT Color & Diseño, S. L.

Impreso en Unigraf, Móstoles (Madrid)

AL 2 6 2 8 0

Penguin
Random House
Grupo Editorial

A mi madre

I am an antichrist
I am an anarchist
Don't know what I want
But I know how to get it
I wanna destroy passerby

Sex Pistols

Primera parte

I. Midnight Special

Antes

Los dos prisioneros que quedan en la celda hablan en voz baja El primero trabajaba en una fábrica de zapatos. Mató a un hombre mientras estaba borracho. El segundo era un policía que denunció a un superior. Se durmieron en la cárcel y se despertaron en la Caja.

El fabricante de zapatos duerme la mayor parte del día, el policía no duerme casi nunca. Cuando ambos están despiertos hablan para mantener a raya las voces. Cada vez son más fuertes, ahora ya gritan todo el tiempo. A veces también hay colores, tan brillantes que los ciegan. Es el efecto de los medicamentos que deben tomar todos los días, es el efecto del casco que les ponen en las cabezas y que hace que se retuerzan igual que gusanos en una sartén ardiendo.

El padre del fabricante de zapatos estuvo en una prisión de su ciudad en la época de la guerra. En los sótanos había una habitación en la que a uno le hacían estar de pie, en equilibrio sobre una tabla, y si se movía, acababa cayendo en el agua gélida. Otra era tan pequeña que los presos solo podían estar acuclillados. Nadie sabe cuántas personas fueron torturadas en los sótanos de aquella casa, nadie sabe cuántas personas fueron asesinadas. Miles, dicen.

Pero la Caja es peor. Si uno tenía suerte, desde aquel antiguo edificio podía volver a casa. Herido, violado, pero vivo, como el padre del fabricante de zapatos.

En la Caja uno solo puede esperar la muerte.

La Caja no es un edificio, no es una cárcel. Es un cubo de hormigón sin ventanas. La luz del día se filtra a través de las rejillas del patio que está sobre sus cabezas, un patio que quienes son como ellos pueden ver solo una vez, la última. Porque cuando te sacan al aire libre significa que para entonces ya estás demasiado enfermo. Porque atacaste a un guardia, o mataste a un compañero de celda. Porque te has mutilado, o has empezado a comer tus excrementos. Porque ya no reaccionas a los tratamientos y te has vuelto inútil.

El policía y el fabricante de zapatos todavía no han llegado a ese punto, aunque saben que les falta poco. Los han machacado, han implorado y rogado, pero no se han extraviado, no del todo. Y cuando la Chica llegó, trataron de protegerla.

La Chica debe de tener trece años, tal vez menos. Desde que fue trasladada a la celda con ellos no ha dicho ni una palabra. Solo los ha mirado con sus ojos de color cobalto, que con la cabeza rapada parecen enormes.

No interactúa, permanece distante. El policía y el fabricante de zapatos no saben nada de ella, salvo las hipótesis que han atravesado los pasillos de la Caja. Ya puedes encerrar a unos prisioneros en el lugar más impenetrable y cruel, separarlos, esposarlos, arrancarles la lengua: todavía encontrarán la manera de comunicarse. Golpeando en las paredes con el código morse, susurrando en las duchas, enviando notas en la comida o en el cubo de los excrementos.

Algunos dicen que entró en la Caja con toda su familia y es la única superviviente. Algunos, que es una gitana que siempre ha vivido en la calle. Sea cual sea la verdad, la Chica no la revela. Permanece en su rincón, prestando atención a sus movimientos, desconfiada. Hace sus necesidades en el cubo, coge la comida y el agua que le corresponden, sin hablar nunca.

Nadie conoce su nombre.

Han sacado a la Chica tres veces de la celda. Las dos primeras volvió con sangre en la boca y la ropa hecha jirones. Los dos hombres, que creían que ya no tenían nada en su interior, lloraron por ella. La lavaron, la obligaron a comer.

La tercera vez el policía y el fabricante de zapatos se han dado cuenta de que será la última. Cuando los guardias vienen para llevarte al patio, cambia el sonido de sus pasos, cambian sus formas. Se vuelven más amables, más tranquilos, para que no te pongas nervioso. Te hacen recoger tu manta, tu plato de estaño, que apestan a desinfectante y que se asignarán al próximo prisionero, y te llevan arriba.

Al abrirse la puerta, han tratado de levantarse para protegerla, y la Chica por primera vez ha parecido consciente de esos dos hombres que han compartido con ella la celda durante casi un mes. Ha negado con la cabeza, luego ha seguido a los guardias con pasos lentos.

El fabricante de zapatos y el policía han esperado el ruido del camión, el que se lleva los cuerpos desde el patio después de la cuchilla, porque es una cuchilla de carnicero lo que te da la bendición para el último viaje. Un breve trayecto, apenas fuera de los muros, donde hay un campo rodeado por la nieve y por la nada. Fue otro preso el que lo contó, porque estaba en el equipo que entierra los cuerpos. Dijo que hay por lo menos un centenar bajo tierra, y que ya no tienen ni cara ni manos: la Caja no quiere que sean reconocidos, en caso de que los encuentren. Luego el prisionero que enterraba a los muertos se perforó los oídos con un clavo para tratar de acallar las voces. Ahora él también ha hecho el último viaje.

Han pasado veinte minutos, pero el policía y el fabricante de zapatos aún no han oído el viejo motor diésel ponerse en marcha traqueteando. Bajo las voces de sus cabezas, bajo los gritos de las celdas vecinas solo hay silencio.

Luego la puerta de la celda se abre de golpe. No es un guardia, no es uno de los médicos que los visitan regularmente.

Es la Chica.

Lleva el pijama repleto de sangre e incluso una salpicadura le ha llegado a la frente. No parece importarle. Lleva en la mano el gran manojo de llaves que pertenecía al guardia que la ha escoltado al exterior. Las llaves también están manchadas de sangre.

—Es hora de marcharse —dice.

En ese momento el sonido de la sirena rasga el aire.

1.

La muerte llegó a Roma a las doce menos diez minutos de la noche con un tren de alta velocidad procedente de Milán. Entró en la estación de Termini, se detuvo en la vía número 7 y descargó en el andén a una cincuentena de pasajeros con pocas maletas y rostros cansados, que se repartieron entre el último viaje del metro y la fila de los taxis, luego se apagaron las luces de a bordo. Del coche de lujo extrañamente no salió nadie —las puertas neumáticas habían permanecido cerradas— y un somnoliento jefe de tren las desbloqueó desde el exterior y subió para comprobar si alguien se había quedado dormido.

Fue una mala idea.

Su desaparición la detectó al cabo de unos veinte minutos un agente de la Policía Ferroviaria que esperaba al jefe de tren para tomar una cervecita en el bar de los marroquíes antes de acabar el turno. No eran amigos, pero a fuerza de encontrarse entre las vías habían descubierto que tenían cosas en común, como la pasión por el mismo equipo de fútbol y las mujeres con un trasero generoso. Se subió al coche y descubrió a su compañero de copas acurrucado en el pasillo de intercirculación, con los ojos abiertos como platos y las manos en la garganta, como si quisiera estrangularse a sí mismo.

De su boca había salido un chorro de sangre que había dejado un charco en la alfombrilla antideslizante. El agente pensó que era el muerto más muerto que había visto en su vida, pero aun así le tocó el cuello en busca de un latido que sabía que no iba a encontrar. *Probablemente un infarto,* pensó. Podría haber continuado el examen del convoy, pero existían reglas que debían respetarse y molestias que evitar. De manera que se bajó de inmediato y llamó al Centro de Operaciones para que enviaran a alguien de la Policía Judicial y avisaran al juez de guardia. No vio por tanto el resto del coche ni lo que contenía. Le habría bastado con extender la mano y deslizar la puerta de cristal esmerilado para cambiar su destino y el de los que vinieron después de él, pero ni siquiera se le pasó por la cabeza.

Así que la inspección ocular le tocó a un subcomisario de la sección tercera de la Brigada Móvil —a la que todo el mundo, excepto los policías, llamaba Homicidios—. Se trataba de una mujer que se había reincorporado al servicio después de una larga convalecencia y de una serie de contratiempos que habían sido objeto de debate durante meses en todos los *talk shows*. Se llamaba Colomba Caselli y, más adelante, alguien consideró que su llegada había sido un golpe de suerte.

Ella no.

2.

Colomba llegó a la estación de Termini a la una menos cuarto con un coche de servicio. El conductor era el agente de primera Massimo Alberti, de veintisiete años y con una de esas caras que parecen de crío incluso en la vejez, con pecas y pelo claro.

Colomba, por el contrario, tenía treinta y tres años en el cuerpo y alguno más en los ojos verdes que cambiaban de tonalidad según su estado de ánimo. Llevaba el pelo negro recogido firmemente en la nuca, lo que evidenciaba más aún sus fuertes pómulos, orientales, tomados de quién sabía qué lejano antepasado. Se bajó del coche y se dirigió hasta el andén en el que permanecía el tren llegado de Milán. Se encontraban allí cuatro agentes de la Policía Ferroviaria, dos de ellos sentados en el ridículo biplaza eléctrico que la policía utilizaba dentro de la estación, y los otros dos al lado de los topes de vía: eran jóvenes y todos ellos estaban fumando. A escasa distancia algún curioso sacaba fotografías con su móvil y un pequeño grupo de unas diez personas entre empleados de la limpieza y paramédicos discutía en voz baja.

Colomba mostró su identificación y se presentó. Uno de los agentes la había visto en los periódicos y esbozó la sonrisa idiota de costumbre. Ella fingió no darse cuenta.

—¿Qué vagón es? —preguntó.

—El primero —respondió el que tenía mayor graduación, mientras los demás se colocaban detrás de él, casi como para usarlo de escudo.

Colomba trató de mirar a través de las ventanillas oscuras, pero no distinguió nada.

—¿Quién de vosotros ha subido?

Hubo una ronda de miradas incómodas.

—Uno de nuestros compañeros, pero ha terminado su turno —dijo el de antes.

—De todas formas no ha tocado nada, solo ha mirado. Nosotros también, aunque desde el andén —dijo otro.

Colomba negó con la cabeza, irritada. Un cadáver significaba pasar la noche en blanco, a la espera de que el juez y el forense terminaran, y una infinidad de documentos e informes que habría que rellenar: no le sorprendió que el agente se hubiera pirado. Podría quejarse a sus superiores, pero a ella tampoco le gustaba perder el tiempo.

—¿Sabéis quién es? —preguntó mientras se ponía los guantes de látex y los cubrezapatos de plástico azul.

—Se llama Giovanni Morgan, formaba parte del personal del tren —dijo el de más alta graduación.

—¿Ya habéis avisado a la familia?

Otra ronda de miradas.

—Está bien, no he dicho nada —Colomba le hizo una señal a Alberti—. Trae la linterna del coche.

Este se marchó y regresó con una Maglite de metal negro, de medio metro de largo, que en caso necesario funcionaba mejor que una porra.

—¿Quiere que suba con usted?

—No, espera aquí y mantén a los curiosos a raya.

Colomba advirtió por radio a la Central de que iba a proceder a la inspección; luego, al igual que quien la había precedido, buscó el latido en el cuello del jefe de tren y, al igual que quien la había precedido, no lo encontró: la piel del muerto estaba fría y viscosa. Mientras le preguntaba a la Central si estaban yendo para allí el forense y el juez de guardia, se percató de un extraño sonido de fondo. Conteniendo la respiración, se dio cuenta de que lo formaban al menos media docena de móviles sonando todos a la vez, en una cacofonía de timbres y vibraciones. Procedía del otro lado de la puerta del compartimento de lujo, el que tenía butacas de cuero y platos precocinados firmados por un chef televisivo.

A través del cristal lechoso, Colomba vio las luces verdosas de las pantallas de los móviles que vibraban proyectando largas sombras. No era posible que todos fueran aparatos olvidados, y la única explicación que se le ocurría le parecía demasiado monstruosa para ser verdad.

Pero lo era, Colomba lo entendió cuando forzó la puerta corredera y la asaltó el hedor de la sangre y de los excrementos.

Todos los pasajeros del vagón de lujo estaban muertos.

3.

Colomba lanzó dardos de luz con la linterna en el interior del vagón, iluminando el cadáver de un pasajero de unos sesenta años con traje gris, que había acabado en el suelo con las manos entre los muslos y la cabeza echada hacia atrás. La sangre brotada de su garganta le había recubierto la cara como una máscara. *¿Pero qué coño ha pasado aquí?*, se preguntó.

Se internó lentamente, prestando atención a no pisar nada. Detrás del primer cadáver, tumbado de lado en el pasillo había un jovencito con la camisa abierta y sus ceñidos pantalones blancos empapados de excrementos. Un vaso de vidrio le había rodado hasta delante de la cara, manchándose con la sangre que le salía de la nariz.

A su izquierda había un anciano aún sentado en su sitio, empalado por el bastón de paseo, que tenía metido en la boca por el extremo de la contera; la dentadura le flotaba en el regazo, en medio de un bolo de sangre y vómito seco. Dos hombres de origen asiático, con el uniforme del personal de restauración, yacían echados uno sobre la mesita de servicio y el otro sobre las rodillas de una mujer trajeada y con zapatos de tacón alto, también muerta.

Colomba notó que se le cerraban los pulmones y tomó una profunda bocanada de aire. Ahora que se estaba habituando, notaba en esa peste un extraño regusto dulzón que no pudo reconocer. Le trajo a la mente cuando su madre, siendo ella niña, intentaba cocinar algún pastel que acostumbraba a quemarse en el horno.

Avanzó hacia el otro extremo del vagón. Un pasajero de unos cuarenta años estaba echado con la postura de Superman, el puño derecho hacia delante y el brazo izquierdo a lo largo del cuerpo. Colomba lo dejó atrás y echó un vistazo al baño: un hombre y una mujer, el primero con el mono naranja de los limpiadores, estaban desplomados en el suelo con las piernas entrelazadas. La mujer al caer había golpeado el lavabo con la nuca y el borde estaba manchado de sangre y de cabellos. En ese momento la llamaron de nuevo por la radio. «Su conductor pregunta si puede subir a bordo», graznó la Central.

—Negativo, ya me pongo en contacto con él directamente, cierro —dijo con voz casi normal, luego llamó al móvil de Alberti—. ¿Qué ocurre?

—Doctora... Hay gente que estaba esperando a los pasajeros..., dicen que tendrían que estar en ese tren.

—Espera —Colomba abrió la puerta que comunicaba con el resto del tren y echó un vistazo en el vagón de primera clase. Estaba vacío, y también estaban vacíos los siguientes. Para asegurarse, llegó hasta el último coche, luego volvió atrás—. ¿Iban en el vagón de lujo?

—Sí, doctora.

—Si estás con ellos, aléjate, no quiero que te escuchen.

Alberti obedeció colocándose al lado de la locomotora.

—¿Qué ha pasado?

—Están todos muertos. Todos los pasajeros del primer vagón.

—Oh, joder. ¿Y cómo ha sido?

El corazón de Colomba le dio un vuelco. Se había movido como en trance, pero ahora se daba cuenta de que esos desafortunados que estaban a su alrededor no tenían heridas visibles, aparte del anciano empalado con el bastón. *Tendría que haber salido pitando en cuanto vi al revisor.*

Aunque probablemente habría sido demasiado tarde de todos modos.

—Doctora..., ¿sigue ahí? —preguntó Alberti preocupado por su silencio.

Colomba se revolvió.

—No sé qué los ha matado, Alberti, pero debe de ser algo que han ingerido o respirado.

—Dios bendito... —Alberti estaba al borde del ataque de pánico.

—Cálmate, porque tienes una tarea importante: debes impedir que nadie se acerque al tren. Ni la Científica, ni el juez, hasta que lleguen los equipos del NBC. Si alguien lo intenta, lo detienes, le disparas, pero no dejes que suba —Colomba notaba cómo le chorreaba el sudor frío por la espalda. *Si es ántrax, ya estoy lista,* pensó. *Si es gas nervioso, tal vez tenga una oportunidad—*. Segundo. Tienes que encontrar al agente que subió al tren, que te den su dirección sus compañeros, porque tendrán que someterlo a aislamiento. Tampoco los otros pueden marcharse, en especial si se han estrechado las manos, intercambiado cigarrillos, ese tipo de cosas. Y también los familiares que están allí. Si han entrado en contacto físico con vosotros, tendrás que retenerlos.

—¿Y tengo que contarles la verdad?

—¡Ni lo intentes! Avisa a la Central para que localicen a todo el personal del tren, a todos los que puedan haber estado en contacto con los pasajeros. Pero antes pide que envíen a los equipos de descontaminación. Dilo a través del teléfono, no utilices la radio o se desata el pánico. ¿Me he explicado bien?

—¿Y usted, doctora?

—Ya he hecho la gilipollez de subir. El veneno puede continuar activo y yo podría haberme convertido en un foco de contagio. Ya no puedo salir sin correr el riesgo de contagiar a otra persona. ¿Lo has entendido todo?

—Sí —la voz de Alberti parecía a punto de quebrarse.

Colomba colgó. Volvió al pasillo por donde había entrado y cerró la puerta de acceso al primer vagón tirando de la palanca de emergencia. Luego eligió un asiento libre en el vagón de primera clase, que comparado con el de lujo parecía cosa de pobres, y esperó a saber si iba a sobrevivir.

4.

Los equipos de emergencia de los bomberos, con monos de tyvek y equipos de respiración autónoma, activaron el protocolo de emergencia Nuclear, Bacteriológica y Química. Tomaron el control de la zona estableciendo un perímetro de seguridad, luego recubrieron los vagones de tren con lonas de plástico antitranspirante, y crearon una pequeña cámara de aire en la entrada del primero.

En el interior, Colomba esperaba verificando de modo obsesivo su propio estado de salud, en busca de síntomas de contaminación. Las glándulas parecían funcionar correctamente, no sudaba más de lo normal ni temblaba, pero no sabía cuánto tiempo tardaba el virus o el veneno en hacer efecto. Tras dos horas de paranoia, mientras la peste y el calor se habían hecho insoportables, dos soldados con un mono hermético subieron a bordo. El primero sostenía un mono similar al suyo, el segundo la apuntó con el fusil de asalto.

—Ponga las manos detrás de la nuca —dijo su voz amortiguada tras el equipo de respiración autónoma.

Colomba obedeció.

—Soy la subcomisaria Caselli —dijo—. Soy yo quien ha dado la alarma.

—No se mueva —dijo el militar con un fusil, mientras su compañero la cacheaba con movimientos seguros, a pesar de los gruesos guantes.

Le quitó la pistola reglamentaria y la navaja automática, las metió en una bolsa de plástico con cierre hermético y pasó la bolsa a un tercer militar que se había quedado en los escalones exteriores del tren. Este, a su vez, les tendió una bolsa más grande, que entregó a Colomba.

—Desnúdese por completo y ponga la ropa en la bolsa —dijo—. Luego vístase con el mono.

—¿Delante de vosotros? —preguntó Colomba—. No.

—Si no lo hace, estamos autorizados para dispararle. No nos obligue.

Colomba cerró los ojos por un momento y pensó que había cosas peores que desnudarse en público. Por ejemplo morir vomitando sangre o con una bala en la nuca. De todos modos, señaló con el dedo hacia la Combat Camera que el del fusil llevaba colocada sobre el casco.

—Está bien. Pero tú esa la apagas. No quiero acabar desnuda en internet, por muy viva o muerta que esté.

El soldado tapó el objetivo con una mano.

—Dese prisa.

Colomba se desnudó rápidamente, consciente de las miradas de los hombres sobre ella. Vestida, la musculatura de los muslos y de los hombros la hacían parecer más gruesa de lo que era, pero desnuda recuperaba las proporciones secas de una mujer que ha pasado la vida manteniéndose en forma. Se enfundó el pesado mono y los dos soldados la ayudaron a colocarse el respirador.

Colomba era una buceadora experta, pero la máscara y el sonido de su respiración en sus oídos le provocaron de inmediato una sensación opresiva. Una vez más sintió un pequeño espasmo en los pulmones, pero una vez más fue solo un fantasma que desapareció con rapidez. Los soldados la empujaron afuera, escoltándola a través de los cordones que rodeaban el tren, empaquetado como una obra de Christo.

Alrededor, el Apocalipsis.

Eran las cuatro de la mañana y en la estación iluminada como si fuera de día por grupos electrógenos del ejército tan solo había soldados, carabineros, policías, bomberos y agentes de paisano. No había ningún ruido de trenes que llegaran o que partieran, no había anuncios por los altavoces o charlas de viajeros con sus móviles, sino únicamente el sordo retumbar de las botas que resonaban contra la cúpula, roto por las órdenes gritadas por los oficiales y por las sirenas de los coches patrulla.

Los soldados hicieron subir a Colomba a una autocaravana equipada como laboratorio móvil, aparcada en el centro del pasillo de las taquillas. Un médico militar comenzó a extraerle sangre y fluidos tras abrir un agujero a través de un parche de goma que Colomba tenía sobre el brazo. Mediante el mismo sistema, el médico le puso una inyección que le subió a la boca un sabor ácido.

Nadie le dirigió la palabra. Nadie respondía a sus preguntas ni a sus peticiones, ni siquiera a las más elementales. Al cabo de media hora de ese trato, Colomba perdió el control y empujó al médico contra la pared de la autocaravana.

—Quiero saber cómo estoy, ¿entiendes? ¡Y quiero saber qué he respirado!

Sus ojos se habían convertido en dos trozos de jade.

Dos soldados aferraron a Colomba, aplastándola contra el suelo con los brazos a la espalda.

—¡Quiero respuestas! —gritó ella de nuevo—. ¡No soy un prisionero! ¡Soy una oficial de policía, cojones!

El médico se puso de pie. Bajo la capucha, las gafas se le habían resbalado de la nariz.

—Está bien, está bien —murmuró—. Estamos a punto de darle el alta.

—¡Pues ya podíais haberlo dicho antes, coño!

Los soldados la soltaron, ella se levantó lanzando deliberadamente un codazo en el estómago al que tenía más cerca.

—¿Y mis compañeros?

El médico trató de ponerse otra vez las gafas sobre la nariz sin quitarse los guantes y a punto estuvo de cegarse con la patilla.

—Todos están bien. Se lo aseguro.

Colomba se quitó el casco. Dios, qué bueno era el aire que no olía a su sudor. Cinco minutos después le devolvieron la ropa y pudo volver a sentirse un ser humano y no un pedazo de carne al que pinchar y medir. Tenía un dolor de cabeza espantoso, pero estaba viva y unas horas antes no habría podido jurarlo. En la estación, mientras tanto, habían apagado los grupos electrógenos, aunque seguía reinando una atmósfera irreal de ocupación militar. Los cadáveres estaban dentro de sacos blancos con cierre hermético, alineados junto al tren. Faltaban un par, debido a que ya los habían llevado a otra de las autocaravanas para su examen.

El mando principal Marco Santini se separó del grupo de agentes que estaba junto a la salida del metro y se acercó hasta ella cojeando de la pierna izquierda. Era alto, con un bigote que parecía de alambre y una nariz aguileña. Llevaba un abrigo raído y una gorra plana irlandesa que le daban aspecto de jubilado, aunque si uno lo miraba detenidamente a la cara, se veía que era un peligroso hijo de puta.

—¿Cómo estás, Caselli?

—Dicen que bien, yo tengo que pensármelo.

—Me han dado algo para ti —Santini le entregó la bolsa con las armas que le habían aprehendido—. No sabía que ibas por ahí con una navaja automática.

—Es un talismán —dijo ella, metiéndosela en el bolsillo de la chaqueta—. Y funciona mejor que un trébol de cuatro hojas si alguien te está tocando las pelotas.

—No es exactamente reglamentaria.

—¿Eso te supone un problema?

—No, mientras no me la claves en la espalda.

Colomba enganchó la cartuchera de la Beretta en el cinturón: en situaciones tranquilas la llevaba en el hueco de la espalda para que fuera menos visible. En verano era un drama.

—¿Qué posibilidades hay de que se trate de un accidente? ¿Una fuga química, algo por el estilo?

—Cero —Santini se quedó mirándola—. Ya ha llegado la reivindicación. ISIS.

5.

En el vídeo, que parecía filmado con un teléfono móvil, aparecieron dos hombres de complexión media, que llevaban pantalones vaqueros y camisetas oscuras, capuchas negras y gafas de sol. Por los matices de la piel de los brazos podían ser juzgados como de Oriente Medio. Jóvenes, menores de treinta años, sin tatuajes ni cicatrices en las partes visibles.

Detrás de ellos colgaba una sábana que impedía ver el resto de la habitación.

Los dos dirigieron por turnos un agradecimiento a su Dios; luego, un saludo deferente al califa Abu Bakr al-Baghdadi, el jefe iraquí del ISIS. Ambos llevaban en la mano una hoja que leían levantando de vez en cuando la mirada hacia el objetivo. Hablaban en italiano.

—Somos soldados del Estado Islámico —dijo el que quedaba a la izquierda de la pantalla—. Hemos sido nosotros los que han atacado el tren que se negó a nuestros hermanos emigrantes y que frecuentan los ricos que financian la guerra contra la religión verdadera.

Intervino entonces el de la derecha, que tenía una voz más grave y un acento claramente romano.

—No dejaremos nunca de combatir contra vosotros, en los viajes turísticos, en los de trabajo o mientras estáis durmiendo en vuestras casas. Lo que estamos haciendo es totalmente legítimo, según la ley del Corán. Vosotros atacáis a los verdaderos creyentes, los encarceláis, los bombardeáis: nosotros os atacaremos a vosotros.

El de la izquierda.

—Conquistaremos Roma, destruiremos vuestras cruces y esclavizaremos a vuestras mujeres, con la bendición de Alá. No os sentiréis seguros ni siquiera en vuestras alcobas.

—Por eso llevamos la cara cubierta, para poder seguir actuando hasta que muramos como mártires —concluyó el de la derecha.

El vídeo terminó entre un silencio sepulcral. Se había proyectado en la pantalla LCD del Club de Viajeros Frecuentes de la estación de Termini, custodiado por los hombres del Grupo Especial de Intervención de los carabineros, con el verdugo sobre las caras y los fusiles de asalto. En el interior, unos cincuenta oficiales de las diversas fuerzas de policía y del ejército se apiñaban entre los sofás de diseño ondulado. Cuando se encendieron de nuevo las luces, comenzaron a hablar todos a la vez y el general de los carabineros que presidía la reunión se vio obligado a pedir silencio.

—De uno en uno, por favor.

—¿Creen que representan a un grupo más grande o que son solo ellos dos? —le preguntó un oficial de policía.

—De momento ambas hipótesis son igual de válidas —dijo el general—. Como saben, en la actualidad cualquier loco con ira por desfogar se proclama soldado del Califato. Es cierto que este atentado ha requerido un nivel de preparación mayor y materiales que no resultan fáciles de conseguir. Por lo tanto, la existencia de un vínculo con los mandos del ISIS es posible.

Colomba, que había estado en un rincón, apoyada en una de las paredes de cristal esmerilado, levantó la mano.

—¿Había objetivos sensibles en el tren?

Algunos se dieron codazos al verla, pero el general ni se inmutó.

—No, señora, por lo que nosotros sabemos. Sin embargo, la investigación acaba de comenzar —miró a todo el mundo—. El gabinete de crisis del Ministerio del Interior se acaba de reunir con el primer ministro y el ministro del Interior. Les comunico que el nivel de alerta se ha elevado a Alpha 1, lo que les recuerdo que significa la posibilidad de nuevos ataques terroristas. Se ha movilizado a todas las fuerzas policiales y de seguridad. Roma ha sido declarada zona de exclusión aérea, por el momento el tráfico aéreo se ha restringido en todo el país. La estación de Termini también permanecerá cerrada hasta nueva orden y el metro dejará de funcionar hasta que termine la inspección de los artificieros.

Hubo un instante de silencio mientras los presentes trataban de digerir la gravedad de la situación. Italia se había convertido en zona de guerra.

—¿Qué han utilizado los terroristas? —preguntó el oficial de policía de antes.

El general hizo un gesto a una mujer vestida con traje oscuro. Era Roberta Bartone, del Laboratorio de Análisis Forense de Milán, Bart para los amigos. Colomba sabía bien sus méritos, pero no esperaba encontrarla allí.

—Doctora, por favor —dijo el general—. La doctora Bartone del Labanof está coordinando los exámenes de las víctimas.

Bart ocupó su sitio detrás del mostrador que servía de podio y conectó el portátil a la pantalla LCD.

—Les aviso de que habrá algunas imágenes fuertes.

Pulsó la barra de espacio. En la pantalla apareció la fotografía de lo que parecía una bombona de aerosol de gran tamaño envuelta en cinta de embalar: de la boquilla de la bombona salían dos cables eléctricos conectados a un temporizador que funcionaba con pilas.

Hubo un poco de alboroto mientras los participantes de la reunión se movían para ver mejor; alguien protestó desde atrás porque no veía nada.

—Durante la inspección —dijo Bart—, los artificieros han encontrado esta bombona de aire comprimido de un litro conectada al sistema de ventilación —la fotografía cambió mostrando un panel abierto en la pared del tren: por detrás pasaban cables eléctricos y tubos de goma—. A las 23:35 se ha activado una válvula de solenoide y ha hecho que la bombona liberara el gas que contenía en el interior del vagón de lujo. La válvula estaba conectada a un Nokia 105 de origen francés, un teléfono de usar y tirar, al que probablemente llamaron desde otro también desechable. La Policía Postal lo está investigando.

Bart pulsó de nuevo. La pantalla mostró una imagen de conjunto del vagón tomada desde la puerta por la que también había entrado Colomba. Los primeros cuerpos se veían con claridad. Bart pulsó de nuevo, haciendo pasar las imágenes de los cadáveres. Alguien murmuró.

—El gas ha producido un efecto casi inmediato en cuanto ha sido inhalado: ha provocado convulsiones, relajación de los esfínteres y hemorragias internas.

Otra pulsación. Apareció el viejo con el bastón.

—A pesar de que parece una agresión, la herida es autoinfligida, causada por las convulsiones *in limine mortis*. Por el aspecto de los cuerpos y dada la rapidez de la defunción, los responsables del NBC pensaron inicialmente que se trataba de gas nervioso, VX o sarín. Por eso se activó el protocolo previsto para el aislamiento total de la zona pulverizada. A mi llegada a la escena, sin embargo, y tras un primer examen de los cuerpos, me percaté de las hipostasis precoces de un rojo claro.

Clic. La mancha rosácea en la espalda desnuda de uno de los cadáveres sobre la mesa de autopsias.

—Y me fijé en la brillantez de la sangre.

Clic. La mancha de sangre en uno de los asientos.

Un policía salió deprisa por las puertas automáticas tapándose la boca.

—Esto me hizo pensar en algo diferente al gas nervioso —continuó Bart—, y, de alguna manera, más *clásico,* hipótesis que resultó ser exacta tras el examen de las muestras —hizo una pausa—. Cianuro —dijo, con un ligero temblor en la voz.

Clic. El esquema de una molécula.

—Ácido cianhídrico en forma gaseosa —continuó en un tono más firme—. Como muchos de ustedes saben, el cianuro actúa mediante el procesamiento del hierro en las células e interrumpiendo la cadena de la respiración. Las víctimas mueren entre convulsiones, debido a que los glóbulos rojos ya no transportan el oxígeno a los tejidos. Se ahogan a pesar de seguir respirando. El oxígeno permanece en la sangre, que por eso a nuestros ojos parece más brillante de lo normal.

Clic. La imagen de una ventana del coche de lujo.

—El gas en el aire se ha dispersado en el vagón a través de la puerta y las rendijas de las ventanillas, ayudado por el movimiento del tren y por la despresurización operada en los túneles.

Clic. El jefe de tren muerto.

—Aún había una concentración altamente tóxica de gas cuando el jefe de tren abrió las puertas, y por desgracia se vio expuesto a una dosis que resultó mortal. Por suerte, en ese momento el cianuro se había dispersado más en el aire, aunque el agente Polfer, que hizo la primera inspección ocular, inhaló lo suficiente como para tener problemas respiratorios y por ello perdió el conocimiento mientras regresaba a su casa. Fue socorrido inmediatamente y está fuera de peligro.

Hubo más murmullos. Bart hizo una pausa, mientras el general de los carabineros pedía de nuevo silencio y Colomba pensaba en la ley del contrapaso para el escaqueado ese de la Policía Ferroviaria.

—En cualquier caso —continuó Bart—, todos los que han estado en contacto con los cadáveres y el vagón han recibido una profilaxis con Cyanokit. Aparte de unas pocas náuseas o dolor de cabeza, no van a tener problemas.

—¿Por qué el gas se ha extendido solo en el primer vagón? —preguntó el general, después de estudiar las imágenes.

—Porque hemos tenido suerte.

Clic. El dibujo sucinto de una serie de tubos que a Colomba le pareció trazado sobre un trozo de papel con un lápiz, y que probablemente lo era.

—¿Ven el círculo rojo? Aquí se encuentra un intercambiador de calor que divide el flujo de aire que va al vagón de lujo y el que va hasta los otros vagones —Bart señaló con una pluma otro círculo más pequeño—. La bombona se conectó en este punto, cinco centímetros por encima del nudo del sistema de ventilación. Si los atacantes hubieran conectado la bombona por debajo del intercambiador de calor, el gas se habría extendido por todos los compartimentos del tren, incluida la cabina del conductor. El número de muertos sería muchísimo mayor.

Hubo algunas preguntas más, pero el dolor de cabeza de Colomba se había convertido en una tortura y salió de la sala para respirar un poco de aire.

Maurizio Curcio la alcanzó en el umbral unos segundos después y se encendió un cigarrillo. Era el jefe de la Móvil y, desde que Colomba se incorporara de nuevo al servicio, siete meses atrás, la relación entre ellos siempre había sido cordial.

—¿Está usted bien? —preguntó. Se había afeitado el bigote hacía poco y Colomba aún no se había acostumbrado: el labio superior arqueado le daba un aspecto perpetuamente irónico, casi malvado.

—Solo estoy algo atontada. ¿Hay alguna posibilidad de averiguar la procedencia del cianuro?

—No es fácil, según la doctora. Es casero, no industrial. Se obtiene a partir de plantas que crecen por todas partes, como el lauronosequé.

—Lauroceraso —dijo Colomba, que había tenido uno en el jardín cuando trabajaba en Palermo, la única planta que había conseguido que no se le muriera rápidamente—. El ISIS cuenta con un laboratorio en Italia, entonces.

—O tal vez solo un arsenal con provisiones, probablemente lo uno y lo otro, o muchos. La verdad es que no sabemos una mierda —tiró la colilla en una papelera repleta—. Salvo que tarde o temprano tenía que suceder.

—Podía haber sido peor.

—Pero no sabemos lo que tienen en la cabeza ahora esos hijos de puta, y hay que encontrarlos antes de que vuelvan a intentarlo. Vaya a casa a descansar, venga, parece a punto de caerse al suelo.

—No creo que sea el mejor momento, doctor.

—Por lo menos dese una ducha, Colomba. Ya sé que no es amable decirlo, pero apesta usted como un vestuario.

Ella se sonrojó.

—Nos vemos en la oficina.

Se acercó a saludar con rapidez a Bart, quien la abrazó calurosamente («Nunca llamas», etcétera), luego hizo que la llevara a casa un agente casi jubilado temeroso de la Tercera Guerra Mundial, y permaneció con la mirada fija en la ciudad que fluía del otro lado de la ventanilla. Cuando se le cerraban los párpados, reaparecían los rostros contorsionados de los pasajeros envenenados, mientras que el olor a desinfectante que tenía en la ropa volvía a ser el del vagón invadido por la sangre y la mierda. Y luego un hedor más antiguo, el de los muertos quemados y despedazados por el C-4 en un restaurante de París, donde a punto estuvo de perder la vida. *El Desastre,* como ella lo llamaba.

Vio de nuevo a la anciana estallar y descuartizar con su cuerpo a sus vecinos de mesa, al joven marido que ardía al atravesar la ventana. En un momento dado se quedó realmente adormilada, y se despertó con el sonido de su propia voz en los oídos, y una sensación desagradable en la garganta, como cuando uno habla haciendo esfuerzos. Debía de haberlo hecho de verdad, porque el agente que conducía la observaba con el rabillo del ojo un poco intimidado.

Entró en la casa tambaleándose. Su apartamento estaba en un antiguo edificio en el Lungo Tevere, a escasa distancia del Vaticano, un piso de dos dormitorios amueblado un poco en el mercadillo y un mucho en Ikea. Colomba vivía allí desde hacía casi cuatro años, pero seguía siendo un tanto impersonal y poco vivido, salvo una esquina de la sala de estar con un sillón de cuero rojo rodeado de pilas de viejos libros comprados en los puestos ambulantes. Se los llevaba a sacos, mezclando obras maestras en edición económica con novelitas de autores olvidados. Le gustaban la sorpresa y la variedad y, si no la enganchaban, dado lo limitado del precio, no le suponía un problema tirarlos en el contenedor de papel después de unas pocas páginas. En ese momento estaba avanzando lentamente en el *Bel-Ami* de Maupassant, en una edición tan deteriorada que a veces las páginas se le rompían al pasarlas.

Se metió bajo la ducha y un poco más tarde, mientras se secaba en un albornoz de estilo japonés, recibió la llamada telefónica de Enrico Malatesta. Enrico era asesor financiero y había sido el novio de Colomba hasta que ella acabó en el hospital después de la explosión de París, destrozada por los sentimientos de culpabilidad y los ataques de pánico. Luego él se escapó, y había vuelto a dar señales de vida un par de meses atrás, con la excusa de una vieja fotografía hallada en el cajón, igual que en una canción de los Pretenders.

Por nostalgia, decía, aunque más probablemente se debiera a que sus nuevas historias iban mal. Colomba no fue capaz de mandarlo al infierno. Lo había querido y había follado muy bien con él, lo que siempre le impedía colgarle el teléfono en los morros.

—Me he enterado de lo del atentado —dijo él. Por los sonidos de fondo, Colomba se dio cuenta de que ya estaba en el parque, probablemente el de Villa Pamphilj. Le gustaba correr temprano por las mañanas, les gustaba a los dos—. En internet dicen que tú también estabas.

—Entonces será verdad.

—Venga, ¿estabas allí o no?

Colomba salió del baño y se sentó en el borde de la cama, que la atraía como un imán.

—Estaba allí.

—Yo pensaba que el rayo nunca cae dos veces en el mismo lugar.

—Qué tacto... De todas formas no es cierto. Con mi trabajo, te conviertes en pararrayos —algunos más que otros, de todas formas.

—¿Cómo era?

—¿Me has llamado para obtener los detalles más apetitosos?

—Sabes que siempre me gustaron —dijo con voz alegre.

¿Me estás lanzando indirectas?, se preguntó con el tono que usaría su madre. *¿Qué se te ha pasado por la cabeza?*

—No los hay —zanjó—. Muertos horribles y punto.

—Dicen que corre por ahí una reivindicación.

—Dicen.

—Y que utilizaron gas.

—Sí —luego añadió impulsivamente—: He estado a punto de respirarlo yo también. Mejor dicho, tal vez he respirado una cantidad requetemínima.

—Estás bromeando...

—No.

—¿Cómo estás?

El tono de Enrico se había vuelto cálido y sincero, pero Colomba se preguntó si lo era de verdad o si se trataba de uno de sus jueguecitos. En ese momento decidió creerle y se dejó caer sobre la cama, con el albornoz abierto sobre los muslos. De pronto sintió un deseo tan ardiente por Enrico que se metió una mano entre las piernas.

—Estoy bien, no te preocupes —dijo.

¿Qué coño estás haciendo? ¿Te acuerdas de que este es el capullo que te dejó mientras seguías en el hospital? Se acordaba de ello, pero también se acordaba de otras cosas.

—¿Cómo puedes decirme que no me preocupe? Por supuesto que me preocupo. ¿Estás en casa? Voy a pasar a verte antes de ir a la oficina.

Sí, pasa.

—No, estoy a punto de salir, en otro momento.

No me escuches y pasa.

—Tardo cinco minutos —añadió Enrico, que sentía cómo la resistencia de Colomba iba cediendo.

Sí. Ven. Ahora, pensó.

—No, tengo que irme —y colgó. *Eres una zorra,* se increpó. *¿Te parece el momento?* La cama y la languidez la habían relajado, sin querer cerró los ojos y se deslizó dulcemente en un agujero negro.

Los abrió una hora más tarde con el sonido del teléfono fijo que no reconoció al principio, hasta tal punto estaba poco acostumbrada a utilizarlo. A tientas alcanzó el inalámbrico y casi se le cayó de las manos, que parecían anestesiadas. Era el secretario de Curcio, quien le exigía que se incorporara de inmediato: iban a empezar los registros.

6.

El Departamento de Investigación de la Policía del Estado se encontraba en la quinta planta del antiguo convento dominico que albergaba la comisaría de la Via San Vitale, a dos pasos de las ruinas de los Foros Imperiales. Colomba fue hasta allí a pie para despertarse del todo, una caminata que incluía cruzar la Piazza di Trevi. A las diez y media de una mañana normal habría allí una masa compacta de turistas alrededor de la fuente de Bernini, pero ese día no vio más que a un grupo reducido que parecía divertirse poco. *Psicosis de bomba, eviten los lugares públicos,* pensó, pese a que no había estallado ninguna bomba. Por el momento, al menos. Tras cinco minutos más de caminata, cruzó el portón con el rótulo SUB LEGE LIBERTAS, y subió hasta la quinta planta, con las nuevas secciones de la Móvil, donde noventa agentes se repartían diecinueve oficinas, dos lavabos, una sala de reuniones, una fotocopiadora y dos impresoras (de las cuales, una estaba permanentemente estropeada), así como una sala de espera para los visitantes y una salita de seguridad. Debido a la emergencia, se habían revocado los permisos y desmontado los turnos, y había más gente de lo habitual por los pasillos. Pocas sonrisas y miradas sombrías, televisores y radios encendidos por todas partes.

Algunos de sus compañeros conocían su mala suerte y trataron de hacerle preguntas, pero ella los dribló y se metió en la sala de reuniones, atestada y calurosa, donde escuchó con otros treinta funcionarios, todos ellos con diferentes grados de cansancio en el rostro, las disposiciones del Ministerio del Interior. Los terroristas no habían sido identificados aún y se había puesto en marcha un operativo para obtener información e identificar a los extremistas islámicos presentes en el territorio, así como a presuntos simpatizantes. En pocas palabras, iban a mirar hasta debajo de las piedras para ver si se encontraba algo que resultara útil.

—La operación ha sido llamada Tamiz —dijo Curcio al tiempo que se volvía hacia el viejo mapa de Roma colgado en la pared junto a otro de Italia todavía más viejo, que se mantenía pegado con cinta adhesiva—. Y está en marcha, o se pondrá en marcha en las próximas horas, en las principales ciudades italianas. Nos hemos dividido Roma con los *primos* del Arma de los carabineros y los Boinas Verdes. A nosotros nos toca encargarnos de Centocelle, Ostia, Casilina y Torre Angela.

Todos eran suburbios, con una fuerte presencia de la pequeña delincuencia y de tráfico de drogas. Alguien detrás de Colomba se quejó en voz baja.

—Nunca nos toca la Via del Corso...

—Cada equipo —continuó Curcio— tendrá como responsable a un oficial que reclutará a tres agentes de su propia sección. Tendréis el apoyo de las patrullas, de la Unidad de Intervención Rápida y habrá un mediador cultural. Cada equipo estará a cargo de un miembro de la Fuerza Operativa que ha sido creada por el Ministerio del Interior para coordinar nuestros efectivos y los de los otros. No os planteéis temas de graduación y de antigüedad, ya que la responsabilidad de la operación será de ellos y son ellos los que tienen la autorización de los servicios secretos. ¿Hay alguna pregunta?

No había ninguna, al menos ninguna que fuera sensata, y Colomba vio cómo le asignaban la zona de Centocelle, al este de la ciudad, porque allí se hallaba un centro islámico que conocía: uno de los parroquianos había estrangulado a su mujer y fue ella la que lo esposó pocos días después de su reincorporación al servicio.

—Traigamos para casa lo que encontremos, si es que encontramos algo —dijo Santini cuando Colomba fue a su oficina para recibir las últimas indicaciones.

Estaba sentado en su escritorio, con la pierna izquierda apoyada en el tablero. Se la habían operado un año antes, colocándole un trozo de plástico en el lugar de una arteria, y todavía le funcionaba la mitad de lo que debería y le dolía el doble de lo que jamás había sentido. El *triple*.

—Aunque sea por un permiso de residencia caducado, detienes a todo el mundo y cierras el local.

—Vamos a echar gasolina al fuego —dijo Colomba—. Menuda mierda.

—Así es como funciona el mundo, Caselli. ¿Quieres poner en duda la autoridad superior? —dijo irónico.

Colomba resopló.

—¿Alguna indicación más, *jefe*?

Él se puso un cigarrillo en la boca. Se lo fumaría delante de la ventana abierta, como hacía siempre, fuera verano o invierno.

—Chaleco para todo el mundo, ¿okey? Y no me vayas por libre como de costumbre.

Colomba salió de la oficina de Santini, recuperó el chaleco antibalas del armario y a los Tres Amigos* en la sala común, que se pusieron en pie de un salto en cuanto la vieron. Los Tres Amigos eran Alberti, el inspector Claudio Esposito, calvo y con físico de jugador de rugby, suspendido en dos ocasiones por haberles levantado la mano a sospechosos y a compañeros, y el subcomisario Alfonso Guarneri, un tipo esquelético con barba gris, alegre como un dolor de muelas. El nombre era un invento de Alberti, aunque nadie lo usaba. Colomba pensaba que el más adecuado para ellos sería los Tres Pringaos, ya que de no ser por ella permanecerían en la oficina gestionando el papeleo a la espera de la jubilación.

Mientras viajaban hacia Centocelle, se colocó en el asiento de atrás y leyó las actualizaciones sobre la investigación que había pedido que le imprimieran. El hombre muerto con el traje gris era el doctor Adriano Main, anestesista del Hospital Gemelli y del comité científico de la clínica Villa Regina de Milán, con sesenta y dos años recién cumplidos, que regresaba a casa después de una compleja intervención.

El hombre vestido a la moda, por su parte, era Marcello Perrucca, treinta años, propietario de la discoteca Gold de la Appia Antica y de otros locales nocturnos: le habían quitado el permiso de conducir y tenía que usar el tren.

---

* En español en el original. *(N. del T.)*

La mujer de los tacones era Paola Vetri, de cincuenta años, que había sido jefa de prensa, muy conocida en el mundo del espectáculo por haber trabajado para actores de la talla de De Niro y DiCaprio: su muerte era una de las que habían provocado más revuelo.

El viejo con el bastón en la boca se llamaba Dario Ballardini, de setenta y dos años, y había sido un empresario del sector de los muebles, luego lo vendió todo a los chinos antes de la crisis y ahora estaba disfrutando de la jubilación. Iba a Roma para visitar a su hija con el último tren porque, total, sufría de insomnio y le gustaba, evidentemente, tocarle los huevos a la familia. En cambio, Orsola Merli, de treinta y nueve años y esposa de un constructor romano, estaba regresando a casa. El coche se le había estropeado unas horas antes y lo reemplazó en el último momento por el tren. Era a ella a quien se había encontrado en el cuarto de baño.

El hombre con la postura de Superman era Roberto Coppola, de treinta y ocho años, el *visual merchandiser* más reclamado de Milán, en viaje a Roma para encargarse de la apertura de una nueva *boutique* francesa de *haute couture* en la Via del Babuino.

Los otros cuatro muertos tenían mucho menos atractivo: los dos *stewards,* o comoquiera que se llame a los que preparan el café en los trenes, eran Jamiluddin Kureishi, de treinta años, y Hanif Aali, de treinta y dos, el primero ciudadano italiano y el segundo con permiso de residencia, ambos de origen paquistaní. Los servicios secretos estaban comprobando sus posibles contactos con el extremismo islámico, pero aún no había aparecido nada. Los dos últimos eran el encargado de la limpieza, Fabrizio Ponzio, de veintinueve años, y el jefe de tren que había abierto la puerta del compartimento, cuyo nombre ya conocía Colomba.

Gracias a los llamamientos de televisión y a la cooperación de los Ferrocarriles se había localizado asimismo a la mayoría de los demás pasajeros, si no a todos. Sus declaraciones estaban siendo examinadas de forma minuciosa, aunque sin resultados. Afortunadamente, ninguno de ellos había resultado contaminado, si bien hubo escenas de pánico y asaltos a las salas de urgencias.

También se estaban visionando las miles de horas de grabación recogidas por las cámaras de seguridad repartidas alrededor de la Estación Central de Milán y la de Termini, con la esperanza de descubrir quién había subido al tren para colocar la bombona, pero hasta ese momento había resultado ser solo un trabajo aburrido e inútil. A cambio, eran innumerables los mitómanos y las falsas alarmas en toda la península.

Para hacer frente a la situación, el Ministerio del Interior había establecido una unidad de crisis a cargo de un grupo de jueces que, a su vez, coordinaba la Fuerza Operativa supervisada por los servicios secretos. La cadena de mando se iba ramificando hasta tal punto que Colomba se preguntó quién iba a tomar las decisiones importantes. Tal vez nadie, muy *italian style*.

En la unidad de crisis, Colomba tuvo la sorpresa de encontrarse también con Angela Spinelli, una jueza con la que había trabado relación en el pasado por los cadáveres sepultados en un lago. Otro de los recuerdos que preferiría no tener y que se le quedó aleteando tras los párpados cuando, sin darse cuenta, se fue deslizando hacia el sueño, acunada por el movimiento del coche. La despertó el contacto ligero e incómodo de Alberti en un brazo.

—Doctora, ya estamos llegando.

Se enderezó, con la cabeza que le pesaba igual que una sandía.

—Gracias.

Esposito, al volante, se sacó de debajo del cuello de la camisa una cruz de oro y la dejó balanceándose en la pechera de su chaleco antibalas, talla XL.

—Para una buena protección —dijo.

—No somos la Inquisición, guárdala —dijo Colomba.

Obedeció de mala gana y se la puso por debajo de la camiseta, en contacto con su pecho velludo: tenía pelo por todas partes, excepto en la cabeza.

—Si quiere mi opinión, doctora, un poco de Inquisición no vendría nada mal. Y también alguna *galleta* en toda la cara de vez en cuando.

—No quiere tu opinión, Claudio —dijo Guarneri—. A estas alturas ya deberías saberlo.

—Está bien, pero luego no os quejéis si al final acabáis todos en el infierno —gruñó Esposito mientras aparcaba.

El Centro Islámico de Centocelle era un antiguo taller de dos plantas que aún presentaba restos del viejo cartel, donde se veía un 500 y la inscripción Auto*algo,* inundada por *tags* y grafitis de aerosol en árabe e italiano. Estaba al final de un callejón sin salida, que terminaba contra la valla de un campo repleto de basuras y viejos electrodomésticos, lugar al que iban parejitas clandestinas y traficantes por las noches.

Colomba y los Tres Amigos llegaron sobre las doce, y en el lugar ya había decenas de blindados de la Unidad de Intervención Rápida y coches de policía. Tres hileras de agentes con equipo antidisturbios estaban desplegadas en el callejón, y entre ellos y la entrada del centro un centenar de árabes gritaba consignas en su lengua. Había niños también.

Un policía de paisano se enfrentaba a los manifestantes. Era el inspector jefe Carmine Infanti, también él de la sección tercera, y Colomba se dio cuenta de que lo habían ascendido a la Fuerza Operativa. No era una buena noticia para ella, porque Infanti era un gilipollas.

—¡Os digo que tenéis que apartaros ahora! —estaba gritando, con la cara enrojecida.

—No tenemos nada que ver con el Califato —dijo en un buen italiano un hombre con un traje marrón—. Aquí estamos entre amigos. Y vosotros venís como la Gestapo, la policía nazi.

—Mi querido amigo, nosotros hacemos lo que tenemos que hacer. ¡Ahora apártate y haz que se aparten los demás!

—¡No es justo! ¡Esta es nuestra iglesia! —protestó de nuevo el árabe. Tres o cuatro detrás de él gritaron su aprobación. Corearon nuevas consignas.

—No me importa nada que sea *vuestra iglesia.* Tenéis diez segundos para apartaros o de lo contrario os apartaremos nosotros. ¿Queda claro?

Esa última frase Infanti la gritó y la fila de policías antidisturbios avanzó hacia el grupo levantando sus escudos. Colomba instintivamente se colocó en medio, fardando de placa en la cara del de más alta graduación.

—Tranquilos. No es necesario —dijo.

El responsable de la unidad móvil estudió el carné, luego la estudió a ella.

—Usted no está al mando de esta intervención —dijo.

Es cierto. Y ya estoy haciendo lo contrario de lo que debería.

—¿Cómo te llamas?

—Inspector Enea Antioco..., *doctora*.

—Bueno, inspector Antioco, si cargas y no es necesario, vas a tener problemas. ¿Está claro?

Antioco se puso rojo de ira hasta las orejas, pero hizo detenerse a los hombres. *Aquí hay otro que se une al club de los que están hasta los cojones de mí,* pensó Colomba.

Colomba ordenó a los Amigos que se quedaran con la Unidad de Intervención Rápida y alcanzó a Infanti.

—Hola, Carmine.

—¿Doctora Caselli? —dijo con la cara de quien mastica un limón, podrido por si fuera poco. Hubo un tiempo en que Infanti la tuteaba, pero ese tiempo ya había pasado. Se alejaron unos pasos para hablar sin tener que gritar—. ¿Qué hace aquí?

—Apoyo. Veamos, ¿qué sucede?

—Ya lo ha visto, no quieren dejarnos entrar. Tengo que ordenar una carga.

—¿Dónde está el mediador cultural?

—No había suficientes. Estamos en situación de emergencia, doctora. Así que ahora voy a entrar y lo sentiré mucho si alguien se hace daño.

—Dame cinco minutos —sin esperar respuesta, Colomba se acercó a la multitud y se detuvo a un metro de la primera fila de manifestantes, luego se dirigió al hombre del traje marrón que estaba justo detrás—: Ve a llamar al imán.

—No hay ningún imán.

Colomba dio un paso y se señaló la cara.

—Deja ya de hacer el idiota y muévete, porque estoy tratando de evitar un buen lío. Rafik me conoce.

El hombre dijo algo en árabe a los que estaban cerca y desapareció en el interior. Al cabo de un par de minutos la multitud de delante de la puerta se abrió, formando un pasillo, que recorrió un viejo con el gorro kufi en la cabeza y una chilaba blanca y holgada que vibraba con el viento. Tenía la barba gris y un par de gafas con una enorme montura. Se movía con lentitud, como si paseara por la playa.

—Doctora Caselli —dijo en perfecto italiano cuando estuvo frente a ella. No la miraba a la cara, nunca lo hacía con las mujeres sin velo.

—Imán Rafik.

—Aquí no hay terroristas. El ISIS es también enemigo nuestro.

—Pero tenemos que comprobarlo, imán. Ya sabe cómo funciona.

—Tiene que convencerlos a ellos —señaló a la multitud—. Yo no soy su jefe. Solo su guía.

Colomba señaló las fuerzas antidisturbios desplegadas. Por detrás de ellos habían aparecido también los Núcleos Operativos de Antiterrorismo, con los pasamontañas sobre la cara y las ametralladoras en la mano.

—¿Ve a esa gente, imán? Yo tampoco soy su jefe y los estoy conteniendo a duras penas. ¿De verdad quiere que algunos de sus fieles acaben mal?

—Se lo ruego. Hay niños aquí.

El imán continuó observando un punto invisible más allá de la oreja izquierda de Colomba.

—No tenemos nada que ver con el tren. Alá, el Misericordioso, condena el asesinato de personas inocentes.

—Yo le creo. Pero tengo que comprobarlo.

El imán la miró de refilón —para él, lo máximo— y luego dio su consentimiento.

Colomba regresó donde estaba Infanti, que fumaba sombrío.

—Se apartan. El imán nos hará de guía.

—Ya era hora —dijo poco contento.

—Yo también voy a entrar, de todas formas —dijo Colomba—. El imán me conoce y yo conozco el lugar.

—Podría pedirle que se marchara, ¿lo sabe?

—Hazlo.

Infanti no lo hizo. A toro pasado, habría sido lo mejor.

7.

Los primeros en entrar en el centro fueron las fuerzas especiales, luego Infanti, Colomba y los Amigos, y dejaron a la Unidad de Intervención Rápida echando una mano con las identificaciones de los presentes. El interior parecía un bar libre de alcohol y olía a especias y lejía. Algunas mesas de madera y un mostrador con vasos alineados, botellas de agua y una gran tetera de plata. En las paredes, fotos de personalidades árabes y una bandera con la media luna. La búsqueda prosiguió con tranquilidad hasta que intentaron descender al gimnasio subterráneo y el imán se colocó delante de la puerta.

—Tienen que quitarse los zapatos —dijo.

—¿Perdón? —Infanti no daba crédito.

—Es una mezquita. En la mezquita se entra con los pies descalzos.

—Ahora sí que me toca los cojones —Infanti empujó al imán, que se arrojó al suelo teatralmente, como un jugador que finge una zancadilla, gritando como si estuvieran matándolo.

—¡Ya basta, capullo! —dijo Infanti—. ¡Ni siquiera te he tocado!

El imán gritó más fuerte.

Antes de que Colomba pudiera calmarlo, desde fuera se elevó una cacofonía de gritos en árabe e italiano, y golpes sordos.

Colomba corrió a la ventana para ver. Una veintena de fieles estaba tratando de entrar y los antidisturbios los mantenían en el exterior golpeándolos con porras y escudos. Un joven árabe cayó de rodillas, sujetándose la cabeza, mientras la sangre le goteaba entre los dedos. Otros estaban en el suelo y se protegían la cara y las piernas con las manos, mientras pequeños grupos de policías los aporreaban y les daban patadas. Desde el fondo, alguien comenzó a lanzar botellas de vidrio que se rompieron contra los cascos. Antioco ordenó la carga, y todo se convirtió en un amasijo de gritos y heridos.

Colomba volvió a la carrera junto al imán, esposado ahora por las muñecas con una brida de plástico y apoyado contra la pared, como si le costara sostenerse en pie. Uno de los NOA trató de bloquearla, ella lo esquivó.

—Haga que se detengan de inmediato —le dijo al imán.

—Sin zapatos —repitió este.

—Quiere hacerse el mártir —dijo Guarneri detrás de ella.

—No te metas tú también —le cerró la boca Colomba, tratando de hacerse oír por encima del estruendo.

Infanti intentó en vano abrir la puerta del gimnasio. Estaba bloqueada y era metálica, imposible tirarla abajo a patadas.

—¿Dónde está la llave? —le preguntó al imán, pero este ni siquiera levantó la mirada y se puso a rezar en voz baja—. Volad la cerradura —dijo Infanti a los NOA, exasperado.

Uno de ellos pidió por radio que le llevaran el instrumental.

Los gritos del exterior cada vez eran más fuertes. Se oyeron también los estallidos sordos de los gases lacrimógenos y el olor punzante penetró en el interior, escociendo en los ojos.

A Colomba se le ocurrió una idea y reunió a los Amigos.

—Id al coche a buscar los cubrezapatos —dijo.

Guarneri, que había comprendido, barbotó:

—A ese tipo lo colgaba yo por la barba, ni hablar de cubrezapatos.

—No me toques los huevos, Guarneri. Y procurad no recibir —a Colomba le latían las sienes por el dolor de cabeza.

Los Tres Amigos salieron atravesando la multitud, y regresaron al cabo de unos minutos, Alberti con una manga de la chaqueta descosida.

—Os ha costado.

—¿Sabe lo que hay ahí fuera, doctora? —preguntó Guarneri jadeando.

Ella le arrebató la caja de cartón de las manos y volvió junto al imán, agitándosela debajo de la nariz.

—¿Ve esto? Nos los ponemos, así no ensuciamos.

El imán miró los cubrezapatos con recelo.

—¿Están limpios?

—No me haga perder la paciencia, que soy la única aquí que no quiere volarlo todo con dinamita.

Colomba lo aferró de un brazo y lo arrastró hacia la puerta. Uno de los NOA los siguió, mientras Infanti y los demás asistían asombrados a aquella trifulca.

—Ahora le toca a usted —dijo Colomba tras abrir la puerta por completo.

Desde fuera llegaron vaharadas de gases lacrimógenos y gritos, aunque la perspectiva quedaba cubierta por el último cordón de los antidisturbios. Antioco bajó la radio cuando los vio.

—¿Qué está pasando?

—Dile a tu gente que se quede tranquilita por un rato —dijo Colomba. Luego, le dio un toque al imán—. Venga.

—Las esposas.

Colomba levantó los ojos al cielo y lo liberó usando la navaja.

—Ya está.

El imán se frotó las muñecas, luego levantó los brazos y gritó en árabe dirigiéndose a los fieles que se arremolinaban delante de los escudos de los policías. El estruendo disminuyó con rapidez, para luego convertirse en un silencio sepulcral. El imán hablaba en un tono más normal, silenciando con gestos imperiosos las preguntas que le gritaban desde el otro lado. La multitud de los fieles dejó de presionar.

—Ahora portaos bien —le dijo Colomba a Antioco antes de arrastrar de nuevo al imán hacia el interior y cerrar tras de sí.

—Me gusta su estilo, doctora —dijo el NOA que se había quedado en la puerta. Parecía estar divirtiéndose.

Colomba solo le veía los ojos negros bajo su pasamontañas, pero tenía una voz simpática. Le sonrió.

—Vamos a intentar concluir esta diligencia sin armar otro follón.

—Voy a avisar a mis compañeros de que ya no necesitamos el ariete.

Colomba miró al imán.

—No lo necesitamos, ¿verdad?

Por toda respuesta, el imán sacó una llave de un cajón del bar y abrió la puerta del semisótano.

Los policías descendieron con la formación inicial, los NOA en cabeza y los otros detrás, hasta que se encontraron en una amplia sala rectangular, con minúsculas ventanas a la altura de la calle, y el suelo de cemento desportillado. La temperatura era inferior a los cinco grados y olía a sudor y a humedad. A lo largo de una pared se apilaban esteras de oración y en la otra estaba dibujado un arco decorado con miniaturas de flores y hojas: el *mihrāb,* que indicaba la dirección de La Meca. La sala estaba vacía.

—¿Lo ven? Nada —dijo el imán.

—Registrad esto —dijo Infanti echando humo por las orejas. Los agentes comenzaron a mover muebles y esteras.

—Sé que desprecia nuestra religión —le dijo el imán a Colomba.

Colomba se encogió de hombros.

—No tengo prejuicios. Son ustedes quienes los tienen contra las mujeres, me parece.

—«Toda mujer impúdica será pisoteada como estiércol en el camino.»

—A eso me refería.

El imán sonrió.

—Es la Biblia, doctora, del libro del Eclesiastés. Hay fanáticos en todas las religiones. Incluso fanáticos que no tienen religión, por muy raro que pueda parecer.

Colomba sonrió a su pesar.

—Usted le gustaría a un amigo mío, imán. Él también quiere ser siempre más listo que los demás.

—Todo en orden aquí —dijo el NOA simpático—. No hay nadie.

Infanti se acercó al imán.

—Sabes que podría cerrarte este local, ¿verdad? —gruñó.

—Alá el Perfectísimo, en su inmensa sabiduría, encontrará uno mejor.

Infanti negó con la cabeza, disgustado, e indicó con señas a los demás que salieran. Colomba lo retuvo.

—Todo ha ido bien, eso es lo importante.

—Bien *para usted*. Me ha humillado delante de todo el mundo. Para defender *a esos*.

—No estaba defendiendo a nadie.

Infanti se encendió un cigarrillo.

—Usted ha cambiado, doctora.

—¿En qué sentido he cambiado?

—La historia del Padre. Le ha hecho daño. Y ya no piensa como uno de nosotros.

Colomba estaba demasiado cansada para discutir.

—Salgamos de aquí —dijo.

Infanti apagó el cigarrillo contra la pared, y luego lo arrojó al centro de la sala con una sonrisa de desprecio.

—Es verdad. Aquí apesta a macho cabrío.

Colomba miró la colilla, avergonzándose por el comportamiento de su compañero, entonces sus ojos se pasearon sobre unas marcas grises en el suelo. Inclinó la cabeza para verlas mejor.

—Infanti... —dijo sin apartar la mirada.

—Dígale a su amigo el imán que la recoja él, doctora.

—No seas tonto —Colomba le señaló algo—. ¿Qué te parece eso?

Infanti se puso a contraluz.

—¿Huellas?

—De zapatos.

—¿Y?

—¿Quién viene aquí con zapatos? —preguntó Colomba.

Infanti siguió la pista hasta llegar a una pared donde colgaba una vieja espaldera, el único objeto que había sobrevivido de la anterior vida de ese lugar.

—Qué raro —dijo desplazando la mano a través de las barras de la espaldera hacia una parte de la pared que parecía más lisa que el resto.

Colomba se dio cuenta demasiado tarde de lo que Infanti estaba haciendo. Gritó para detenerlo, pero Infanti ya había dado un empujón a la pared. Se oyó un ruido metálico y un trozo de pared giró sobre sus goznes entreabriendo un hueco donde algo se movió en la oscuridad.

—¡Carmine! ¡Sal de ahí!

No tuvo tiempo de moverse. Lo último que vio fue la llamarada cegadora de una escopeta del calibre 12.

8.

La escopeta que disparó a Infanti estaba cargada con cartuchos para la caza del jabalí. Cada cartucho contenía nueve postas capaces de perforar a corta distancia tres tablas de madera superpuestas, formando un orificio del tamaño de un plato.

Tres de las nueve postas se perdieron en el aire, y otras cuatro impactaron en las capas de kevlar del chaleco antibalas, descargando la energía cinética suficiente para desplazar a Infanti medio metro hacia atrás. Las dos últimas postas encontraron la carne. La primera penetró bajo el pómulo izquierdo, saltándole tres dientes y un trozo de lengua. La segunda entró por una zona desprotegida y perforó el hombro hasta la clavícula. Infanti perdió el conocimiento antes de caer al suelo trazando un arco de gotitas rojas.

Colomba sacó desesperadamente una pistola que parecía querer escapar de su mano. La escopeta disparó de nuevo, esta vez en su dirección, y sintió el zumbido de las postas sobre su cabeza: se incrustaron en la pared provocando nubes de escombros. Corrió hacia una de las tres columnas en el centro del gimnasio, mientras el sonido de los disparos seguía rebotando contra las paredes de hormigón armado. En ese momento, un árabe de unos veinte años, que llevaba una camiseta blanca y unos tejanos rasgados, salió de la oquedad gritando. La oquedad era un muro de doble hoja que daba al colector de las alcantarillas, de un metro de profundidad y otro tanto de anchura, donde se había escondido el hombre cuando la policía rodeó el edificio. Bombeando, cargó un nuevo cartucho en la escopeta. Colomba estaba al descubierto y aturdida, la cabeza le retumbaba por las explosiones, y no era capaz de afinar la puntería. Todavía estaba demasiado lejos de la columna para poder protegerse, era demasiado lenta para disparar. Se sentía como un insecto atrapado en la miel, expuesto, pesado. Y la boca de la escopeta, a pesar de la distancia, se había vuelto enorme. Un sol negro que iba a quemarla, a tragarla.

A matarla.

Oh, Dios.

En ese instante Colomba tuvo la certeza absoluta de que no lo lograría. Iba a morir en ese sótano carente de luz que apestaba a sudor y a pólvora, iba a morir por haberse lanzado tontamente de cabeza a algo que no comprendía, en un descenso imparable que había comenzado con un tren lleno de cadáveres.

Mientras seguía tratando de levantar esa pistola que se movía en el aire con todo el peso del mundo, Colomba vio cómo los dedos del otro se contraían sobre el gatillo. Le pareció oír el chasquido de los engranajes que transmitían la presión de los dedos hasta el martillo y luego al percutor y al cabezal del cartucho. Sintió cómo la pólvora se encendía y se hinchaba el gas de la combustión en el cartucho como una pequeña nube de llamas. Luego la boca de la escopeta desapareció borrada por una sombra: era el imán, que estaba gritando con los brazos levantados.

Colomba nunca sabría qué estaba diciendo el imán —solo reconoció *lā,* la palabra árabe que significa «no»— porque el aire salió del cañón, arrastrando consigo las postas y proyectándolas contra el cuerpo del imán al doble de la velocidad del sonido. A diferencia de Colomba, él no llevaba protección, salvo la de su fe, y no fue suficiente: no en este mundo, por lo menos. Las nueve postas le traspasaron entre el pecho y la parte baja del abdomen, saliéndole por la espalda. Un momento antes frente a Colomba había un cuerpo indemne; un momento después, un trozo de carne que se desintegraba entre chorros de sangre.

Entretanto, sin embargo, la pistola de Colomba había realizado todo el trayecto en arco hasta llegar a la posición de disparo, y disparó. Su índice se movió tan rápido sobre el gatillo que los doce tiros parecieron una única explosión prolongada. Colomba gritó mientras disparaba y siguió gritando mientras el joven de la escopeta se tambaleaba hacia atrás, alcanzado en el pecho y la cara, y caía luego contra la pared con un sonido de trapos mojados. Se quedó pegado allí un segundo, después empezó a deslizarse hacia abajo, empujado por las convulsiones: su cerebro estaba destrozado, pero su organismo seguía respondiendo al imperativo de la supervivencia, tratando de escapar. Colomba continuó apretando el gatillo, que ahora ya solo percutía en el vacío, sin apartar los ojos de ese cuerpo que se arrugaba como si careciera de huesos, como si se hubiera convertido solo en un envoltorio con una forma vagamente humana que se deshinchaba.

Dejó de gritar y se recuperó lo suficiente como para expulsar el cargador e insertar el de repuesto conforme dirigía la mirada al agujero de detrás de la espaldera, temiendo que pudiera vomitar otros asaltantes armados. Pero no se movió nada, aunque de reojo Colomba vio transfigurarse el espacio a su alrededor. Si fijaba la mirada, todo se escabullía, pero, a un milímetro de su enfoque, el gimnasio era un movimiento de sombras y de llamas, de gritos silenciosos, de mesas que volaban por el aire igual que un *frisbee.*

Sintió que le faltaba el aliento y cayó de rodillas. Golpeó el cemento con los nudillos de la mano libre hasta que se laceraron y, como siempre, el dolor alejó la pesadilla. Una pesadilla que creía haber borrado para siempre.

Con los ojos llenos de lágrimas gateó hasta el cuerpo de Infanti, para comprobar el pulso en la garganta viscosa de sangre. Era débil, pero regular, aunque la parte izquierda de la cara se había convertido en un amasijo de carne. Colomba contuvo las arcadas, sacó del bolsillo un puñado de pañuelos de papel y comprimió la herida para tratar de detener la hemorragia.

Hubo pasos en las escaleras, Colomba levantó el arma. Eran Esposito y Alberti.

—¡Doctora! —gritó Esposito—. No dispare.

Colomba bajó su arma.

—Necesitamos una ambulancia.

—¿Qué coño ha pasado? —preguntó Esposito.

Colomba continuó comprimiendo la herida de Infanti.

—Había un hombre armado escondido en un agujero. Llama a esa puta ambulancia.

—Aquí no funciona la radio. No funciona una mierda —dijo Alberti rompiendo a llorar.

Esposito le soltó una bofetada.

—¡Despierta, niñato! Sal y llama a los paramédicos, están detrás de la Unidad de Intervención Rápida. ¡Muévete!

Alberti salió corriendo, Esposito se agachó sobre el imán.

—Este aún está vivo.

—Ponte tú aquí —dijo Colomba.

Esposito ocupó su lugar, y Colomba se levantó de nuevo y se percató de que estaba manchada de sangre hasta los codos. *No te quejes, podría ser la tuya,* pensó. Todavía le faltaba el aliento y temblaba. No estaba realmente allí, aquello era una pesadilla de su pasado. Igual que el tren y París.

En realidad no había matado a un hombre.

El imán se sujetaba el vientre desgarrado, mientras murmuraba una oración. La voz era debilísima, la sangre se esparcía por el suelo debajo de él.

—Están llegando los de urgencias —le dijo Colomba.

El imán pareció recobrar la lucidez e interrumpió la oración.

—Omar era un buen chico. Ha tenido miedo —dijo en un hilo de voz.

—¿Omar?

—Omar Hossein..., el chico que me ha disparado.

—¿Tenía algo que ver con el tren?

El imán comenzó a rezar deprisa, como consciente del tiempo que pasaba. Colomba repitió la pregunta, sacudiéndolo. Bajo los dedos, notó la escasa carne y los huesos frágiles de la mano.

—No. Él era un verdadero musulmán, pero sabía que ustedes no le iban a creer... Porque él conocía... a los del vídeo.

Colomba sintió cómo le subía de nuevo la adrenalina.

—¿Quiénes son, imán?

La mirada del imán se perdió.

—Delincuentes... falsos... Todo es una estafa —murmuró.

Colomba lo sacudió amablemente.

—Por favor, dígame quiénes son.

—No lo sé. Ahora déjeme marchar —volvió a rezar en árabe.

Colomba se dio cuenta de que no podía insistir. Tomó la mano del imán, viscosa de sangre, y se la estrechó.

—Gracias por haberme salvado la vida.

El imán la miró a la cara por primera y última vez, y por primera y última vez le sonrió, con los dientes rojos de sangre.

—No he sido yo, ha sido Alá el Todopoderoso, el digno de elogio. Tiene un propósito para usted, aunque usted no lo sabe todavía —dijo. Luego la mandíbula se le descolgó y murió.

Colomba se levantó como una sonámbula y con la mirada abarcó aquel gimnasio, convertido en un matadero, donde Esposito seguía presionando sobre las heridas de Infanti, mientras mascullaba maldiciones y palabras de aliento. Dos cadáveres y un moribundo, sangre, peste. *Si te hubieras quedado en el exterior, tal vez no habría sucedido nada,* se dijo. La pólvora quemada le pellizcaba la piel.

Dos paramédicos bajaron las escaleras con la camilla plegada, seguidos por un enjambre de agentes. Desplazaron a Esposito y se esmeraron con las mascarillas de oxígeno y los tubos.

Detrás de los paramédicos llegaron tres de los NOA, entre ellos el simpático, y Antioco, de la Unidad de Intervención Rápida.

—Me cago en la hostia —dijo este en cuanto entró—. Pero ¿qué coño ha pasado aquí?

—Necesitaremos refuerzos —dijo el NOA simpático—. Arriba se está congregando más gente.

—¿Se han oído los disparos?

El NOA simpático negó con la cabeza.

—No. Había demasiado ruido. Y esto está aislado.

Los uniformes seguían moviéndose, hablando y gritando, deteniéndose a pocos metros de los cuerpos y replegándose en la escalera. Colomba dio dos palmadas para reclamar la atención.

—¡Escuchad! ¡Todo el mundo! Para la gente del centro, el imán todavía sigue vivo, ¿está claro? Está aquí y nos está ayudando a interrogar a un sospechoso.

—¿Por qué tenemos que soltar chorradas? —dijo Antioco.

—¿De verdad tengo que explicártelo?

Antioco abrió la boca para decir algo, pero la cerró de nuevo.

—Avisad a la Central —continuó Colomba—, haced que venga el juez, pero ojo con lo que decís, ¿de acuerdo?

—¿Está usted al mando? —preguntó el NOA simpático.

—No por mucho tiempo. Pero mientras tanto, haced lo que yo diga —esperaba que su tono pareciera más seguro de lo que estaba ella.

—A sus órdenes.

Colomba le dio la vuelta al chaleco y se lo puso de nuevo: daba asco, pero ya no se veía la sangre. Subió las escaleras a la carrera y se asomó por el portón. Detrás de la fila de los antidisturbios desplegados había por lo menos una cincuentena de inmigrantes y, al fondo, un grupo de chicos italianos con el estandarte de un centro social anarquista. Los niños, afortunadamente, se habían quedado al margen.

—Siguen llegando más —dijo otro de los NOA—. Pero por ahora están tranquilos.

Guarneri superó los cordones y regresó.

—¿Todo bien, doctora? —preguntó con perplejidad.

—¿Nadie te ha dicho nada?

—No...

En ese momento subieron los paramédicos con Infanti atado a la camilla. Guarneri abrió los ojos como platos.

—Pero...

—Ha habido un tiroteo y el imán se ha visto atrapado en medio. Pero los que están fuera no deben saberlo.

—¿Hemos sido nosotros?

—No, pero ve tú y se lo explicas.

La camilla salió y atravesó la multitud, el vocerío se hizo más fuerte y poco a poco se convirtió en una palabra repetida por todos, rítmicamente.

Rafik. Rafik. Rafik.

Colomba oyó de nuevo la voz del imán en su cabeza. *Todo es una estafa.*

Rafik. Rafik. Rafik.

—Lo han visto entrar y ya no lo han visto salir —dijo Guarneri—. Dentro de poco se va a montar un buen follón.

—Ya está montado —dijo Colomba, y mientras tanto pensaba en la mano del imán y en el último contacto.

—¿Qué hacemos? —preguntó Guarneri.

Olvídalo todo, pensó Colomba. *Vuélvete a casa.* Pero estaba viva, y tenía una deuda.

—Voy a pedirte algo, pero tiene que quedar entre nosotros. Es algo... fuera de las reglas. Yo asumiré toda la responsabilidad, ¿de acuerdo?

—Lo que quiera, doctora. Y sé que hablo en nombre de todo el equipo.

Colomba tomó aire. Aún estaba a tiempo de detenerse. No se detuvo.

—Tenéis que ir a buscar a una persona —dijo—. Se llama Dante Torre.

II. Back on the Chain Gang

Antes - 1987

El hombre que había sido policía mira las imágenes de archivo en el pequeño televisor de la cocina. Es un viejo aparato portátil en blanco y negro, con antenas tipo oreja de conejo, y cada vez que pasa un camión junto a la casa en ruinas de Poltava, la imagen parpadea. Aun así, el hombre reconoce las carreteras que conducen a la Caja, captadas durante el vuelo rasante del helicóptero. También logra ver de lejos las paredes, antes de que una columna de humo negro borre la imagen e interrumpa la transmisión. Es una casualidad, *se dice.* Una cuestión de mala suerte, alimentada por la estupidez humana. *Nadie puede haber deseado una carnicería semejante, no a propósito.*

La idea es tan impactante que el hombre que había sido policía vuelve a oír las voces y a ver el baile de los prismas de colores. Cierra los ojos y se tapa las orejas con las manos. Sabe que es inútil, pero hacerlo le proporciona algo de alivio. Luces y sonidos, susurros, colores cegadores, retazos de recuerdos e imágenes de lugares nunca vistos se arremolinan en su mente. Jadea. Se deja caer de rodillas, con la cabeza entre las manos.

Es así como se lo encuentra la Chica.

—Levántate —le dice, poniéndole una mano sobre el hombro.

Los prismas se desvanecen detrás de los ojos del hombre, las voces se callan, como siempre ocurre cuando la Chica está con él. El hombre que había sido policía se levanta y sonríe; la Chica, como siempre, no le devuelve la sonrisa. Solo lo mira con sus ojos enormes. El pelo le ha vuelto a crecer hasta enmarcar su cara pálida de labios exangües.

—Toma, come —le dice ahora, mientras le ofrece una bolsa de papel. La bolsa contiene pan, dos latitas de carne y algunas manzanas resecas.

—¿Y tú? —pregunta.

Se encoge de hombros. No tiene hambre. Nunca tiene hambre.

—He visto la explosión en la tele. Todos esos muertos...

—No pienses en ello —dice ella, sin cambiar el gesto.

Se quita el abrigo y aparece su figura delgada y fuerte como un alambre. No ha cambiado desde la Caja, aparte del pelo: las mismas formas andróginas, la misma postura rígida. Y aún habla poco, lo mínimo necesario. Cuando el fabricante de zapatos se cortó el cuello, solo dijo que no todos los pájaros consiguen sobrevivir fuera de la jaula. «Pero tú lo lograrás —le dijo—. Porque te necesito».

La Chica deja su abrigo en el borde de la silla, doblándolo cuidadosamente, luego coge la caja de herramientas del suelo y la pone sobre la mesa. Examina el contenido antes de aferrar con gestos precisos y delicados unas tenazas. Al policía se le encoge el estómago y el sabor del pan se vuelve ácido. Se siente un cobarde por no decir nada, pero sabe que no conseguiría detenerla aunque lo intentara. Y, además, necesitan dinero, y el trabajo que la Chica ha encontrado es el único que fugitivos como ellos pueden hacer.

La Chica abre la puerta del trastero y su sombra se proyecta en la cara del hombre encerrado ahí dentro. Está en calzoncillos, atado a una silla con cinta adhesiva. Tiene cinta adhesiva también sobre la boca, envuelta en apretadas vueltas alrededor de la nuca. Un ojo es un agujero rojo de sangre costrosa, y el otro está abierto de par en par por el terror. La vejiga se le vacía en un espasmo y los calzoncillos se mojan.

La Chica no presta atención al hedor de orina y de sudor, y le agarra la mano izquierda. El hombre atado trata de retraer su brazo, pero no lo consigue. Gime algo ininteligible. El expolicía, que se ha quedado en la cocina, intuye lo que está diciendo. Quiere saber por qué, qué quieren de él.

—Es pronto para las preguntas —le había dicho la Chica al expolicía—. Todavía no está preparado para responder.

—A mí me parece muy preparado —había respondido él—. ¿No quieres ni probarlo siquiera?

—Es pronto.

La Chica nunca cambia de tono, tampoco con él. Ni siquiera cuando tiene que explicarle cosas obvias acerca de cómo se rompe la voluntad de un ser humano.

El expolicía no sabe dónde ha aprendido, como tampoco sabe de qué forma logró sobrevivir a la ejecución en la Caja y liberarlo. Lo logró, y punto, al expolicía tan solo le corresponde creer en ella. Obedecer y tener fe en su misericordia.

La Chica coge el dedo meñique de la mano izquierda del hombre atado y lo mete entre los brazos de las tenazas. El hombre gime aún más fuerte. Se entrega a la piedad con su refunfuño inconexo. La Chica niega con la cabeza lentamente.

—Es pronto —dice. Cierra de golpe las tenazas y se prepara para una larga noche.

1.

Ese tipo era un idiota. Se vestía como un idiota —con esos mocasines sin calcetines y pantalones con dobladillo—, tenía cara de idiota (un idiota bronceado, además) y, por si eso no fuera suficiente, hablaba como un idiota. Dante Torre se abstuvo de decírselo y lo siguió con fingido entusiasmo mientras cruzaban la entrada de la Sapienza, una desmesurada fachada de los años treinta que ocultaba los edificios mucho más antiguos donde se albergaban las facultades. Contuvo la respiración hasta que desembocó en el patio central, con el cielo por encima de la cabeza. Cogió una gran cantidad de aire, y el idiota, alias el profesor asociado Francesco degli Uberti, de la cátedra de Historia Contemporánea, se volvió hacia él.

—¿Va todo bien, señor Torre?

—Por supuesto, ¿qué me estaba diciendo, profesor?

—Que los chicos están muy contentos de poder asistir a su charla.

Un grupo de estudiantes caminaba en su dirección, riendo y dándose empujones. Dante se colocó de perfil y levantó los brazos a tiempo para evitar el contacto. El pequeño maletín que llevaba en la mano dejó caer papeles y plumas sobre el adoquinado. El idiota se agachó para ayudarlo.

—Espere, voy a echarle una mano.

Dante aferró rápidamente una hoja antes de que el otro pudiera rozarla siquiera.

—No se preocupe, puedo hacerlo yo solo.

—No es ninguna molestia para mí.

—Puedo hacerlo solo —repitió Dante con voz perentoria.

El otro se levantó de golpe.

—Disculpe.

Dante hizo un esfuerzo por sonreír.

—Es que... tengo un orden... completamente mío para mis cosas —improvisó. *Dios, estoy de mierda hasta el cuello.*

Había pasado la noche dándole vueltas a esa charla en la cabeza, levantándose cada veinte minutos para tomar algo: café, pastillas, vodka, agua, cigarrillos. Consiguió conciliar el sueño solo al amanecer, y soñó entonces que se encontraba en el interior de una cueva que se iba haciendo cada vez más estrecha: seguía caminando hasta que el techo se volvía demasiado bajo para proseguir —algo que en la vida real no haría ni anestesiado— y al darse la vuelta para salir se daba cuenta de que el camino de regreso había sido reemplazado por una sólida pared de roca. En ese momento resonó el eco de la voz del Padre, quien le ordenaba que se cortara la mano mala, y Dante se despertó vomitándose encima un chorro ácido que apestaba a alcohol.

Podría ser peor, pensó mientras fumaba un cigarrillo aún echado, podría vomitarse encima y seguir durmiendo, y morir asfixiado, igual que John Belushi. En cambio, quitó las sábanas y las metió en la bañera de la suite, tratando de borrar las huellas. No quería que la camarera comprendiese lo que había sucedido, pero el resultado fue terrible, con sábanas empapadas y malolientes que dejó colgadas en el balcón con la esperanza de que se secasen. Por suerte, era un hermoso día de sol; Dante sentía que le quemaba en los ojos a pesar de las gafas de espejo.

El idiota, mientras tanto, le había formulado una pregunta y esperaba que respondiera. Dante buscó en su memoria auditiva las últimas palabras: sus estudios. *Joder, qué aburrimiento.*

—Ni siquiera terminé la enseñanza media —dijo.

—¿En serio? Nunca lo habría pensado, oyéndole hablar. Me refiero a que parece mucho más instruido —especificó el idiota.

Dante seguía mirando a su alrededor, midiendo el tamaño del patio, las entradas, las salidas de seguridad. Las paredes le parecían molestamente cercanas; el vocerío de fondo, demasiado estridente. Estaba sudando de tal manera que tenía húmeda la ropa interior.

—Estudié por mi cuenta, pero nada reglado.

—Supongo de que fue por lo del secuestro, ¿verdad?

Supongo que fue por lo del secuestro, Dante lo corrigió mentalmente. *Y en tu opinión, ¿por qué otra cosa podría ser? Idiota.*

—Sí. Me escapé cuando tenía casi dieciocho años y tuve que sacarme los títulos de elemental y primaria. Me resultó bastante complicado, al ser el único que no era un niño o un viejo analfabeto.

—¿Se refiere a cuando salió del silo donde lo había encerrado el Padre?

—Muy bien. Para usted, en cambio, el estudio es una tradición familiar, ¿verdad?

El idiota sonrió.

—Mi tío es decano de la Facultad de Ciencias Políticas; y en cuanto a mi padre, enseñaba en Lausana. ¿Ha reconocido el apellido?

No, lo que he reconocido es que sin una recomendación estarías limpiando los lavabos, de ninguna manera serías profesor asociado.

—Sí. Un apellido ilustre —dijo por el contrario, manteniendo inalterada la sonrisa.

Quería salir corriendo, el sudor ahora le goteaba hasta las pantorrillas. Se preguntó si el otro podía darse cuenta, y tuvo la esperanza de que no fuera así. Vestía un traje negro y el negro esconde lo mojado. Aparte de eso, llevaba un panamá blanco y un par de náuticos tachonados y con puntera de acero y, así, con el pelo claro y largo sobre el cuello, se parecía un poco a David Bowie en la época *Let's Dance,* solo que más alto y delgado.

—Ya está, hemos llegado —dijo el idiota señalando medio centenar de sillas alineadas delante de una mesa con silla y micrófono. Detrás de la mesa, una pizarra de papel, de esas que parecen gigantescos cuadernos de notas, con un rotulador azul que oscilaba colgado de una cuerda—. Tal y como nos pidió usted, nos hemos instalado al aire libre. Esperemos que venga alguien, porque con lo que ha pasado...

—Estamos lejos de la estación —dijo Dante, seco.

—No es seguro que esos locos hayan terminado de poner bombas.

—Si eso es verdad, tanto da un lugar como otro, ¿no?

El otro no supo cómo rebatir y cambió de tema.

—¿Cómo tiene pensado plantear la lección?

—Yo... pensaba partir de algunos de los casos históricos más controvertidos —murmuró Dante improvisando.

—Lo mejor de lo mejor de la teoría de la conspiración —dijo Uberti.

—Sí, y de las leyendas urbanas —se interrumpió, porque dos estudiantes se habían sentado en tercera fila, y le hacían señales a otro par para que se acercaran. Lo cierto es que estaba llegando gente para escucharlo. La mera idea le heló por completo y se quedó parado en medio del patio; los pies, de cemento.

—¿Y qué más? —le presionó el idiota.

—Tengo que ir al baño —dijo.

—Se va por ahí —el idiota le señaló la puerta que conducía al interior del edificio principal. A Dante le pareció la entrada del túnel de su sueño, una boca lista para devorarlo.

—Solo quería un poco de agua.

—Pues ahí está la máquina de bebidas. Se va también por ahí.

Dante lo miró, y le pareció que se podía leer el rótulo de IDIOTA en sus ojos.

—Tengo claustrofobia. Por eso imparto la clase al aire libre.

Idiota degli Uberti esbozó una sonrisa de disculpa.

—Claro, claro. Discúlpeme. Pensaba que para las distancias cortas...

—Depende del momento. Ahora no.

Uno de los psiquiatras que lo estuvo tratando de joven le enseñó a evaluar la intensidad de sus síntomas de uno a diez, y ahora su termómetro interior se movía por las inmediaciones de la séptima muesca. Si subiera un poquito más, tendría que salir corriendo para su casa. Otros ocho estudiantes, mientras tanto, se habían sentado. Se había dicho a sí mismo que en caso de que fueran menos de diez ni siquiera empezaría: ya había superado esa cifra.

—Discúlpeme. Ya voy yo. ¿Sin gas?

—Me basta con que sea líquida.

El idiota salió disparado; Dante metió de inmediato las manos en el maletín y sacó un blíster de pregabalina, un analgésico dotado con un fuerte poder ansiolítico. Lo utilizaban generalmente los diabéticos, pero Dante había descubierto que a él le funcionaba bien como terapia de emergencia. Por vía oral tardaba mucho en hacer efecto, por eso, dándose la vuelta hacia una columna, Dante abrió dos cápsulas y esnifó el polvo haciendo ver que se rascaba. A través de los capilares nasales le haría efecto en pocos minutos.

—¿Señor Torre? —dijo una voz joven detrás de él.

Dante se limpió la nariz con la manga —*No es cocaína, lo juro*—, se dio la vuelta y se encontró enfrente a dos estudiantes que estaban sonriéndole. Eran un chico y una chica, ambos poco más que veinteañeros. Él tenía unos rasgos sin personalidad y los hombros encorvados de jorobado; ella era mona, vestía una camiseta rosa ceñida sobre una talla 95 de sujetador. Dante se obligó a no bajar la mirada por debajo del cuello de la chica y estrechó rápidamente la mano a ambos, limpiándosela luego en los pantalones sin ser visto. Odiaba ser tocado por extraños. Muy a menudo, también por los conocidos.

—Venimos a escuchar su clase, señor Torre —dijo el chico.

—Estamos convencidos de que será interesantísima —dijo la chica.

—Ah, gracias —respondió él, sin saber qué añadir.

La chica le sonrió, seductora.

—Hemos leído muchas cosas sobre usted.

—Créase solamente las buenas.

—Las malas son más interesantes —añadió ella, y se rio entre dientes—. ¿Es verdad que nunca sale de casa?

Te doblo en edad, chiquilla. No me hagas sentir como un viejo baboso, pensó Dante.

—Eso es un poco exagerado —mintió.

—¿Y que vive en un hotel?

—Eso es verdad.

Por el momento, al menos. Tendría que dejar la habitación dentro de un par de semanas o ponerse al día con las deudas. Ambas opciones le parecían igual de impracticables. Ya había tenido que renunciar al servicio de lavandería y llevar su ropa a la Onda Blu más cercana, donde dejaban las camisas hechas un asco. La que llevaba puesta tenía grandes zonas más claras allí donde el detergente no se había enjuagado bien, aunque por debajo de la chaqueta no se veía.

El chico los interrumpió, casi interponiéndose entre ellos.

—Creemos que fue muy valiente al hacer lo que hizo. Al desafiar a los poderes fácticos para obtener la verdad sobre su caso.

¿Los poderes fácticos? ¿Cómo coño hablas? Antes de que pudiera decírselo, sin embargo, la chica se volvió hacia una amiga que la llamaba agitando un brazo.

—Voy a buscar sitio —dijo, y desapareció. El chico se quedó con la chaqueta de ella entre las manos y la sonrisa fija.

A Dante le dio pena.

—No hay esperanzas. Lo sabes, ¿verdad?

—¿Perdone?

—No te considera como un posible compañero sexual. Tal vez puedas intentarlo con la piedad, pero yo que tú lo intentaría en otra parte.

El chico fingió que se reía.

—Se está equivocando, en serio. Solo somos amigos.

No puedes hacerle trampas a un tramposo, muchacho.

—Le llevas la chaqueta como si fuera la estola de una reina, siempre estás un paso por detrás de ella, y cuando la tocas se te ensanchan las pupilas. Mientras ella coqueteaba conmigo, me has lanzado miradas de odio y has intentado colocarte entre ella y yo. Estás colgado por ella, lo entiendo, pero es una gilipollas.

—No es gilipollas —jadeó el otro, a esas alturas incapaz de negar nada más.

—¿Vas a recogerla cuando llueve? ¿Le dejas los deberes? ¿Le envías mensajes nocturnos con corazoncitos?

El otro no dijo nada.

—Ella no lo hace, y te habla de los tíos que le gustan. Finge no darse cuenta de que sufres por ella, pero fíate de mí: lo sabe a la perfección y comenta el tema con sus amigas. Añadiendo, seguramente, que eres *un encanto,* o cualquier otra basura que se diga ahora. Es una manipuladora, y mientras le funcione continuará manipulando. Tal vez dentro de unos años se dará cuenta de que eso no se hace, pero yo apostaría por todo lo contrario.

Al muchacho casi se le saltaban las lágrimas.

—No. Se equivoca.

—Apuesto a que también le has regalado ese collarcito que lleva. Apuesto a que te llevó bastante tiempo encontrarlo. No querías que fuese demasiado explícito, pero tenías la esperanza de que captara el significado oculto. Ella se lo pone solo cuando está contigo, porque le da vergüenza. Lo esconde debajo de la camiseta —Dante se encendió un cigarrillo—. ¿Quieres un consejo? Huye. Es tu única oportunidad. A lo mejor va detrás de ti.

—Es usted un cabrón —dijo el chico, girando sobre sus talones—. ¡Y no se puede fumar!

—¿Al aire libre?

—¡Sí, porque estamos en una universidad, no en un espectáculo de frikis!

El chico se alejó a paso de marcha. Dante negó con la cabeza. *Lo he intentado, chico. Pero, total, es inútil.* Un corazón enamorado no atiende a razones: él también había pasado por eso más veces de las que le gustaba recordar.

En ese momento regresó el idiota con una botellita y un vasito de café que le ofreció.

—No se puede...

—... fumar, sí, me lo han dicho —Dante dio una última calada y tiró la colilla por la reja de la alcantarilla.

—Los fumadores pasivos...

—Lo entiendo.

—¿Ha conocido ya a algún estudiante?

—Sí —Dante bebió un trago de agua, deshaciendo el bolo dulce y harinoso que tenía en la garganta. La pregabalina ya estaba empezando a hacerle efecto—. Unas charlas amistosas.

Al fondo, vio que el chico y la chica estaban discutiendo en voz alta, pero no le llegaban las palabras. Bajó la mirada hacia el café. Que para él no se trataba de café, sino de su pálido fantasma. ¿Qué queda cuando uno hace hervir el polvo del café premezclado, y deja que se evapore todo con chorros de aire caliente, y luego vuelve a disolver el polvo en un poco de agua, nunca a la temperatura adecuada? El agua sucia de lavar los platos y, de hecho, era a eso a lo que apestaba. Dante lo olfateó, percibiendo atisbos de yute, rancia y recalentada, así como de plástico, e incluso un regusto a aceite de máquina. No habría podido ingerirlo ni aunque fuera la última bebida del desierto.

—Ya me he tomado un par —dijo. Eran diez, en realidad, pero duplicaría la cifra antes del anochecer.

El idiota señaló las sillas. A esas alturas ya casi todas estaban ocupadas y había gente incluso de pie en los pasillos del claustro.

—Yo diría que ya estamos. Digo solo un par de cosas. Para recordar el luto.

Ahora ya no hay forma de escapar, pensó Dante.

—Gracias.

Idiota degli Uberti habló durante unos diez minutos de los muertos del tren y de la necesidad de permanecer unidos contra el terrorismo, con una prosa palaciega que hizo estremecerse a Dante todo el tiempo. Cuando fue su turno, durante unos segundos no dijo nada. Solo miraba fijamente los ojos que lo miraban a él y que le parecían listos para tragárselo. ¿Cuántos estaban ahí para escuchar lo que tenía que decir y cuántos, en cambio, tan solo esperaban que hiciera algo peregrino, de acuerdo con la fama que le precedía? Tuvo la tentación de huir de allí, como el viento, de desconectar el teléfono y no responder nunca más a los correos de quienes se ofenderían por su comportamiento. En otra época lo habría hecho, en otra época no se habría quedado allí buscando las palabras adecuadas. Pero ahora no podía hacerlo.

Suspiró, y la bocanada de aire que le ensanchó los pulmones le sacudió la inmovilidad, silenciando el zumbido.

—Buenos días a todo el mundo, gracias por estar aquí. Os pido que durante esta hora olvidéis este triste momento y liberéis vuestra mente, de lo contrario vamos a terminar hablando solo del tren. ¿Alguno de vosotros puede darme la definición de la teoría de la conspiración? ¿Nadie? Mirad que si no me ayudáis, esto va a ir para largo... —*Bonita ocurrencia, sigue así,* se reprendió.

Alguien soltó una risita de cortesía, rompiendo la atmósfera plúmbea.

—Muy bien, lo haré yo. La teoría de la conspiración es una tirita, porque cubre una herida en el relato del mundo en que vivimos. ¿Os gusta? Okey, es una gilipollez, me la he inventado sobre la marcha.

Alguien se rio de verdad esta vez, las palabras soeces siempre funcionaban.

Dante siguió ese hilo reavivado.

—Las teorías de la conspiración son un torpe intento de dar respuestas que puedan mitigar nuestra ansiedad frente a acontecimientos inexplicables o desestabilizadores. Acontecimientos que nos pillan desprevenidos como el 11-S o el tren de esta noche, que nos hacen sufrir como la muerte de un personaje público, o que nos hacen soñar con un mundo mejor, como la idea de que existan coches capaces de funcionar con agua mineral, ocultados por el *lobby* del petróleo. Las teorías de la conspiración casi nunca son capaces de dar respuestas creíbles, pero tienen la ventaja de señalar, en caso de que exista, ese agujero en el relato oficial cuidadosamente construido para ocultar errores y mentiras. No siempre, ¿vale? A veces son una pura locura, como las estelas químicas, aunque muy a menudo...

Las palabras fluían seguras, a medida que Dante se daba cuenta de que el público estaba escuchando interesado, olvidándose de mirarle la mano mala, escondida por el guante negro, la que el Padre le obligaba a martirizarse a base de golpes.

Hacia el final de la lección, pasó a su plato fuerte. Dibujó la caricatura de Elvis y la de JFK en la pizarra de papel. Tenía una buena técnica, aunque un tanto rudimentaria, y los estudiantes aplaudieron cuando terminó.

—¿Verdad que sabéis... —dijo señalando las caricaturas— que Elvis está involucrado en la muerte de Kennedy?

Hubo más risas.

—No, no, no estoy bromeando —continuó Dante—. Y como todas las teorías de la conspiración, se basa en parte en hechos reales o verosímiles. *Hecho:* Elvis había tenido una relación con la actriz Ann-Margret, a la que conoció durante el rodaje de *Viva Las Vegas*. *Hecho:* Ann-Margret era amiga de Marilyn Monroe. *Hecho:* Marilyn Monroe había tenido antes de morir una relación con el presidente Kennedy. *Hecho:* en los últimos años de su vida, Elvis estaba obsesionado por la amenaza comunista. *Hecho:* el doctor Max Jacobson era el médico personal de Kennedy y tenía relaciones con Elvis: a ambos les proporcionaba anfetaminas y estimulantes para mantenerlos en pie, de ahí el apodo de Dr. Feelgood —sonrió—. Ya no hay médicos así cuando uno los necesita.

Hubo otras risitas y Dante hizo su mueca de satisfacción: su gusto por la actuación contrastaba con el hecho de ser patológicamente tímido.

—Como veis —continuó—, solo hay un grado de separación entre las dos figuras, pero para que se ponga en marcha una teoría de la conspiración son necesarios otros elementos. Una muerte sorprendente, como la de Kennedy, llena de lo que parecen momentos oscuros. ¿Realmente Oswald podía disparar tres tiros él solo y alcanzar por dos veces al presidente, que se movía en coche? ¿Por qué había un retén armado frente a la habitación de Kennedy en el hospital que no dejaba pasar ni siquiera a la esposa? ¿Realmente todo el cerebro de Kennedy salió del cráneo por la bala o se lo sacaron después? ¿Cómo fue capaz Jack Ruby de acercarse hasta Oswald lo suficiente como para dispararle mientras estaba bajo vigilancia policial? Podría continuar.

Dante bebió un trago de agua de la botellita que tenía en la mano.

—Pero incluso esto podría no ser suficiente para que surgiera la leyenda, si la figura de Kennedy no hubiera sido tan estimada y tan conocida en el mundo, casi santificada. Como la del propio Elvis —señaló las caricaturas con la mano mala—. Añadamos otros detalles que nunca han sido probados, pero tampoco refutados por completo. Elvis tenía una rara copia de la película de Zapruder sobre el disparo que mató a Kennedy que veía obsesivamente; uno de los guardaespaldas de Elvis había pertenecido a los servicios secretos; uno de los amantes de Ann-Margret trabajaba para el KGB... y tenemos todos los ingredientes necesarios para el pastel —sonrió de nuevo—. Y aquí está el pastel. Elvis descubre a través de su médico, muy íntimo de Kennedy, que el presidente ordenó matar a Marilyn con supositorios de barbitúricos. Se lo dice a Ann-Margret, quien lo convence para vengar a su amiga. Para hacerlo, Elvis moviliza a sus contactos en la CIA y en la mafia de Las Vegas que están dispuestos a ayudarlo. Según otras variantes, fue Ann-Margret quien lo convenció, instigada por su amigo del KGB, e incluso Elvis habría disparado con su rifle.

Esta vez las risas fueron estruendosas, Dante esperó a que disminuyeran.

—Pero esto es solo un cuento, naturalmente, que nació para ayudarnos a superar nuestra desazón frente a algo inesperado. Lo mismo ocurrió con el suicidio de Marilyn, el icono sexual al que todo el mundo creía feliz, y con la desaparición de Elvis, el cantante más famoso en el mundo. También hay varias teorías acerca de su muerte, como ya sabéis. La primera, obviamente, es que aún sigue vivo y está internado en un albergue para artistas indigentes, Joe Lansdale escribió una novela sobre el tema; pero la segunda es que lo mató John Lennon porque estaba celoso de su éxito. No os preocupéis, fue vengado por Michael Jackson. Y alguien, luego, vengó a Lennon, aún no sé quién.

Más risas y un aplauso. Satisfecho, Dante abrió el turno para las preguntas. Una estudiante con una enorme melena roja levantó la mano.

—De acuerdo con lo que dice, profesor...

—No soy profesor, solo un aficionado al tema —bufoneó. La chica era guapa.

—Perdone. De acuerdo con lo que dice, *señor* Torre, incluso lo que usted cuenta acerca de las conexiones entre su secuestro y la CIA es una teoría de la conspiración. No hay pruebas que lo avalen.

Dante se esperaba esa pregunta ya que siempre se la hacían.

—*Hecho:* mi verdadero nombre no es Dante Torre, pero durante mi cautiverio el Padre borró todos los recuerdos de mi pasado y me implantó nuevos recuerdos. Ni siquiera sé si realmente nací en Cremona. *Hecho:* el Padre tenía una financiación que no fue posible determinar, así como conexiones con el ejército. *Hecho:* resultó imposible establecer la identidad del cómplice del Padre, al que hoy día aún llamamos el Alemán y que está en la cárcel. *Hecho:* la CIA tenía una rama de estudios, el MKULTRA, que se ocupaba de la alteración de las conciencias mediante pruebas con seres humanos. El resto fue una deducción mía.

—Era un niño y él un loco que lo tuvo en sus manos durante años —dijo otro estudiante—. ¿No es suficiente esto para explicarlo todo?

—No, en mi opinión. Pero lo he dicho muchas veces y no ha servido para cambiar las cosas.

—Los experimentos del MKULTRA terminaron en los años setenta —dijo la estudiante de la melena roja—. Y nunca operaron en territorio italiano. Cuesta creer que el Padre tuviera relaciones con ellos.

—Sí, por lo que sabemos es así. ¿Pero lo sabemos todo? En 1973, el director de la CIA, Helms, dio la orden de destruir todos los documentos sobre el MKULTRA. Lo que hemos llegado a saber se dedujo partiendo de los pocos documentos conservados y de los testimonios, una pequeña parte, según todo el mundo.

—Sin embargo, usted nunca encontró pruebas, y los jueces que investigaron la organización del Padre cerraron el caso —dijo otro chico.

Dante levantó las manos haciendo el gesto de rendirse.

—Okey, okey. Es verdad. Y ese es el problema —hizo una mueca autoirónica—. Vale para mi caso, como para Kennedy: si no hay pruebas, estamos hablando de nada. Lo que he tratado de deciros, hoy, no es que no os creáis nada o que os lo creáis todo, sino que siempre os formuléis preguntas. Si alguien os da una verdad ya empaquetada, retirad el envoltorio y mirad en el interior. No importa si esta verdad os la da un político, un periódico, un policía o alguien como yo. Id a verificarlo. Buscad siempre vuestras respuestas. Eso es lo que estoy tratando de hacer, incluso hoy con vosotros.

Era una frase encaminada a obtener aplausos, y de hecho fueron atronadores, marcando el final de la clase. Dante se desplazó hacia una esquina del patio e intercambió algunas palabras con los estudiantes que fueron a estrecharle la mano o pedirle un autógrafo, que concedió fingiendo que era algo que no le gustaba. Idiota degli Uberti también regresó con los impresos para el pago. Una gota en el mar: tendría que pedir otro préstamo a su padrastro o volver a dar caza a cachorros perdidos. Mientras reflexionaba sobre lo mucho que deseaba un café decente, y con café decente pretendía decir uno hecho por él mismo, su mirada se posó en tres personas que entraban en ese momento en el patio. A uno de los tres Dante ya lo conocía. Era Alberti, a quien había tratado cuando era solo un novato en las patrullas; los otros dos solo podían formar parte del mismo equipo, el de Colomba.

Pensar en ella le supuso a Dante la habitual mezcla de sensaciones contradictorias, pero ofreció una expresión neutra cuando los tres se pararon delante de él.

—¿He de llamar a mi abogado? —preguntó.

—Tranquilo, señor Torre —dijo Alberti ofreciéndole la mano para estrechársela—. ¿Cómo está?

Dante miró la mano, pero no hizo ademán de cogérsela.

—Sea lo que sea que quieran, no estoy interesado en dárselo.

—La doctora Caselli necesita ayuda —dijo Alberti.

Dante permaneció impasible.

—¿Como policía?

—Bueno, sí.

—Entonces no es cosa mía, así que si no les importa...

Fue a recoger su móvil del mostrador que había servido como soporte para las firmas y marcharse, pero Esposito fue más rápido que él y se lo arrebató, colocándoselo luego a un centímetro de la cara.

—Lo siento. Llámela o utilizaré su nariz para marcar el número.

Dante lo miró con desprecio.

—¿Desde cuándo contratan gorilas en la policía?

Guarneri bajó el brazo de su compañero.

—Perdónelo, señor Torre, no estudió en las monjas, como yo. Pero es urgente.

Dante se dio cuenta de que los tres, aparte de agotados y supervivientes de algo difícil y cruento, también estaban extremadamente preocupados. La molestia de Dante se convirtió de inmediato en curiosidad y se encendió un cigarrillo desafiando la prohibición.

—Antes de nada, cuéntenmelo todo —dijo.

2.

Dos horas después del tiroteo, el Centro Islámico de Centocelle estaba sitiado, con vehículos blindados que cortaban la calle y cordones de agentes con uniforme antidisturbios a lo largo de todo el perímetro. Un centenar de manifestantes se habían congregado en la acera de enfrente, una docena había terminado en el hospital, medio centenar con las manos esposadas y un número indeterminado vagaba por el barrio quemando contenedores y rompiendo escaparates. Colomba no sabía quién había revelado la verdad sobre el imán —podría haber sido cualquiera de los uniformados que tenían que manejar la situación, o uno de los paramédicos—, pero la voz estalló como una bomba entre los manifestantes, produciendo gritos y llantos.

Y violencia.

Los disturbios fueron fulminantes y Colomba, como el resto de los agentes allí reunidos, se vio con un casco en la cabeza y una porra en la mano para repeler el asalto. Era algo que no le sucedía desde sus primeros años en la policía, cuando se encargaba del orden público en los estadios, enfrentándose a ultras en formación militar con barras de hierro y cócteles molotov. En esa época no tuvo escrúpulos en abrir cabezas, pero ahora se hallaba ante personas desesperadas, que consideraban a la policía culpable de un crimen monstruoso tapado impunemente; no era tan fácil.

Cuando los manifestantes se retiraron, Colomba se encontró empapada de sudor y con la porra manchada de sangre. La tiró al suelo y se refugió en el bar libre de alcohol, para escuchar las noticias en una vieja radio. La guerrilla no solo estaba en Centocelle, sino también en muchas ciudades italianas donde la policía había irrumpido en centros islámicos y mezquitas. Los heridos eran innumerables, y las detenciones alcanzaban ya una cifra de dos dígitos. Había también patrullas de ciudadanos autoproclamados defensores de la patria, que iban a la caza de quien no tuviera la piel blanca, y grupos de refugiados que se atrincheraban con palos y barras de hierro para defenderse. Colomba pensó que si los terroristas querían provocar la guerra civil, lo estaban consiguiendo y, una vez más, echó en falta a Alfredo Rovere. Rovere había sido su jefe en la Móvil antes de Curcio, y tenía la capacidad de crear orden a partir del caos y de hacer que se sintiera segura incluso en los momentos más difíciles. Lástima que Rovere muriera asesinado por el Padre, y que antes de morir la manipulara para implicar a Dante en la investigación. ¿Había obrado bien, el fin justificaba los medios? Colomba aún no había sido capaz de determinarlo. Es el problema con los difuntos: no puedes mirarlos a la cara y aclarar las cosas con ellos, solo puedes hacer las paces contigo mismo, y esto a Colomba no se le daba nada bien.

Mientras se sentía cada vez con más ganas de un trago bien cargado o de una palabra de consuelo, el Estado Mayor de la Policía superó los cordones, encabezado por la jueza Spinelli. Colomba estaba a punto de ir hacia ella para saludarla, pero Santini, que también estaba en el grupo de recién llegados, sin decir una palabra la llevó hasta la trastienda, entre las cajas de bebidas y las conservas de comida árabe. Cerró la puerta y se apoyó en ella como para evitar que escapara.

—¡Te pedí que no hicieras ninguna tontería! —dijo con la cara roja de rabia.

Colomba se quedó de pie frente a él con una expresión de desafío. El aire estaba cargado de glutamato y de cilantro, le parecía pólvora.

—¿Y qué tontería he hecho yo?

—¿Y aún me lo preguntas? ¡Has tratado a Infanti como a un minusválido, te has impuesto a la Unidad de Intervención Rápida! —Santini barrió con un manotazo la superficie de una mesa, e hizo caer al suelo una vieja calculadora que se abrió y perdió las pilas—. ¡Gracias a tu genial intromisión, Infanti tiene ahora un agujero en la cara y hay dos muertos a los que ni siquiera podemos sacar de aquí sin recurrir a las fuerzas especiales!

A Colomba se le escapó un instante de su vida: un segundo antes, miraba una grieta en las baldosas; un segundo más tarde, tenía el cuello de la chaqueta de Santini entre las manos.

—¡Sí! —le gritó a la cara—. ¡Hay dos putos muertos y uno podría ser yo!

—Quítame las manos de encima.

Ella no lo hizo. Por el contrario, siguió gritando, incapaz de detenerse.

—He tenido que matar a una persona, ¿comprendes? ¡He matado a un muchacho de veinte años! ¡Y tú vienes aquí para gritarme a la cara! ¿Pero qué pedazo de mierda eres?

Santini la empujó e hizo que chocara contra una pila de cajas de cartón llenas de pasta.

—¡Quítame las manos de encima, subcomisaria! —dijo con tono gélido—. Y baja la voz. Lo último que quiero es que otros se den cuenta de lo mal que estás de la cabeza.

Colomba se levantó como un resorte, lista para atacar de nuevo, pero un fogonazo de conciencia la contuvo. Se paró para mirar a Santini, abriendo y cerrando los puños, mientras la respiración se le escapaba en un silbido entre los dientes apretados.

—Había un fugitivo escondido en el sótano con una escopeta. ¿Y eso es culpa mía?

—¿Sabes por qué se escondía? —dijo Santini como si estuviera hablando con una deficiente mental—. ¡Porque tenía una sentencia firme que cumplir por tráfico de drogas de hace seis años! Si no hubieras ido a meter las narices, Hossein se habría quedado por ahí y a lo mejor habría cometido algún error. Pero no le habría disparado a Infanti ni al imán. Y no tendríamos esa revuelta ahí afuera.

—Hay enfrentamientos en toda Italia —dijo Colomba—. Ha sido la operación Tamiz la que ha calentado los ánimos, no yo.

Santini resopló.

—¡Pero déjalo ya! ¿Quieres arreglar el mundo? Pues vete a hacer de misionera. En la policía hay reglas.

—A ti te importan un montón las reglas —murmuró Colomba, mientras el sentimiento de culpabilidad ocupaba el lugar de la ira.

—Estoy comportándome con rectitud desde que me enviaron de nuevo a la Móvil, Caselli. Yo aprendo de mis errores —Santini se encendió un cigarrillo—. Tú, en cambio, siempre cometes otros nuevos —echó el humo por la nariz y Colomba pensó en un dragón de los cuentos. Un dragón huesudo, con bigote—. ¿Qué coño te ha pasado, se puede saber? Siempre has sido un grano en el culo, pero hubo un tiempo en que sabías hasta dónde podías llegar, de lo contrario no habrías hecho carrera. Ahora te has convertido en un chiste.

Colomba sintió que se ruborizaba y se odió por eso.

—¿Me has dicho ya todo lo que tenías que decirme?

—Una última cosa: nadie querrá asumir la responsabilidad de lo sucedido, y menos aún los que nos han enviado aquí. La muerte de Hossein no es un problema para nadie, pero la del imán podría convertirse en un incidente diplomático con las comunidades islámicas. Recaería todo sobre Infanti si no le hubieran disparado, pero ahora harán cualquier cosa para que quede como una víctima y no como un idiota.

—Y esto me deja a mí con la mierda hasta el cuello.

—Muy bien. Así que ten cuidado con lo que le cuentas a Spinelli. A menos que puedas afirmar que Hossein y el imán querían la Guerra Santa y te atacaron en nombre del califa, es mejor que finjas no recordar nada a causa del *shock*.

—Voy a decir la verdad y nada más —Colomba se mortificó el labio inferior mientras oía otra vez en su cabeza las palabras del imán: *Todo es una estafa*—. ¿Estamos seguros de que el atentado del tren está conectado con el terrorismo islámico?

—¿No has visto la reivindicación?

—Cualquiera puede decir que es un soldado del Islam, sin ser necesariamente cierto.

—Por favor, no me vengas ahora con cosas raras —dijo Santini, exasperado—. Los equipos de desactivación de explosivos encontraron otras tres bombonas de gas en sendos trenes. En tu opinión, ¿quién podría hacer tal cosa, salvo el puto ISIS?

—¿Por qué no han matado a nadie? —preguntó Colomba consternada.

—Porque detuvimos a tiempo la circulación por las vías. Probablemente las colocaron todas a la vez la noche pasada o la anterior, mientras los trenes estaban en el depósito central de Milán. Aunque por ahora se trata solo de una hipótesis.

—¿No hay nada en las cintas?

—No. La vigilancia de las estaciones es un colador, a lo sumo consiguen mantener a raya a los mendigos. Pero ¿por qué te han entrado dudas sobre la autoría?

Antes de que Colomba pudiera inventarse una respuesta, en el móvil apareció el fantasmita amarillo de Snapchat que la avisaba de una llamada, y solo había una persona que sabía cómo utilizar esa aplicación, la misma que se la había instalado a la fuerza porque encriptaba las llamadas. Por eso era muy apreciado entre los traficantes de drogas, así como entre los adolescentes amantes del *sexting*.

—Es una llamada personal —le dijo a Santini—. ¿Te importa dejarme un poco de privacidad?

Santini abrió los brazos.

—¡Faltaría más, por favor! —soltó enojado—. Recuerda lo que te he dicho, de todas formas.

El policía salió, y Colomba se dio cuenta en ese momento de que, por debajo de sus rudos modales, estaba seriamente preocupado por ella. Era algo que no se esperaba y que la sorprendió. Cerró la puerta y se sentó sobre una caja de refrescos del Lidl.

—Gracias por llamarme, Dante —dijo por teléfono.

—Tus hombres no me han dejado otra opción —respondió con frialdad—. La próxima vez será mejor que me llames tú directamente.

—¿Habrías contestado?

—No puedo garantizártelo.

—Entonces entenderás por qué he tenido que hacerlo.

Hubo un segundo de incómodo silencio.

—¿Estás bien? —le preguntó luego él, como si se acordara de las buenas maneras.

No.

—Sí, sí, todo bien. Pero necesito tu ayuda.

En el otro lado de la línea, Dante se sentó en el capó del coche de incógnito de los Amigos, aparcado en la calle de la universidad. Los tres estaban a pocos metros de distancia, mirando a las estudiantes que pasaban y otorgando sus puntuaciones según la magnitud de los senos.

—Sí, eso me ha parecido entenderlo, CC —dijo, llamándola con el apodo de costumbre. Le salió con naturalidad, y hubo otro momento de silencio.

—¿Has visto el vídeo de la reivindicación del atentado del tren? —dijo luego Colomba.

—No he tenido tiempo.

—Probablemente eres el único en un radio de mil kilómetros. ¿Puedes verlo, por favor?

—¿Ahora?

—Sí.

—¿Quieres decirme por qué?

—Te han contado lo del imán, ¿verdad?

—Sí.

—Me dijo algo que me ha preocupado. Solo eso. Tú ve el vídeo y luego llámame de nuevo, por favor.

Dante resopló.

—A tu disposición —dijo con frialdad, y cortó la comunicación.

Llamaron a la puerta y Colomba dijo que entraran. Era un agente que la avisaba de que la jueza estaba lista para reunirse con ella. Colomba dijo que necesitaba unos minutos más, y las lágrimas que tenía en sus mejillas fueron una justificación suficiente.

Mientras tanto, Dante había colocado las piernas en la posición del loto y había abierto el iPad que llevaba en el maletín.

—¿Qué coño está haciendo? —preguntó Esposito, apartando por un instante la mirada de las chicas—. ¿Un ritual vudú?

—Shhh. Déjalo trabajar —dijo Alberti, que era un gran admirador de Dante.

Dante se colocó los auriculares y puso el vídeo en marcha. Al cabo de unos segundos, entendió por qué Colomba le había pedido que lo viese, y un minuto después se arrepintió de haberlo hecho. Lo puso dos veces seguidas, luego una tercera a cámara lenta y sin sonido.

—Dame tu respuesta —dijo Colomba cuando Dante la llamó por segunda vez.

—Es solo un análisis preliminar... y además el vídeo se ve de aquella manera...

Colomba notó que sus pulmones se contraían.

—Venga, suéltalo ya.

—De acuerdo. Hay algo extraño.

Colomba dejó escapar un largo suspiro. *Mierda,* pensó.

—¿Qué?

—Esos dos. Hablan mal el árabe, se puede ver por el modo en que pronuncian el nombre de sus dioses tutelares. Uñas, callos y forma de las manos permiten pensar en trabajos pesados, poco cualificados. No tienen suficientes conocimientos como para fabricar el gas.

—Tal vez alguien se lo dio —dijo Colomba.

—Fue fabricado de manera artesanal, así que supongo que directamente en nuestra casa. Si se lo hubieran procurado en el mercado negro, habrían elegido productos más potentes y manejables, como el gas nervioso o el C-4.

—Eso mismo dice Bart. Se ha hecho cargo de los muertos del tren.

—Entonces no cabe duda —Dante tenía el máximo respeto por la científica—. Tienen escasa instrucción, ingresos bajos, como lo demuestra su ropa de mal gusto y la sábana colgada, de ínfima calidad. Muchos mártires y terroristas suicidas comparten estas características. Pero no las células clandestinas, que tienen la esperanza de permanecer en su lugar durante mucho tiempo y, por regla general, forman parte de la élite. Hay un montón de ingenieros entre ellos, y casi todos son licenciados. La carne de cañón, en cambio, está formada por miserables como estos.

—Así que tienen un jefe que ha fabricado el gas y les ha enseñado cómo moverse.

—Un jefe extraño. Que les entregó a ellos el comunicado en vez de encargarse él en persona. Una cosa son los testamentos de los mártires, y otra un manifiesto programático. Desde siempre son los líderes quienes lo hacen. Y luego queda otro tema, más gordo —dijo Dante en un tono cauteloso que resultaba poco habitual en él—. Cada religión tiene sus gestos característicos, y en muchas se incluyen la inclinación o la postración, como ocurre con la musulmana, donde la oración se compone de la serie de movimientos bien definidos que forman la Rak'a. Uno se pone de pie, se sienta sobre los talones, se postra...

—Dante, por favor, tengo un poco de prisa...

—Okey, okey. Un creyente no debe pensar demasiado acerca de cómo actuar mientras reza, se convierte en un movimiento automático. Y los movimientos automáticos tienden a ser repetidos también fuera de contexto. Cuando alguien de formación católica pronuncia «Te lo ruego», a menudo une sus manos como si realmente se lo rogase a Dios. Cuando un musulmán piensa en el Todopoderoso, tiende a inclinarse, mucho o poco, según su fe, aunque estemos hablando en términos de micromovimientos —Dante se encendió un cigarrillo con la colilla del anterior.

»Ellos alabaron a Alá, el profeta, y al califa, pero estaban rígidos como bacalaos. Ningún gesto instintivo censurado. Son tan falsos como los billetes del Monopoly. No sé por qué los eligió su jefe, pero sin duda alguna no fue por su fe. Y eso me hace dudar también de la fe de su jefe.

—Tal vez se radicalizaron rápidamente. Igual que el tipo de Niza.

—Que utilizó un camión, no una bombona de gas. Hay una bonita diferencia en la preparación.

Colomba cerró los ojos.

—Según el imán, todo es una estafa.

—A lo mejor lo dijo para encubrir a alguien.

—¿En su último minuto de vida? Decía que Hossein, el chico que... —se quedó bloqueada, incapaz de proseguir.

—Que murió —dijo Dante por ella, entendiendo su bloqueo—. Y no fue por tu culpa, ya que sale el tema.

—Gracias por la comprensión —zanjó Colomba—. Decía que Hossein estaba asustado porque los conocía, y tenía miedo de verse involucrado.

—Pongamos que es verdad. ¿Por qué iban a matar a esas personas? No hay duda de que son originarios de Oriente Medio, ¿qué interés tendrían en desencadenar la caza al árabe?

—No lo sé... Hay un montón de gilipollas que andan sueltos —dijo Colomba.

—Cerca del setenta por ciento de la población mundial es gilipollas y la mayoría de ellos lleva uniforme.

Colomba contó mentalmente hasta diez antes de responder, no era el momento de discutir.

—Dante...

—No me refería a ti. Habla con la jueza, dile lo que sabes. Si es realmente necesario, le repito palabra por palabra lo que ya te he dicho a ti.

—No serviría de nada, Dante. Tu fama entre las fuerzas del orden es pésima. No aceptarían tu opinión ni aunque les dijeses qué hora es.

—En el pasado demostré ser fiable —dijo Dante, ofendido.

—Eso fue antes de que acusaras al gobierno y a todas las instituciones de estar infiltrados por la CIA.

—Mis palabras fueron malinterpretadas —la entrevista, que apareció en uno de los principales periódicos, provocó un cierto revuelo, además de una serie de interpelaciones parlamentarias que terminaron en nada—. En parte, por lo menos.

—En segundo lugar, yo misma tengo algún problema de credibilidad.

—¿No eres la favorita del jefe?

Colomba contó hasta veinte.

—No, Dante. No soy la favorita de nadie. No fue fácil para mí el reingreso y muchos de mis compañeros no están muy felices de que ocurriera.

—¿Te avisé de ello o me equivoco?

—Por favor..., no tengo ganas de ponerme a discutir. No es el momento.

Dante se relajó un poco.

—Tienes razón, lo siento. ¿Seguro que no te escucharían si insistieras?

—A la larga, sí. Pero no sé *cuán* a la larga. En teoría, las investigaciones sobre el atentado son responsabilidad de una Fuerza Operativa que tiene que dar el visto bueno para cualquier acción. ¿Tú me ves convenciendo a esas cabezas de chorlito de los servicios secretos de que están equivocados? Y la jueza no tomará ninguna decisión sin ponerse de acuerdo con ellos.

—Difícil —admitió Dante.

—Eso por no hablar de que si nos equivocamos, no solo yo voy a hacer un papelón de mucho cuidado, sino también toda la Móvil, incluido mi jefe.

—Okey, lo entiendo. Pero no veo el problema. A esos dos los encontraréis de todos modos, tarde o temprano. Sois medio millar para atrapar a los malos.

—Cuando te equivocas con las premisas de una investigación, pierdes un montón de tiempo —dijo Colomba—. Si esos dos tipos no tienen nada que ver con el islamismo radical, cuando lleguemos hasta ellos ya habrán huido a saber dónde. O bien ya habrán matado a alguien más. Necesito algo para llevarle a la jueza, algo irrefutable.

—Buena suerte.

—Yo no me puedo mover de aquí.

Dante sintió la perentoria necesidad de tomar una copa, a ser posible dos o tres, al comprender qué se le estaba pidiendo.

—CC..., ¿me estás pidiendo en serio que me ponga a hacer de policía en tu lugar?

—No, solo que hagas lo que mejor sabes hacer, encontrar a las personas.

—Personas desaparecidas, no terroristas.

—Eres el único que puede lograrlo con lo que tenemos por ahora.

—¿Estás haciéndome la pelota?

—Un poquito —admitió Colomba—. Pero, créeme, si he ido a buscarte después de cómo nos separamos es porque tú eres realmente el último recurso.

Dante se rio entre dientes, relajándose un poco más.

—Eso no resulta muy halagador.

—También eres mi primera opción, si tengo que decírtelo. A veces las dos cosas coinciden.

Dante reflexionó unos instantes, con sentimientos encontrados.

—Puedo echar un vistazo a los amigos de Hossein... —dijo de mala gana—. Eligiendo entre aquellos que actualmente no están en el punto de mira de tus compañeros, es decir, los moderados y los ateos. Creo que ambos han crecido en Roma, a juzgar por el acento. Pero no tendré la absoluta certeza hasta que me encuentre con ellos en persona. En cuanto a las pruebas, ya veremos lo que sale.

—Okey, gracias. De verdad.

—Sí, sí, muy bien. ¿Cómo procedemos?

—Mi equipo se quedará contigo, te ayudará en las búsquedas y te protegerá, pero si la situación se vuelve demasiado complicada, te sacamos, ¿de acuerdo? No quiero que corras ningún peligro.

Dante miró a los Amigos con el rabillo del ojo: un pelele que se moría de ganas de causar una buena impresión, un depresivo y otro que no sabía mantener las manos quietas. *¿Y quién me protege de ellos?,* pensó.

—De acuerdo, visto que no hay otra manera. Habría preferido hacerlo contigo.

—No sé lo útil que podría ser en este momento —Colomba se secó los ojos—. He tenido un ataque, antes.

Los últimos restos de la coraza de Dante se hicieron añicos al oír que la voz de ella temblaba por el llanto.

—¿Un ataque de pánico? —preguntó en tono amable.

—Llevaba sin ellos desde que el Padre murió. Tenía la esperanza... de haberme curado. En cambio, no podía respirar... y he tenido las alucinaciones habituales.

Dante no le dijo lo que pensaba. Que eso nunca se cura, que una vez que el daño está hecho, que la grieta está abierta, no hay manera alguna de cerrarla nuevamente. Por lo menos así había sido para él: seguiría siendo para siempre una mercancía estropeada.

—Déjalo, CC —dijo—. La vida te concede otro crédito, haz caja.

—No puedo. Sé cómo me sentiría si lo hiciera y luego pasara algo —dijo Colomba con un hilo de voz—. Pásame a Esposito, para que le diga cómo hemos quedado.

—Dile también que no dispare a todo lo que se menea, por favor.

—Pásamelo.

Dante lo hizo, luego se tumbó en el capó para mirar el cielo azul. *¿Cómo es que siempre me dejo joder?,* pensó. Era una pregunta retórica, la respuesta la conocía bien.

Después de la llamada telefónica, los Tres Amigos deliberaron durante unos diez minutos y luego se colocaron frente a él.

—No es por falta de confianza —dijo Guarneri—. Pero no entendemos cómo nos puede ayudar usted. Ese vídeo lo están examinando desde la pasada noche, usted lo ha visto cinco minutos.

—¿La doctora Caselli no se lo dijo? Soy un mago.

Los tres lo miraron inexpresivos. *Qué público más malo,* pensó Dante.

—Se me da muy bien el estudio de las personas. Y encontrarlas —dijo.

—A mí también —dijo Esposito—. Sin embargo, ¿dos con la cara enmascarada en un vídeo... no es un poco demasiado?

—Voy a revelarles un secreto: con las caras soy bastante malo. Incluso me resulta difícil recordarlas —no era del todo cierto, no desde que era adulto, por lo menos, pero así la historia sonaba mejor—. Todos ustedes saben que me secuestraron, ¿verdad? Durante trece años solo vi a mi carcelero, el Padre. Y siempre llevaba el rostro cubierto. Tenía que descifrar de qué humor estaba por los movimientos del cuerpo: me hice bueno en eso. También en ver lo que otros por lo general no perciben.

—¿Como qué? —le preguntó de nuevo Esposito.

—Tiene una serpiente en el cuello —le dijo Dante.

—Qué chorrada.

—Sí, pero instintivamente usted quería comprobarlo. Su conciencia bloqueó el gesto antes de que se realizara para impedirle quedar mal, pero el cuerpo tiene un cerebro propio, diseminado por los miles de kilómetros de fibras nerviosas que nos envuelven. Los movimientos, las posturas, están influenciados por factores como la educación, el medio ambiente y la edad, pero son únicos, como las huellas dactilares. Si mañana volviera a verle con una capucha en la cabeza, puede estar seguro de que le reconocería. También gracias al hecho de que se rompió el menisco jugando al fútbol.

Esposito abrió la boca por completo.

—¿Cómo lo ha hecho?

—Se puede ver por la forma de caminar. Y que se trataba de fútbol..., bueno, no me parece usted de los que practican gimnasia rítmica.

Esposito soltó a su pesar una pequeña risa y se volvió a Alberti.

—¿Siempre es así?

—Siempre —contestó, orgulloso de ser el que mejor conocía a Dante.

—Okey. Tenemos tres o cuatro horas antes de que el doctor Santini se dé cuenta de que no estamos donde deberíamos estar y nos reclame en la base —dijo Guarneri—. ¿Son suficientes para que obre usted el milagro?

Un carajo, quería responderle Dante. Pero ese era su público, y al público nunca había que decepcionarlo.

—Ya lo verán —dijo.

3.

Durante la hora siguiente, Dante se encerró en el coche de los Amigos, uno de los espacios cerrados que era capaz de soportar, siempre y cuando no estuviera en marcha. Golpeteó frenéticamente en el ordenador portátil con la mano buena, maldiciendo por la lentitud de la conexión mediante el móvil, repantigado en el asiento de atrás, con un pie calzado con el náutico tachonado en el reposacabezas de delante, el otro contra el cristal de la ventanilla.

Encendía un cigarrillo con el otro sin tener en cuenta el humo, hasta tal punto denso en el habitáculo que hacía que los ojos se llenaran de lágrimas y, mientras tanto, navegaba por las redes sociales controlando los pocos nombres que le habían pasado los Amigos, procedentes de los informes sobre conocidos y cómplices de Hossein cuando se buscaba la vida traficando, antes de la conversión religiosa y del acercamiento a la mezquita de Centocelle.

Nadie se parecía a esos dos del vídeo. Dante pasó entonces al propio Hossein, utilizando todos los programas vagamente ilegales que tenía en una zona encriptada del disco duro.

La primera etapa fue Facebook, el atlas telefónico mundial. Ninguno de los sesenta amigos del difunto tenía una complexión compatible con los dos autoproclamados yihadistas, y pasó a leer y examinar rápidamente todos los contenidos que Hossein había colgado en la red. Su página era la de un verdadero creyente. Nada de culos, nada de chistes, nada de juegos, ninguna conexión con grupos de pornografía o de encuentros. Solo fotos de amigos que no hacían nada peor que fumar *shisha* o nadar, y mujeres con velo que solo podían ser parientes mayores. Caballos al galope. Flores. Atardeceres. Mezquitas. Versículos del Corán, los más tranquilos, que no hablan de infieles a los que castigar.

Al final de las entradas publicadas en el muro, Dante encontró un intercambio de mensajes con un primo ocurrido dos años antes. Entre otras cosas, el primo le preguntaba a Hossein por qué no actualizaba su sitio, y publicaba en la parte inferior la dirección. Dante la copió en el navegador y llegó a una página que no había aparecido a la primera pasada, con los motores de búsqueda. Era una página personal de un sitio lleno de publicidad, abandonada tres años atrás, con más fotos de caballos y puestas de sol, y otra sura del Corán sobre la naturaleza y sus maravillas. No, tenía que retroceder aún más.

Alberti abrió la puerta del conductor y se vio embestido por una nube de humo. Abanicándose con la mano, se sentó al volante.

—¿Todo bien, señor Torre?

Él levantó la mirada molesto.

—¿Te ha salido la pajita más corta?

—¿Perdón?

Dante puso los ojos en blanco y le explicó en el tono que se utiliza con los niños:

—¿Tus compañeros te han enviado aquí para que me controles?

—Pero no, qué dice... —mintió Alberti—. ¿Puedo preguntarle qué está haciendo?

—Estoy buscando a alguien con quien ya no se veía Hossein. Es la ventaja de internet, lo conserva todo.

—Tal vez no eran amigos.

—De acuerdo con lo que dijo el imán antes de morir, Hossein los había reconocido en el vídeo. Hay que ser íntimos para poder hacer eso.

—O alguien como usted.

—Has mejorado en mi ausencia.

Las pecas de Alberti se hicieron más patentes en las mejillas.

—¿Y ha encontrado algo?

Dante giró el ordenador para mostrarle la página del sitio.

—¿Sabes qué es el código fuente de una página web?

—Las instrucciones para darle una forma, o un color, etcétera.

Dante hizo otra señal de aprobación.

—Ganas puntos y más puntos en el día de hoy. El código fuente contiene una serie de informaciones que no se visualizan. Del tipo nombre del creador, el programa con el que la página ha sido diseñada...

—¿Y había algo útil para nosotros?

A Dante le brillaron los ojos.

—En nuestro caso, una vieja dirección de correo electrónico de Hossein, de un servidor muerto y enterrado. No puedo ir a ver lo que hay en su buzón, porque ahí es donde necesitamos a la Policía Postal, pero vamos a ver qué sale lanzándola en los motores de búsqueda de las redes sociales, a lo mejor aparece un usuario.

Uno de sus programitas vagamente ilegales le permitía controlarlos a todos a la vez, incluidos los difuntos o semidifuntos.

La respuesta llegó unos segundos después, y fue una sorpresa.

—Myspace, ya ves tú —dijo Dante. Había sido la gran pionera de la Web 1.0, y seguía siendo popular entre una camarilla de amantes de la música.

—Qué coincidencia —dijo Alberti—. Yo también estoy en Myspace.

Dante le pasó el portátil.

—Pues entonces accede con tu usuario, así no tengo que crearme uno nuevo y descanso la mano.

Alberti tecleó. Su página se llamaba *Rookie Blue* y contenía un centenar de piezas musicales que había compuesto de noche. Seguía pensando que lo de policía era un trabajo pasajero y que tarde o temprano podría dedicarse a tiempo completo a la composición. Componer, pero no *exhibirse,* el escenario le provocaba vergüenza. Alberti hizo clic en una de las piezas y la música electrónica invadió el habitáculo.

—¿Le gusta?

A Dante le horrorizó.

—¿No teníamos prisa?

—Podemos dejarla de fondo.

—No.

Alberti desconectó y se metió en la página de Hossein.

—No se conecta desde hace cuatro años —leyó.

Más o menos desde que se había hecho tomar la fotografía con la gorra de los Panteras Negras que decoraba su página, pensó Dante.

—Su antigua vida —dijo.

—¿Por qué no la ha borrado? —preguntó Alberti.

—Probablemente ni se acordaba ya de que la tenía. Se había registrado con un correo electrónico ya muerto, no vería las alertas de Myspace. ¿Qué más hay?

—Veamos... —dijo Alberti, y comenzó a moverse por la página, mientras Dante se repantigaba aún más y se encendía el enésimo cigarrillo del paquete: no estaba nada mal eso de tener un asistente—. Aparte de la foto, Hossein colgó tres *mix* de *dance,* ¿quiere escucharlos?

—Absolutamente, no.

—Y está conectado con una serie de DJ. Árabes, americanos..., ¿tengo que vigilarlos?

—Solo si estamos desesperados. ¿Italianos o residentes en Italia?

—Mmm..., tres o cuatro.

—Veamos esos.

—Hay dos a los que conozco. No son famosísimos, pero son buenos. ¿Quiere...?

—No. ¿Y qué más?

—Uno es un aficionado. Ni siquiera ha colgado una pieza para escuchar. Solo hay un vídeo del año pasado. Vive en Roma.

—Veamos —dijo Dante incorporándose.

Alberti hizo clic en el vídeo. Una mano temblorosa lo había filmado con un teléfono móvil y se veía a una docena de personas bailando música tecno en lo que parecía ser una fiesta privada en un apartamento. Un chico de unos veinte años, de cuerpo delgado, se movía delante del objetivo, con auriculares de DJ en la cabeza y aferrando una botella de cerveza muy poco *halal.* Dante pasó el vídeo hacia delante lentamente, concentrándose en los movimientos de las manos y de la cabeza del chico.

—Podría ser él —dijo.

Alberti se incorporó con tanta rapidez que se golpeó la cabeza en el techo.

—¿Y lo dice así?

—*Podría,* he dicho. Tratad de averiguar quién es.

Alberti se bajó corriendo del coche, y los Tres Amigos se pegaron al teléfono para pedir favores a compañeros cercanos y lejanos. Descubrieron así que el DJ bailarín, que en la página se hacía llamar Musta, era en realidad Mohamed Faouzi, hijo de Hamza Faouzi y Maria Addolorata Piombini, ciudadano italiano nacido en Roma veinticinco años antes. Tenía antecedentes por una pelea en estado de ebriedad, posesión de drogas para tráfico y por haber *taggeado* con su nombre artístico un edificio municipal. Ningún contacto frecuente sospechoso con criminales, ni mucho menos con extremistas islámicos.

Dante estudió las fotos policiales en su iPad.

—¿Ya está convencido? —preguntó Esposito.

—Por ahora estoy igual que antes —respondió Dante.

Gracias a los servicios sociales descubrieron dónde trabajaba Musta, y por Antidroga, dónde lo habían pillado menudeando hachís, ambas cosas en un barrio de la periferia llamado Malavoglia. Los cuatro se apretujaron en el coche que apestaba a humo y atravesaron Roma con la sirena puesta y las ventanillas bajadas, para que Dante pudiera sentir el aire en la cara, a pesar de que el tiempo estaba empeorando. Mantuvo los ojos cerrados y las manos aferradas al cinturón de seguridad, gimiendo cuando la velocidad superaba los cuarenta, obligando a los otros a parar cada par de kilómetros para estirar las piernas y recuperar la calma. Mientras tanto, estudiaba a Musta en las redes sociales, dudando de que ese crío pudiera incluso pensar en matar a alguien. No sabía leer en la mente de las personas, sobre todo a partir de una fotografía de Facebook, pero no era capaz de imaginárselo pulsando el mando a distancia de un artefacto con cianuro.

—¿Le cuadra como terrorista? —preguntó Guarneri como si le hubiera leído el pensamiento—. ¿Un camello borrachuzo?

—No sería el primero fulminado por la religión —respondió Dante.

Solo que Musta era cualquier cosa menos eso, y nada de lo que Dante había encontrado permitía pensar en un desequilibrado. Sin embargo, estaba seguro de que no se equivocaba. La forma en que Musta colocaba el cuello, la posición de los hombros eran idénticas a las de uno de los dos terroristas en el vídeo, el más menudo y el que peor hablaba árabe.

Las paradas en la compañía naviera donde Musta trabajaba de mozo y en el bar de inmigrantes donde lo habían detenido con hachís no dieron resultados. Gracias a su cara de chiquillo, Alberti fingió ser un amigo suyo y consiguió averiguar sin levantar sospechas que Musta no se dejaba caer por allí desde hacía un par de días. Quedaba la vivienda, en un edificio de protección oficial de doscientos apartamentos estrechos como celdas de una colmena, la mitad de los cuales ocupada ilegalmente. Musta vivía allí con su hermano, Mario Nassim, y con su madre, empleada en una empresa de maquinaria para la construcción. El padre había regresado a Marruecos cuando Musta era un niño y no había vuelto a dar señales de vida.

Aparcaron no lejos del edificio, que parecía una colina de cemento descortezada por el sol. Delante de la entrada, repleta de bicicletas, un grupo de niños de todas las etnias jugaba haciendo un estruendo infernal a la espera de la cena. En la calle había otros seis edificios más, casi idénticos, que bordeaban un campo cubierto de maleza, y no se podía ver el rótulo de ninguna tienda ni de ningún bar en el radio de un kilómetro: a Dante se le vino a la mente *1997: Rescate en Nueva York,* o al menos una versión casera de la misma.

Esposito le pasó un brazo por los hombros y lo llevó a unos pocos pasos de distancia de los demás.

—Ahora usted y yo tenemos que entendernos bien. Faouzi podría ir armado y no podemos estar tranquilos. ¿Nos hemos entendido hasta aquí?

Dante asintió.

—Aquí viven sobre todo negros y gitanos, gente que va a su bola porque les conviene —continuó Esposito—. Pero alguien podría llamar a los servicios de emergencia mientras nosotros irrumpimos ahí, ¿me explico?

—Quiere saber si vale la pena arriesgarse.

—Si Faouzi es el que buscamos, nadie va a tocarnos las pelotas, pero si no es el correcto, podríamos tener problemas.

Dante vaciló. Tenía la oportunidad de poner fin a esa locura y ahorrarle a todo el mundo un montón de problemas. Pero era demasiado orgulloso para retirarse después de haber aceptado el encargo.

—Estoy razonablemente seguro —dijo por eso—. Pero si fuera infalible, sería un hombre rico.

Esposito hizo una mueca divertida.

—Corre por ahí el rumor de que se hace pagar bien sus asesorías.

—Nunca lo bastante —respondió Dante. No dijo que hacía meses que no aceptaba ninguna.

Esposito se encendió un cigarrillo y le ofreció otro, manteniendo siempre un ojo en el portal. En ese momento, Dante alcanzó a ver un destello de lo que debía de haber sido de joven, cuando aún creía en el trabajo que hacía, antes de ser arrastrado por sus propios errores.

—¿Qué hacemos si Faouzi no está allí? —le preguntó.

—Nos van a dar por culo, a menos que encontremos algo útil en la casa.

—¿Del estilo de una bombona de cianuro?

—Eso sería lo ideal.

Esposito se reunió con sus compañeros. Alberti, mientras tanto, había logrado encontrar el apartamento exacto hablando con los niños.

—Duodécimo, primera puerta después del ascensor.

Esposito sacó la pistola de su funda, la montó y se la metió en el bolsillo exterior de la chaqueta.

—Vamos.

También Guarneri y Alberti cargaron el cartucho en la recámara, este último con las manos temblorosas.

—¿Nada de chalecos antibalas? —preguntó.

—¿Quieres que nos jodan bien antes de llegar a la puerta? —dijo Esposito.

—¿Y si el tipo nos espera con un Kaláshnikov? —preguntó Guarneri.

—Precisamente por eso; si llegamos con chalecos, nos apuntará a la cabeza.

—Yo me lo pongo —dijo Alberti regresando al coche, y en ese momento los otros dos se dejaron de remilgos y se los pusieron.

Guarneri y Esposito entraron, Dante retuvo a Alberti de un brazo.

—¿Seguro que te ves capaz? —le preguntó—. Ya has pasado por unas cuantas.

Alberti hizo una mueca.

—Justo por eso. Quiero ver cómo termina esto —dijo, y desapareció en el interior.

Yo no, pensó Dante.

Tenía la clara impresión de que no iba a gustarle.

4.

Los Tres Amigos subieron a la undécima planta en el ascensor e hicieron el último tramo a pie, lo más silenciosamente posible. No había niños jugando, solo el sonido de los televisores y los equipos de música, que vibraban en el hueco de la escalera, y olor a comida.

En el rellano Esposito sacó el arma y la empuñó con ambas manos, apuntando hacia la puerta, mientras que Alberti hacía de apoyo a Guarneri, quien golpeó con los dos pies a la altura de la cerradura, haciéndola saltar. La puerta se abrió de par en par con un ruido de madera rota. Guarneri, tras caer, corrió hacia el interior apuntando con la pistola, seguido por los otros dos, quienes iban gritando a todo el que estuviera en la casa que se quedara quieto y levantara las manos. Desde una habitación apareció un joven de unos veinte años, con rastas y en calzoncillos y camiseta de tirantes, que pesaba el doble que el sospechoso y en torno al cual aleteaba una nube de hachís. «¿Eh?», solo fue capaz de decir antes de que Esposito lo echara al suelo de un puñetazo.

Habían pasado diez minutos desde el inicio de la incursión. Dante estaba esperando delante del portal con un nudo en el estómago. Al fin oyó el ascensor que se abría y Alberti salió al patio. Se había quitado el chaleco antibalas.

—No está en casa —dijo.

—Tanto esfuerzo para nada. ¿Bombonas sospechosas?

—Por ahora no, pero está el hermano, que dice que no sabe nada. Si pudiera subir a echarnos una mano, se lo agradeceríamos. Deprisa, si es posible.

Dante miró la entrada en penumbra, que le pareció una boca preparada para devorarlo. *Por Dios, tenía la esperanza de poder evitarlo,* pensó.

—Te va a tocar encender todas las luces.

—¿De la casa?

—Del edificio. Subimos a pie.

—¿Doce plantas?

—Si piensas que puedo subirlas encerrado en una caja de metal colgada de unos cables, te equivocas de medio a medio —Dante sacó dos pastillas de Xanax y las desmenuzó usando dos monedas, luego las esnifó frente a la mirada horrorizada del policía—. Así funciona antes.

—Si usted lo dice... —dijo Alberti, poco convencido.

El fármaco golpeó a Dante como un mazazo cuando todavía estaba en la primera planta. Sintió que su cuerpo quedaba como envuelto con una escafandra de plomo y que los pensamientos se volvían más lentos. Mover las piernas se le hizo dificilísimo, y Alberti se vio obligado a arrastrarlo y empujarlo durante veinte tramos de escaleras mientras él murmuraba con los ojos cerrados.

Cuando llegaron, con las piernas doloridas, parecía que había pasado un tornado por la casa de Faouzi, un apartamento de dos dormitorios, de unos cincuenta metros cuadrados, con las paredes repletas de cuadritos de almoneda y fotografías. Había ropa por todas partes, libros y objetos volcados.

—Os ha costado —dijo Esposito cuando pasaron el umbral.

Estaba cortando la funda de un sofá con un cuchillo de cocina. También Guarneri y él se habían quitado los chalecos antibalas, que estaban abandonados sobre una pila de utensilios domésticos desmontados. Mario Nassim, el hermano de Musta, permanecía tumbado en el suelo del pasillo, con las manos esposadas en la espalda, y le salía sangre por la nariz. Iba cubierto de tatuajes que imitaban los de las bandas y que en la cárcel podrían causarle muchos problemas.

Dante miró a su alrededor con la esperanza de que fuera una alucinación provocada por los fármacos. Entró en la habitación que compartían los dos hermanos, convertida en un vertedero de colchones reventados, cómics rotos, aparatos de gimnasia desmontados y apilados en el suelo junto con DVD, muñecos, restos de comida. También había una PS3 que nunca más volvería a funcionar.

—¿Siempre registran así? —preguntó con la lengua acartonada.

Guarneri estaba rompiendo el último cajón de un mueble.

—Cuando tenemos prisa —dijo—. ¿Algún problema?

Dante tenía bastantes, sobre todo consigo mismo.

—¿Han encontrado algo?

—Tan solo polvo y microbios.

Esposito entró en la habitación, sombrío.

—Ídem. Y esto significa que aquí el amigo tiene que ayudarnos —Esposito se agachó sobre el chico atado, que permanecía en el suelo como un salchichón de ciento cincuenta kilos. Los bóxer se le habían bajado sobre el trasero, mostrando dos enormes nalgas peludas—. ¿Eres musulmán, Mario?

—¿Le parezco un hare krishna? —respondió.

Esposito le soltó una colleja en la nuca.

—No te hagas el listo conmigo y responde. ¿Eres musulmán?

—Sí.

—¿Y qué opinas de esos amigos tuyos que han matado a toda esa gente en el tren?

—Que no son amigos míos.

—¿Y tu hermano? ¿También es musulmán?

—De tanto en tanto reza.

—¿Dónde está?

—Ya he dicho que no lo sé. Salió para ir al trabajo y aún no ha vuelto.

—Al trabajo no ha ido, listillo.

—A mí no me ha dicho nada.

Esposito se levantó de nuevo y le hizo una señal a Guarneri.

—Ayúdame, que vamos a llevarlo al lavabo.

Los ojos del chico se abrieron con terror.

—¿Qué queréis hacer conmigo?

—Te vamos a enjuagar. A lo mejor te vuelves blanco.

Esposito lo levantó y Guarneri lo agarró del otro lado. El muchacho trató de liberarse, pero Esposito le asestó un codazo en la boca del estómago, cortándole la respiración; habría caído si Guarneri no lo hubiera sujetado.

—Si te resistes, es peor —le dijo.

Una parte de Dante los habría dejado actuar. Si el hermano de un terrorista no cooperaba, lo menos que podía pasarle era recibir un trato duro. Pero era solo una *pequeña* parte de Dante.

—Suéltenlo —dijo.

—Usted no se preocupe, este es nuestro trabajo —dijo Esposito.

—He dicho que lo suelten. No estoy bromeando.

Esposito soltó al chico y se le acercó.

—Ese cabrón se enterará de que hemos entrado en su casa. O lo pillamos ahora o ya podemos despedirnos de él.

Dante se metió las manos en los bolsillos para ocultar el temblor.

—Tiene razón. Pero estos no son los métodos.

—Si no le gustan, puede regresar tranquilamente al lugar de donde vino.

Dante se dio cuenta de que tenía que cambiar de táctica y se dirigió directamente al prisionero.

—Señor Faouzi, tengo un abogado muy bueno e implacable. Le ayudará para que presente una denuncia por malos tratos. Y testificaré en su favor —se quedó mirando a los policías. A Guarneri y Alberti se los veía incómodos; a Esposito, lívido—. Tres contra dos, todavía llevan ventaja, pero en mi opinión esto se resuelve en los tribunales —dijo.

—¿Ha perdido la cabeza? —preguntó Guarneri.

—Sí, pero no es cosa de hoy. Y no tengo ninguna intención de permitir ni el submarino ni otras torturas. Si usted no entiende por qué, es inútil que se lo explique.

—Tal vez tenga razón... —dijo Alberti con timidez.

Esposito lo hizo callar con un empujón.

—Tú no tienes derecho a voto, pingüino. Ya me has tocado los huevos bastante por hoy —rugió. Luego se acercó aún más a Dante—. La doctora le tiene en gran estima, Torre. Pero aquí vamos a terminar mal.

—Venga, Esposito, no te pases —murmuró Guarneri.

Dante le indicó con un gesto que se callara. No necesitaba a nadie que lo defendiera.

—¿Está dispuesto a matarme aquí, inspector Esposito?

—¿Qué coño está diciendo?

Dante se quitó el guante de su mano mala y Esposito hizo una mueca de asco.

—Fui torturado durante trece años de mi vida. Estuve expuesto al frío y al calor, me dejaron sin comida ni agua, me lesionaron. Si quiere detenerme, tendrá que intentarlo con algo que sea peor. ¿Cree que lo conseguirá?

—¿Se da cuenta de que nos echarán la culpa a nosotros si no se encuentra a ese cabrón? —dijo Esposito incómodo.

—Sí. Para eso necesito diez minutos con su hermano —Dante se preguntó si resistiría mucho tiempo así. Sentía que se ahogaba entre esas paredes, a pesar de hacer todo lo posible por mantener la mirada dirigida hacia el cielo a través de la ventana abierta.

—¿Quiere hacer sus truquitos con él? —dijo Guarneri.

—Yo no hago truquitos. Pero sí.

—Entonces, espabile —dijo Esposito, y giró sobre sus talones.

Los otros lo siguieron, el último Alberti, con un guiño cómplice. Dante se inclinó sobre el chico y lo ayudó a ponerse en pie, y luego a sentarse en el somier de la cama. Se sentó junto a él y le ofreció un cigarrillo.

—¿Poli bueno y poli malo? —dijo Mario.

—No soy policía, pero la idea es esa misma —Dante encendió para ambos.

—Mi madre se va a poner como una moto cuando vea que le habéis destrozado la casa.

—Lo siento —dijo Dante, sincero—. Pero tu hermano se ha metido en un buen lío.

—¿Qué ha hecho?

—¿Tú qué crees?

La voz de Mario se hizo una octava más aguda.

—¿El tren? —tartamudeó.

—Eso parece.

—Mi hermano no es un terrorista. Si ni siquiera sabe pelearse, así que mucho menos matar a la gente.

—¿Cuándo lo has visto por última vez?

—Esta mañana, temprano. Hemos visto lo del atentado en televisión. Mamá seguía dormida.

—¿Y cómo te ha parecido que estaba?

—No lo sé... Preocupado. Asustado. Luego se ha puesto a beber —el chico se inclinó hacia Dante—. ¡No sabía nada! Se lo juro.

Dante estudió al muchacho y se percató de que estaba diciendo la verdad. *Menudo lío,* pensó.

—Espérame aquí.

—¿Y adónde cree que puedo ir? —respondió Mario con tristeza.

Dante llegó a la altura de los Tres Amigos, quienes estaban terminando de destrozar la cocina.

—¿Tenemos ya una confesión? —preguntó con sarcasmo Esposito—. ¿La *bombona* humeante?

—Tengo que hablar con Colomba. ¿Sabéis cómo está?

—Ninguna novedad —dijo Alberti.

—Pero tenemos que espabilar —dijo Guarneri—. Nos han llamado desde la Central, debemos regresar para que nos interroguen a nosotros también sobre lo sucedido.

—¿De inmediato?

—Hemos pedido tiempo. Pero como máximo tenemos un par de horas.

Cada vez más difícil, pensó Dante mientras se retiraba hasta el balconcito del cuarto de baño. El aire libre le sentó bien, pero evitó mirar hacia abajo: tenía vértigo. Llamó de la forma habitual, y Colomba respondió al cabo de unos instantes.

Se encontraba en las escaleras del gimnasio, donde había tenido que acompañar a Spinelli y al equipo forense para reconstruir la dinámica del tiroteo.

—Dime que tienes novedades.

—Creo que he encontrado a uno de los dos, CC.

A Colomba se le cortó la respiración. En realidad no había creído que Dante pudiera conseguirlo, al menos no en tan poco tiempo.

—Pero ¿estás seguro?

—Si te he llamado...

—¿Quién es?

—Se llama Musta Faouzi, tiene veinticinco años y no parece ni un loco ni un integrista. Tiene algún antecedente penal de poca monta.

Colomba subió los peldaños del bar libre de alcohol de dos en dos, aturdida por la emoción.

—He visto a gente menos sospechosa hacer cosas terribles, Dante.

—No hay rastros de obsesión, tiene una relación decente con su hermano y su madre, bebe y se droga como cualquier chico. Hay algo que no cuadra, CC.

Desde hacía unos pocos segundos, Colomba había dejado de escuchar.

—¿Habéis allanado la casa? —dijo en un tono mucho menos excitado.

—Sí.

—¿Y no has pensado en avisarme antes?

—Tú me has confiado este trabajo, lo estoy haciendo lo mejor que puedo —respondió Dante, picado.

Colomba se secó la cara sudada.

—Hablo con la jueza y le pido que emitan una orden de búsqueda.

—¿Sin pruebas? Has sido tú quien ha dicho que no te creerían.

Colomba aferró el teléfono tan fuerte que crujió.

—Pensaba que querrías abandonar a la primera de cambio. ¿Qué te está pasando? ¿Te ha brotado el sentido cívico? —se arrepintió de inmediato de lo que le había dicho. Había sido ella quien había ido en su busca—. Perdóname.

—Ya ves tú. Estás preocupada, con razón, y lo entiendo. Pero deja que intente de nuevo averiguar algo más antes de tirar la toalla —insistió Dante. Desde que empezó a interrogar al hermano de Musta, Dante había notado cómo le crecía una extraña excitación, la que sentía delante de un misterio que comenzaba a revelarse ante sus ojos. Percibía algo oscuro que se escondía entre las sombras, algo que lo atraía y lo asustaba al mismo tiempo—. Tus hombres tienen que presentarse ante la jueza dentro de dos horas. Dámelas. De todas formas desperdiciarías más tiempo aún tratando de convencer a los gilipollas que tienes por encima de ti.

Spinelli eligió ese momento para subir las escaleras arrastrando su peso matronal.

—Doctora, ¿podemos proseguir? —le dijo a Colomba.

Ella pensó rápidamente.

—Vale. Pero nada de más allanamientos o registros sin mí, ¿de acuerdo? Dos horas, luego paramos —dijo en voz baja; después colgó dejando a Dante con la despedida en la boca. Colomba siguió a la jueza hasta el bar libre de alcohol, donde se sentaron en una mesa después de haber desalojado a dos de los cuerpos especiales.

Por su parte, Dante se encendió otro cigarrillo, apoyado en la barandilla, con los ojos cerrados. *Dos horas no son gran cosa,* se dijo. Sin embargo, si tenía razón sobre Musta, tal vez incluso dos horas fueran demasiado. Ya se sabe que los peces grandes siempre se comen a los chicos.

5.

Fue un niño quien alertó a Musta, el hijo de cinco años de los vecinos. Musta se lo encontró en la puerta de los trasteros, después de haberle puesto la cadena al ciclomotor, mientras estaba jugando con un móvil de plástico. El niño murmuró algo que parecía ser *unos señores.*

—¿Qué has dicho, cagoncete? —preguntó Musta esforzándose por volver al planeta Tierra. Estaba tan asustado que le costaba tener pensamientos coherentes.

—Unos señores te buscan.

Musta tuvo un hipido amargo que sabía a cerveza.

—¿Qué señores? —balbució.

—No sé. Llevan cosas en la barriga.

El niño los describió y Musta comprendió que hablaba de chalecos antibalas.

—¿Todavía están aquí?

—No sé.

—No le digas a nadie que me has visto —dijo Musta, luego regresó por donde había venido. Pero esta vez a pie. El *scooter* llevaba matrícula, aunque estuviera a nombre de su madre.

Corrió a través del patio, seguro de que una cascada de balas pondría fin a sus sufrimientos. Pero no sucedió y llegó a la calle. Se esforzaba por creer que el niño se lo había inventado, aunque sabía que todo era verdad.

Lo buscaban. Lo peor había sucedido.

Allahumma inni 'a'udhu bika mina lkhubthi wa lkhaba'ith; Alá, protégeme de las cosas impuras. Se trataba de una frase que su padre le había enseñado cuando era pequeño, para que la pronunciara antes de entrar en un baño público, pero Musta la encontraba particularmente adecuada en ese momento. Aunque ya fuera tarde.

La cosa impura ya la había realizado.

Musta tiró de mala gana el móvil, luego enfiló el camino que conducía desde la hilera de edificios hasta el otro lado del barrio, poniéndose la capucha de la sudadera hasta la nariz. Pensó en su padre, dondequiera que estuviese ese cabrón. En su inquebrantable certeza de que serían juzgados después de muertos, en el hecho de que le gustaría creer como él en una entidad superior capaz de salvarlo. También había tratado de rezar esa mañana, pero los gestos le habían parecido fríos e impersonales. Él no era como su hermano, que hasta respetaba el Ramadán. Quería ser perdonado, pero no creía que fuera posible.

Musta siguió caminando a lo largo de las calles menos transitadas, evitando las miradas de aquellos con quienes se cruzaba, hasta que se encontró frente a los Dinosaurios. No eran verdaderos dinosaurios, obviamente, aunque Musta y sus amigos los llamaban así. Eran los enormes esqueletos de dos edificios en construcción empezados años antes y nunca terminados, un lugar donde por la noche los chicos iban a que sus novias les hicieran trabajos manuales y, los más afortunados, a follar. La casa de Farid no quedaba lejos de allí.

Su amigo.

El hombre que lo había arrastrado hasta aquella pesadilla.

Vivía en una tienda de sanitarios que había quebrado, y de la que había tomado posesión a la muerte del propietario. Ahora contenía un sofá cama de Ikea con los muelles chirriantes, un viejo televisor y una radio con reproductor de CD que siempre se atascaba.

—Voy a comprármelo todo nuevo —había dicho Farid solo dos días antes—. Quiero un televisor de sesenta pulgadas, de esos con pantalla curva que he visto en casa de Trony, y altavoces inalámbricos para conectarse a internet.

—No tienes internet en casa —le había contestado Musta.

Farid le había guiñado un ojo.

—Lo pondré también con el dinero del trabajo.

El *trabajo*. Precisamente. Solo un vídeo, dijo Farid. Será divertido. Una buena broma.

¿Cómo era posible que no se hubiera olido el timo? *¿Qué dirá mi madre cuando lo descubra?*, pensó. *¿Qué dirá todo el mundo?* Alguien lo consideraría un héroe, lo sabía, pero solo era un imbécil destinado a terminar mal.

Allahumma inni 'a'udhu bika mina lkhubthi wa lkhaba'ith.

El edificio en el que se encontraba la tienda de sanitarios era una vieja construcción de los años sesenta, con las paredes hinchadas por la humedad, que daba a una plaza con un pequeño porche cubierto con grafitis. Musta cruzó el viejo portón de madera, al lado del escaparate pintado de negro, y enfiló el pasillo de cemento que llevaba hasta el patio del edificio. A medio recorrido se abría la puerta trasera de la tienda, que se había convertido en la única practicable porque Farid había soldado la persiana metálica.

Musta llamó, la oscuridad le brindaba la certeza de que ninguno de los escasos vecinos podría verlo, entre otras cosas porque las luces del patio llevaban años fundidas. Dentro de la tienda no se movió nada, y se cambió de sitio para mirar por la ventanita. El vidrio era esmerilado, pero había descubierto que al mojarlo con saliva se podía entrever el interior, como a través de la mirada de un pez. A la luz de la puesta del sol que entraba por el escaparate tintado, le pareció que no había nadie en la habitación. Luego, haciendo crujir el hueso de la nariz para inclinar el ángulo de visión, percibió la cabeza de Farid que asomaba en el viejo sillón de oficina, pesadísimo, que habían transportado juntos desde un contenedor de basura. Ahora estaba girado hacia la pared, como si Farid estuviera castigado. Era imposible que no le hubiese oído llamar.

Qué hijo de puta, pensó. *Quiere dejarme toda la mierda para mí.* Con la rabia que iba ocupando el lugar del miedo, Musta entró y cerró tras de sí. Farid no se movió, siguió mirando hacia la pared opuesta.

—¿Qué coño estás haciendo? ¿Por qué no me contestabas? —preguntó Musta.

La cabeza de Farid se estremeció, pero todavía no hubo ninguna reacción. Musta comenzó a preocuparse de que su amigo estuviera demasiado colgado como para contestar y se dirigió hacia él, dando un empujón decidido al respaldo.

—¡Que sepas que la policía nos ha encontrado! ¡Di algo, coño!

La silla giró sobre el perno hidráulico y Musta se vio cara a cara con Farid, para descubrir que estaba llorando a mares, con la boca arqueada en una mueca de terror.

—Perdona..., yo no quería..., perdona —dijo entre sollozos. Estaba atado a los reposabrazos con cinta adhesiva.

Antes de que pudiera reaccionar, agarraron a Musta por detrás, con una dolorosa compresión en la garganta.

—Has hecho bien en entrar. Me has ahorrado tener que ir a buscarte —susurró una voz de mujer; luego Musta sintió una punzada de dolor que le llenaba el cráneo. Mientras todo iba oscureciéndose, solo tuvo tiempo de pensar que no había podido decirle adiós a su hermano.

6.

Mario no pudo soportar ver el vídeo entero. Apartó la vista del iPad.

—Apáguelo, por favor —murmuró.

—Tu hermano es el de la izquierda, pero ya te has dado cuenta —dijo Dante sin detener el vídeo. El tiempo se estaba agotando, el de Musta, pero también el suyo. Tenía la frente perlada de sudor y le parecía que las paredes se cernían sobre él.

—No me lo creo. Tiene que haber una explicación.

—El único que puede dárnosla es Musta. Por eso mismo tenemos que encontrarlo.

El tono de voz del chico se volvió agudo, como cada vez que las emociones se apoderan de alguien.

—Queréis matarlo.

—Nadie le va a tocar un pelo si se rinde.

—Las cosas siempre terminan de puta pena para nosotros... Y a nadie le importa un carajo. Ya le han disparado hoy a un imán.

Por eso estamos aquí, querido amigo, pensó Dante. Apagó el vídeo y obligó al chico a mirarlo a la cara levantándole la barbilla con amabilidad.

—Mario, te prometo que haré todo lo posible para ayudar a tu hermano, pero tú tienes que ayudarme a mí.

Mario parecía a punto de decir algo, aunque cerró los labios y agachó la cabeza.

—Cualquier cosa puede sernos útil. Te lo ruego.

Los ojos del chico se giraron hacia la ventana abierta que se asomaba al bosque de antenas del edificio de al lado. Fue un movimiento rapidísimo e involuntario, pero a Dante le bastó. Llamó a Alberti.

—Comprueba la ventana, por favor —le dijo cuando llegó.

—Ya lo ha hecho Guarneri.

—No por dentro. Por fuera.

Alberti se puso rígido.

—¿Y si me caigo?

—Se lo pediré a uno de tus compañeros. Espero que al menos uno de los tres sepa trepar.

Alberti no se cayó. Se estiró tanto como le fue posible, sujetándose en el radiador, pero no encontró nada hasta que Dante lo obligó a ponerse de pie en el alféizar. Una de las baldosas de cemento que recubrían la pared exterior se soltaba. Debajo había una bolsita de plástico con maría y un rollo de billetes que sumaban dos mil euros.

Alberti sopesó la bolsita.

—Al menos hay diez gramos. Lo suficiente como para enviarte a la cárcel —dijo dirigiéndose a Mario.

—Pásamelo un momento, por favor —dijo Dante.

Alberti lo hizo y Dante tiró la bolsita por la ventana.

—¡Hey! —gritó Alberti, indignado.

—Una ley que te prohíbe un vegetal es una ley estúpida —dijo Dante—. Y Mario y yo aquí estamos tratando de cooperar. ¿Verdad?

El chico asintió, poco convencido.

—Era para uso personal —murmuró.

—¿Y el dinero? —dijo Alberti—. ¿También para uso personal?

—No es mío. Es de Musta.

—Ganado con la venta.

—No.

Dante lo estudió. *Es verdad,* decidió.

—Con el trabajo que hace, dinero no os sobra —dijo Dante.

—Ha hecho un extra —dijo Mario de mala gana.

Es verdad.

—¿Qué trabajo?

—No lo sé. No ha querido decírmelo.

Es verdad.

—¿Sabes quién se lo propuso?

—No.

—Mentira —jadeó Dante, a quien ya empezaba a faltarle el oxígeno—. Tú sabes quién lo hizo, pero no quieres decírmelo porque es un amigo tuyo, o porque tienes miedo de crearle aún más problemas a tu hermano —continuó sin apartar los ojos del chico—. Vamos a jugar. Tú no tienes que decirme su nombre. Solo tienes que pensar en su nombre.

—No sé...

—Shhh —lo interrumpió Dante—. Piensa y ya está. Sé que lo estás haciendo. Ahora escucha. ¿Su nombre empieza por A? ¿Por B? —Dante fue diciendo todo el alfabeto hasta la letra F. Y se detuvo—. Okey, comienza con F. Comprueba entre los conocidos de Musta quién puede ser —le dijo a Alberti, que se había quedado atontado escuchando. Guarneri también espiaba desde el pasillo, fascinado. Le parecía estar viendo a un encantador de serpientes.

—No hace falta —dijo Mario, derrotado—. Se llama Farid. Pero no es amigo mío.

—No te cae bien.

—Mi hermano habla de él como si se tratara de Dios en la tierra, pero es un gilipollas —negó con la cabeza agitando las rastas—. Y le ha llenado la cabeza de mierda. Antes no bebía y no comía carne de cerdo. Ahora no le importa un carajo.

—O sea, que este Farid es un calavera.

—Sí, pero Musta me juró que el trabajo era limpio.

Es verdad. O al menos él está seguro de ello, pensó Dante.

—¿Tienes una foto suya? —preguntó.

—En mi móvil. Se lo han llevado sus compañeros.

Dante pidió que se lo devolvieran y que le quitaran las esposas para que pudiera usarlo. Ninguno de los policías trató de oponerse ni protestó, lo que le dejó claro a Dante que la emergencia de la tortura había pasado.

Mario rebuscó entre los selfis, hasta mostrarles uno con su hermano y un tipo entre ambos: pelo rizado, ojos claros, piel más oscura que la de Musta, unos centímetros y unos años más que él.

En un minuto, Dante bajaría las escaleras corriendo para volver al aire libre, tan rápidamente que tropezaría, maldiciendo a cada escalón y con lágrimas en los ojos. En cinco minutos se echaría sobre la hierba rala del jardincito con la cara hacia el cielo negro. Pero por un momento sintió una oleada de excitación tan fuerte que borró todas las sensaciones desagradables, todos los miedos.

Farid era el segundo hombre del vídeo.

7.

Colomba esperó a que Angela Spinelli terminara de escribir con la pluma en el cuaderno. Lo hacía con una lentitud exasperante, su cabeza de pelo blanco azulado inclinada sobre la mesa del bar libre de alcohol.

—Se lo he contado todo, me parece —dijo con impaciencia.

La jueza se apoyó en el respaldo, haciéndolo crujir.

—Hay una pregunta que quería hacerle desde que se reincorporó al servicio, subcomisaria. No está estrictamente relacionada con la investigación, pero necesito hacerme una idea.

Solo tienes que darte prisa, tengo cosas que hacer. Colomba era incapaz de no pensar en Dante y en los Tres Amigos, en la que podrían estar montando.

—Por favor.

—¿Por qué sigue de servicio?

Colomba mantuvo una expresión impasible.

—Pedí el alta voluntaria.

—No haga ver que no me entiende, que soy más vieja que usted.

—Es mi trabajo, nos encontramos en una situación de emergencia: no hay nada más que decir.

—Al contrario, habría mucho que decir. Hizo la inspección ocular en un tren lleno de cadáveres, corrió el peligro de morir por el gas, y en lugar de tomarse un tiempo para usted, ha preferido volver al servicio. ¿No le parece excesivo?

—¿Me está diciendo que soy una adicta al trabajo?

—No exactamente —dijo Spinelli sin especificar—. No es la primera vez que hace uso de las armas.

—No.

—¿En cuántos tiroteos se vio implicada antes de su traslado a Roma?

Colomba frunció los labios.

—Solo uno. Le disparé a un ladrón cuando estaba en Antidroga en Palermo.

—Más tarde, en el espacio de un año, se vio involucrada en dos explosiones intencionadas, en una de las cuales murió el entonces jefe de la Móvil, Rovere; y en el tiroteo durante la liberación de Dante Torre perdieron la vida otros dos delincuentes y un cómplice resultó herido. Y luego, lo de hoy.

Los ojos de Colomba se volvieron oscuros como agua de pantano.

—¿Adónde quiere llegar, señora?

—A que ha habido un punto de inflexión en su vida. Antes y después del caso del Padre. Y que la policía que era antes tiene que rendir cuentas con la policía de hoy. Creo que nadie puede sobrevivir al tipo de traumas a los que se ha visto sometida sin llevar una carga encima. Una carga que usted parece pasar por alto.

—No la paso por alto. Pero no ha ofuscado mi capacidad de discernimiento. He sido examinada y evaluada.

—Quitar la vida incluso a un solo ser humano es traumático e inefable. Hay excelentes psicólogos al servicio de la comisaría de Roma, aunque a usted ni siquiera se le ha pasado por la cabeza pedir su ayuda.

Así todos mis compañeros habrían pensado que estaba loca. Solo me faltaba eso.

—Porque no los necesitaba.

Spinelli hizo una mueca de contrariedad.

—¿Sabe de dónde procede la escopeta del hombre al que mató, doctora?

A Colomba la pilló por sorpresa el cambio de tema.

—No.

—Hace unos seis meses, un parroquiano de este centro mató a su esposa. Reo confeso, procesado en un juicio rápido y condenado por homicidio intencionado. La escopeta era suya, tenía los permisos en regla.

Colomba se sobresaltó.

—Yo realicé la detención. Pero no estaba al corriente...

—¿Realizó un registro en el apartamento del asesino? —la interrumpió la jueza.

—Sí. La escopeta no estaba allí, de lo contrario habría sido requisada.

—De hecho, permaneció oculta en la oquedad de la mezquita durante todo este tiempo. ¿Ordenó usted su búsqueda?

Colomba hurgó en su memoria. ¿Lo había hecho? El hombre había matado a su mujer estrangulándola, ¿era posible que no se le hubiese pasado por la cabeza verificar la posesión de armas de fuego?

—No me acuerdo. Debería revisar los informes.

—Solo hace seis meses.

—¡No me acuerdo, se lo he dicho! —Colomba había levantado la voz, y se esforzó por recuperar la calma—. Me había reincorporado hacía poco tiempo, era una época... —se bloqueó.

—*¿Difícil?*

Colomba se clavó las uñas en las palmas: lo último que necesitaba era discutir con un juez.

—Tenía que reaclimatarme.

—Pero pudo haber cometido un error. Precisamente porque tenía que *reaclimatarse*.

—No puedo descartarlo —dijo Colomba—. No sería el primer error que cometo y no será el último. Pero hoy no los he cometido.

Spinelli le sostuvo la mirada un largo instante, luego enroscó el capuchón de la estilográfica.

—Nos vemos mañana en los juzgados. Pediré que transcriban su declaración, así podrá firmarla.

—¿Cuándo podré volver a trabajar?

—No antes de que se complete la investigación, lo siento. Utilice este tiempo para reflexionar sobre el hecho de que hay funciones dentro de la policía que no implican el uso de la violencia.

Colomba sintió que se le subía el rubor a las mejillas.

—¿Quiere meterme en un archivo?

Spinelli sonrió y a Colomba no le gustó esa sonrisa.

—Solo le pido que se lo piense, al menos hasta que el juez de la audiencia preliminar se pronuncie —la jueza se levantó y le tendió la mano—. Descanse.

Que te den por culo, pensó Colomba. Pero no lo dijo y le estrechó la mano, y esperó para moverse hasta que la vio salir del edificio con su escolta, justo cuando una comitiva de árabes de paisano entraba siguiendo al magistrado como los pollitos siguen a la gallina. Enfilaron las escaleras que llevaban a la mezquita y Colomba, con curiosidad, fue tras ellos hasta detenerse en el umbral del gimnasio. El magistrado se puso a explicar la secuencia del tiroteo, con la voz retumbando entre los pórticos de cemento. Los árabes asentían sin abrir la boca.

Colomba se volvió para salir y fue a chocar con un compañero en uniforme táctico de color azul oscuro que había aparecido por detrás de ella. Era atlético, de unos cuarenta años, y con una cara que parecía adecuada para el anuncio de una maquinilla de afeitar.

—Lo siento —dijo ella, pasando por su lado.

—¿Cómo estás? —le preguntó el hombre.

Solo al oírlo hablar Colomba se dio cuenta de que era el NOA simpático, sin pasamontañas ni protecciones, y se detuvo.

—No te había reconocido —dijo.

—Ese es el motivo por el que nos ponemos el verdugo. Pero ahora estoy fuera de servicio, o casi. Por cierto —le tendió la mano—, comisario Leo Bonaccorso. Tu nombre lo sé, por supuesto... Colomba, ¿verdad?

—Exacto. ¿También te han interrogado a ti?

—He acabado hace poco con un ayudante de Spinelli.

—¿Le has dicho que he hecho una chapuza?

—No, que te has dado cuenta de algo de lo que teníamos que habernos dado cuenta nosotros —Leo negó con la cabeza—. No sé cómo ha pasado. Y mira que hemos encontrado mafiosos que se habían metido en los lugares más absurdos.

Colomba se encogió de hombros.

—De un mafioso te lo esperas, no aquí —*Y ese agujero ya estaba allí cuando vine la otra vez. Otro error que me achacarán.* Señaló a los civiles de paseo por la zona—. ¿Quiénes son esos tipos?

—Delegaciones procedentes de algunas mezquitas moderadas de la provincia —respondió Leo.

—Operación transparencia...

—También redundará en tu propio beneficio, así entenderán que no podrías haber hecho otra cosa.

Colomba bajó la cabeza. Hubo un momento de silencio y de malestar, que Leo rompió deliberadamente.

—¿Querías hablar con los de la Científica?

—Ya he hablado con ellos, solo quería... entender qué estaba pasando —se esforzó por sonreírle—. Tengo que marcharme.

—¿Me das tu tarjeta? A lo mejor te llamo para saber cómo estás.

—Las he dejado en casa. Perdona, pero tengo que...

Leo asintió y la dejó pasar. Consiguió salir fuera sin cruzarse con Santini, que caminaba por el edificio con la cara sombría, y una vez en la calle se acordó de que el coche de servicio lo tenían los Tres Amigos. No parecía prudente hacer que la llevara un coche patrulla, de manera que se encaminó hacia la calle principal, prestando atención a no pasar al lado de los periodistas o de los manifestantes. Estaba oscuro y era bastante distinta de las fotografías que circulaban normalmente en las noticias, pero nunca se sabía. Mientras caminaba, llamó a Dante con Snapchat.

—Ponme al día —le dijo.

—Okey... Al chico lo hemos perdido por un pelo. Según los vecinos dejó la moto hace una horita, pero no subió a casa. Tal vez se dio cuenta de que estábamos allí. Y antes de que me vuelvas a reprochar el allanamiento, te recuerdo que no teníamos tiempo para estar de plantón.

—Lo sé. ¿Alguna idea de adónde ha ido?

—Vamos a intentarlo en casa de un amigo suyo.

—¿Qué amigo?

—Su compinche. Fue él quien lo convenció para un misterioso trabajo que, en mi opinión, está relacionado con el tren.

A Colomba le fallaron las piernas.

—¿Estás seguro?

—De momento solo estoy seguro de que tengo ganas de devolver por culpa de cómo conduce Alberti.

—No hagáis nada sin mí —dijo Colomba, seca—. Y hazme saber dónde nos vemos.

—Te mando un *snap*.

Mientras los Tres Amigos lo asediaban con preguntas y protestas, Dante se escribió una dirección en la mano, la fotografió y se la envió a Colomba. No sabía si en realidad alguien estaba escuchando sus conversaciones, pero vista la cantidad de delitos que estaba cometiendo quería valerse de algunas precauciones.

Colomba vio al habitual fantasmita amarillo bailando en la pantalla, miró la foto e indicó la dirección al conductor de un taxi pillado milagrosamente al vuelo. Justo después, el mensaje se borró por sí solo, ya que Dante había ajustado el temporizador de autodestrucción. A Colomba por un momento le pareció estar en *Misión imposible,* una de las viejas series por las que Dante sentía una pasión que ella no entendía. No entendía muchas cosas sobre él.

La dirección correspondía a una plaza llena de tiendas cerradas, en medio de la cual surgía la fuente más fea que Colomba había visto nunca, semienterrada por la basura y cubierta de pintadas obscenas y de *tags,* iluminada solo por una farola que parecía a punto de apagarse. Los Amigos estaban esperando en una de las calles de acceso, junto a los contenedores de basura y un bar con la persiana bajada. Las brasas de sus cigarrillos parecían luciérnagas. Colomba se reunió con ellos.

—¿Cuál es la situación? —preguntó.

La pusieron al día de lo que aún no sabía, especialmente sobre Farid, cuyo apellido era Youssef. Había nacido en Túnez, llegó a Italia con su familia a los cuatro años y más tarde se convirtió en ciudadano italiano. Antecedentes penales por tenencia ilícita de armas, estafa, robo y agresión sexual, por la que fue condenado a seis años, pendiente del ingreso en prisión. Lo demás era una lista de trabajos ocasionales y denuncias, casi siempre por pequeñas estafas. Para tener menos de treinta años, era un buen currículum.

—Vive allí —dijo Esposito, señalando una de las tiendas cerradas bajo un porche—. Se ha hecho con una buena vivienda como okupa. Pero no sabemos si está ahí.

—La persiana está soldada —dijo Guarneri.

—Nada más pasar el portal del edificio se encuentra la entrada secundaria —añadió Alberti—. Si vamos por allí no pueden vernos desde el interior y, sobre todo, no pueden huir por ningún lugar.

Colomba estudió un poco más la tienda. El escaparate oscuro la inquietaba.

—¿Dónde está Dante? —preguntó.

Esposito señaló el coche aparcado a unos diez metros. Colomba fue hasta allí y escudriñó en el interior. Dante estaba en el asiento de atrás, inclinado sobre su ordenador portátil, donde pasaba fotos e imágenes de atentados, tecleando frenéticamente con la mano buena. Mientras tanto, charlaba alegre con un muchachote vestido de rapero y esposado al volante, que Colomba comprendió que era el hermano del que buscaban. Dante estaba más delgado y desmejorado desde la última vez que Colomba lo había visto, pero seguía teniendo la misma mirada febril.

Se habían visto por última vez en febrero, en la suite donde Dante vivía en el hotel Impero, un cinco estrellas que costaba un ojo de la cara. Había ido a llevarle los resultados del ADN de los padres o descendientes de los niños desaparecidos en Italia. Mejor dicho, la falta de resultados: ninguna de las muestras se correspondía con la suya.

—No debes sentirte mal —le dijo Colomba—. Tus padres pueden haber presentado una denuncia, pero haber muerto antes de dar su ADN. Ya hace más de treinta y cinco años desde tu secuestro, y tal vez no tenían parientes vivos. Voy a hacer una comprobación para asegurarme de que mis compañeros no hayan pasado nada por alto.

Dante ni siquiera la miró. Con cazadora de cuero negro y botas, acurrucado en el sofá junto a la chimenea apagada, parecía un punk crecido. Durante la cena, solamente tocó el vino, y habló de mala gana.

—Puedes comprobarlo de nuevo veinte veces, nada va a cambiar —respondió con gravedad, sin apartar los ojos del cielo más allá del cristal de la terraza. A pesar de que había allí ventanas y tragaluces, en ocasiones Dante sentía que se ahogaba—. Mi identidad no va a aparecer —dijo—. El Padre hizo un buen trabajo: borrar las huellas de quien era yo realmente. *Casi* bueno, dado que yo sigo con vida y él no.

—¿Has pensado alguna vez que podrías no ser italiano? —dijo Colomba.

—Mi hermano no tenía ningún rastro de acento extranjero cuando me llamó por teléfono. Y sé reconocer los acentos, incluso los más leves, hasta en un susurro, como hizo él.

Colomba contuvo la irritación al oír cómo Dante retomaba el tema principal de sus discusiones. La llamada telefónica tuvo lugar poco después de que se cerrara la investigación sobre el Padre y se realizó al móvil de Dante, desde una cabina. Resultó imposible rastrear al autor y la conclusión de Colomba y del juez fue que se trataba de una broma de mal gusto. La conclusión de *todo el mundo,* menos de Dante.

—El acento de un hombre al que has oído por teléfono durante dos minutos, y al que nunca más has vuelto a oír, ni antes ni después.

—Era mi hermano. Y tiene todas las respuestas que me faltan —dijo Dante mirando al vacío.

—El Padre acababa de morir, tú habías estado a punto de morir —dijo Colomba—. Si te hubiera dicho que era Papá Noel, le habrías creído.

—No soy tan sugestionable.

—Explícame entonces por qué iba a llamarte por teléfono después de todos estos años. Y para no decirte nada, solo que existe y que se alegraba de que estuvieras con vida.

—Para advertirme.

—¿De qué?

—No lo sé.

—Tal vez ni siquiera tengas un hermano.

—No estaba mintiendo, también sé reconocer las mentiras.

—¡Pero es que tampoco eres infalible! A veces te obcecas con una idea y no atiendes a razones.

—Y a menudo *tengo* razón. Casi siempre, diría yo, en comparación con mis interlocutores.

—Incluida yo —dijo Colomba, haciendo acopio de paciencia.

Dante la miró con su mueca, que esta vez tenía poco de alegre y mucho de cruel.

—*Sobre todo* contigo, CC.

Colomba intentó no irritarse. Dante era una de las mentes más brillantes que conocía, pero siempre estaba al borde de un ataque psicótico. No lo tocó, a sabiendas de que no le gustaría, pero le habló con un tono comprensivo.

—Dante, sé que es difícil —dijo.

—¿Difícil? ¡Hemos salvado a diez chicos que estuvieron encerrados dentro de un contenedor durante años! Tendría que haber gente haciendo cola delante de la puerta para ayudarme a averiguar quién soy. En cambio, tras esa puerta solo hay personas que quieren contratarme para encontrar a su gato. Ni siquiera puedo volver a mi casa.

—¿Quieres que te traten como a un héroe?

—¿Por qué no? ¿No nos lo merecemos?

—Lo fuimos durante un mes. Conténtate con ello.

En esas semanas el teléfono de Colomba no dejó de sonar. Todas las cadenas codiciaban como invitada a la policía fuera de servicio que había rescatado a los niños. Ella siempre se negó, del mismo modo que rechazaba el café al que la invitaban desconocidos en el bar o los descuentos en las tiendas. Quería avanzar, avanzar más allá. Por el contrario, Colomba reparaba en ello en ese momento, Dante se había quedado bloqueado.

—No sé lo que tiene que ser *mi* vida, CC. No lo sé porque mi hermano no ha vuelto a dar ni una señal, no lo sé porque no se encuentran correspondencias entre mi persona y ningún niño desaparecido. Solo sé que no es fruto del azar. Alguien sigue ocultando las huellas del Padre.

Colomba se levantó exasperada de un salto, haciendo que se le despegara un tacón de los únicos zapatos elegantes que poseía y que se obstinaba en ponerse cuando Dante la invitaba a cenar en su hotel.

—Dante, no se ha encontrado nada que corrobore tus ideas. ¡Nada! Te secuestraron en los años setenta, ¿qué sentido tendría mantener el secreto ahora?

—Y entonces, ¿por qué nadie confiesa haber matado a Hoffa? Han pasado cuarenta años. Y su cuerpo aún no ha sido encontrado. O el avión de Ustica. ¿Quién lo abatió? ¿Por qué no nos lo dicen? —replicó Dante con el tono más irritante posible.

—Son cosas diferentes.

—Por supuesto, porque esta me concierne a mí —la miró con la expresión que tenía antes de chutarse algo para dormir o para permanecer despierto toda la noche—. No sé por qué lo hacen y no sé por qué mi identidad es tan importante. Sé que tengo razón. Pero no sé cómo demostrarlo.

—Tal vez *quieras* tener razón, Dante.

—¿Para qué? ¿Para darle un sentido a lo que pasó?

—Por ejemplo.

Dante negó con la cabeza.

—Psicología de baratillo. La verdad es que estarías de acuerdo conmigo si no tuvieras el calentón de volver a ponerte un uniforme.

Coño, lo sabe, pensó ella.

—¿Quién te lo ha contado?

Dante le hizo un gesto de burla con la mano mala.

—¿Crees que necesito que alguien me lo diga? Te voy a dar una pista: tus *aperitivos* con Curcio se han vuelto demasiado frecuentes. ¿Cuándo pensabas comunicármelo?

—Esta noche, pero ya estabas de mal humor.

—Y sabías que no iba a estar de acuerdo.

—Dante... Es. Mi. Puta. Vida. No necesito que tú estés de acuerdo —le soltó, incapaz de contenerse. Pero detrás de su nerviosismo se escondía el sentimiento de culpabilidad. Sabía que Dante iba a vivir su elección como una traición—. Según tú, ¿qué debería hacer? ¿Ser ama de casa?

—Vas a recibir órdenes de quienes han tratado de ocultarlo todo.

—No son las mismas personas.

—Arriba, sí. Los que deciden están manchados y fueron encubridores.

—No hay un *arriba,* Dante.

Él se levantó para prepararse un expreso. Era algo que hacía como un ritual, moliendo a mano el número exacto de granos, limpiando cada vez la cafetera. Se hacía enviar cafés de todo el mundo, y los lugares en los que vivía siempre olían a tueste.

—Cuando yo estaba seguro de que el Padre seguía vivo y el resto del mundo estaba convencido de que había muerto, ¿sabes cuántas veces me dijeron que era un paranoico?

—Se puede ser un paranoico y tener razón, alguna vez.

Él apretó los labios.

—Quieres creer que todo está bien, porque eres demasiado cobarde para cuestionar tu vida —dijo luego con una maldad inusual—. Eres tan necia como todos los polis.

Colomba recogió el tacón roto y enfiló la puerta. Después, desde el coche, arrojó los zapatos en la primera papelera y condujo descalza. En los días que siguieron intercambiaron mensajes de paz, pero ambos eran incapaces de destruir la barrera que se había interpuesto entre ellos. Colomba, además, tenía otras batallas que librar con su regreso al servicio activo y la incomodidad que sentía ante la actitud de sus compañeros.

Se sentía como alguien que se hubiera recuperado de una enfermedad mortal y que volvía para estar de nuevo en la vida de personas que ya habían superado el luto. Cuando sufría la soledad, y sucedía a menudo, se le pasaba por la cabeza la idea de llamar a Dante o de dejarse caer por el hotel, pero no era capaz de hacerlo porque tenía miedo de que no lo entendiera. Y así fueron transcurriendo los meses y las heridas se fueron gangrenando.

Dante la vio al otro lado de la ventanilla y saltó tan ágil como un muñeco de goma. Las viejas rencillas parecían olvidadas.

—¡CC! —gritó—. Tienes el pelo más largo... ¿y has engordado un kilo, un kilo y medio?

—Es la ropa —mintió. Desde que se había reincorporado al servicio comía que daba asco—. Tú, en cambio, estás delgado como un clavo.

—Vivo de arte y de amor. ¿Nos abrazamos, nos damos la mano? ¿Un puñetazo en la nariz?

Colomba lo recibió entre sus brazos, de forma impulsiva, y fue como abrazar un cable eléctrico.

—Me alegro de verte —murmuró.

Él sintió como si el aire se hubiera vuelto más ligero, como si de repente una opresión cuya existencia no había percibido se hubiera atenuado.

—Yo también. Te he echado de menos —dijo con sinceridad.

Colomba no fue capaz de decirle que para ella también era así.

—¿Qué estabas mirando? —preguntó en cambio.

—Solo me estaba poniendo al día sobre terrorismo internacional. He descubierto que sé muy poco. ¿Sabías que el comunicado es un *collage*? —dijo Dante, excitado.

—¿Un *collage*?

—De reivindicaciones y testamentos de mártires de los últimos años. También de un vídeo de propaganda del ISIS, la frase sobre las mujeres y las cruces.

—Pueden haberlo copiado.

—O bien alguien ha cuidado hasta el mínimo detalle para parecer creíble. Y encubrir sus verdaderas intenciones.

—Permanezcamos con los pies en el suelo, Dante. Estamos aquí para capturar a dos asesinos. Serán ellos quienes nos digan por qué lo hicieron y en qué medida están involucrados.

—Okey. ¿Lista para hacer otro registro ilegal?

Colomba se martirizó el labio inferior.

—Me temo que no.

—¿Por qué? —preguntó Dante, sorprendido.

—No conozco la situación dentro de la tienda. Podrían estar esperándonos armados y listos para disparar. Necesitamos aquí a las fuerzas especiales.

—¿Y renunciar así a la posibilidad de hablar con los sospechosos?

—Con meterlos en la cárcel me basta. Total, ahora ya estamos bastante seguros de que son ellos, ¿verdad?

—CC..., ¿me dejas hacer un intento para ver si hay vía libre?

—¿Qué clase de intento?

En vez de responder, Dante llamó a la ventanilla del conductor. Mario la bajó.

—¿Farid tiene ordenador?

—Sí. Para descargar películas y jugar a *World of Warcraft*.

—Así que tiene una conexión.

—Les birla el wifi a los vecinos.

—Gracias. Pásame el iPad.

El chico obedeció sin más.

—¿Se puede saber qué es lo que tienes en mente? —preguntó Colomba, que comenzaba a irritarse.

Dante hizo su mueca.

—No te va a gustar.

8.

Los programas vagamente ilegales con los que Dante husmeaba en internet tenían un origen bien preciso: Santiago. En su antigua vida, Santiago había formado parte de la banda *latina* de los Cuchillos, una de las bandas asociadas a la rama italiana de la célebre Mara Salvatrucha: había vendido drogas, apuñalado, disparado, y acabó en prisión una vez por tráfico de drogas y otra por asesinato. La segunda, Dante le salvó los muebles encontrando testigos que lo exculparon, y esto le permitía solicitar sus servicios.

En su nueva vida, ya casi treintañero y con la ayuda de un puñado de excorreligionarios, ya no traficaba con cocaína, sino con datos. No siempre robaba, a veces lo contrataban para organizar servicios seguros para otros criminales —ordenadores protegidos, teléfonos a prueba de escuchas, y así sucesivamente—, pero la mayoría de su tiempo lo dedicaba a tratar de agujerear los sistemas de seguridad y no ser descubierto.

Cuando Dante le envió un *snap,* Santiago respondió de inmediato y estableció una comunicación segura a través de Skype que Dante recibió en su iPad, utilizando la misma wifi que Youssef. Para recibir la señal, tuvo que acercarse a la tienda, pero era invisible en la oscuridad.

—¿Qué pasa, *hermano*? ¿A qué viene tanta prisa? —preguntó sombrío Santiago, cuando apareció en la pantalla.

Tenía un tan marcado como falso acento sudamericano: sus abuelos eran colombianos, pero Santiago había nacido en Roma y se había criado allí también, exactamente igual que sus padres. Dante vio al fondo a dos de sus secuaces que fumaban con una botella de plástico algo de color lechoso, probablemente *base*. Todos iban tatuados, vestían cazadoras con escritos siniestros, y sobre ellos caían las luces multicolores procedentes de una guirnalda de led. Estaban en el tejado del edificio donde vivía Santiago, en el cual habían instalado una especie de estudio con conexión vía satélite. A lo largo de las escaleras y en los rellanos, bandadas de chiquillos hacían de centinelas. Cuando llegaba un control avisaban a Santiago y a los suyos, quienes hacían desaparecer todo en un abrir y cerrar de ojos.

—Necesito un trabajo rápido —dijo Dante en voz baja por el micrófono de los auriculares—. No te molestaría si no fuera una emergencia.

—Ya conozco tus emergencias. *No, gracias, amigo*.

—Es un trabajo de diez minutos. ¿Puedes ver dónde estoy conectado?

Santiago operó hábilmente unos pocos segundos.

—Okey. *Wifi casa* —era el nombre de la conexión del vecino al que Youssef y él mismo estaban robando el ancho de banda.

—Aparte de mí, podría haber otros ordenadores conectados, yo no puedo verlos. Me las apañé para encontrar la contraseña del wifi, pero aquí me paro: no soy tan bueno como tú.

—Nadie es tan bueno como yo, *hermano* —dijo Santiago, ligeramente halagado. Tecleó a toda velocidad durante un puñado de segundos: el sonido de las teclas le llegaba a Dante igual que una ametralladora—. Un viejo Mac llamado Casa y un PC que se llama Naga.

—El segundo —dijo Dante, seguro. Naga era una raza de elfos que habitaban en *World of Warcraft*—. Necesito que lo pinches y actives la cámara web. Quiero echar un vistazo por ahí.

—¿Para qué quieres eso?

—Le estoy echando una mano a CC —dijo Dante.

—¿Todavía os habláis?

—Es algo reciente.

Santiago vaciló.

—La última vez que tuve algo que ver con ella acabé en el trullo.

—Esta vez, no. Te lo prometo —dijo Dante, esperando que fuera verdad.

Santiago se puso manos a la obra. Encontró la contraseña de Naga, instaló un troyano, es decir, un programa que le permitía intervenir en el sistema operativo, desinstaló el led que señalaba el encendido de la cámara web, reinició la máquina. Diez minutos más tarde, el cursor de Dante comenzó a moverse por su cuenta; luego, la pantalla se dividió en dos y en una mitad apareció la imagen del interior de la tienda de Youssef.

—¿Tu amiguito ha hecho lo que tenía que hacer? —dijo Colomba al tiempo que se le echaba encima por la espalda.

—No es mi amiguito...

—Bueno, lo que es seguro es que, ese delincuente, mío no lo es. ¿Qué tenemos?

Dante giró la pantalla hacia Colomba.

—Demasiado oscuro —dijo. Solo se veía un rectángulo casi negro: la tenue luz de la farola no penetraba por el escaparate pintado.

—Esperemos un coche —dijo Dante.

Fueron necesarios unos diez minutos antes de que llegase uno e iluminara con los faros al pasar por delante de la rotonda, y otros diez para que apareciese un segundo, porque Dante no quedó satisfecho con el primero. La videocámara transmitió en ambos casos una especie de relámpago que aclaró gran parte de la tienda. Dante congeló la imagen de más nitidez y luego la aclaró aún más. Se veía allí una butaca, los pies de una cama y lo que parecían ser dos bidones de plástico blanco colocados en medio de la habitación. No se había movido nada, pero en el reposabrazos izquierdo de la butaca se podía entrever lo que parecía el contorno de un codo. No fue en eso, sin embargo, en lo que se centró la atención de Colomba, sino en la silueta de los bidones sobre la que repiqueteó con la uña.

—¿Ves eso? —dijo.

—Unos bidones.

—Pueden contener gas.

—Si así fuera, están cerrados, ¿no? De lo contrario ya se habría evaporado.

—Youssef podría haber minado la entrada.

—No hay cables.

—No *vemos* los cables: no es lo mismo —se volvió a los Tres Amigos—. Avisad a la Central para que intervengan el NBC y los equipos especiales. Hay un edificio sospechoso que asegurar.

—¿Nos rendimos así, doctora? —preguntó Esposito.

—No podemos hacer nada más. Os atribuiré a vosotros el mérito si encontramos algo.

—Si... —dijo Alberti, triste al ver cómo se desvanecían sus sueños de gloria. Habían estado *tan* cerca...

—Lo siento, chicos. Pero habéis hecho un gran trabajo, estoy orgullosa de vosotros —dijo Colomba.

Dante la cogió por el brazo y la arrastró a unos metros de los demás.

—¿Con quién has hablado? ¿Curcio? ¿Santini?

Colomba resopló.

—Deja de leerme, ya sabes que me molesta.

—No lo hago a propósito. ¿Entonces?

—Spinelli —dijo Colomba—. Me ha colocado delante de mis errores. Y no quiero cometer ninguno más. Ya han muerto demasiadas personas, Dante.

—Ahí dentro podremos ver por qué —señaló la sombra del codo en el reposabrazos—. Ahí dentro está uno de los dos que nos pueden explicar lo que queremos saber. Si llamas a las fuerzas especiales, le pegarán un tiro en la frente, y adiós muy buenas.

—Lo siento, Dante —dijo.

—¡Has sido tú la que me has metido en esto! ¡Y ahora quieres dejarme fuera!

Colomba se hizo la sorda y alcanzó a sus compañeros, mientras Dante se abatía, triste. No había logrado convencerla, debido al sentimiento de culpa por los asesinatos y el cansancio que pesaba sobre sus hombros. Pero él no tenía intención de renunciar, no después de haber estado tan cerca.

Se fue hasta el coche de los Tres Amigos y abrió la puerta del conductor. Mario lo miró con resignación.

—¿Qué pasa ahora?

—Que te bajas —dijo Dante, y le abrió las esposas con un clip que había enderezado.

Empleó pocos segundos, porque se había entrenado toda su vida para hacerlo. Liberarse, huir. Era capaz de abrir cerraduras y candados incluso con los ojos vendados, y si no le hubieran dado miedo los lugares cerrados y el ahogo, habría podido exhibirse con los trucos de Houdini.

El muchacho se frotó las muñecas, luego la nariz dolorida. Se le había hinchado y estaba de color berenjena.

—Gracias.

Dante le dio unos golpecitos en el hombro.

—No te alejes, por favor. No quiero que esos tres canallas te disparen.

—¿Sabes quién me da más miedo? La mujer. El calvo pega, pero ella...

—Tienes razón, a mí también me da miedo algunas veces, como ahora. Venga, sal de ahí.

Mario descendió y Dante se puso al volante. Sus maniobras habían pasado inadvertidas hasta ese momento, porque los policías estaban discutiendo entre sí, pero cuando puso en marcha el coche con las llaves que aún guardaba en el bolsillo, Colomba salió corriendo hacia el vehículo.

Dante cerró la puerta y maniobró.

—¿Qué coño estás haciendo? —preguntó Colomba a través de la ventanilla.

—Perdona, CC —dijo Dante casi sin aliento, luego pisó el acelerador.

Colomba se vio obligada a soltar la manija para no ser arrastrada y vio con horror cómo el coche enfilaba hacia la tienda de Youssef.

—¡No! ¡Joder!

Dante se mantuvo al volante hasta que el coche impactó contra la persiana metálica. Había contemplado la posibilidad de lanzarse por la puerta un momento antes, como Bruce Willis, pero el terror le impidió probarlo siquiera. Se limitó a dejarse resbalar semiinconsciente a lo largo del asiento, cubriéndose la cabeza con las manos. La persiana estaba vieja y oxidada, y cuando el morro del coche la golpeó a cuarenta kilómetros por hora se salió de las guías y derribó el cristal del escaparate, para luego caer hacia delante. Hizo añicos la luna del coche, que entró hasta la mitad de la tienda, y derribó una librería repleta de DVD que se volcó sobre el ordenador desde el que habían espiado, rompiéndole la pantalla. El airbag golpeó a Dante; quedó cubierto con esquirlas de cristal y un trozo de hierro grande como una pastilla de jabón le dio de refilón en la cabeza, cortándole el cuero cabelludo.

Abrió la puerta y se deslizó hasta el suelo, aunque las manos de Colomba lo agarraron inmediatamente y lo pusieron de pie. Por su parte, los Tres Amigos apuntaban sus armas hacia el interior de la tienda, listos para disparar si se movía algo. Colomba no podía: le habían confiscado la pistola.

—¡Qué hostias has hecho! —en sus ojos verdes se arremolinaban preocupación y rabia.

—He asumido la responsabilidad que tú no has tenido el valor de asumir —murmuró Dante, teniendo cuidado de mover lo menos posible el labio inferior, cortado y dolorido.

—¡La has asumido por todos! Incluso por las personas que viven aquí.

—Y no ha pasado nada, ¿lo ves? —respondió Dante. Luego se internó pisoteando cristales, sin prestar atención a las armas que apuntaban por detrás de él. Una vaharada química le alcanzó la nariz, y por un brevísimo instante pensó que se había equivocado, que había provocado verdaderamente una fuga de gas que iba a exterminar a todo el barrio, pero el hedor era el del ácido, no el del cianuro.

Conteniendo la respiración y goteando sangre, Dante cruzó el cuarto y corrió hacia la butaca que había visto en el vídeo. El hombre que estaba sentado parecía haberse quedado dormido con la cabeza entre los brazos, que descansaban sobre una pequeña mesa ovalada de madera. Dante se detuvo.

Demasiado tarde.

Colomba lo agarró de nuevo.

—¡Sal de aquí! —y lo empujó en dirección al escaparate resquebrajado, mientras los Tres Amigos le gritaban al hombre sentado que levantara las manos y se pusiera de rodillas.

Dante salió fuera para respirar, Colomba dio otro paso hacia el tipo, que permanecía inmóvil. Le posó una mano en el hombro y eso bastó para que resbalara hasta el suelo. El cuerpo cayó de espaldas, volcando una bandeja de ácido que crepitó al contacto con el suelo.

A la luz de la farola, Colomba y los Tres Amigos vieron que ya no tenía rostro.

9.

Fuera de la tienda se había reunido una pequeña multitud atraída por el estruendo del choque. Trataban de mirar en el interior, a pesar de que Alberti los contenía con gestos y gritos. Colomba y los otros dos Amigos estaban en cambio delante del cadáver, prestando atención a no pisar pruebas o charcos del ácido que le había disuelto la carne del rostro, dejando al descubierto el cráneo. Lo más impresionante eran los ojos, que se habían convertido en algo que parecían huevos revueltos.

—Ha muerto hace poco —dijo Esposito, que tenía una probada experiencia en temas de cadáveres—. Un par de horas como mucho.

—¿Mientras se afeitaba la barba con ácido? —preguntó Guarneri.

—Una depilación definitiva, tendrías que probarla.

Colomba regresó hasta donde estaba Dante en la acera: se taponaba la herida de la cabeza con un pañuelo de papel, apoyado en la pared de la tienda para ayudar a sus débiles piernas. Su elegante traje estaba roto en varios lugares; el panamá, ennegrecido por el polvo.

—¿Cuál de los dos es? —le preguntó ella.

—El dueño de la casa. Farid Youssef —aseguró Dante—. Un terrorista ha muerto mientras preparaba una nueva dosis de gas. Bien por él —dijo sarcástico.

—Podría haber sucedido de verdad.

—No. Es un asesinato, CC.

—Puede haber sido su cómplice.

—O bien Musta está a punto de correr la misma suerte que su amigo. Déjame echar un vistazo a la escena. Podríamos salvarle la vida a ese tarado.

—Ya se ocupará de ello la Fuerza Operativa.

—Fuiste tú quien me dijo que si empiezas una investigación con el pie cambiado, los tiempos se van haciendo más largos. ¿Esos genios de tus compañeros estarán dispuestos a considerar la idea de que Musta está en peligro? ¿O bien van a esperar hasta que lo encuentren en una zanja con el Corán en la mano?

—¿Aún no estás satisfecho? ¿Qué hace falta para que te calmes? —dijo Colomba irritada.

Dante se taponó el labio, que había comenzado a sangrar de nuevo.

—La verdad. Y Musta puede decírmela, si no muere antes. Déjame intentarlo, ¿qué tienes que perder? El follón ya está montado, ¿verdad?

Colomba dudó largo rato, al darse cuenta de que ahora no tenía nada que perder. Por absurdo que fuera, el razonamiento de Dante tenía su propia lógica.

—Dentro de poco llegarán los compañeros. No dejes que te vean ahí adentro.

Dante respiró profundamente y corrió hacia a la tienda, ignorando a Alberti y Guarneri, que trataron de detenerlo. Echó un vistazo en derredor y de inmediato se percató del ejemplar del Corán que asomaba en una balda, el único libro presente. No cuadraba con lo que sabía de Youssef, y se imaginó una mano misteriosa organizando la escena y añadiendo también los dos bidones de plástico, que contenían productos químicos que, estaba seguro, servían para fabricar el gas mortal. La escena del crimen perfecta, ¿quién iba a tener dudas, salvo él?

Llegó hasta el cadáver. No quería tocarlo con las manos desnudas y sacó un guante desechable de una caja de cartón que había rodado por el suelo. Mientras lo hacía, notó que desprendía una ligera fragancia. La olfateó de cerca: olía a naranja y hojas secas. ¿Un producto químico? Le parecía demasiado artificial para ser un cosmético al uso. Pero estaba convencido de que en la habitación no había nada más con ese olor. Aunque fumaba como una chimenea, Dante tenía un olfato finísimo.

Maldiciendo el poco tiempo disponible, se puso un guante de látex y hurgó en el muerto. No encontró nada útil, pero uno de los dedos del guante se adhirió ligeramente a la muñeca del fallecido cuando lo tocó. Dante repitió el gesto, produciendo un leve chasquido.

Pegamento. Cinta adhesiva.

Lo habían atado a la butaca, y luego liberado antes de matarlo, a juzgar por la postura y por la falta de señales. Quien lo había hecho sabía hacer su trabajo.

Sin perder un segundo, Dante miró a su alrededor, mientras un sonido lejano de sirenas se iba haciendo perceptible. Un par de guantes como los que había usado estaban hechos una bola en una esquina. En las puntas de los dedos eran claramente visibles unas manchas oscuras. También los olió. El aroma a naranja ya conocido, pero por debajo un olor más intenso.

—¡Fuera, Dante! —gritó Colomba, quien desde la calle veía ahora la aparición de las luces de emergencia.

Él aferró uno de los guantes y se lo guardó en el bolsillo, luego salió corriendo, mientras las sirenas de la policía se volvían ensordecedoras. Mario, de pie en la esquina de la acera, parecía a punto de huir. De mala gana, Dante le indicó con gestos que no lo hiciera. *No puedo ahorrarte lo que va a suceder. Lo siento*. El muchacho se calmó, apoyado en la pared.

—¿Has encontrado algo? —preguntó Colomba, mientras miraba los coches que se aproximaban.

Él le mostró el guante.

—Esto.

Colomba se horrorizó.

—¿Has manipulado la escena?

—Me he metido con un coche dentro de tu escena, no sé si te acuerdas. De todos modos, solo he cogido uno. Y lo he cogido con esta, no lo he contaminado —dijo, levantando su mano mala, envuelta en cuero negro—. Si quieres, puedes volver a ponerlo ahí más tarde.

—Sabía que no debía dejarte entrar...

—¿Ves las manchas? —la interrumpió Dante—. Aceite de coche, y por la posición yo diría que proviene de las uñas de quien se los puso. Musta tiene un ciclomotor, lo más fácil es que se haya manchado él. Apuesto a que dentro están sus huellas.

—Así que fue él quien mató a su amigo.

—¿Alguien que utiliza guantes para cometer un asesinato de psicópata luego los deja a un metro del cadáver?

—No sería el primero —dijo Colomba.

—CC..., yo solo sé una cosa. Musta vino aquí después de huir de casa y alguien se lo llevó. Y es de ese alguien de quien tenemos que preocuparnos.

10.

Musta recuperó lentamente el conocimiento en la oscuridad más absoluta. Le dolía la espalda y, al tratar de desperezarse, descubrió que no podía moverse. Estaba de pie, atado con cinta adhesiva, envuelto como un capullo utilizando como soporte una viga de hormigón. Podía oír sonidos distantes de coches, amortiguados por algo que tenía en la cabeza y que le presionaba dolorosamente la cara. Se dio cuenta de que era un casco de motociclista, con la apertura puesta detrás, por eso no podía ver nada.

Presa del pánico, gritó y se agitó, pero el relleno esponjoso que sabía a sudor ahogó su voz. Se arqueó contra la cinta e hizo fuerza, jadeando con los dientes clavados en la esponja y tensando los músculos, pero lo único que consiguió fue que le crujieran las costillas. Empujó hasta que se vio obligado a dejar de hacerlo por la falta de oxígeno, y lloró en el interior del casco, sorbiéndose las lágrimas.

Una mano se posó sobre su hombro.

—Tranquilo. No corres peligro —dijo la voz de mujer que lo había acompañado hasta la inconsciencia. Horrorosamente calmada y suave.

—Por favor. Libérame —imploró—. Me estoy ahogando.

—Solo estás nervioso. Respira con calma y ya verás como la situación mejora.

Musta intentó gritar de nuevo, produciendo tan solo un gemido. Detrás de los párpados cerrados comenzaron a bailarle los globos luminosos de la hipoxia.

—¡Me muero! —gimió.

La voz se acercó a su oído.

—Respira. Lentamente —le ordenó.

Musta comprendió que debía obedecer y trató de respirar como le había enseñado el maestro de judo las dos veces que se presentó a sus clases. Hacia adentro con la nariz y hacia afuera por la boca. Se percató de que cuanto más despacio inspiraba, más le permitía pasar el aire la esponja del casco. Se concentró solo en la respiración.

Adentro, afuera. Adentro, afuera.

Empezó a pensar en la voz, y reparó en lo que más le había sorprendido, aparte del tono glacial: la absoluta falta de acento. Musta, en un ambiente semejante a un batido étnico donde el italiano era a menudo la lengua franca, lo había oído hablar con todos los coloridos posibles, intercalado con jergas y dialectos de todo el mundo. La mujer que lo había capturado, en cambio, hablaba uno perfecto, como las presentadoras de televisión. Y hacía extrañas pausas, como si reflexionara sobre cada una de las palabras. Tal vez no era italiana, concluyó, como si eso supusiera alguna diferencia.

—Ves, ya va mejor —dijo la voz de nuevo. Las uñas caminaron a lo largo de su brazo, jugando con el dorso de la mano.

Musta sintió cómo se le erizaba la piel.

—Por favor, no me haga daño —gimoteó.

—Respira. Y nada más. No hables.

Adentro, afuera.

Adentro, afuera.

—Lamento lo que te está pasando, Musta —dijo la voz—. Tú no estabas previsto.

Adentro.

Afuera.

—¿Sabes quién soy yo?

Musta negó con la cabeza.

Adentro.

Afuera...

Las uñas se cerraron de repente. Fue un pellizco fortísimo, que laceró la carne. Musta gritó de dolor.

—Piénsalo. Sé que me viste.

—¡No!

Otro pellizco. Esta vez, a Musta le pareció que las uñas llegaban hasta el hueso. Perdió el ritmo de la respiración y luchó con los pulmones que se retorcían hasta que un hilo de aire empezó a pasar de nuevo.

—Lo juro. ¡No! Por favor.

—Pero yo te vi a ti.

Las uñas de la mujer subieron repiqueteando sobre el casco, para deslizarse luego por debajo de la barbilla. Por mucho que agitara la cabeza, Musta no conseguía apartarlas. La yema de un dedo presionó debajo de la nuez e inmediatamente sintió que la tráquea se le cerraba. No sabía cómo la mujer lo conseguía con ese toque que parecía leve, pero el aire ya no pasaba. Musta se removió como un epiléptico, en vano, y los sonidos se hicieron líquidos y el cuerpo ligero. Fue en ese estado cuando un recuerdo fluctuó en la oscuridad como una visión. Farid y él habían ido al barrio del Testaccio, y estaban bebiendo en el inmenso patio de lo que antaño fue un matadero municipal y que ahora se había llenado de restaurantes y de bares.

Se habían colocado en una zona de césped con una bolsa de plástico llena de botellas. A media consumición, Farid se levantó. «Espérame, que voy a mear», le dijo, y desapareció tras la hilera de arbustos. Musta, medio borracho, lo siguió con los ojos, y vio que cruzaba la entrada principal. Le pareció extraño y, más por tocarle las pelotas que por curiosidad, fue detrás de él. Al llegar a la calle, lo vio inclinado sobre la ventanilla de un Hummer negro. A Musta le gustaban esas bestias, y albergaba la esperanza de que algún día tendría dinero suficiente para comprarse uno, aunque fuera de segunda mano. Tres toneladas y un monstruo de trescientos caballos bajo el capó, algo que a uno se la ponía dura. Se imaginaba lanzándolo a todo gas —que tenía que ser algo así como lanzar un tanque a todo gas—, con Pitbull o Eminem a toda hostia en los altavoces, para detenerse luego en un semáforo y lanzar miradas ardientes a una chica que se había puesto a su lado con un utilitario. Su sueño continuaba con ella que aceptaba subirse al cuatro por cuatro, abandonando su carretilla, para luego seguir con él hasta los Dinosaurios. Pero esa noche el sueño se interrumpió bruscamente cuando Farid se dio la vuelta y descubrió su presencia y el Hummer salió quemando caucho. Antes de salir, sin embargo, la mujer que iba al volante se giró hacia él. Su cara era un óvalo indistinto, blanquísimo, aunque sus ojos brillaban con el resplandor de la farola como dos piezas de metal. Musta sintió que penetraban en su cabeza, leyendo todo lo que tenía dentro, lo bueno y lo malo. Por muy extraño que pudiera parecer, tuvo la clara impresión de que, si algo no le gustaba, esa mujer engranaría la marcha para lanzar el tanque que conducía directamente contra él, aplastándolo como a una cucaracha. Sin piedad ni remordimiento. Entonces Farid regresó.

—¿Quién era esa? —le preguntó Musta.

—Nada, una que se ha perdido —respondió su amigo.

Musta se dio cuenta de que había algo que no cuadraba, pero estaba demasiado borracho como para preocuparse. Regresaron a beber y ya no volvieron a sacar el tema.

En el presente, Musta asintió como loco aprovechando las fuerzas que le quedaban. La mujer sacó el dedo y la garganta se abrió de nuevo. Aire. Bendito aire.

—Te has acordado —dijo la voz.

—Sí. Eres la del Hummer —dijo Musta rápidamente—. Fuiste tú la que compró el vídeo —*Y la que mató a la gente del tren,* pensó sin tener el valor para decirlo.

—¿Con quién has hablado sobre el vídeo?

—Con nadie.

—¿Ni con tu hermano? No hagas que vaya yo a preguntárselo.

—No. Nunca le digo nada.

—Hay un agujero aquí, cerca de tu oreja —Musta sintió que golpeaba en el casco—. Puedo hacer que entre lo que yo quiera. Intenta imaginarte cómo sería tratar de respirar con el casco lleno de arena. O de insectos.

—No, por favor —tartamudeó—. No he hablado. ¡Te lo juro!

La voz se calló. Musta oyó la respiración fuera, calmada, como debería ser la suya.

Adentro.

Afuera.

Notó algo frío que se deslizaba hacia abajo por su brazo. No eran las uñas en esta ocasión, sino la hoja de un cuchillo.

—Te lo juro —dijo otra vez. Sentía que le faltaba el aliento, y volvió a concentrarse en la respiración.

Adentro.

Afuera.
Adentro.
El aire sabía a sudor y sangre. La voz ya no hablaba.
Afuera.
Adentro.
Afuera.
Si ve que tengo miedo, me matará, pensó. *Como un lobo.*
Adentro.
Afuera.
La hoja se detuvo en la muñeca.
Adentro.
Afuera.
Adentro.
Afuera.

La punta del cuchillo presionó. Una gotita de sangre brotó sobre la piel.

Adentro. Afuera. Adentro... Afue...

Musta sintió una presión y un desgarro. *Me ha cortado las venas,* pensó, pero el brazo se movió cuando flexionó el músculo y se separó de la columna. Era la cinta adhesiva lo que se había rasgado.

La hoja descendió a lo largo del cuerpo de Musta y lo liberó por completo. Él no pudo resistirlo más y agarró el casco, quitándoselo de la cabeza con los ojos cerrados.

—Mírame —dijo la mujer.

—No. No quiero —dijo Musta mientras los dientes le castañeteaban de terror—. Si no te veo, no tienes que matarme.

La voz se fue acercando a su oído. Musta olió de nuevo el perfume a naranja y comprendió que procedía de ella.

—Si no lo haces, ahora mismo te voy a cortar los párpados —susurró—. Es muy doloroso.

Musta se dio cuenta de que no podía seguir negándose y obedeció, aunque por un momento pensó que se había quedado dormido y que tenía una pesadilla: el rostro que lo miraba a un metro de distancia no era el de un ser humano. Carecía de rasgos, era blanquecino, y en él resaltaban dos ojos incoloros. Parecía el de un maniquí que hubiera cobrado vida.

La mujer dio un paso atrás y la luz de la lámpara de camping que iluminaba la sala de hormigón visto se deslizó sobre ella. Solo entonces comprendió Musta que estaba mirando a una máscara de goma color carne que envolvía firmemente la cara de su secuestradora y solo dejaba libres los ojos. En el lugar de la boca había un agujero circular, cubierto por una rejilla perforada. Esa revelación fue, si cabe, aún más horrible. Se preguntó qué se escondía allí debajo. Qué deformidad.

Musta había visto una máscara semejante en una chica a la que su celoso novio le había quemado la cara con gasolina, pero esta era aún más opaca y ocultaba cualquier cicatriz que su carcelera pudiese tener. También las manos estaban cubiertas con vendajes de látex de los que brotaban largas uñas de color amarillo.

—¿Qué te pasó? —balbució Musta.

La mujer acercó su cara a la de él, y Musta respiró de nuevo el olor a naranja.

—Es mejor para ti que no lo sepas —dijo. Cuando hablaba, la máscara formaba pequeños pliegues alrededor de la boca, pero la expresión seguía siendo inescrutable.

—Perdona —se acobardó Musta.

Se había quedado de pie junto a la columna, sin saber qué hacer. Por supuesto, no tenía intención de atacar a la mujer enmascarada. Aunque no hubiera tenido en sus manos el cuchillo de caza con el que lo había liberado, Musta sabía que no dispondría de la más mínima oportunidad contra ella. Era su instinto el que se lo decía, curtido en docenas de peleas callejeras. Miró a su alrededor. Aparte de ellos dos y de un montón de basura, la habitación estaba vacía y parecía de un edificio en construcción. Un trozo de luna brillaba a través de una ventana sin marcos.

—¿De verdad eres del ISIS?

—No —dijo—. Pero Farid creía que lo era. Quería que le proporcionase un billete para los Emiratos Árabes y una esclava sexual para su uso y disfrute.

—No te creo.

—Haces mal. Yo no miento nunca. Él, en cambio, sí. ¿Sabes por qué te implicó a ti?

—No.

—Porque quería a alguien en quien poder descargar las culpas si las cosas se torcían —la mujer inclinó la cabeza de lado, como un ave rapaz cuando estudia a su presa—. No era un amigo de verdad.

—¿Era? —balbució Musta.

—Lo he matado —dijo la mujer sin cambiar su tono indiferente y tranquilo.

A Musta le entraron ganas de vomitar y se agachó, agarrándose el estómago.

—Oh, Dios mío.

Ella lo levantó sin esfuerzo, aferrándolo por un brazo.

—¿Cómo ha podido llegar la policía tan deprisa?

—No lo sé. Solo sé que estaban en mi casa.

La mujer enmascarada pareció vacilar por primera vez.

—¿Estás seguro de que no has hablado con nadie?

—Segurísimo. Por favor, no me hagas daño.

—Está bien. No voy a hacerte daño. Tu llegada fue un imprevisto, puedo utilizarte.

La mujer acercó su rostro de plástico al de Musta y lo miró fijamente con los agujeros que tenía en lugar de ojos. Él no fue capaz de apartar la mirada.

—Tengo una misión para ti —le dijo.

11.

Curcio conducía el vehículo de incógnito, Santini ocupaba el asiento del copiloto. Viajaban solos por las calles de la Roma nocturna para charlar lejos de oídos indiscretos. Santini estaba nervioso; Curcio, enojado, y conducía para desahogarse.

—Te dije que no le quitaras el ojo de encima —repitió—. Confiaba en habértelo explicado bien.

—He hecho todo lo posible, Maurizio —dijo Santini. En privado se tuteaban, a pesar de la diferencia de graduación—. Pero Caselli es como es. ¿Sabes a cuántas situaciones críticas he tenido que enfrentarme con ella desde que se reincorporó al servicio?

—No me interesan nada los chismes —atajó Curcio.

—No son chismes. No conecta con los demás y siempre hace lo que le sale de las narices. Va y viene como le parece, salta como un resorte si algo va mal. Pregúntales a sus compañeros cómo se encuentran con ella. Pregúntaselo a Infanti.

—Está feo decirlo, pero Infanti es un idiota.

—Por eso lo enviamos a la Fuerza Operativa, ¿verdad? No debía tomar decisiones, solamente recibir órdenes, pero ni siquiera ha servido para eso.

Curcio negó con la cabeza. Quería decir algo en defensa de su compañero, pero no se le ocurrió nada.

—A propósito, ¿cómo está?

—Todavía sigue en el quirófano. Perderá el ojo y el oído del lado izquierdo, como mínimo. Pobre imbécil.

Curcio no dijo nada y siguió conduciendo a toda velocidad.

—¿Puedo no ser diplomático por una vez? —preguntó Santini.

—¿Por una vez? —dijo Curcio irónico—. Tú ni siquiera sabes dónde tiene su domicilio la diplomacia.

—Me estoy esforzando.

—Eso te lo reconozco —Curcio sonrió a su pesar—. ¿Entonces?

—A quién coño le importa cómo llegó allí Caselli. Llegó y punto, démosle la enhorabuena y terminemos de una vez por todas con la polémica.

Curcio ensordeció con el claxon a un peatón imprudente, que se apresuró a regresar a la acera mientras el coche le pasaba a un pelo.

—Si por mí fuera... Pero en esta ocasión no me dejarán que esconda la suciedad debajo de la alfombra. No con ella.

Santini desenvolvió un caramelo que encontró en el salpicadero y comenzó a chuparlo en una esquina de la boca. Sabía a viejo y lo escupió en el cenicero.

—De qué suciedad me hablas... Lo que cuentan son los resultados.

—Míralo desde el punto de vista de los servicios de seguridad. Colomba ha investigado un caso de terrorismo sin contar con ellos. ¿Cómo están quedando? ¿Qué habrías hecho tú cuando estabas en el SIC si te hubiéramos dejado al margen?

—Habría montado la de Dios —admitió Santini.

—Van por ahí diciendo que les hemos quemado las posibilidades de la inteligencia..., que hemos dejado escapar a los cómplices... Ya sabes, la vieja historia de siempre.

—Si hubiera otro atentado, la vieja historia sería peor.

—Es cierto, pero ahora mismo no importa. Luego está la Fiscalía. Allí la mitad considera a Colomba un enemigo desde que evitó su arresto el año pasado, y ahora la otra mitad le está dando la razón a la primera porque ha actuado sin autorización. Si por lo menos hubiera hablado con Spinelli...

—A lo mejor es verdad que no sabía nada cuando la interrogó —dijo Santini sabiendo que mentía.

—No digas chorradas —dijo Curcio mientras superaba el cruce que señalaba la frontera invisible con Malavoglia.

Una patrulla de tráfico dirigía la circulación: un agente les indicó que pasaran agitando la paleta y casi terminó en el suelo por el desplazamiento de aire.

—Si no te gustan sus métodos, ¿por qué la convenciste para que volviera al servicio activo? —preguntó Santini.

—Rovere confiaba en ella, me sentí moralmente obligado.

—A él también se le fue la olla, al final —dijo Santini con gravedad. No había tenido una buena relación con Rovere, aunque lo había respetado.

Curcio suspiró:

—Ya.

Durante un tiempo se hizo el silencio, con excepción de la sirena que ululaba en el techo.

—Colomba es una buena poli —continuó Curcio, y luego—: Después de lo que le pasó, se merecía una segunda oportunidad.

—¿Y habrá una tercera?

Curcio no respondió, pero fue reduciendo marchas y estacionó en uno de los lados de la plaza de la fuente horrible. Había patrullas y blindados, un laboratorio móvil del NBC y un grupito de los NOA aislando la zona. También había una ambulancia y soldados de las fuerzas especiales con trajes aislantes. Sentados en el bordillo de la acera, a unas decenas de metros, Colomba y Dante. Al verlos, Santini blasfemó.

—También ha metido en esto al loco. Vamos mejorando...

—Ve adentro. Yo voy enseguida —dijo Curcio.

—A la orden.

Curcio se acercó a Colomba y a Dante y este último lo saludó llevándose la mano a la frente.

—¡Oh, capitán, mi capitán! —dijo. Con el labio hinchado y la sangre en la cabeza, parecía la versión zombi de *El club de los poetas muertos*.

Curcio le dedicó una sonrisa forzada.

—Buenas noches, señor Torre. Hacía mucho tiempo que no nos veíamos. Vaya a que lo vea un médico.

—Me dan miedo las agujas.

Colomba se había puesto de pie de un salto.

—Doctor...

Curcio le estrechó la mano.

—Colomba. Vamos al encuentro de una tormenta de mierda, así que ahora me corresponde recibir la máxima colaboración. ¿Cómo ha llegado aquí?

—Me han llamado mis hombres, que habían hecho la investigación por su cuenta mientras yo estaba en el centro islámico.

—Perdóneme, pero sus hombres ni siquiera van al baño por su cuenta.

Dante intervino.

—He sido yo —dijo—. Me puse a investigar sobre el chico que murió en la mezquita en cuanto me enteré de que Colomba estaba involucrada. Los agentes han querido verificar que no estuviera inventándomelo todo.

Curcio miró a Colomba con la expresión de alguien que no da crédito a lo que está oyendo; ella abrió los brazos ocultando su incomodidad.

—Es lo que ha dicho él.

—Lo entiendo —Curcio se preguntó si esa chapucera historia podría mantenerse en pie. Le habría gustado, por Colomba—. Quiero un informe completo —dijo—. Y quiero que desde este momento se acuerde de que está en suspensión administrativa. ¿Me ha entendido?

—Sí, doctor.

—Esperen aquí al juez. Usted también, señor Torre, y repítanle lo que me han dicho a mí. A ser posible, con algún detalle más. Espero haberme explicado.

—Gracias —dijo Colomba, captando la indirecta.

Curcio alcanzó a Santini, y luego juntos se reunieron con el jefe de la Científica dentro de una tienda de campaña de los NOA. Para disgusto de Colomba, el simpático no estaba entre ellos.

—Ya te dije que escurrieras el bulto. Ahora tendrás que someterte a todo el procedimiento —le dijo a Dante cuando se quedaron solos.

—No tengo intención de esperar a nadie. En cuanto tu jefe se haya olvidado de nosotros, tú y yo nos despedimos a la francesa.

—Dante..., sé que he sido yo la que te ha metido en esto, pero me estás poniendo difícil no cabrearme contigo.

—Quiero encontrar a Musta. Tus compañeros... —dijo Dante, señalando a los uniformados que pululaban dentro y fuera del edificio— no encontrarían su culo ni siquiera con un mapa. No en el tiempo oportuno.

—Ya hemos hablado de eso, Dante.

—Lo sé, pero no me has convencido. Salvo de una cosa, CC. De que tienes miedo de las respuestas.

—Qué chorrada... —resopló ella.

—No es ninguna chorrada. Has fundamentado tu vida en una visión clara del mundo. Aquí los malos, allá los buenos. Sí, hay alguna manzana podrida también entre los buenos, algún incompetente, pero al final todos trabajan por el bien común. No hay misterios, zonas oscuras, sombras...

—Conspiraciones... —lo imitó ella, pero sintiendo un frío intenso en su interior.

—Representaciones, CC. Estamos inmersos en un gran espectáculo del que no somos los directores. Es a nosotros a quienes nos corresponde rascar para encontrar la realidad por debajo de la ficción. ¿Cuántas omisiones y mentiras has visto en tu carrera? ¿Cuántas veces has descubierto que uno de tus superiores tenía intereses distintos a los de la justicia? ¿Que mentía y a todo el mundo le parecía bien?

Demasiadas, pensó Colomba. Pero no lo dijo. No quería echarle gasolina a la visión apocalíptica de Dante.

—Me está entrando dolor de cabeza, déjalo ya —era verdad, Colomba sentía cómo le palpitaban las sienes. ¿Cuántas horas llevaba despierta? Ya no lo recordaba—. Aunque quisiera encontrar a Musta contigo, no sabría por dónde empezar.

—Yo sí.

—¿Qué quieres decir?

—Te lo explicaré únicamente si vienes conmigo ahora, antes de que nos corten las alas. De lo contrario, me voy solo.

—Te juro que, si me arrestan por esto, haré que lo pagues tú también. Espérame aquí —dijo Colomba; luego alcanzó a Alberti, situado en la calle para vigilar a la multitud, junto con los agentes de las patrullas, y le hizo una señal para que la siguiera hasta pasada la esquina—. Necesito tu arma —le dijo cuando quedaron fuera de la vista de todo el mundo.

Alberti se sonrojó.

—Doctora..., sabe que no puedo hacerlo.

—Contarás que te la pedí para verla con alguna excusa, por ejemplo para comprobar que la tenías limpia, y que luego me la he quedado. Pero solo si tengo que usarla, y espero que no sea así. En caso contrario, te la devuelvo y nadie va a enterarse —Colomba no añadió que no lo creía en absoluto.

—¿Y si me preguntan por qué no la detuve?

—Pues porque soy tu superior —le puso una mano sobre el hombro—. Asumiré todas las culpas, no te vas a ver implicado.

—¿Puedo preguntar qué va a hacer?

—No.

Alberti sabía que sin Colomba nunca habría entrado en la Móvil y la elección fue sencilla. Se sacó el arma de su cinturón y se la entregó.

—Tenga cuidado.

Colomba comprobó el cargador y el seguro, luego se la guardó en la funda.

—Gracias.

Hizo un gesto a Dante para que llegara a su altura y rodearon un campo lleno de maleza hasta los esqueletos de los Dinosaurios. Allí el móvil de Colomba comenzó a vibrar con el número de Esposito en la pantalla. Lo apagó.

—¿Nos están buscando? —preguntó Dante.

—Por supuesto. Quita la batería —dijo mientras lo hacía con el suyo—. No quiero que nos localicen.

Él le mostró el iPhone.

—Con este no se puede, por desgracia —sacó la tarjeta y rompió el teléfono pateándolo con la punta de acero de los zapatos—. Estoy empezando a gastar demasiado en este trabajo —tiró la carcasa en una papelera al borde de la calle.

—Si no hubieras insistido, se habría acabado hace un buen rato —dijo Colomba.

Dos patrullas pasaron volando por su lado. Dante y Colomba volvieron la cara fingiendo charlar y siguieron caminando a lo largo de la avenida, constituida principalmente por viejos edificios populares y fábricas abandonadas.

—Veamos, ¿cómo piensas que podemos encontrar a Faouzi? —preguntó Colomba.

—Santiago se conectó al PC de Youssef e hizo una copia de lo que contenía. La Científica está haciendo lo mismo, vamos a ver quién llega primero a la conclusión correcta.

—No es seguro que haya algo útil en el disco duro... —reflexionó Colomba.

—Confía en mí, lo hay.

—¿Por qué?

Dante se encendió un cigarrillo del medio paquete que le había birlado a Guarneri.

—Tenemos que encontrar un estanco.

—Responde.

Dante agitó el cigarrillo como si fuera una batuta.

—Quien ha montado todo esto ha cuidado todos los detalles. Se ha encargado de eliminar a los testigos y de cerrar todos los agujeros de la historia. El vídeo de reivindicación, los bidones, el dinero en casa de Musta...

—Hasta aquí te sigo. *Si* tienes razón.

—Después de ver el cadáver sé que la tengo —dijo Dante—. Cualquier movimiento de esos dos tendrá que ser claro, sin dejar espacio para teorías, salvo las de quienes son muy imaginativos. Por lo tanto, en algún lugar habrá una explicación de lo que Musta Faouzi está a punto de hacer ahora, y el PC es algo que se puede manipular fácilmente, como has visto.

—Aunque lo hayas descartado, Faouzi sigue siendo un posible culpable. La Científica ha encontrado sus huellas dactilares —Colomba había vuelto a poner en su sitio el guante hurtado un momento antes de que las patrullas rodearan la tienda.

—Si se hubiera alejado por su voluntad, habría avisado a su hermano para que tuviera cuidado con visitas no deseadas. Está claro que ambos se quieren.

—Y ¿cómo sabes que no lo ha hecho ya?

—Porque su móvil lo tienen tus hombres, y no ha sonado —dijo Dante—. Pero si el asesino de Youssef simplemente hubiese querido matarlo, lo habría hecho allí. Cargar con un secuestrado es peligroso.

—Si tienes razón, solo hay un motivo posible por el que ha actuado así —dijo Colomba—. Aún lo necesita.

12.

Musta se agarró con las dos manos al cinturón de seguridad, mientras el Hummer aceleraba para pasar un semáforo. Lo logró una fracción de segundo antes de ponerse en rojo, y la mujer de la cara de plástico se internó en la carretera de circunvalación. Con calma, como lo hacía todo. Parecía que nada pudiera afectarla. Se había puesto una gorra con el logotipo de Nueva York que era una clara falsificación y un par de gafas de espejo. Desde fuera era imposible darse cuenta de que llevaba una máscara.

Musta tenía náuseas y sudaba.

—¿Por qué? —preguntó con la boca pastosa.

La mujer lo miró de refilón y Musta apartó los ojos rápidamente.

—¿Por qué, qué?

—¿Por qué estás haciendo... lo que haces? —Musta no era capaz de decirlo mejor—. Si no eres del ISIS, ¿por qué matas a la gente?

—Porque debo hacerlo.

—¿Qué quieres decir con que debes? No estás obligada. Puedes detenerlo todo cuando quieras.

—¿De verdad crees que tu destino está en tus manos? No lo está. Tampoco el mío.

—Estás diciendo cosas muy raras.

—No se me da bien hablar. Y ya he hablado en exceso.

Viajaron en silencio durante bastantes minutos más. Musta cada vez estaba peor. Le entraron ganas de devolver, pero en lugar de vómito, cuando abrió la boca completamente salió de ella una risita histérica que pronto se convirtió en un graznar disparatado. Se reía inclinándose hacia delante, incapaz de contenerse. La mujer de la máscara parecía no percatarse siquiera.

El motor del Hummer redujo las revoluciones y estacionaron en el arcén de una calle semidesierta. Al fondo surgían los contornos grises de edificios industriales.

—Ya hemos llegado —dijo la mujer; luego desbloqueó las puertas y se bajó.

Desde fuera llegó un olor a lluvia lejana y a viento. Musta, cuyo ataque de hilaridad había cesado, pensó en huir, pero lo pensó como una hipótesis remota e impracticable. Se sentía débil, distante e indiferente ante lo que iba a suceder poco después. Bajó al asfalto agrietado y alcanzó a la mujer en la parte del maletero. Un camión pasó haciendo temblar el suelo y levantando remolinos de polvo.

—Ese es el edificio —dijo señalando al final de la calle—. No puedo acercarme más —luego abrió el maletero—. Aquí tienes todo lo que necesitas.

Musta vio lo que contenía el maletero y la calma innatural que lo envolvía se alteró por un instante.

—No puedo —dijo.

La mujer se quitó las gafas oscuras y le levantó la cara con la punta de sus dedos para obligarlo a mirarla a los ojos. Parecían de cristal, como los de los animales disecados.

—Cumplirás con tu misión. Exactamente como te he explicado.

—Me encuentro mal. Dios..., siento que voy a desmayarme —dijo Musta. El mundo giraba a su alrededor.

—Shhh —dijo ella, mientras continuaba mirándolo—. Ahora se te pasa.

Musta se agarró a esos ojos y en ese momento todo cambió. La voz de ella resonó en su cabeza con la fuerza de un órgano antiguo, cientos de tubos que vibraban. Y también Musta empezó a vibrar, acorde con el universo. Comprendió que la mujer enmascarada y él estaban unidos para la eternidad. Que lo que iba a hacer era inevitable, y hermosísimo. Nada tenía realmente importancia, era solo una sombra destinada a pasar sin dejar rastro y sin dolor. *Lo que la oruga llama el fin del mundo, el resto del mundo lo llama mariposa*. Era una frase que había leído en alguna parte, de algún filósofo chino, y ahora le parecía perfectamente apropiada. El miedo se desvaneció por completo y Musta se sintió extrañamente eufórico, como si se hubiera liberado de un peso que había arrastrado tras de sí durante toda su existencia.

—Estás a punto de renacer —dijo la mujer.

Musta asintió con ganas. Ya no podía esperar más.

—Gracias, gracias —dijo con lágrimas en los ojos debidas a la emoción—. ¿Puedo saber quién eres?

La mujer lo ayudó a ponerse el equipo, luego se inclinó sobre él y le habló dulcemente al oído. Se había portado bien y merecía un premio.

Le dijo su nombre.

13.

Santiago se reunió con Colomba y Dante en el patio del bar chino en el que se habían refugiado. Hizo sonar el claxon y todos los presentes se volvieron a mirar a ese jovenzuelo tatuado en el cuello y en las manos que conducía un BMW 330d de color zanahoria y con neumáticos blancos. Iba con una chica delgadísima que llevaba *leggings* y el peinado rasta hasta los hombros. Se llamaba Luna, era una prostituta, mayor de edad desde hacía poco.

Santiago y Luna abrazaron a Dante y lo besaron en las mejillas, luego se sentaron con ellos y pidieron una cerveza para él y una copa de vino espumoso para la chica.

—Tú pagas, claro —le dijo a Dante. Era un tipo atractivo, de piel color canela y un aspecto extrañamente distinguido que contrastaba con los símbolos truculentos de los tatuajes y del chaleco. Sus zapatos eran de color oro—. ¿Cómo estás, CC?

—Ese no es mi nombre —dijo manteniendo los ojos en el televisor.

—Según mi *amigo,* lo es.

—Él puede. Tú no. ¿Okey?

—¿Está cabreada conmigo? —preguntó Santiago a Dante.

—No te preocupes. La han suspendido y no puede detenerte.

—¿Qué ha hecho? —preguntó Luna, abriendo la boca por primera vez. Tenía una voz fina.

Colomba golpeó la mesa con la taza del capuchino.

—Métete en tus asuntos. ¿Lo has traído todo, Santiago?

Santiago le pasó un billete de cien a Luna.

—Juega una partida de videopóquer.

Ella frunció la nariz.

—No me gusta.

—Entonces no juegues: mira y basta, *¿comprendes?* —dijo Santiago, duro.

La chica se apresuró en coger el dinero y desapareció.

Colomba miró con ferocidad a Santiago, los ojos de un color verde oscuro.

—¿Le pones las manos encima?

Se echó a reír.

—Día y noche. Siempre que no haya alguien que le pague —Colomba continuó mirándolo. Santiago dejó de reír—. Nunca le he pegado. Nunca.

—Bravo. Sigue así.

Santiago puso la bolsa sobre la mesa y sacó de ella un ordenador portátil que parecía mantenerse unido a base de escupitajos y cinta adhesiva. Un equipo recuperado, que podría abandonar sin lamentos si era necesario.

—Ni siquiera sé por qué he venido aquí para dejar que me traten como a una mierda. Después de la última vez, debería mantenerme alejado de ti.

—Ya que estás aquí, deja de tocar los huevos —dijo Colomba.

Santiago la señaló vuelto hacia Dante.

—¿Qué te dije? Cree que soy su esclavo. De todos modos, ya me he dado una vuelta por el disco duro. He encontrado fotos de kamikazes tomadas de la red y el mapa de las estaciones de Roma y Milán.

—¿Algo más? —preguntó Dante.

Santiago escribió una contraseña que parecía interminable y el protector de pantalla con un tigre dio paso a una lista de documentos.

—Más fotos de los trenes. Conexiones a las páginas de la yihad. Instrucciones para la fabricación de bombas caseras... Lo habitual entre los terroristas de pacotilla.

—¿No ha borrado el historial? —preguntó Dante.

—No. Ni tampoco ha usado una VPN ni nada para establecer una conexión anónima. Muy estúpido.

—O muy inteligente. ¿Qué más hay?

Santiago sonrió.

—Una bonita toma de ti hundiendo el escaparate. La cámara seguía encendida. ¿Quieres verla?

—Tal vez más tarde.

—Y dos correos electrónicos en árabe.

—Youssef no hablaba árabe —dijo Dante.

—Pues entonces ha aprendido, *hermano,* porque están en su buzón de correo. Creo que se refieren a un viaje del año pasado a Libia. Pero no estoy seguro, ya sabes cómo va lo de la traducción automática.

—¿Puedes averiguar si los mensajes son verdaderos o se los han reenviado? —preguntó Colomba.

—Deberíamos llegar al servidor que envió el correo electrónico, y tener la esperanza de que conserve los registros, pero después de casi un año... —se encogió de hombros.

—¿Otras búsquedas aparte de las de los trenes? —preguntó Colomba.

—Solo una —Santiago hizo aparecer un mapa de un barrio de Roma—. Tiburtina Valley.

—¿O sea? —preguntó Dante.

Colomba se sorprendió.

—Es un barrio al este. Hay ahí no sé cuántas empresas informáticas y laboratorios. ¿Cómo es que no lo sabes?

—No trabajo de taxista —dijo Dante—. ¿Ha buscado alguna calle en particular?

—No —respondió Santiago.

—Entonces creo que deberíamos ir a echar un vistazo a la zona.

—¿Qué crees que quiere hacer Musta en el Tiburtina Valley? —preguntó Colomba.

—Él nada, la persona que se lo ha llevado quizás otro atentado. Si quieres, puedes avisar a la Fuerza Operativa, en vez de venir con nosotros. Supongo que en un par de semanas te creerán.

Colomba suspiró y se levantó.

—Necesitamos tu coche —le dijo a Santiago.

14.

Colomba conducía agarrando con las manos el volante con tanta fuerza que tenía blancos los nudillos, casi tanto como los de Dante en la manija de la puerta.

—¿Estás bien, CC? —preguntó Dante cuando se detuvieron en un semáforo y fue capaz de abrir los ojos. Tenía la frente perlada de sudor.

—Llevo encima un arma que no es mía, mis compañeros me están buscando y conduzco el coche de un traficante. Sí, estoy bien.

—«Estamos en una misión de Dios» —dijo Dante.

—¿Qué quieres decir?

—¿Nunca has visto a los Blues Brothers?

—¿Esos que van vestidos de negro? No.

—*Esos que van vestidos de negro...* CC, necesitas hacerte con una cultura.

Colomba lanzó un bufido sarcástico y salió a toda pastilla aplastando a Dante contra el respaldo, igual que un astronauta en el despegue. Él se concentró en imágenes de mares en calma y susurros de viento entre las hojas, pero su termómetro interno subió tan alto que la campana hizo *dong*. Se sumió en un apagón hasta que Colomba aminoró mientras recorría el último trecho de la calzada llena de baches de la Via Affile, una paralela a la Tiburtina atravesada por vehículos pesados que llevaba hasta la zona industrial.

—Aquí hay cientos de empresas —dijo—. Eso sin contar los domicilios particulares, los bares y las tiendas.

—¿Alguna idea de policía para acotar el campo?

Colomba reflexionó mientras conducía con lentitud mirando a su alrededor, como si tuviera la esperanza de ver aparecer a Musta.

—Tal vez —dijo—. Tengo que hacer un par de llamadas.

Volvió a colocar la batería y llamó a la central de alarmas de la policía, luego a la de los carabineros, identificándose, pero ocultando los motivos. Cuando colgó, pisó el acelerador a fondo.

—Ha habido una alarma de intrusión hace diez minutos en una empresa de electrotecnia, la CRT. La alarma fue desactivada de inmediato, pero vale la pena echar un vistazo.

Colomba se saltó dos semáforos en rojo y en cinco minutos llegó a la Via Cerchiara, una travesía que pasaba por el corazón del barrio. Se mezclaban allí casas, bares de copas de baja categoría, empresas y campos sin cultivar. La CRT estaba en el número 200, un edificio rectangular de una planta, blanco y negro, rodeado de setos y una cancela baja de color verde. Durante el trayecto, Dante había intentado ponerse en contacto con la centralita mediante el móvil de Colomba, pero solo le respondió una musiquita y un anuncio bilingüe que explicaba que las oficinas estaban cerradas.

Aparcaron delante de la empresa y Colomba llamó a la compañía que se encargaba de la seguridad privada, cuyo número había encontrado en una de las puertas. Se identificó para hacer que le pasaran con algún responsable.

—Sé lo de la alarma, pero fue desactivada de inmediato, son cosas que ocurren —dijo este último.

—¿Quién está ahí ahora mismo?

—Un empleado nuestro del turno de noche y el señor Cohen, con su secretaria. Se han quedado para el inventario. Dijeron que se irían entrada la noche y creo que todavía siguen ahí.

—¿Quién es Cohen? —preguntó Colomba. El apellido de origen judío le preocupaba: estaban entre las víctimas preferidas de los extremistas islámicos, aparte de los propios musulmanes.

—El director.

—Okey, llame a su empleado y dígame algo —dijo Colomba, y esperó.

El responsable se puso en contacto con ella dos minutos más tarde, con la voz menos relajada.

—No responde. Tal vez haya un problema con la radio. Tampoco Cohen contesta al teléfono. Envío a alguien para ver.

—No, no haga nada y espere mis instrucciones —Colomba colgó y sacó la pistola de Alberti. Quitó el seguro y cargó una bala en la recámara; luego se la metió en el bolsillo de la chaqueta.

—No sabemos lo que está pasando allí dentro —dijo Dante, preocupado.

—Por eso voy —ella le dio el teléfono—. Llama a Santini, o a Curcio. A alguien que te conozca. Haz que vengan los NOA.

Colomba descendió. Dante bajó corriendo a su vez y se colocó delante de ella.

—Tengo miedo, CC. No vayas.

—Tú me has traído hasta aquí, Dante —dijo Colomba. La mezcla de agotamiento y adrenalina le había puesto la voz ronca.

—He cambiado de idea.

—Yo también, por eso voy a entrar. Tienes razón, quiero respuestas.

Dante miró el edificio y se lamió los labios secos. Las ventanas le parecían ojos malignos.

—Voy contigo.

—No. Solo serías un estorbo para mí. Haz lo que te he dicho.

Dante la miró mientras probaba con la verja cerrada y, luego, mientras la superaba con agilidad y desaparecía en las tinieblas.

Se sentía como si la hubiera enviado al matadero.

15.

Colomba recorrió el sendero de cemento delimitado por pequeños marcapasos luminosos, prestando atención a cualquier movimiento entre los setos rectangulares de la zona ajardinada. No vio ni oyó nada, y empujó el batiente de la puerta principal para entrar en la recepción desierta, iluminada por los neones del techo que proyectaban sombras alargadas. Dominaba el espacio un gran mostrador blanco y rojo con el logotipo de la empresa. No había ningún vigilante, sino solo una chaqueta oscura que colgaba del respaldo de una silla y un vaso de café todavía caliente. Al otro lado de la sala había un torniquete con un lector de tarjetas magnéticas para los empleados.

Detrás del mostrador destacaba una fotografía de una instalación hidráulica, tan grande como la propia pared. Un monitor de vigilancia con la pantalla dividida en seis cuadrados mostraba otras tantas áreas del edificio. Todos los pasillos estaban desiertos, pero en el suelo de uno de ellos Colomba percibió lo que parecía ser una gran franja oscura que se perdía tras una columna. Las letras en sobreimpresión señalaban la primera planta.

Colomba saltó el torniquete, evitó el ascensor y subió un tramo de escaleras. Siguiendo la flecha con el rótulo de «Dirección y administración» se encontró en el pasillo que había visto en el monitor. La franja que en el vídeo parecía oscura en vivo era del color rojo de la sangre reciente. Colomba controló la respiración y sacó la pistola. Siguió el rastro y detrás de una columna descubrió el cuerpo de un hombre con canas que vestía el uniforme de vigilante nocturno. Lo habían apuñalado una y otra vez: la garganta cortada parecía una boca completamente abierta. Al lado del cuerpo estaba el control remoto de la alarma que alguien había desactivado en su lugar. *Lo lamento, no he conseguido llegar a tiempo,* pensó luchando contra las náuseas. Se quedó en cuclillas durante unos segundos, agarrándose el estómago mientras se obligaba a calmarse. *Pronto se habrá acabado todo,* se dijo. *De una manera u otra.*

Luego oyó un gemido femenino, seguido de lo que parecía un susurro masculino. Sujetando el arma con las dos manos a la altura del rostro, se movió con cautela en busca del origen del sonido. Acabó delante de un despacho que llevaba el rótulo de «Dirección». El gemido se repitió detrás de la puerta cerrada, silenciado una vez más por un susurro. Colomba abrió la puerta con lentitud, manteniéndose tanto como le era posible detrás de la pared.

Lo primero que vio fue otro cadáver. Era un hombre corpulento, con traje oscuro, que yacía boca abajo en un lago de sangre. Al otro lado de la habitación, una mujer, vestida con traje de chaqueta y tacones altos, con el rostro descompuesto y cubierto de lágrimas, se arrodillaba a los pies de un chico magrebí de veintitantos años, quien la amenazaba con un cuchillo en la garganta: Musta. Tenía salpicaduras de sangre en la ropa y en la cara, el pelo rizado estaba enmarañado y goteaba.

Colomba entró apuntando con la pistola.

—Policía —gritó—. ¡Deja que se vaya!

La secretaria gritó, Musta ni se movió.

—No —dijo, con una voz tranquila, aunque un tanto pastosa—. No voy a dejar que se vaya.

—Por favor... —dijo la secretaria.

El chico le tapó la boca con la mano que empuñaba el cuchillo, haciendo que le goteara sangre sobre la blusa.

—Shhh —dijo.

—Te llamas Musta, ¿verdad? —dijo Colomba. No podía ver la mano izquierda del muchacho, escondida detrás del cuerpo de la secretaria.

Musta asintió con un gesto excesivamente amplio. Otras gotitas rojas salpicaron el parqué.

Está borracho. O colocado, pensó Colomba.

—No quiero dispararte, Musta. Vamos a encontrar una forma de salir todos con vida de aquí, ¿okey?

Musta sonrió.

—¿Ves al señor Cohen ahí en el suelo?

—Lo veo —dijo Colomba, sin desplazar los ojos ni el punto de mira.

—Ya ves. Es demasiado tarde para salir todos con vida de aquí.

—No es demasiado tarde para la mujer. ¿Qué te ha hecho?

—Nada. Ni siquiera tendría que estar aquí —por un momento la expresión relajada de Musta cambió y se convirtió en desconcierto. Luego volvió a sonreír—. Pero ahora está aquí.

—Deja que se vaya —dijo Colomba.

—No puedo.

—¿Por qué?

—Tengo una misión. Una misión importante.

Musta volvió a sonreír, como si se tratara de una broma, pero había algo enfermizo en esa sonrisa. Empujó a la secretaria, que cayó sobre las manos, luego levantó el brazo izquierdo. En la mano empuñaba algo conectado a un cable eléctrico y ese cable desaparecía dentro de su cazadora tejana. Musta echó hacia atrás los bordes de la cazadora. En la cintura llevaba un grueso cinturón en el que estaban conectados dos recipientes metálicos del tamaño de una pastilla de jabón. De uno de ellos salía el cable negro que terminaba en su puño.

—¿Sabes qué es? —dijo.

Colomba sintió que los pulmones se le comprimían.

—Una bomba.

—Basta con que presione un poco. Así que, secretaria, no trates de salir, de lo contrario saltaremos todos por los aires. Y tú también, po... —se quedó bloqueado, no era capaz de pronunciar la palabra—..., policía.

La secretaria se arrastró hacia la pared y se cubrió el rostro; Colomba mantuvo el arma apuntando a la cara de Musta. ¿Podría matarlo antes de que él accionase el detonador? Bastaba con una contracción para presionar el pulsador. Mientras tanto, algo le estaba pasando a Musta. El murmullo se había convertido en temblor, y la sonrisa se había fundido en una mueca.

—Por favor, no es necesario hacer esto —dijo Colomba—. Lo que quieras, te estoy escuchando...

—Ya tendría... —se quedó como encantado de nuevo— que haberlo hecho. Tenía que haberme inmolado en cuanto llegara a esta... of... of... oficina —señaló a la secretaria con el cuchillo—. Dudé. Por ella..., no estaba incluida. ¿El guardia está muerto?

—Sí —a Colomba le dolían la espalda y los brazos, el punto de mira oscilaba en la cara de Musta.

—¿Sabes si..., si tenía hijos..., nietos?

—No, pero creo que es probable.

—Cuando nos encontremos allí, me disculparé.

Colomba vio cómo se tensaba la mandíbula de Musta y se dio cuenta de que estaba dispuesto a inmolarse.

—Espera. Por favor. Un minuto.

—Solo será un momento. Luego estaremos todos mejor. Confía en mí. Yo... solo quiero descansar.

—No puedes saber cómo será —Colomba se aclaró la voz, en un intento de ocultar el terror—. Ya he pasado por esto. Una vez un hombre puso una bomba en un restaurante donde yo estaba. Más grande que la tuya, más potente.

—Y todavía estás viva...

—Tuve suerte. Y también los que murieron en el acto tuvieron suerte —Colomba trató de mantener los ojos en los del muchacho, pero él seguía moviendo su mirada en mil direcciones—. Los otros, en cambio... Uno que estaba justo al lado de la explosión sobrevivió. Sin embargo, perdió los brazos y las piernas. Otro murió después de muchos minutos. Tenía el vientre abierto. No va a ser rápido, Musta. Sufrirás. Sufriremos todos. Y, además, ¿para qué? Sé que no eres un terrorista.

Musta por fin la miró. Sus ojos estaban llenos de lágrimas.

—No lo era —murmuró.

—Podemos encontrar una solución.

—¡Es demasiado tarde! ¡He dado mi palabra! —Musta dejó caer el cuchillo y se enjugó las lágrimas—. Si no lo hago, ella... me perseguirá... incluso después. Me arrastrará al infierno —luego añadió una frase en árabe que Colomba no supo descifrar.

—Te protegeremos —dijo Colomba.

—No puedes —Musta ahora lloraba abiertamente. Su voz había cambiado, había perdido aquella connotación soñadora. Ahora parecía la de un niño.

—Musta, por favor..., suelta el detonador —bajó el punto de mira, con la pistola a punto de caérsele de las manos sudorosas—. No voy a dispararte, te lo prometo.

Musta la miró con unos ojos a los que les costaba ver bien y Colomba pensó que todo había terminado.

—Piensa en Mario. Tu hermano se muere de ganas de volver a abrazarte.

Musta vaciló y su mirada se aclaró.

—Mario... También lo hago por él... No quiero que *ella* vaya a buscarlo.

—Protegeremos a tu hermano y a ti también —dijo Colomba rápidamente—. Nadie os hará daño.

—Eso es imposible —dijo Musta, pero la mano con el detonador temblaba a ojos vistas.

—Vamos a intentarlo. ¿Qué tienes que perder? Dame la oportunidad de ayudarte. Confía en mí.

Musta se quedó inmóvil durante un largo minuto: en ese tiempo, el sudor le cayó a los ojos a Colomba, casi incapaz de volver a apuntar. Luego él abrió el puño y soltó un pequeño pulsador de émbolo. Colomba gritó, pero el botón se detuvo en el aire, unido a su cable de encendido.

—Por favor. No grites —dijo Musta.

—Sí, sí. Lo siento —dijo Colomba, con el corazón a punto de salírsele por las orejas—. Me has cogido por sorpresa.

La secretaria aprovechó la distracción de Musta para salir corriendo a cuatro patas, con gemidos de animal que desaparecieron por el pasillo. De ella quedó tan solo un zapato con la correa rota.

—Ahora ven aquí, Musta. Déjame ver lo que llevas puesto. Pero mantén las manos alejadas del cuerpo, ¿de acuerdo? —dijo Colomba.

Musta abrió los brazos y dio un paso hacia ella.

—Yo no quería... Ha sido como un sueño... A lo mejor sigue siendo un sueño.

—Poco a poco, sigue caminando. Ya casi estamos. Y háblame otra vez de la mujer que te ha enviado aquí.

Musta empezó a murmurar.

—*Allahumma inni 'a'udhu bika mina lkhubthi wa lkhaba'ith. Allahumma inni 'a'udhu bika mina lkhubthi wa lkhaba'ith.*

—¿Qué dices? —preguntó Colomba—. ¿Qué has dicho?

—Es una oración. Tendría que haber rezado más. La habría mantenido lejos de mí —Musta dio otro paso. Se encontraba a menos de un metro de distancia—. Ella no es una mujer.

Colomba se pasó la pistola a la mano izquierda y tendió la mano libre para aferrarlo. Su atención estaba concentrada por completo en el botón que colgaba, pero sabía que tenía que seguir hablando para mantener el contacto.

—Y entonces, ¿qué es, si no es una mujer?

Musta la miró con los ojos muy abiertos, las pupilas eran casi invisibles.

—Un ángel —dijo.

Como para subrayar sus palabras, hubo un ruido de cristales rotos y el silbido de una bala a alta velocidad: la cabeza de Musta estalló.

Colomba se quedó helada, mirando cómo el cadáver se deslizaba hasta el suelo, con la cara cubierta de sangre, que también la había salpicado a ella. Escupió y gritó, conforme caía de rodillas, y así fue como la encontró el pelotón de agentes de los NOA cuando irrumpieron gritando y apuntando con sus armas. Colomba fue arrojada al suelo, desarmada y esposada con las manos a la espalda, mientras los agentes terminaban la inspección ocular del despacho. Hicieron falta un par de minutos antes de que alguien decidiera comprobar cómo estaba. Lo hizo Leo Bonaccorso, el NOA simpático, quien se quitó el verdugo y se inclinó sobre ella, para pedir ayuda inmediatamente.

Colomba había dejado de respirar.

16.

El ataque de pánico que asaltó a Colomba fue uno de los más fuertes que había experimentado nunca, y el hecho de estar esposada mientras sus pulmones estallaban por falta de aire no hizo más que empeorar las cosas. Leo la levantó y la liberó, y Colomba la emprendió a golpes contra la pared, haciendo que le sangraran los nudillos hasta que empezó a respirar de nuevo. La hicieron salir y dejaron que se recuperara apoyada en la pared exterior de la CRT, rodeada de coches y de furgonetas. Le dijeron que no se alejase —esta vez en serio— y Colomba esperó a que alguien se ocupara de ella. Leo salió para dejarse ver unos minutos más tarde, con un cigarrillo en la boca y el verdugo enrollado por encima de la nariz. Le puso en la mano su tarjeta, con el emblema de la República.

—Llámame y dime qué tal estás. Estoy hablando en serio.

—¿Dónde está Dante? —preguntó, arrancándose a duras penas las palabras de la boca.

—¿Tu amigo? Los compañeros lo han detenido.

—Él no puede estar encerrado —murmuró Colomba.

—No te preocupes, lo tratarán bien. Ahora piensa solo en ti, ¿de acuerdo? —empezó a alejarse, pero Colomba, aún con la tarjeta entre los dedos, lo detuvo.

—¿Cómo habéis llegado hasta aquí tan rápido?

—Una llamada anónima. Una cabina de esta zona. Vieron al sospechoso entrar en la empresa.

—¿Hombre o mujer?

—¿Eso importa?

—Para mí, sí.

—Mujer.

Colomba asintió.

—Gracias.

—No pierdas mi número, ¿de acuerdo? —dijo Leo, y se alejó.

Colomba se metió la tarjeta en el bolsillo y tuvo que esperar otra media hora antes de que la subieran a un coche de servicio y la depositaran en la comisaría de policía.

Afortunadamente para ella, estaba tan agotada que casi todo lo que sucedió en las veinticuatro horas siguientes le resbaló por encima, mientras el tiempo se fruncía y se rompía, borrando gran parte de lo que estaba viviendo. A menudo dijo la verdad, algunas veces mintió, sobre todo para encubrir a sus hombres y a Dante, ateniéndose a la versión improvisada delante de la tienda. Le permitieron descansar durante unas horas en un sofá de la Móvil, pero tuvo un sueño lleno de pesadillas. Necesitaba una ducha y su cama, pero ir a su casa quedaba fuera de discusión hasta que le exprimieran todo lo que tenía que decir.

El peor momento no fue el nuevo interrogatorio de Spinelli, donde con la ayuda de un abogado de oficio enviado por el sindicato de la policía se mantuvo casi muda, ni el *debriefing* que tuvo lugar en plena noche con un oficial de los servicios secretos que tenía aspecto de querer ponerle las manos encima después de cada respuesta suya. Por el contrario, fue la reunión con Curcio, quien llevaba impresa la decepción en la cara. Eran las seis en punto de la tarde del día siguiente a la muerte de Musta, aunque Colomba había perdido la noción del tiempo. Curcio aún llevaba la camisa de su último encuentro y no se había afeitado; la barba canosa que le había salido le hacía parecer mucho más viejo.

—Si sabía adónde se dirigía Faouzi, ¿por qué no me habló de ello inmediatamente? —le preguntó.

—Como le he explicado a la jueza, no sabía nada. Solo fue una intuición de Dante.

—Una más. Qué casualidad —dijo Curcio gélido.

Colomba se lamió los labios agrietados e improvisó.

—Vio algo en el ordenador antes de que lo destruyera con el coche, un mapa de Roma. Pero era tan genérico que fuimos a comprobarlo antes de dar la voz de alarma.

—¿Se da cuenta de lo que parece esta historia, Colomba?

Claro que me doy cuenta, pensó Colomba. *Un lío fenomenal.* Aunque la verdad era incluso más liosa.

—Disculpe. ¿Puedo tomar un café? Tengo un dolor de cabeza que me está matando.

Curcio hizo que se lo trajeran con un *brioche,* que Colomba ni siquiera sacó de su envoltorio.

—Esto no es un interrogatorio, Colomba. Solo estoy tratando de entender qué se le pasaba por la cabeza cuando decidió no confiar en mí —dijo luego.

Colomba jugueteó con el plástico del *brioche.*

—¿Me habría creído si hubiera ido a contarle que sospechaba que Faouzi y Youssef solo eran cabezas de turco?

—¿De quién?

De un ángel.

—Faouzi habló de una mujer antes de morir. A la que tenía miedo.

—Tal vez era su contacto con el Califato.

—Ellos no eran realmente del ISIS.

Curcio tuvo que concentrarse para no ponerse a blasfemar.

—Colomba... Ahora pertenecer al ISIS es solo una formalidad. Basta con declararlo, es la franquicia del terrorismo. Si luego organizas alguna cosa, los otros te reivindican. Carece de importancia que fueran dos locos o dos convencidos por años de oraciones. Y, además, se encontraron las huellas dactilares de Faouzi en la escena del asesinato de su cómplice. Nos hemos incautado de dinero de naturaleza sospechosa en casa de Faouzi... ¿Cree que alguien ha colocado ahí todas estas pruebas?

Escuchando a Curcio, Colomba se sintió atrapada. Todo lo que había creído ahora le parecía irreal, frente a la dura realidad de los hechos.

—No lo sé.

—A mí me parece más probable que un terrorista matara a un amigo suyo; luego, al vigilante de una empresa y a su propietario judío, probablemente el objetivo inicial, mientras llevaba un cinturón explosivo en el abdomen que, por suerte, también gracias a usted, no llegó a explosionar.

—Faouzi se vio obligado a hacerlo. Me lo dijo antes de que el NOA le disparase.

—Por la mujer misteriosa. Que tal vez solo exista en su cabeza.

—Una mujer como la que telefoneó para denunciarlo dos minutos después de que se difundiese su fotografía —dijo Colomba.

—Son cosas que suceden, doctora. Como puede suceder que un compañero entre en crisis y ya no diferencie la realidad de la fantasía —Curcio negó con la cabeza—. Pero la culpa es mía, por ponerla en primera línea. Me equivoqué y asumiré las consecuencias.

—Para los servicios secretos soy una traidora; para usted, he perdido la cabeza —dijo Colomba en un tono monocorde, con los ojos como fondos de botella—. Nadie piensa que solo he cumplido con mi deber.

Curcio se mortificó su inexistente bigote.

—He propuesto a su equipo para una mención de honor. Si ha habido algunos excesos, la responsabilidad no es de ellos.

—¿Y por lo que a mí se refiere?

—Su suspensión administrativa se ha transformado, a petición *suya,* en excedencia por motivos de salud. En mi informe voy a mencionar el hecho de que usted sufre un síndrome de estrés postraumático no diagnosticado, agravado por el enfrentamiento armado que mantuvo contra Hossein.

Colomba apretó los dientes.

—Mi cabeza está en su sitio, gracias.

Curcio respiró profundamente.

—Colomba, ¿se da cuenta de que es su única oportunidad para no ser acusada?

—¿Acusada de qué? ¿De haber encontrado a dos terroristas?

—Farid Youssef fue asesinado como mucho una hora antes de su llegada. ¿Está segura de que, si lo hubiera contado, la Fuerza Operativa no habría llegado antes?

—Estoy segura.

—¿Y la muerte del director de la CRT? ¿También está segura de eso?

—Sí.

—Bueno. Spinelli en cambio lo pone en duda. Si la secretaria no llega a salvarse, ya habría cursado una orden de prisión preventiva. Pero ¿sabe qué es lo peor? Que usted sigue repitiendo que actuó por su cuenta para no perder tiempo, pero yo creo que la razón es otra.

Colomba no dijo nada, demasiado agotada para articular un pensamiento.

—Usted no confía en nosotros. En las fuerzas del orden, porque Torre le ha llenado la cabeza de chorradas.

—No es así —murmuró Colomba, sabiendo que mentía al menos en parte.

—Da igual. Seis meses de excedencia, después de los cuales se presentará para una evaluación psicofísica y será reasignada.

—Reasignada...

—Es el único camino, Colomba.

Fue en ese momento cuando Colomba supo, a pesar del cansancio que la envolvía, que su carrera había terminado de forma definitiva. Si la readmitían en el servicio activo, se haría realidad el sueño de Spinelli de verla detrás de un escritorio, tal vez sellando pasaportes. O, por qué no, en cualquier centro de entrenamiento para enseñar a los pingüinos cómo se toma una huella dactilar.

—Colomba... —dijo Curcio, y ella se dio cuenta de que se había perdido en sus pensamientos, sin reparar en que su jefe le había tendido la mano para despedirse. Se la estrecharon deprisa, casi temerosos—. Antes de ir para casa, pásese por Personal para solventar la cuestión. Los papeles están listos. Y devuelva la identificación, por favor.

—¿Tiene miedo de que la utilice como no debería?

—Diría que no quiero correr ese riesgo.

Colomba depositó su carné sobre el escritorio. No lo arrojó contra la pared ni tampoco salió dando un portazo.

Le costó un esfuerzo considerable.

17.

Para Dante las cosas fueron mucho más sosegadas. También fue interrogado por la jueza y por los servicios de seguridad, pero en parte gracias a su abogado y amigo Roberto Minutillo, lo trataron con cortesía y lo mantuvieron bajo vigilancia en uno de los balcones de la Fiscalía.

A pesar del cansancio, en el informe logró dejar constancia de una versión que los exculpaba tanto a él como a Colomba y en la que nadie creyó. Minutillo protestó con vehemencia por el mero hecho de que estuviera retenido, cuando solo había cumplido con «su deber de buen ciudadano». A las tres de la madrugada lo pusieron en libertad y lo llevaron de regreso a su hotel. Aun así, después de unas pocas horas de sueño, se compró un teléfono nuevo y se presentó en la Móvil en busca de noticias de Colomba, gritándole a quien estaba de guardia hasta que aparecieron Esposito y Guarneri. Lo llevaron a una mesita en el patio interior, junto a los ceniceros repletos donde los agentes iban a fumar. Se quedó allí largo rato, con los dos Amigos que iban de un lado a otro sin dejar de controlarlo.

—¿Qué le pasa a Colomba? —preguntó Dante ya de noche, cuando los dos policías se sentaron con él para charlar—. ¿Van a echarla?

—No pueden hacerlo si no la condenan por algo grave —dijo Esposito.

—Lástima —dijo Dante—. En este trabajo está desperdiciada.

Esposito se agenció un cigarrillo del paquete de Dante.

—¿De verdad cree que esos dos hijos de puta eran inocentes?

—Uno de ellos era un violador, por tanto inocente seguramente no, y el otro mató a dos personas. Pero no eran terroristas. Han sido manipulados y utilizados.

—¿Y eso lo sabe gracias a sus poderes paranormales?

—Solo gracias a mi profundo conocimiento del ser humano.

Guarneri negó con la cabeza.

—Reconozco que es bueno para leer..., ¿cómo los llama?

—Micromovimientos.

—Pero los seres humanos no son reducibles a un esquema. Son imprevisibles.

—Menos de lo que piensa —hizo su mueca—. Acierto en un noventa por ciento.

—Bum —dijo Esposito.

Dante se encogió de hombros.

—Puedo hacerles una demostración.

—¿Nos va a hacer uno de sus jueguecitos? —dijo Guarneri con los ojos brillantes.

—Si tienen una baraja de cartas...

—Creo que tengo una de esas barajas que el ejército americano distribuyó en Irak —dijo Esposito.

—Irá perfectamente.

Esposito desapareció y regresó al cabo de diez minutos con una baraja de póquer que aún estaba envuelta en el plástico.

—He tenido que revolver todo un cajón. También he encontrado un juego de llaves de casa que pensaba que había perdido.

—¿Ve como ha servido para algo? —Dante rompió el envoltorio de plástico y golpeó la mesa con el mazo—. A estrenar. Qué bien.

—Cuidado, que son las originales, no las copias italianas —dijo Esposito—. Trátelas con cariño.

—Podría venderlas en eBay. Igual ganaba una pasta. ¿Cuál es el salario de un inspector?

—No se lo vamos a decir, que no queremos que llore —dijo Guarneri.

Dante se quitó el guante de la mano mala.

—Necesito las dos manos. Total, ya están acostumbrados, ¿verdad?

—No hay problema —dijo Guarneri, mirando como no había sido capaz de hacerlo en casa de Musta.

Descubrió que en la mano mala no le faltaban dedos, como había pensado, sino que estaban retorcidos y doblados sobre sí mismos, y su tamaño era la mitad del que deberían tener. Solo el pulgar y el índice eran casi normales, y Dante los movía, pero carecían de uñas. La mano entera estaba cubierta de una tupida red de cicatrices.

Guarneri negó con la cabeza.

—Pero ¿por qué el Padre le golpeaba solo en la mano izquierda, si se puede preguntar?

—Porque era la menos útil, ya que soy diestro. Y nunca me golpeó —Dante utilizó ambas manos para seleccionar dos cartas: el as de picas con Sadam Husein y el as de tréboles con Qusay Husein, el segundo hijo de Sadam y jefe de las fuerzas de seguridad—. Nos iría mejor una mujer hermosa, pero tenemos que contentarnos con lo que hay —dijo al elegir la carta con la reina de corazones, alias Barzan al-Ghafur Sulayman Majid, el jefe de la Guardia Republicana—. La verdad es que somos un poco macabros: casi todos están muertos. Aunque tampoco es que sufra por ellos.

—¿No dijo usted que el Padre lo torturaba? —preguntó Esposito, quien le seguía dando vueltas al tema anterior.

—Me pedía a mí que me castigara con un palo. Él nunca me tocó. Eso creo, porque mis recuerdos del silo son algo engañosos —alineó las tres cartas y se encendió un cigarrillo—. Ya estamos.

Esposito hizo un sonido de burla.

—No me diga que se trata del juego del trile.

—Exactamente. Aquí están los ases, y aquí está la *rrrreina* —concluyó con un tono de charlatán de feria cubriéndolas y deslizándolas hábilmente de una mano a la otra—. ¿Quién de ustedes quiere probar?

—Yo —dijo Esposito, y tocó la carta del centro. Era la correcta—. Pero ¿realmente creía que me iba a engañar en este juego?

—Ahora hagámoslo en serio, antes era una prueba —dijo Dante, girando las cartas mucho más deprisa. A pesar de su minusvalía era rapidísimo. Esposito, sin embargo, se dio cuenta de que la carta con la «dama» tenía el borde sucio de ceniza. Había caído un poco del cigarrillo que Dante tenía en la boca—. Y debemos establecer una apuesta.

—¿Diez euros? —Guarneri estaba disfrutando.

—Pfff. Me estoy acercando a la indigencia, pero todavía no estoy tan mal —sonrió—. ¿Medicamentos estimulantes decomisados en la aduana?

—Ya está bastante pasado de vueltas —dijo Esposito. La huella de ceniza era casi imperceptible, pero desde su lado se podía ver bien—. Digamos ¿una pregunta?

Dante colocó bien las tres cartas tapadas.

—¿Una pregunta?

—Si acierto, responderá sinceramente.

—Siento curiosidad. Okey. ¿Dónde está?

—La primera a la izquierda, de mi lado.

Dante le dio la vuelta y era la correcta. Puso una expresión de perplejidad.

—¿Cómo lo ha hecho?

Esposito mostró una sonrisa de triunfo.

—¿Sabe cuántos tenderetes he desmontado?

—Dispare esa pregunta.

—¿Qué hay entre usted y la doctora?

—Esposito, eres malvado —le reprendió Guarneri riéndose.

—Un trato es un trato —Dante se rascó la cabeza con la mano buena—. Nada. Buenos amigos, digamos. Aunque en estos últimos tiempos nos hemos visto poco.

—¿Está diciendo la verdad?

—Soy un hombre de palabra. La revancha —mezcló más rápidamente aún—. Interesante la elección de su pregunta. ¿Tiene usted ideas románticas en la cabeza?

—Estoy casado, guapo —dijo Esposito incómodo.

—Sería el primero en ser infiel, supongo —dijo irónicamente Dante—. Le toca.

Esposito buscó el borde sucio.

—Otra vez a la izquierda.

Era correcto. Dante negó con la cabeza, angustiado.

—Pero, qué coño... Estoy haciendo un papelón. Tal vez habría sido mejor hacer la prueba con otra cosa.

—Se me ocurre otra pregunta.

—Okey.

—¿Qué historia es esa de que hay un pariente suyo que le llama? Sé que la doctora Caselli hizo que lo buscaran.

—Un tipo me llamó hace unos meses diciendo que era mi hermano, y me dio la impresión de que conocía mi verdadera identidad. Durante un tiempo me entretuve con la idea de que era cierto. Incluso tenía esa esperanza —dijo Dante con un tono ligero.

—Y, en cambio, ¿qué pasó? —preguntó Guarneri.

Dante permaneció impasible.

—Era otra estafa, al parecer. Me había equivocado. Como al jugar a este juego con ustedes.

Esposito se rio.

—Ha dicho que yo iba a entender por qué es infalible leyendo la mente de las personas. Pero me parece todo lo contrario, por ahora.

Dante barajó a toda velocidad, luego colocó de nuevo las cartas. La del borde sucio volvía a estar en el centro.

—No importa, vamos. No me apetece ganarle tan fácilmente —dijo Esposito.

—Entonces subo la apuesta. Cien euros.

Esposito esbozó una sonrisa de codicia.

—Mire que luego se los voy a pedir.

—Si pierdo.

—Eres testigo, Guarneri —dijo Esposito, y le dio la vuelta al naipe central. Era Sadam Husein, el as de picas—. Pero cómo coño...

—Pruebe con las otras.

Esposito lo hizo. Ninguna de ellas era la reina.

—Te ha jodido —dijo Guarneri partiéndose de risa.

Dante hizo aparecer la reina debajo del guante que descansaba a un lado de la mesa.

—Limpié el borde de la carta correcta y ensucié el otro. Tampoco había sido un accidente la primera vez.

—¡Eso es hacer trampas! —dijo Esposito irritado.

—¿Por qué?, ¿y no decirme que había una carta marcada no es también hacer trampas? —Dante se encendió otro cigarrillo—. Quería causar una buena impresión, pero como le incomodaba mi mano no ha mirado bien. Solo ha supuesto que me fingía más torpe de lo que soy. Y me he aprovechado de ello —abrió en abanico las cartas con la mano mala, luego se puso el guante—. ¿Ha visto? Los seres humanos son mucho, mucho menos complejos de lo que ellos se creen. Más o menos se sabe cómo van a reaccionar.

—Usted también es un ser humano —dijo Esposito irritado.

—No siempre me siento así —Dante apiló el mazo y se lo devolvió—. Cien euros, *please.*

—Y una mierda.

—Esto también lo sabía yo... ¿Qué ocurre? —preguntó al ver a un agente uniformado que se acercaba y le hablaba a Esposito al oído.

—La doctora está saliendo —respondió.

Dante se levantó de un salto.

—¿Les importa si hablo yo con ella?

—Por favor.

Corrió hacia el portón. Al cabo de unos instantes, Colomba pasó frente a la garita haciendo un gesto cansado al agente de guardia. Todavía llevaba la ropa del día anterior y Dante se dio cuenta de que no le habían permitido ir a descansar en ningún momento. Casi chocó contra ella.

—Dante..., ¿qué haces aquí?

—Te estaba esperando. ¿Cómo te han tratado? ¿Te han dado de comer?

—Estoy bien, solo cansada. Me voy para casa —dijo ella en tono plano.

Él la siguió, caminando hacia atrás para mirarla a la cara.

—Solo dime cuándo nos veremos de nuevo. Porque las pistas se enfrían, lo sabes.

Colomba se paró de golpe.

—¿De qué me estás hablando?

—De la investigación. Hemos perdido una batalla, no la guerra.

—Pero ¿te has vuelto majareta? No hay ninguna investigación, ¿lo quieres entender?

—¿Y *la ángela*? ¿Dejamos que se vaya revoloteando alegremente? ¿Para matar a alguien más, a lo mejor?

—¿Te han contado mi interrogatorio?

—Me han preguntado qué pensaba yo al respecto. Contesté que en mi opinión existe.

—Bien por ti.

—CC..., es un asunto serio. Tus superiores son demasiado ineptos para entenderlo, o están demasiado implicados. Pero tú no eres como ellos.

—Por desgracia. Me habría venido bien —Colomba lo apartó de su camino—. Me voy a dormir. Hablaremos del tema en otra ocasión.

Colomba desapareció de su vista, y dejó a Dante temblando de lástima y de consternación. Guarneri llegó a su altura.

—¿Todo bien?

Dante se estremeció.

—Por supuesto. Colomba me ha dicho que se lo pregunte a usted, que seguramente podrá ayudarme —mintió.

—¿Qué quiere saber?

—Sencillo. ¿Quién se está ocupando del cadáver de Musta?

18.

Dante se bajó del taxi en la Piazza del Verano, a escasa distancia del cementerio del mismo nombre, con su arte napoleónico y las tumbas ilustres.

La morgue era un viejo edificio que en un pasado reciente llegaron a cerrar por razones de higiene, debido al excesivo número de cadáveres abandonados por los pasillos y algunos cuerpos conservados desde la década de los noventa y que nunca reclamó nadie. Ahora funcionaba un poco mejor, pero seguía siendo tétrica y sofocante. Llamó con su móvil, y al cabo de unos minutos Bart apareció en el portón, llevando una bata blanca no exactamente impecable.

—¡Gran lumbrera! —le dijo.

—Gran lumbrera y una mierda —dijo Bart—. ¿Qué haces aquí?

—He venido a hablar contigo sobre el tipo que acabas de diseccionar. Uno al que le volaron la cabeza.

—No sé de qué me hablas.

—No eres buena mintiendo. Es una virtud, fíate de mí.

Bart miró a su alrededor.

—Dante. Me caes bien, pero no puedo revelarte nada acerca de una investigación en curso. Especialmente sobre *esta* investigación en la que estás involucrado.

—¿Y si te dijera que todavía no se ha detenido al responsable del atentado?

—Te pediría que hablaras con tu psiquiatra.

Dante levantó la vista hacia el cielo. El día estaba llegando a su fin y se cernían negros nubarrones. O tal vez era él quien se los estaba imaginando.

—Bart, Colomba tiene problemas —dijo.

—¿Y crees que los resultados de la autopsia pueden ayudarla? ¿Cómo?

—Cuanto más sepamos, mejor podremos preparar su defensa. Que tenía que actuar correctamente, por ejemplo...

Dante se sentía un miserable al utilizar el nombre de Colomba de ese modo, pero sabía que Bart era sensible a ese tema. De hecho, ella miró a su alrededor y suspiró.

—Ven adentro.

—No puedo. Estoy demasiado cansado.

Era cierto, el termómetro interior que marcaba los síntomas de sus fobias se movía alrededor del siete. Demasiado para internarse en un edificio desconocido.

—¿Por lo menos puedes pasear?

—Eso siempre.

—Espérame aquí, que voy a cambiarme y me despido.

Bart regresó al cabo de unos diez minutos en vaqueros y chaqueta, y caminaron hacia la basílica de San Lorenzo y su estatua de bronce. Se detuvieron en los escalones, Dante le ofreció un cigarrillo a Bart y encendió ambos.

—Es un placer fumar con alguien —dijo—. En los últimos tiempos parece que solamente tengo gente saludable alrededor —dijo.

—Santini fuma como una chimenea, por si te interesa.

—Es la última persona con la que compartiría un vicio.

Bart lo miró sorprendida.

—Un poco rudo, pero me parece que es un buen policía. ¿Por qué la tienes tomada con él?

—El año pasado me encerró en una pocilga amenazándome de muerte.

—Ah, vaya. ¿Lo denunciaste?

—No. Pero Colomba le dio una patada en la cara, me quedé bastante satisfecho.

Bart se rio, luego se puso seria.

—¿Cómo está?

—Destrozada.

—No se merece lo que le están haciendo... —Bart arrojó la colilla contra una papelera en un arrebato de rabia—. El hombre al que he diseccionado estaba bajo el efecto de estupefacientes. Esto hizo que su comportamiento fuera impredecible y, por tanto, cualquier acción emprendida por Colomba para detenerlo está justificada.

—¿Qué tipo de drogas?

—Acabaría antes diciéndote lo que no se tomó... He encontrado restos de THC, alcohol, psilocina y psilocibina. ¿Sabes qué son?

—Las sustancias activas de los hongos alucinógenos. ¿Se drogó antes de colocarse el cinturón de explosivos? Un verdadero idiota.

Bart parecía incómoda.

Dante, obviamente, se dio cuenta.

—¿Qué ocurre?

—Según los niveles en la sangre y los metabolitos, los hongos se consumieron pocas horas antes de su muerte.

—¿De qué forma?

—Pero qué puntilloso eres. No lo sé.

—¿Perdona?

—No he encontrado rastros en el estómago.

—Tal vez se los fumó o se hizo una infusión... —dijo Dante, que los había probado en su juventud con resultados interesantes.

—De la infusión habría encontrado restos: no los había. Y del humo habría encontrado trazas en la faringe. Tampoco allí las había.

—Alguien lo drogó en contra de su voluntad.

Bart levantó la vista al cielo.

—Ya estamos, lo sabía. Me has enredado —lo miró fijamente—. A ti te importa un carajo Colomba. Tienes alguna teoría sobre el atentado.

—Ambas cosas, te lo aseguro.

Bart negó con la cabeza.

—Soy una idiota. Si vas por ahí repitiendo lo que te he dicho, te juro que te ato a la mesa de autopsias y te disecciono.

—Ya basta. Nunca revelo mis fuentes.

—¡No soy una de tus fuentes!

—Pero no tiene sentido que te detengas ahora. ¿Trazas de anestésico?

—No —murmuró Bart.

—¿El cuerpo tenía heridas, marcas de inyecciones?

—Estaba lleno de heridas y magulladuras, no he visto señales de pinchazos hipodérmicos. Solo tenía un gran hematoma debajo de la nuca, por un traumatismo que se remonta a pocas horas antes de su muerte.

—¿A la altura de qué vértebra?

—Por encima del axis.

—El karate tradicional contempla una serie de golpes justo ahí mismo, para paralizar o matar al adversario. *Shuto..., haito...* —Dante hizo los gestos en el aire.

Bart permaneció impasible ante aquella exhibición.

—¿Desde cuándo eres experto en artes marciales?

—Desde nunca, pero veo el Discovery Channel.

—Okey, entonces quizás en otro canal te puedan explicar que el mismo hematoma también puede causarlo una caída, un objeto pesado cargado a la espalda e incluso puede pasar haciendo gimnasia.

—Tienes que comprobarlo de nuevo, Bart. Sabiendo qué buscar, puedes encontrar algo que se te haya escapado.

—No se me ha escapado nada —dijo ella con dureza—. Me pagan para que no se me escape nada.

Dante se dio cuenta de que había dado otro paso en falso.

—Perdona, perdona, me he expresado mal —dijo en un tono demasiado acalorado para parecer creíble—. Pero echa de nuevo un vistazo, por favor. Y, si procede, pide que tomen muestras de las heridas. Tal vez la psilocibina y la psilocina llegaran por ahí al riego sanguíneo.

—No puedo.

—Solo tienes que encontrarla en un rasguño para demostrar que alguien lo ha manipulado. Sería una prueba, ¿entiendes?

—No puedo, te lo he dicho. He cerrado la autopsia. Antes de que llegaras, me reuní con el juez y puse el cadáver a su disposición; lo recogieron y lo trasladaron a la morgue militar, por seguridad.

—¿La seguridad de quién?

Bart soltó un suspiro desgarrador.

—¿Hemos terminado?

—Todavía no. ¿Has encontrado rastros de pegamento en su piel?

—¿Cómo lo sabes? —se maravilló Bart—. En las manos. Si ató a su cómplice con cinta adhesiva, es normal.

—No, si llevaba guantes. A él también lo ataron.

—¿Eso quién?

—Aún no lo sé —Dante se encendió el último del paquete—. ¿Tienes algo más que pueda ayudarme? Partículas, restos en la ropa...

—No forma parte de mis competencias —dijo Bart—. Solo sé lo que me comunicaron para realizar los cotejos. El único elemento que no se encuentra en su casa o en la de su cómplice es polvo de cemento del tipo de mezcla que se utiliza en edificios civiles, sin rastros de impermeabilizante o de pintura.

—Obras en marcha en alguna parte...

—Puede habérsele adherido en cualquier lugar. También lo tenía en el pelo —Bart miró su reloj—. Y ahora tengo que coger un tren. Así que deja que me marche.

Dante le cogió una mano entre las suyas.

—Gracias. Y perdona si te he metido de por medio.

—No me dores la píldora, tramposo —dijo ella, apaciguada. No podía culpar a Dante por ser lo que era—. Da señales de vida, ¿vale? Y recuerda que tienes pendiente una invitación para cenar mi lasaña vegetariana cuando subas al norte.

Dante asintió.

—Claro. Gracias, Bart.

—Y no hagas nada de lo que puedas arrepentirte después.

—Es difícil que suceda.

—Entonces no hagas nada de lo que *yo* pueda arrepentirme.

Dante esperó a que Bart se hubiera alejado lo suficiente como para quedar lejos del alcance de sus oídos, luego llamó a Alberti.

19.

Alberti estaba en el garaje de su casa, en el rincón reservado para el arte, para *su* arte, el único que importaba: la música. Con un teclado MIDI conectado al PC componía la que iba a ser su obra maestra, y que estaría dedicada a las víctimas de la matanza del tren. La pieza se titulaba *Doce menos diez de la noche,* la hora de llegada a la estación de Termini, y comenzaba con una progresión armónica del bajo, que pretendía aludir al movimiento de la locomotora, pero que seguía pareciéndose al baile de la Macarena.

El móvil vibró y se le cayó encima del teclado.

—¿Ha pasado algo, señor Torre? —respondió preocupado.

—No, pero es tu día de suerte, te llevo a dar una vuelta.

—¿Una vuelta por dónde?

—Apuesto a que no lo adivinarías nunca. Mientras vienes, consígueme también un paquete de cigarrillos.

Alberti lo recogió en la zona de Verano con su coche, y sin sorprenderse demasiado por la petición lo llevó a Malavoglia, mientras Dante lo ponía al día de lo que andaba buscando. La plaza de la fuente estaba acordonada y vigilada, y aparcaron a unos cien metros.

—¿Puedes repetir conmigo un recorrido por ahí? —preguntó Dante.

—Tal vez sobrestima mi graduación —dijo Alberti.

—Okey, vamos a pasar de eso —Dante imaginó a dos figuras saliendo por el portón y metiéndose en un coche aparcado en el exterior. Uno de los dos desmayado y fuera de combate. Entre la oscuridad y las bombillas fundidas del patio, nadie podría verlos, siempre y cuando la mujer, *el ángel,* fuera capaz de transportar a Musta. El chico no pesaba más de sesenta kilos, pero de todas formas se necesitaban buenos músculos—. Imaginemos que hubieras aparcado allí donde ahora está la patrulla —señaló Dante—. ¿Qué camino habrías seguido para que no te vieran?

—Acerquémonos, que voy a mirarlo.

Llegaron hasta las vallas y estudiaron las calles que salían desde allí. Una conducía a un callejón sin salida, rodeado de altas paredes; la otra era la avenida que llevaba a la carretera de circunvalación.

—Yo habría ido por la avenida —dijo Alberti.

—Respuesta errónea, está la cámara del cruce —Dante señaló el semáforo, a unos trescientos metros de la tienda.

—Ah, ya entiendo... —Alberti se frotó la barbilla, mientras estudiaba la zona—. En el otro lado hay un cajero automático, también con cámaras de vigilancia, y luego queda un callejón sin salida. Uno no puede alejarse de aquí sin dejar rastro, aunque tal vez su misterioso ángel no se haya dado cuenta.

—Lo dudo —Dante estaba seguro de que quien había organizado todo aquello no cometería errores semejantes.

—Entonces a lo mejor no lo llevó a ninguna parte. La mujer lo drogó y lo dejó allí, luego Musta se marchó por su propio pie para inmolarse.

Dante negó con la cabeza.

—Desde que se marchó de su casa hasta nuestra llegada aquí pasó poco más de una hora. No había tiempo material para drogarlo y prepararlo para su misión suicida. No, se lo llevó a algún lugar para trabajar con calma —caminaron juntos hacia el semáforo. A unos doscientos metros de la tienda, la pared de las casas se veía interrumpida, y la acera corría a lo largo del perímetro de un campo lleno de maleza—. ¿Qué me dices de este paso?

Alberti estudió la acera con mirada crítica.

—Es un poco alta, pero con un todoterreno se puede superar.

Dante encendió la luz del teléfono.

—Vamos a ver dónde nos lleva.

—Voy al coche a buscar la linterna —dijo Alberti, pensando en la última vez que lo había hecho: la cosa no había terminado muy bien.

Con la Maglite encendida, proyectando un haz que se perdía en el horizonte, Dante y Alberti se internaron en el campo.

Las últimas lluvias habían vuelto el suelo blando y resbaladizo, y tuvieron que evitar zarzas y zanjas. Al cabo de cinco minutos, las luces y los ruidos se desvanecieron detrás de ellos y la caminata llegó a ser casi relajante. A lo largo del trayecto encontraron numerosas huellas de neumáticos y envoltorios de condones, señal de que no eran los primeros en pasar por allí. Un cuarto de hora más tarde, con los zapatos cubiertos de barro, desembocaron en la carretera provincial, frente a la valla que protegía dos edificios en construcción. La verja estaba oxidada, y por el número de botellas y papeluchos que había del otro lado del vallado, se intuía que esas obras llevaban paradas bastante tiempo.

—Los llaman los Dinosaurios —dijo Alberti—. La empresa constructora se declaró en quiebra y los dejaron así.

—¿Cómo lo sabes?

—Mi tía vive cerca de aquí.

—Qué tierno. Apuesto a que te prepara muchos pasteles —Dante se agachó para examinar el candado que cerraba la gruesa cadena que bloqueaba la verja. Parecía tan viejo como el resto, pero la cerradura estaba demasiado limpia. Sacó del bolsillo un trozo de alambre, lo retorció y lo metió en la cerradura.

Alberti lo detuvo rápidamente.

—Señor Torre. Usted sabe que estoy siempre dispuesto a echarle una mano, pero esto son daños a la propiedad y allanamiento de morada.

Dante le sonrió.

—¿Sabes por qué estás aquí esta noche?

—Porque necesita un cómplice armado.

Touché, pensó Dante.

—Sí, pero ¿por qué tú? Te lo voy a explicar. Porque quieres quedar bien con Colomba. Tienes la esperanza de que se dé cuenta de lo eficiente que eres. Ahora tienes la ocasión de demostrarlo.

Alberti agachó la cabeza, derrotado.

—Usted es el diablo, ¿sabe?

—Luego voy a hacer que me firmes un contratito —sonrió Dante. E hizo saltar la cerradura.

20.

La verja se deslizó con facilidad, lo bastante como para que pudieran pasar Dante y Alberti. Los dos edificios en construcción surgían en medio de una explanada de tierra batida, con sacos de cemento y utensilios abandonados, entre ellos una carretilla sin ruedas.

Uno de los dos Dinosaurios tenía la puerta abierta de par en par y por detrás se podía ver un tramo de escaleras sin barandillas. La otra entrada, en cambio, la habían cegado con tablas claveteadas.

—Sin duda alguna no vas a encontrar huellas significativas, pero si la mujer ha limpiado se verán los rastros de la limpieza. Síguelos y mira a ver dónde te llevan.

—Un momento, ¿yo?

Dante le sacó el móvil del bolsillo y con alivio descubrió que era un modelo reciente. Le descargó Snapchat y se lo instaló mientras hablaba.

—Si entro ahí, en la oscuridad, no salgo con vida. Y, además, tú llevas la pistola, yo no.

—¿Cree que todavía hay alguien ahí?

—No. Pero nunca se sabe —se hizo una videollamada con el teléfono de Alberti, luego se lo colocó en el bolsillo de la camisa de manera que el objetivo sobresaliera. Comprobó que en el suyo tenía una buena imagen—. Yo te sigo desde aquí. Ten cuidado de no tapar el objetivo.

—No sé qué debo buscar.

—Lo descubrirás en cuanto lo veas. Mira bien por dónde pisas.

Alberti sacó la pistola y apuntó iluminando el camino con la linterna como le habían enseñado. Entró por el portón con la seguridad de que estaba haciendo una tontería. El Dinosaurio apestaba a polvo y a podredumbre, y la linterna proyectaba sombras alargadas.

—*Ground control to Major Tom*. Responda, por favor —la voz de Dante le salió del bolsillo.

—Aquí estoy —dijo Alberti subiendo el primer tramo de escaleras—. Por ahora no veo nada sospechoso.

—¿Huellas de paso?

Alberti se agachó manteniendo la linterna a ras de suelo. Las huellas en el polvo eran innumerables.

—¿Cuántas quiere?

—Si nuestra amiga desconocida arrastró a alguien, sus huellas serán diferentes. Por ejemplo, habrá depositado el cuerpo nada más llegar a lo alto de las escaleras.

Alberti controló el primer rellano: ninguna huella extraña. Se abrían allí cuatro puertas, que carecían de cerramientos, y más allá se veían los pisos en construcción, con suelos cubiertos de residuos y restos de hogueras.

—No me parece ver nada.

—Sigue subiendo. El primer piso lo descartamos directamente. Demasiado cerca del suelo: cuando te das cuenta de que sube alguien, ya es demasiado tarde.

—En su opinión, si esta misteriosa mujer existe, ¿quién es?

—Solo sé que no es del ISIS, como tus jefes se empeñan en pensar.

Alberti prosiguió, el segundo piso estaba repleto de pintadas obscenas y de grafitis, por los suelos había excrementos humanos. En uno de los apartamentos había un colchón negro de suciedad, junto a una vela y una pila de periódicos.

—Aquí vive alguien —dijo.

—Entra y echa un vistazo, imagínate que damos con un testigo ocular...

Alberti lo hizo, respirando por la boca y vigilando dónde ponía los pies: los periódicos estaban cubiertos de polvo y tenían por lo menos dos años.

—Me parece a mí que el tipo ha cambiado de casa hace tiempo —dijo Dante—. Sigue subiendo, si eres tan amable.

El tercer piso tenía todos los apartamentos atrancados con tablones y delante de uno de ellos un gato roía un ratón aún con vida. Alberti lanzó un grito antes de darse cuenta de lo que era, y Dante se rio desde fuera, cómodamente sentado en la carretilla.

—Venga, que ya casi estás. Prueba con las tablas, mira a ver si están sueltas.

Alberti lo hizo, pero estaban fijadas con clavos retorcidos y oxidados.

—Yo diría que no.

—Otro piso, otro regalo.

Alberti subió las escaleras que crujían bajo sus suelas, y poco a poco se vio capturado por la atmósfera del lugar. En su imaginación, la mujer que según Dante había secuestrado a Musta se convirtió en un monstruo sentado en el centro de una telaraña, a la espera de nuevas víctimas. La mano con la que sostenía la pistola temblaba un poco y se apoyó en una ventana del rellano del cuarto piso para respirar.

—Señor Torre..., corremos el riesgo de pasarnos así toda la noche.

—Tienes razón —dijo Dante—. Espera un momento: se me ha ocurrido una idea —se levantó de la carretilla y recorrió el perímetro del Dinosaurio hasta que se encontró en la fachada posterior, la que daba al césped por el que habían llegado. Los árboles ocultaban la calle a la vista—. Trata de entrar por la puerta que queda más hacia el este —dijo.

—¿Dónde está el este?

Dante lo guio y Alberti se internó en un apartamento inconcluso e idéntico al anterior. Dos dormitorios y una sala de estar con cocina excavados en el hormigón en bruto. El suelo polvoriento, las pilas de periódicos, las latas vacías, otros colchones, telarañas. Pero esta vez...

Notó algo.

—Aquí —dijo Alberti impulsivamente.

—¿Qué has encontrado?

—No lo sé. Se trata... solo de una sensación.

—Muy bien, la barriga es una óptima consejera. Muéstrame una panorámica, por favor.

Alberti giró sobre sí mismo en el centro de la habitación y a la segunda vuelta advirtió lo que su cerebro había captado sin pasar por la conciencia: había menos peste que en las otras plantas.

Dante estudió la imagen, más temblorosa de lo que habría deseado. Había un pilar de hormigón que sostenía el techo, justo en el centro de una habitación sin los tabiques que separarían la sala de estar de la cocina. Era demasiado atractivo.

—Déjame ver la columna, por favor —dijo.

Alberti se acercó y tuvo otra sensación indescifrable. Una vez más necesitó esperar unos segundos antes de poder reparar en que algo no cuadraba.

—Está limpia —dijo—. Es decir, una cara parece más limpia que las otras. Tal vez sea una impresión...

—¿Notas algún olor?

Alberti se agachó.

—Amoníaco o lejía.

—Ningún resto orgánico. Pero a lo mejor algo ha quedado. Recoge un poco de polvo y tíraselo encima.

Por suerte para él, Alberti llevaba guantes de látex y no hizo falta que tocara directamente la suciedad. Al tercer puñado, una parte del polvo esponjoso se quedó pegada a la columna, formando una tira horizontal de un par de centímetros de ancho. Alberti la iluminó, sorprendido.

—¿Lo ve?

—Cinta adhesiva.

—Pero ¿para qué?

—Es una buena manera de atar a alguien. Musta tenía trazas encima.

Alberti volvió a mirar la columna, que entre las sombras había adquirido el semblante amenazador de un poste de tortura.

—Estaba ahí...

—Exacto.

—Tal vez deberíamos hacer que viniera la Científica...

—No encontrarían mucho más, y *ella* sabría que la hemos descubierto.

—Tal vez nos estamos dejando arrastrar —dijo Alberti, cauteloso—. Puede haber mil explicaciones.

—Eso es justamente lo que dirían tus jefes. Te voy a dar un consejo, gratis: no seas nunca como ellos.

—No tendré esa suerte. Pero ¿está seguro de que estamos en el lugar correcto?

—Ve a la ventana de tu izquierda.

Alberti obedeció.

—¿Qué ves?

—Los árboles... y más allá... la plaza. Se ven las luces de emergencia de los compañeros.

—A los que son como ella les gusta ver sin ser vistos, vigilar el territorio.

—¿Y quiénes son los que son como ella?

Dante hizo su mueca, aunque Alberti no podía verlo.

—Depredadores —dijo.

21.

Colomba regresó a su casa a pie, tomándoselo con calma, aunque quizás no sea el término más apropiado cuando uno está tan cansado que le supone un gran esfuerzo mantener los ojos abiertos, y tan nervioso que sabe que nunca va a cerrarlos. Para alegrarle aún más el día, también le llegó una llamada de su madre, que se quejaba de no haber tenido noticias suyas desde hacía días.

—He tenido trabajo con el atentado del tren —dijo Colomba, molesta—. ¿Sabes a qué me refiero? Los muertos, los terroristas...

—¿Y tú qué tienes que ver?

—Soy policía.

—No es la policía la que se ocupa del terrorismo.

—¿Quién te ha dicho eso?

—Todo el mundo sabe que para esas cosas están los servicios secretos —dijo la madre, indignada—. Pero si quieres poner el trabajo como excusa para no hablar conmigo, de acuerdo. Perdóname si a veces te molesto. Todavía estoy viva, ¿sabes?

Dios mío, pensó Colomba, y se pasó al teléfono al menos diez minutos de reproches y lágrimas maternas, para acabar capitulando con un almuerzo pocos días después. Cuando colgó, se sentó exhausta en un bar frente a la escalinata de la Piazza Venezia, y el camarero la miró mal hasta que sacó el dinero y pidió un capuchino. *Debo de estar verdaderamente fatal,* se dijo. Un vistazo en el espejo de detrás de la barra confirmó la hipótesis. Parecía una vagabunda, con el pelo despeinado y la ropa arrugada. Como era habitual en esos días, se encontró con un televisor encendido con las noticias, aunque esta vez tenían el tono del peligro evitado por los pelos. Pasaron las fotos de Faouzi y Youssef, y los clientes aplaudieron cuando el locutor dijo que habían acabado muertos.

También apareció el primer ministro, quien tranquilizó a los espectadores. La célula terrorista había sido eliminada, se buscaba a cómplices, pero lo peor ya había pasado. Un aplauso para las fuerzas de seguridad.

Fuerzas de seguridad, los cojones, pensó Colomba, sorbiendo su capuchino con mucha espuma. Pero la emergencia había terminado. ¡Hurra!

Cuando llegó a su edificio ya habían dado las diez de la noche. Subió a pie por costumbre, pero oyó crujidos en el rellano justo antes del último tramo de escaleras. En un momento se vio de nuevo en el centro islámico y buscó una pistola que ya no llevaba consigo. Pero el hombre de la cazadora de motero era alguien a quien conocía bien.

—¿Enrico?

Él dio un brinco de sorpresa. Treinta y nueve años, sonrisa de quien se sabe guapo.

—Me has dado un buen susto...

—No ha sido a propósito... —dijo ella, todavía confusa.

—Me dijeron que te habían dejado ir a casa, pero no respondías al teléfono —Enrico tenía muchos amigos entre las fuerzas del orden, a los que conocía gracias a ella—. Así que me he venido aquí corriendo desde el trabajo. Estaba preocupado.

—El móvil se me ha roto —dijo Colomba. De repente su aspecto descuidado le importaba muchísimo.

Enrico la abrazó y ella no lo rechazó: tenía una urgente necesidad de que alguien la abrazara.

—Tengo que abrir —dijo por encima de su hombro.

—Por supuesto, lo siento.

Lo dejó entrar.

—¿Quieres tomar algo?

Él se quitó la cazadora. Por debajo llevaba americana y corbata.

—Vamos a hacer lo siguiente. Yo voy a ver si te preparo algo de comer y tú vas a darte una ducha, porque te pareces al amigo de Charlie Brown que va por ahí en su nubecita de polvo.

Colomba se rio.

—No vas a encontrar mucho en la despensa.

—Puedo hacer milagros incluso con una latita, ¿te acuerdas?

Colomba se acordaba de un montón de cosas, y las otras, las que había odiado de él, en ese momento no se le venían a la cabeza. Aceptó, y cuando media hora más tarde salió del baño con una camiseta limpia y pantalones de chándal, se encontró puesta la mesa de la cocina, con un mantel que había comprado casi un año atrás y que más tarde quedó abandonado en un cajón. En el centro, una botella de vino tinto. Enrico le sirvió un vaso, Colomba se lo tomó lentamente.

—¿Y dc dónde ha salido esta?

—La he traído yo. Siéntate, que te sirvo —volvió con una sartén que olía muy bien—. Pasta con atún. No había mucho, en efecto. He tenido que juntar los restos de no sé cuántos paquetes para llegar a dos raciones decentes. Creo que algo estaba incluso caducado, aunque no lo he comprobado para no tentar a la mala suerte...

Le sirvió, luego se sirvió también y se sentó frente a ella. Parecía una de las muchas cenas preparadas de cuando estaban juntos. Colomba tomó un bocado de una mezcla de macarrones, *fusilli* y *penne,* que milagrosamente estaban *al dente.*

—Qué bueno —dijo antes incluso de percibir el sabor, aunque no se equivocaba. Nada que pudiera formar parte del menú de un gran restaurante, pero agradable, sobre todo después de veinticuatro horas de ayuno casi total. Hasta le dolían las glándulas salivales.

—Me dijeron que fuiste tú quien detuvo al que quería hacer saltar por los aires la empresa de un judío —dijo Enrico.

—Más o menos.

—Primero el tren, luego esto... ¿Quieres vender tus memorias al cine? —dijo con una sonrisa.

—¿A quién iban a interesar?

—A mí, por ejemplo —le sirvió otro vaso—. Me he quedado atrasado con tus aventuras.

—La cabeza ya me da vueltas —dijo ella.

—Pues déjala que gire. Entonces, ¿estás satisfecha?

Colomba negó.

—¿Qué es lo contrario de satisfecha?

—Insatisfecha.

—No es la palabra correcta. Yo diría cabreada como una mona, pero satisfecha seguro que no.

Enrico estaba sorprendido.

—Paraste a dos terroristas.

—A la espera de los siguientes —Colomba empujó el plato todavía medio lleno—. Perdona, no puedo terminármelo, pero estaba muy rico.

—Toma un poco más de vino, por lo menos, es lo ideal para despejar el mal humor —se lo sirvió.

—¿Quieres emborracharme?

—Si sirve para hacer que te sientas mejor, sí —Enrico también apartó el plato—. Te he echado de menos, poli.

—¿En serio?

Él la cogió de la mano.

—En serio. Estoy aquí, ¿verdad?

—Estás aquí. Pero no estuviste cuando te necesitaba.

—Lo intenté. Pero... ¿quieres que te diga la verdad? —se puso serio—. No sabía cómo comportarme. Tú estabas asustada, y yo también lo estaba, pero me sentía culpable si lo decía, porque eras tú la que había estado a punto de morir. Así que hui y cuando me di cuenta de lo que estaba haciendo... ya era demasiado tarde.

El vino infundía un agradable rubor a la cara de Colomba, pero era la mano que sostenía Enrico la que estaba hirviendo. Era como si al estrechársela hubiera encendido una resistencia incandescente que le subía por el brazo y luego le bajaba por el vientre.

—Yo también te he echado de menos —dijo, incapaz de contenerse.

—¿De verdad? —preguntó él, levantándose para colocarse detrás de ella.

—De verdad.

Ella alzó la cara y Enrico la besó, mientras deslizaba las manos sobre sus pechos. Luego, dentro de los pantalones de chándal. Colomba se arqueó contra él, y dejó que los dedos de Enrico entraran dentro de ella. Él la hizo girar sobre la silla y la puso de pie mientras seguía tocándola. Ella le bajó la cremallera de los pantalones.

Se besaron y se tocaron a lo largo del pasillo hasta llegar al dormitorio. Se quitaron la ropa a toda prisa y Enrico se echó sobre Colomba, que aferró su miembro y lo metió dentro de ella.

—Hace mucho tiempo que te deseo —dijo él, moviéndose lentamente—. No sé cómo he podido resistirlo.

Colomba entrelazó sus piernas con las de él, empujándolo más adentro, con hambre y rabia. Lo abrazó, mientras sentía que el placer aumentaba y se irradiaba, cada vez con más fuerza. Ella nunca había sido rápida con los orgasmos, no se divertía mucho con los polvos rápidos, pero esta vez sabía que iba a resistir poco, porque necesitaba gozar y borrar por un instante el mundo que la rodeaba.

—Dime otra vez que me has echado de menos —dijo.

—Te he echado de menos —le susurró Enrico al oído—. Traté de olvidarte, pero era imposible.

—¿Y todas las mujeres que has tenido mientras tanto? —jadeó ella, aumentando el ritmo.

—No son nada. Cero. Nada —y la besó de nuevo, ahogándola.

Colomba sintió cómo se mezclaban su sabor y el del vino.

El vino.

Comenzó a sentir frío. Un frío que bajaba de su cabeza, y que apagaba todos los deseos. Se liberó del abrazo.

—Para.

Él siguió penetrándola, incluso aceleró.

—Déjame hacer —dijo.

Colomba dobló las piernas y lo golpeó en el pecho con las rodillas, enviándolo a rodar por el suelo. Ridículo, ahora le parecía ridículo.

—Pero ¿estás mal de la cabeza o qué? —le dijo mientras se levantaba con dificultad. Al caer se había golpeado el sacro—. Podías haberme roto la espalda.

—Lástima —dijo ella, mientras se levantaba y se ponía el albornoz abandonado la mañana de dos días atrás.

—¿Se puede saber qué he hecho?

—El vino.

—*¿El vino?*

—Estabas preocupado por mí y has venido corriendo a mi casa, ¿verdad? —dijo sarcástica—. Pero te has acordado de pararte para comprar vino. Porque sabías cómo acabaría la cosa. Mejor dicho, querías que acabara así.

—¿Qué hay de malo en eso?

—Que te has aprovechado de mí, gilipollas.

—Tú estás loca —Enrico chorreaba indignación—. ¡Y luego dices que me alejé de ti! ¡Fuiste tú la que me echó! ¡Con esta puta forma tuya de actuar!

—Y te echo de nuevo. Fuera —dijo empujándolo hacia el vestíbulo.

Él saltó tratando de ponerse los pantalones.

—¡Pero deja que me vista, coño!

—¡Te vistes fuera! ¡Largo de aquí, largo, largo! —lo empujó hasta el rellano y cerró la puerta.

—El móvil —dijo él desde el otro lado.

—¿Qué?

—El móvil, que lo he dejado cargando.

Colomba lo cogió, volvió a abrir, se lo tiró a un Enrico a medio vestir, cerró y fue a sentarse en su butaca favorita para disfrutar de una buena llantera.

Podrías haber pasado de todo, pensó. *Echabas un polvo y adiós muy buenas*. Pero nunca había sido capaz de razonar de esa manera y, lo que era peor, nunca conseguía desconectar la cabeza. Siempre estaba con el «¡Alto, quién vive!», preparada para desafiar al mundo. Pasó del llanto a la risa para luego echarse en la cama y sumirse en un sueño intranquilo. Abrió los ojos de nuevo a las siete de la mañana, pellizcada por un extraño olor. Por un momento, pensó que estaba aún en el tren, luego en el restaurante de París. Entonces se dio cuenta de que no era un olor a quemado o a sangre, sino uno más suave y dulce, a café recién tostado.

Café y cigarrillos.

Se despertó por completo y saltó de la cama, ciñéndose el albornoz sobre el cuerpo desnudo. La casa estaba helada debido al viento que entraba por la ventana de la sala de estar, abierta de par en par, pero con las cortinas echadas y la persiana levantada. También la puerta de casa estaba abierta en el rellano, y la corriente había hecho caer las facturas apiladas en el mueble de la entrada. A pesar de que era pleno día, todas las luces estaban encendidas. En la cocina se encontró a Dante, que trasteaba con una pequeña olla que contenía una sustancia del color de la pez. Vestía un jersey de cuello alto negro y unos vaqueros del mismo color. En vez de náuticos, llevaba unas botas tachonadas a juego con la chupa de cuero colgada en el tirador de la nevera.

—Hola, CC —dijo. Puso un poco de sal en la mezcla, luego apagó la llama y se volvió con la ollita en la mano mala utilizando el guante como manopla. Colomba se percató de que tenía los ojos inyectados en sangre tras la noche insomne—. Tu cafetera daba asco y la he tirado. He hecho un café turco, que tiene su aquel. Los granos los he traído yo, naturalmente, ese polvo mohoso que tenías en la despensa va muy bien para matar a los ratones.

—¿Qué haces aquí?

—¿Aparte del café? Quería ver cómo estabas. Ya puestos, te he lavado los platos. No sabía que sabías cocinar. ¿Tienes dos tacitas limpias?

Ella señaló el armario de arriba de la cocina, todavía confundida.

—En ese mueble...

Dante apoyó la pequeña olla sobre la mesa y examinó las tacitas a contraluz.

—Tu concepto de limpio...

—¿Cómo diablos has entrado? —lo interrumpió—. Si has descerrajado la puerta, te juro que te estrangulo.

—Con las llaves, me las diste tú, ¿no te acuerdas?

—¡Para casos de emergencia!

—Esta es una emergencia. Venga, bebe.

Colomba probó el café, que era tan espeso que podía cortarse con un cuchillo.

—Es horrible.

—Solo tienes que acostumbrarte.

Dejó la tacita todavía llena.

—Dime de qué emergencia me estás hablando.

—Ya sé quién es la mujer a la que estamos persiguiendo.

No estoy persiguiendo a nadie, pensó Colomba. Pero, por alguna razón, su boca se negó a pronunciar esas palabras. Dijo, en cambio, con total autonomía:

—¿Quién es?

—Se llama Giltiné.

—¿Qué nombre es ese?

—Lituano. Musta estaba en lo cierto, realmente es un ángel —Dante sonrió sin alegría por encima de su tacita—. Solo que se trata de un tipo particular: el Ángel de la muerte.

III. Oops!... I Did It Again

Antes - 1986

Maksim había huido como todos los demás. Como todos los que lo habían conseguido, por lo menos. Había caminado durante algo así como quinientos kilómetros hasta Briansk, dejando atrás casi de inmediato a sus compinches y a los civiles que habían tratado de seguir su camino. Al último, un chiquillo que se había alistado hacía poco, tuvo que amenazarlo con una piedra para lograr que se marchara.

—Si no desapareces, te rompo la cabeza —le dijo, y no bromeaba.

Lo que estaba haciendo equivalía a una deserción, si no se trataba ya de una, y era más fácil apañárselas solo que en compañía. El chiquillo se fue de allí y Maksim estaba convencido de haberle visto lágrimas en los ojos, pero no se apenó por ello. De haber tenido un corazón sensible, no habría terminado trabajando en ese agujero de mierda. Fue elegido por una razón, aunque sus superiores no se lo habían comunicado. Y a esas alturas sus superiores podían irse a tomar por culo. Por el camino robó ropa de paisano tendida para secar, luego comida, y en una ocasión incluso dinero, tras entrar de noche en una casa, pero nunca se había atrevido a pedir que lo llevaran o ayuda a nadie.

Si alguien le dirigía la palabra, giraba la cara y seguía caminando. En Briansk, por suerte, tenía un primo segundo al que no veía desde los tiempos del colegio, pero la sangre es la sangre y el primo lo acogió, le curó las heridas y le llenó la barriga. Cuando le preguntó qué le había sucedido, Maksim le contó una trola: que lo habían expulsado del ejército con deshonor porque lo habían encontrado borracho durante el servicio, y que desde entonces se había buscado la vida y tenía algunos problemas con la ley. Nada grave, pero prefería que no lo localizara ningún Omon *con exceso de celo. Maksim consideraba irónico tener que inventarse que lo buscaba la policía para encubrir la verdad, pero su primo se lo tragó. Luego, con el alboroto que se armó, todo el mundo tenía otras cosas en que pensar, por ejemplo en conseguir comida.*

Por otra parte, tampoco su primo tenía madera de santo, y en ocasiones hacía trabajitos para el Vor v Zakone local, que, a cambio de unos pocos rublos que Maksim prometió devolver, le proporcionó documentos falsos, sin los que Maksim no habría podido circular libremente. En la Unión Soviética, que ignoraba que eran sus últimos años, se requería el pasaporte interior incluso solo para ir de una ciudad a otra, y Maksim todavía quería poner un buen montón de kilómetros entre él y lo que había dejado atrás, y que le procuraba no pocas pesadillas. De manera que, en cuanto tuvo su pasaporte, se marchó en el corazón de la noche, robándole el coche a su primo. Lo abandonó a un centenar de kilómetros de Moscú, adonde llegó tras pedirle al conductor de un camión de patatas que lo llevara.

En ese momento se sintió más tranquilo, a pesar de que no tenía ni idea de cómo iba a buscarse la vida. Tal vez consiguiendo que lo contrataran como cocinero en algún restaurante de la nomenklatura, *o bien como guía para los turistas. Aprender el* angliyskiy *no le había servido de mucho hasta entonces, pero Gorbachov había prometido que le iba a dar un vuelco a la economía, ¿no?*

Con los últimos rublos que le quedaban pasó su primera noche en Moscú en una habitación alquilada a una anciana en el barrio de Zagorodni. Se dio un buen baño, comió la cena incluida en el precio, luego se metió en su nueva cama y se echó el mejor sueño desde hacía bastante tiempo. Y también fue el último, porque se despertó con dos feos caretos en la habitación, que tenían toda la pinta de ser de la pasma. Iban como escoltas de un careto aún más feo que Maksim había tenido la esperanza de no volver a ver nunca más. Lo llamaban Belyy, sin nombre de pila, grados o calificaciones, y había sido el jefe de la Caja.

Maksim saltó de la cama y trató de escapar por la ventana en ropa interior, más por pundonor que por la esperanza real de lograrlo, y, tal y como había previsto, los dos policías lo aferraron y le dieron patadas hasta que Belyy les dijo que parasen.

—Está bien —dijo Maksim—. ¿Qué coño tenía que hacer? ¿Quedarme allí hasta palmarla?

—Pensaba que tu misión y la de tus compañeros era la de proporcionar seguridad en el complejo, ¿o me equivoco? —dijo Belyy mientras encendía un cigarrillo, uno de esos con filtro de cartón que fumaban solo los nostálgicos.

—Contra gente que viniera del exterior o algún prisionero que tratase de escapar. No es exactamente lo que sucedió. Tal vez usted habría hecho una elección distinta, pero yo no soy tan inteligente.

Belyy cogió una silla y la aproximó hasta donde Maksim yacía en el suelo, masajeándose las magulladuras. Se sentó.

—Tú eres inteligente —dijo Belyy—. Tienes un cerebro por encima de la media, buenas habilidades de supervivencia y espíritu de improvisación: lo demostraste en Afganistán. Y también cierta falta de escrúpulos, lo que no va nada mal. Entre todos tus compinches huidos, tú eres el que mejor se las ha apañado. Al menos, no has dejado que te encontraran en casa de tus padres.

A Maksim se le vino a la cabeza el chico al que había alejado a pedradas. Si había alguien tan tonto, sin duda alguna era él.

—¿Y entonces? ¿Qué va a pasarme ahora?

—Entre personal y presos, siguen desaparecidos setenta y cinco. Algunos de ellos serán muy difíciles de localizar, especialmente en este periodo. Y en el futuro… —se encogió de hombros—, quién puede decirnos qué nos aguarda con todas estas nuevas ideas que circulan por ahí. Necesito un perro de caza para agregar a mi partida, un perro de caza que comprenda el valor de una presa. ¿Qué me dices, podrías ser tú?

Maksim había visto varias veces en angliyskiy *la película* El Padrino, *por lo que sabía bien qué es una oferta que no se puede rechazar. Por lo tanto aceptó, y no le dejaron ni tiempo de mear antes de subirlo a uno de esos cochazos negros que tenían. En el asiento encontró un archivo con el sello de máxima seguridad. Dentro había una fotografía de una niña de trece años. Pensó que después de todo le había ido bien, que sería fácil llevarla de nuevo al redil.*

Se equivocaba.

Se equivocaba terriblemente.

1.

Colomba fue a vestirse para ganar tiempo y esbozar un pensamiento coherente. No se le ocurrió, y regresó a la cocina con la esperanza de que Dante hubiera desaparecido. Pero aún seguía allí, con su café imbebible y sus historias de fantasmas lituanos.

—Ah, ya estás aquí —dijo al verla de nuevo—. Te estaba hablando de Giltiné. El nombre proviene de una palabra que significa *pinchar* en un antiguo dialecto indoeuropeo. Según la tradición, se presenta como una vieja o una hermosa joven, con cola de escorpión en vez de lengua. Fue adorada alrededor del año 1000, los devotos le ofrecían gallos negros o flores amarillas.

—Pero ¿en serio crees que va por ahí un ser sobrenatural que mata a la gente? —dijo Colomba exasperada.

Dante la miró con aire de reproche.

—No creo en el más allá, CC, el más acá ya resulta bastante complicado. Solo pienso que hay una mujer que utiliza ese nombre y que siente predilección por las drogas naturales.

—El cianuro no es una droga.

—Pero la psilocibina, sí. Musta iba hasta las cejas de eso.

—¿Cómo puedes saberlo? —preguntó Colomba con asombro.

—Me lo dijo Bart. Lo hizo por ti. Cree que si descubrimos algo nuevo, tal vez te permitan reincorporarte.

Los ojos de Colomba se convirtieron en un torbellino de ira. Cerró los puños con fuerza.

—Será mejor que te vayas. Ahora.

Dante levantó las manos y dio un paso atrás, al darse cuenta de que la amenaza era real.

—Antes escucha el resto. No podía estar seguro de que fuera precisamente Giltiné quien lo drogó. Tal vez Musta se hizo un lío él solito con los hongos alucinógenos, aunque no tenía trazas de ellos en el estómago o en la faringe —Colomba caminó hacia él y Dante dio un salto a un lado—. Pero encontré el lugar en el que Giltiné retuvo a Musta mientras esperaba a que la droga surtiera su efecto —dijo rápidamente—. Qué fuerte, ¿no?

Colomba se quedó inmóvil, golpeada por un mal presentimiento.

—¿Y cómo lo encontraste?

—Hice una inspección ocular de la zona con Alberti.

Colomba le dio la espalda y fue a hundirse en la butaca del salón. Dante fue tras ella llevando consigo el viejo molinillo de madera con manivela que hacía un ruido de lavadora obstruida.

—Me voy a cabrear, y mucho, con Alberti. Contigo no sirve de nada —dijo ella, sombría.

—No lo hagas. Nos echó una buena mano.

—¿*Nos*? ¡Ah!

Dante le explicó el paseo hasta los Dinosaurios, que Colomba escuchó con una mezcla de incredulidad y horror: solo le faltaba añadir ahora el allanamiento.

—Sin duda alguna Musta pensó que Giltiné era la *verdadera* Giltiné antes de morir, por eso habló de un ángel.

Colomba se concentró en la respiración, como si tuviera que disparar con un rifle de precisión.

—¿Cómo sabía Musta su nombre? —no le gustaba pensar en Musta. En su muerte, sobre todo. El sonido a fruta podrida cuando le estalló la cabeza, el calor de su sangre en la cara.

—Ella se lo dijo y Musta reconoció el nombre —dijo Dante—. Jugaba con Youssef al *World of Warcraft* y Giltiné es uno de los personajes, aunque un poco diferente respecto al tradicional.

—¿Cuántos personajes hay en el juego?

—No lo sé, cientos. ¿Por qué?

—¿Cómo sabes que estaba hablando de Giltiné y no de otro? —dijo Colomba.

—Porque no es la primera vez que Giltiné mata a alguien. Espera un segundo —Dante corrió a la cocina a recoger su bolsa y la abrió, para sacar de ella un montón de papeles. Empezó a disponerlos en una larga curva sobre el suelo, como hacía siempre que ponía en orden las ideas—. Al principio no sabía ni por dónde empezar —dijo—. Estaba buscando algo que uniese ritos y drogas, homicidios, atentados... Luego, *puff,* encontré el nexo apropiado —colocó una hoja al lado de la puerta, luego hizo otra curva y prosiguió en la dirección opuesta—. Un club en Berlín que se incendió. El Absynthe, en la Friedrichstrasse —levantó uno de los papeles—. Agosto de hace dos años, a eso de las seis de la mañana. Siete muertos, incluido el propietario. En la sangre de todos los difuntos se hallaron trazas de psilocibina. Uno de los clientes antes de morir logró hablar de una mujer que lo empujó entre las llamas. Y que antes de hacerlo dijo que se llamaba Giltiné. Si tus compañeros no hubieran tenido un gatillo tan fácil, seguro que Musta nos habría confirmado el nombre.

Colomba pensó otra vez en los ojos alucinados del chico. E inmediatamente después lo vio morir de nuevo. *Plaf.*

—Aquí tenemos los otros casos —prosiguió Dante mientras continuaba sembrando papeles, con una sonrisa que cada vez iba poniéndosele más tensa—. En el mar frente a la isla griega de Zacinto, hace un año y medio, el yate de un pequeño armador, con doce personas a bordo entre tripulación y pasajeros, chocó contra los escollos y se hundió. La avería de los motores propagó el fuego en la sentina. Los equipos de rescate nada pudieron hacer: no se salvó nadie, a pesar de que muchos de ellos eran expertos nadadores, había chalecos salvavidas y una lancha auxiliar. El timonel dio positivo con psilocibina y cornezuelo del centeno.

—¿Había una mujer también aquí? —preguntó Colomba.

—Eso parece. Su cadáver nunca fue localizado y nadie fue capaz de reconstruir su identidad. Pero lo dicen por lo menos tres testigos. Extraño, ¿no crees? —Dante colgó la fotocopia de la página de un periódico sobre la manija de la puerta ventana—. Este es el *Aftonbladet,* el principal periódico de Suecia. Estocolmo, en el casco antiguo de Gamla Stan, hace tres años. Una furgoneta con productos de alimentación embistió a una multitud que asistía a un espectáculo al aire libre. Diez muertos, el conductor se suicidó antes de que llegara la policía cortándose la garganta con un cúter. A ver si lo adivinas: dio positivo con psilocibina y psilocina, como Musta. De acuerdo con sus familiares y amigos, nunca antes se había drogado.

—Déjame adivinar. ¿Había una mujer en el asiento del pasajero? —dijo Colomba sarcástica.

—No. Pero la noche anterior se había ligado a una. En el último mensaje que envió a un amigo suyo se declaraba muy contento por el polvo que estaba a punto de echar. Pero al día siguiente cometió una masacre, drogadísimo.

—Uno no puede saber lo que se le pasa a la gente por la cabeza.

—Por regla general, yo lo sé. Y al parecer Giltiné también. Pero sigamos —agitó otra hoja antes de colocarla con las demás en una espiral que parecía no tener fin—. Valencia, España. Un robo que salió mal. Hace cuatro años. Murieron el padre, la madre, el portero y dos hijos. El ladrón se suicidó saltando por la ventana al llegar la policía. Positivo con cornezuelo del centeno. Su novia dijo que estaba segura de que se veía con otra mujer. Que nunca fue identificada.

Colomba se estaba perdiendo en el flujo de palabras.

—Dante..., frena un poco, coño. Me estás dejando tonta.

Él ni siquiera la oyó.

—Marsella, una pequeña villa se viene abajo por una fuga de gas, hace algo más de tres años. Veinte muertos. Algunos vecinos vieron a una mujer abandonando el edificio poco antes de la explosión. Y, por supuesto, los propietarios del apartamento en el que se generó la explosión estaban hasta las cejas de LSD. Y luego...

Colomba se levantó y vació los pulmones con un grito.

—¡Dante! ¡Siéntate!

Él se detuvo dejando a medias el gesto de colocar la enésima hoja.

—¿CC?

—Siéntate, he dicho —lo empujó hacia la butaca que había ocupado hasta un segundo antes—. Ahí. Respira con calma. Respira.

Él obedeció.

—¿Qué pasa?

—Lo que pasa es que dentro de nada te va a dar algo. ¿Has dormido esta noche?

—No. Pero...

Colomba fue al fregadero de la cocina, llenó un vaso de agua fría y se lo ofreció.

—Bebe.

—Venga..., no me trates como a un inválido.

—¡Bebe!

Dante obedeció.

—Estás viendo cosas que no existen, Dante.

Él la aferró del brazo con la mano buena, que a Colomba le pareció que estaba hirviendo.

—¿Estás de broma? ¿No entiendes que el patrón siempre es el mismo? —dijo.

—El patrón solo lo ves tú. ¿Cuántos delitos comete la gente bajo la influencia de las drogas?

—Alcohol y cocaína, por regla general, no estas.

—Te equivocas. Hay partes del mundo donde es más fácil meterse un hongo que una raya. Y, además, ¿de dónde proceden tus informaciones? —Colomba le arrancó los papeles de la mano, y vio que casi todos habían sido impresos de páginas web con nombres improbables. Uno de ellos tenía como símbolo un diablo enmascarado, complementado con un buen tridente—. ¿También tienes un artículo sobre las estelas químicas y los alienígenas?

—El sarcasmo es innecesario.

—¿No hay fotos de quienes las gestionan? Me imagino que todos son unos gorditos que viven con su mamá y se matan a pajas —insistió ella.

Dante levantó los ojos al cielo.

—Cuando te empeñas eres insoportable. ¡He pasado años estudiando y catalogando a los teóricos de la conspiración, CC! Puedes fiarte de mí si te digo que sé ver cuándo hay una pizca de verdad. Y, de todos modos, también he encontrado pruebas en los periódicos locales.

—Ya me imagino yo de qué periódicos estás hablando...

—¿Por qué no abres esa cabecita cerrada que tienes? —espetó Dante, exasperado—. ¿Crees que todo es una coincidencia?

—Ni siquiera eso. Creo que no es nada, nada de nada —dijo Colomba—. Mezclas manzanas con peras y en tu opinión eso es una teoría que se sostiene. Hablemos del móvil de esa mujer. Mejor dicho, de ese *monstruo*. ¿Cuál sería?

Dante vaciló.

—Tal vez a alguien le conviene que ella mate de la forma en que lo hace. Podría ser una asesina a sueldo, de las muy caras. Que trabaja para alguna organización poderosa y transnacional.

—¿Lo dices en serio?

—O bien no tiene un motivo racional. Actúa de una forma ritual, puede que de verdad se crea que representa la encarnación de la Muerte.

—¿Tipo asesino en serie?

—Exacto.

Colomba contó con los dedos.

—En primer lugar, es rarísimo que haya asesinos en serie que sean mujeres. En segundo lugar, prácticamente todos son unos brutos deficientes. Fíate de mí, que conocí a un par de ellos, y no eran tan fascinantes como en el cine. Que se lavasen era pedir mucho. En tercer lugar, no existen asesinos en serie a quienes no les guste ver morir a sus víctimas, y tu Giltiné la mayoría de las veces ni siquiera estaba presente. En cuarto lugar, los asesinos en serie no se complican tanto. Te dan una cuchillada y luego se follan tu cadáver. O se llevan un trozo, como el Monstruo de Florencia.

Dante se notó seca la boca.

—Okey. No es necesario que entres en detalles. Pero, aparte de sus móviles, que no podemos conocer, todo encaja.

—Si todo encaja, dame una prueba.

—Las pruebas tenemos que encontrarlas. Pero sabes que hay algo que no cuadra en la versión oficial. Sabes que el ángel existe.

Por supuesto que lo sé, pensó Colomba. *Por eso quiero mantenerme tan alejada como sea posible.*

—Me acaban de suspender. Si me pongo a investigar por mi cuenta, ya puedo decirle adiós para siempre a mi trabajo.

—¡Mejor! Eres demasiado inteligente para llevar uniforme.

—Déjame que sea yo la que lo decida, ¿te importa? No puedes entender lo que significa llevar una vida normal.

—¿Y piensas que no me gustaría? —dijo Dante con amargura, y desapareció en la cocina.

De lejos, Colomba oyó el sonido de su Zippo. *Envíalo para casa,* pensó. *Termina con esto aquí.* En vez de eso, cuando se le bajó la adrenalina se acercó hasta donde estaba. Dante se encontraba delante de la ventana abierta, fumando y mirando las nubes, que ese día eran de color añil.

—¿Has llamado ya a los enfermeros para que traigan una camisa de fuerza? —dijo sin darse la vuelta.

—Todavía no. Antes prepárame un café decente, por favor.

—Aparte del mío, solo ha quedado soluble, que es cualquier cosa menos decente —murmuró.

—A mí me gusta.

Dante puso otra ollita en el fuego mientras seguía dándole la espalda.

—No razono como un poli y no logro convencerte —dijo.

—Tú no razonas como nadie que conozca.

—Lo sé, lo sé —Dante esbozó una sonrisa lo más alejada que existía de su habitual mueca sarcástica—. Pero ser un paria tiene sus ventajas. Si eres un pájaro que vuela junto a los otros, nunca sabrás qué maravillosas formas dibujas en el cielo, tan solo verás el culo del que tienes delante. La frustración es que cuando cuentas lo que ves, nadie te cree —vertió el agua caliente en la taza de Colomba y removió para disolver todos los grumos del café en polvo. Luego se la pasó.

Colomba tomó unos sorbos de café soluble. Era terrible, pero lo prefería de todas formas al alquitrán de antes.

—Dante..., si tuvieras razón... No sabría ni siquiera por dónde empezar la caza de un fantasma.

—Es una lástima, CC, porque si no actuamos, no sé cómo ni sé cuándo, ella volverá a matar.

2.

Giltiné oía cantar a los muertos. Eso le sucedía solo cuando estaba en alta mar: era entonces cuando las almas enterradas en el fondo se despertaban. Ella se quedaba escuchando las aguas oscuras e identificaba a las personas a las que esas voces habían pertenecido. Marineros, emigrantes, víctimas, asesinos, hombres y mujeres, niños y ancianos: cada uno de ellos tenía una historia que contar, que Giltiné recordaría y llevaría consigo en el futuro, para honrarlos. Era su deber y su privilegio.

Solo cuando salía el sol y los cantos menguaban Giltiné podía descansar, lo poco que le era concedido, tras poner el piloto automático y echarse en una de las literas. Su barco era un Grand Sturdy de doce metros, con tres cabinas dobles y una autonomía de más de 1.550 millas náuticas. Giltiné había salido desde el puerto de Civitavecchia la noche en que Musta murió, y desde entonces había navegado a seis millas de la costa enfilando hacia su objetivo. Por suerte, el mar había estado bastante en calma todo el tiempo y el viento era moderado.

Faltaban tres millas para llegar y ya estaba aumentando el número de embarcaciones que se dirigían al puerto o partían del mismo, los grandes cruceros, que se movían lentamente balanceando las aguas a su alrededor durante un largo trecho, y los barcos de los pescadores. Tan solo faltaban los yates, que en esa temporada navegaban hacia costas más cálidas. Incluso el olor se había vuelto más picante, de algas y salmuera, con la peste de la comida y de la vida que llegaba desde las casas.

Giltiné paró los motores, echó el ancla y bajó a la cubierta inferior, para entrar en la cabina que le hacía las veces de guardarropa. En la cama de matrimonio, reducida a un desnudo colchón, descansaba una maleta de cuero Louis Vuitton, también la marca del resto del conjunto que esperaba apilado en una esquina. En la cómoda, en cambio, había un pequeño baúl de metal con empuñadura, de medio metro de anchura, muy parecido al que utilizan los maquilladores profesionales en los platós. Giltiné lo abrió: contenía numerosos frascos con cremas multicolores, pinceles y esponjitas, pero también gasas estériles, bisturís, botellines de desinfectante y jeringuillas. Giltiné se quitó la ropa, y luego con uno de los bisturís comenzó a cortar los vendajes que le cubrían brazos y piernas. El dolor se abrió camino en cuanto el aire entró en contacto con la piel y fue creciendo en intensidad cuando las extremidades quedaron completamente descubiertas.

No tenía importancia.

Cuando se desvendaba, y tenía que hacerlo por lo menos una vez al día para lavarse y renovar la medicación, Giltiné evitaba mirarse, pero en esta ocasión se vio obligada a hacerlo. Tal y como imaginaba, la infección había empeorado y ahora vislumbraba en las llagas de la carne la blancura del hueso. También el olor a podrido había aumentado.

Giltiné se desinfectó; luego, tras haberse cambiado las vendas, de la maleta que estaba sobre la cama sacó una serie de paquetes que contenían lo que parecía barro de color carne, con diferentes gradaciones, desde el pálido hasta el bronceado. Cogió uno de los frascos más oscuros, sacó una cantidad del tamaño de una nuez, que mezcló con un fijador, luego se embadurnó cada centímetro que había quedado al descubierto tras las vendas. Las llagas desaparecieron bajo lo que parecía piel bronceada y el dolor disminuyó, pero no del todo. Para Giltiné el dolor era un fondo constante.

Una vez que el maquillaje se secó, se vistió con ropa interior deportiva y un vestido de Gucci de color limón, con motivos florales en los bordes; por último, se puso unas medias opacas.

Quedaba la parte más difícil. Giltiné se sentó en el borde de la cama y despegó la máscara por la nuca, apretando los dientes cuando la luz le golpeó las mejillas. Podía notar, incluso sin mirarlas, cómo se hinchaban las ampollas y estallaban con el ruido, bajo pero perceptible, de una barra de mantequilla al freírse. Cogió la crema blanca de base y la distribuyó uniformemente en la cara y el cuello, apagando el chisporroteo, y acto seguido hizo lo mismo con la que simulaba el bronceado. Después se maquilló y luego, de otro baúl metálico, el doble de grande que el anterior, sacó una peluca rubia de casquete así como unas lentillas verdes. Solamente entonces se miró en el espejo, estudiando a esa extraña en que se había transformado, idéntica a la que sonreía en los documentos con el nombre francés de Sandrine Poupin, cirujana que formaba parte de una ONG humanitaria suiza que tan solo existía sobre el papel, pero que poseía una sede y una cuenta bancaria por la que Giltiné hacía transitar una parte de sus fondos. La ONG también era la propietaria del barco en el que se encontraba, donado por un armador griego para misiones humanitarias. Que el armador griego hubiera muerto ahogado el año anterior debía considerarse meramente como una desafortunada coincidencia.

Giltiné comprobó de nuevo su maquillaje, luego volvió al timón y pilotó hasta el muelle de atraque en el puerto, comunicando a través de la radio su posición. Ninguno de aquellos con los que coincidió, incluyendo al guardia de costas que subió a bordo para comprobar la documentación y buscar clandestinos, llegó a sospechar que bajo el sombrero de ala ancha y las gafas de cristales oscuros había algo diferente a una mujer en visita de representación de su ONG a uno de los lugares más encantadores del mundo.

Venecia.

3.

Después de haberle servido el café, Dante se apagó. Se balanceaba sobre los pies y hablaba con la boca pastosa, como si se le hubiera ido la mano con las pastillas y las gotas, pero tan solo estaba agotado. Colomba logró convencerlo de que se tumbara en el sofá con la promesa de dejarlo fumar en casa, y al cabo de unos pocos minutos le sacó la colilla de entre los dedos de la mano mala, que colgaba sobre el suelo. Pero Dante aún no se había dormido.

—¿Quién era ese que cenó contigo anoche? —murmuró con los ojos cerrados.

—¿Por qué *ese*? Podría ser una mujer.

—Pelo castaño corto, sin barra de labios o maquillaje en las servilletas de papel, botella de vino… —murmuró.

A Colomba le entraron ganas de reírse.

—Pero ¿es que nunca dejas de fisgonear?

—No lo hago a propósito.

—Bonita excusa. De todas formas, era Enrico.

—¿El Mierda?

Colomba recordó todas las veces que había hablado de él, quejándose.

—El mismo.

—Al menos no durmió aquí. Todavía hay esperanzas para ti —dijo Dante con voz cada vez más débil, luego empezó a roncar suavemente.

Colomba le colocó una manta por encima, porque entraba un viento húmedo por la ventana, y le quitó las botas. Tenía los dos calcetines agujereados. Era extraño, porque Dante se ocupaba de su ropa meticulosamente, aunque casi siempre parecía salido de un club londinense de los años ochenta. Se dio cuenta de que la camisa también estaba desgastada en el cuello. *¿Qué te está pasando, Hombre del Silo?*, pensó.

Moviéndose en silencio cogió la mochilita que le servía como bolso y salió. Media hora después cruzaba la Piazza del Popolo y se detenía en el bar Rosati para un sándwich con gambas y mayonesa, que se comió sentada en los escalones del obelisco egipcio. No había mucho movimiento en ese final de mañana: el hombre que alquilaba los Segway a un lado de la plaza estaba fumando tranquilo un cigarrillo, mientras esperaba a los clientes, y los taxis eran una larga hilera blanca inmóvil a la pálida luz del sol.

Colomba se espabiló: tiró los restos en una papelera repleta y recorrió rápidamente los pocos cientos de metros que la separaban de la oficina del abogado Minutillo. Era un edificio antiguo, decididamente señorial, aunque como todo en Roma necesitaba una buena restauración, en especial el ascensor con las puertas de malla, que chirriaba mientras subía con esfuerzo las plantas.

Le abrió Emanuela, una secretaria de la edad de Colomba con un *piercing* en la nariz.

—Doctora Caselli, ¡es un placer verla! —dijo—. ¿El abogado la espera?

—No, pero confío en que encuentre unos minutos para mí.

—Lo aviso de inmediato; pero póngase cómoda mientras le traigo un café. Le advierto que no es tan bueno como el del señor Torre.

Colomba sonrió: Emanuela siempre la ponía de buen humor.

—Yo diría que por hoy ya he tomado bastante, gracias —dijo.

Se sentó en la sala de espera. Diez minutos más tarde, un hombre que se parecía al Jeremy Irons de hace veinte años salió a estrecharle la mano.

—Doctora Caselli. Por favor —dijo Minutillo, y la llevó a su despacho de madera oscura, repleto de libros y tomos jurídicos. Se sentó detrás del escritorio de nogal y le indicó que se acomodara—. ¿Cómo puedo ayudarla?

—Tenemos que hablar de Dante —dijo Colomba, después de decidir rápidamente que el enfoque directo era el mejor.

—¿Con respecto a qué?

—Quiero saber qué le ha pasado.

—No sé a qué se refiere —dijo Minutillo en un tono neutro.

—Abogado..., ¿no podemos saltarnos la parte en que finge que no sabe?

Minutillo se limitó a mirarla.

—Como usted desee. Veamos..., toma medicamentos igual que caramelos o los inhala para ir más rápido, se deja caer por mi casa a las siete de la mañana... Antes tenía que liarme a patadas con él para sacarlo del hotel, y con frecuencia ni siquiera así lo conseguía.

—Qué curioso —dijo Minutillo en el mismo tono de antes.

—Sabe que hundió una persiana metálica con un coche de servicio, ¿verdad? ¿Y que podría haberla palmado?

—Y usted está preocupada.

—Claro. Es amigo mío.

—¿Tan amigo como para no llamarle durante meses? Tiene usted un extraño concepto de la amistad, doctora.

Colomba se esforzó para no sonrojarse, y desde un rincón oscuro de su cerebro le llegó un recuerdo desagradable e inesperado, el de esa noche en la que, unas semanas después de su pelea, sorprendió a Dante pasando y volviendo a pasar por la calle de la comisaría con aire aparentemente distraído. Ella lo observó desde la ventana de la oficina, incómoda al advertir que Dante quería fingir un encuentro casual, algo así como hacían los adolescentes esperanzados de toparse con la chica de sus sueños al pasear bajo su ventana. *Lo llamaré cuando vuelva a casa,* pensó, sabiendo que no lo haría y sintiéndose sucia por esa cómoda mentira hacia sí misma. Ahora que se daba cuenta de que había borrado por completo ese episodio, se sentía aún más sucia.

—He estado muy ocupada —dijo.

—Dante también. En sobrevivir —dijo Minutillo—. Y le habría venido bien su ayuda. Ahora, si me lo permite, tengo un cliente.

Minutillo se levantó, pero Colomba no.

—Tiene razón, abogado. Fui una gilipollas. Pero ahora estoy aquí.

El abogado la observó, luego pareció tomar una decisión porque volvió a sentarse.

—¿Por qué ha ido a su casa esta mañana? —preguntó.

—Está convencido de que detrás del atentado del tren hay una mujer que va por el mundo matando a la gente.

—Y usted quiere saber si aún puede fiarse de él.

—Yo *me* fío de él. Pero no sé si me fío de lo que dice.

—Podría decirle que todo va bien.

—No estaría aquí, abogado.

Minutillo hizo una mueca molesta.

—Hace cuatro meses Dante estuvo mal.

Colomba sintió un escalofrío.

—¿Cómo de mal?

—No abría la puerta al camarero del hotel y se quedaba allí encastillado. Se sentía seguido y espiado como en la época del Padre.

—El Padre está muerto.

—Pero el hermano de Dante no.

Joder, pensó Colomba. *Ahí es donde radica el problema.*

—Todavía sigue obsesionado con él —dijo sombría.

—Estaba seguro de que existía y de que estaba vigilándolo. Dejó de dormir y en un momento determinado también de cuidar de sí mismo. Quería estar preparado para interceptarlo en caso de que pasara cerca de él.

—¿Y cómo salió de ello? Porque, por muy mal que se encontrara, ahora no está tan mal.

—Encontramos una discreta clínica cerca del lago de Como. Comprendió la situación y aceptó pasar allí unas semanas, durmiendo sobre todo en el jardín, en una tienda de campaña.

—No tenía la más mínima idea al respecto —dijo Colomba con el corazón afligido.

—Cuando la dosis de los medicamentos se estabilizó —continuó Minutillo interrumpiéndola—, Dante empezó a retomar el contacto con la realidad. Supongo que ahora está llevando el tratamiento un poco a su manera, pero el consejo del psiquiatra que lo trataba fue que evitara participar en otros acontecimientos funestos, al menos por un tiempo. Y Dante decidió seguirlo, preocupado por no tener problemas con los clientes.

—¿Por eso da conferencias en la universidad?

—Está tratando de reciclarse como experto en mitos y folclore, dado que entiende del tema como pocos en el mundo. Por el momento no resulta suficiente para mantener su nivel de vida, pero es un inicio.

—El hotel, por suerte, le sale gratis —dijo Colomba.

—La habitación, no los servicios adicionales, que están llegando a una suma inmanejable. Considerando su estado, he pensado si no sería conveniente insistir en que volviera a su apartamento en San Lorenzo. Tarde o temprano tendrá que hacerlo, en cualquier caso.

—¿Valle no puede ayudarle?

—Dante es demasiado orgulloso para pedirle ayuda a su padrastro. Quiso pagar de su propio bolsillo hasta la clínica, quedándose sin blanca —Minutillo hizo una mueca, estaba claro que lo sentía—. En el último periodo se encontraba bien, de todos modos. No ocuparse de cuestiones criminales lo había relajado. Estaba lúcido y activo, de buen humor, racional, de acuerdo con los parámetros que ya conocemos.

—Y entonces aparezco yo... —murmuró Colomba— y comienza a delirar de nuevo.

—Tal vez —Minutillo sonrió—. O bien aparece usted y él comienza a razonar de nuevo. Elija lo que prefiera.

Colomba salió del bufete de abogados con una sensación de culpabilidad en formato gigante y una duda aún mayor. Como siempre que se sentía deprimida y confundida, recurrió al esfuerzo físico.

Su gimnasio no quedaba lejos del bufete, en el área de Prati, tan querida por los notarios y por la gente del cine, y siempre tenía allí un chándal limpio. Se fue directa para allá y se cambió, pero no logró convencerse a sí misma para meterse en la zona de *fitness,* que le parecía demasiado llena de actrices de poca monta y modelos. Salió afuera corriendo y siguió corriendo a lo largo del Viale Mazzini, superando el gran caballo de bronce que decoraba la sede de la RAI y la gran cara que había sido una fuente en la esquina de la misma calle, para bajar al muelle del Lungotevere por una escalera de piedra hedionda.

El Lungotevere, en ese tramo, tenía un flamante carril bici que otros deportistas utilizaban para correr, y Colomba siguió la corriente enfilando hacia el centro y manteniendo un ritmo lento para calentar. La pista terminaba casi de inmediato, transformándose en cemento astillado y fangoso; a Colomba le pareció moverse por una ciudad abandonada después de una guerra nuclear. A la izquierda estaban ancladas barcazas rotas y cubiertas de basura, mientras que a la derecha aparecían a intervalos regulares estrechos pasillos cerrados por verjas con el cartel de «Prohibido el paso». Llevaban a los clubes de remo, a los que se accedía desde la carretera del nivel superior, casi todos abandonados y en ruinas. Las paredes de hormigón estaban cubiertas de grafitis y pintadas obscenas.

Colomba sincronizó la respiración y se puso en el que era su ritmo de crucero, disfrutando de la sensación de los músculos que se soltaban y del latido que se convertía en regular. Poco a poco, la imagen de Dante encerrado en la clínica como en una película gótica en blanco y negro se fue decolorando hasta que se desvaneció en su conciencia.

Pero el olvido no duraba. Bastaba con que sus ojos se posasen en cualquier objeto para que su mente evocara de golpe episodios dolorosos. Un zapato viejo que pateó la llevó a cuando Dante lanzó uno de sus Clipper a través de la ventana del hospital donde estaba ingresada, salvándole la vida; un tenedor costroso le recordó una de las muchas cenas a las que la había invitado en el hotel Impero, y que ahora tanto le costaba pagar; el montón de arena de unas obras que deberían haber terminado tres años atrás le pareció aquel bajo el cual encontró a Dante en la caravana semienterrada, cuando se abrazaron, heridos y débiles, después de sobrevivir a quien quería matarlos.

Colomba aceleró de nuevo. Subió a la carretera a través de un paso subterráneo lleno de excrementos humanos, rodeando dos gaviotas que se disputaban el cadáver de una rata, y corrió en la dirección por donde había venido. Al llegar al Ponte del Risorgimento, bajó otra vez al muelle y reanudó el circuito —carril bici, cemento, paso subterráneo— y los fogonazos se hicieron más rápidos y confusos. Dante, que saltaba en el salón de su casa, luego su rostro cubierto de sangre frente al escaparate roto de la tienda donde vivía Youssef. Su voz que hablaba de ángeles y de asesinos en serie.

Colomba se animó más, y comenzó de nuevo desde cero el recorrido saltando sobre los peldaños irregulares de la escalera habitual utilizada como urinario. Sentía cómo le latía el costado y la mandíbula que se había roto. Los pulmones parecían tratar de aspirar el vacío cósmico, el corazón era un rugido; los pies, una ametralladora. Se vio obligada a detenerse, doblada y jadeante como una anciana. En ese estado tuvo un *satori,* y se dio cuenta de que por debajo de su ira, por debajo de su rechazo...

Tenía miedo. Miedo a lo que podía suceder. Porque cuando ella y Dante estaban juntos sucedían «cosas». Horribles, por regla general. Y ella no estaba segura de poder sobrevivir a otro monstruo.

Volvió al gimnasio, se limpió las suelas de las zapatillas e hizo un par de combinaciones en el saco de boxeo, ignorando a la mujer de una de las máquinas de ejercicios que no dejaba de hablar de órdenes de expulsión y de pena de muerte. Luego regresó a su casa con el corazón aligerado de quien ha tomado una decisión, por muy difícil y complicada que sea, y los músculos gratamente doloridos.

Sin embargo, su estado de ánimo empeoró en cuanto cruzó el umbral. Dante estaba sentado en el sofá de la sala de estar, y fumaba algo que parecía un cigarrillo mordisqueado de un olor picante.

—Pero ¿tú estás loco? —gritó, cerrando la puerta tras de sí—. ¿Te estás fumando un canuto en mi casa?

—Ya ves tú, menuda tragedia —dijo Dante dando otra calada. Tenía el porro en la mano buena cerrada en forma de copa y aspiraba por la palma de la mano, como Colomba solo había visto hacer a los viejos adictos.

Ella se lo arrebató y lo apagó en el cenicero.

—¿Dónde has comprado la droga?

Dante se rio entre dientes.

—*¿Droga?* Es cannabis, *mamá*. Y no la he comprado. Es la de Musta.

—Los muchachos me dijeron que la tiraste por la ventana.

—Lo cierto es que la bolsita la tiré.

Colomba estiró la mano.

—Dámela.

—Es para uso personal —se defendió, luego vio las calaveras color esmeralda brillando en los ojos de Colomba y sacó del bolsillo el paquete de papel de aluminio.

Colomba lo vació en el váter, junto con el cenicero, luego roció el horrible ambientador a pino que le había regalado su madre, porque en su opinión en la casa había «un olor a poco limpio». Mientras lo hacía, se acordó de que le había prometido un almuerzo, y su humor empeoró todavía más.

—Sí que te gusta darle vueltas a las cosas —dijo Dante observando sus maniobras—. Te recuerdo que el cannabis es menos dañino que el alcohol.

—Y yo te recuerdo que el alcohol es legal. La marihuana, no —se olisqueó la ropa—. ¿Sabes lo que pasaría si por casualidad me hacen un test antidrogas?

—Tú no has fumado.

—También existen los fumadores pasivos.

—Vamos, CC...

—¡Existen! Y en la orina el THC permanece durante cuarenta días.

—Pues entonces me pasaré a la cocaína, que permanece durante cinco.

Ella se plantó delante de él.

—Inténtalo.

—Bromeaba. Nunca he necesitado excitantes.

—Pero calmantes, sí. Y hospitalizaciones.

Dante bajó la mirada.

—Has ido a ver a Roberto. Obvio.

—¿Por qué no me lo dijiste?

—Nunca me crees. ¿Qué habrías hecho en mi lugar? —dijo, vergonzoso como un niño.

—Mírame.

Él levantó los ojos.

—Sé quién eres, ¿okey? He visto lo peor y lo mejor de ti.

—Y huiste.

—No de ti, Dante. De nosotros. De lo que podría suceder aún —se esforzó por encontrar las palabras, no resultaba nada fácil. Se sentó en el sofá junto a él—. Mi vida tenía un orden antes de que te conociera. Sabía qué hacer. Ahora, cada paso es una incógnita.

—Siempre lo fue, lo que ocurre es que te has dado cuenta a partir de entonces.

—Quizá, pero eso no importa. En cuanto me salgo del camino trazado, ya lo has visto, empiezo a sentirme mal otra vez. ¿Sabes lo que se siente cuando los pulmones se te estrujan? Me siento morir, todas y cada una de las veces. Y veo cosas que no existen.

Dante era de esa raza elegida que si no tiene nada que decir, mantiene la boca cerrada, aunque eso de no tener nada que decir casi nunca sucedía. Por lo tanto, se mantuvo en silencio mientras Colomba terminaba de hablar.

—No hay secretos —dijo ella—. He de poder confiar en ti, saber que no me ocultas nada. Nada de medias verdades. Nada de omisiones.

—Okey —dijo Dante, feliz como no se sentía desde hacía bastante tiempo—. Y nada de huidas. He de saber que no me abandonarás a medio camino.

Colomba asintió.

—No sucederá. Eres mi amigo y te quiero. Lamento que hayas pensado lo contrario.

Él se echó hacia atrás, con las manos en la nuca.

—Nunca lo pensé, no de verdad. Así que, ¿me crees en el tema de Giltiné?

—Estoy dispuesta a echar un vistazo. De todas maneras, si no aparece nada convincente según mis parámetros, aceptarás lo que yo diga, te olvidarás del tema y seguiremos adelante.

—¿Y si aparece algo?

—Buscaremos algo que sea sólido y lanzaremos en su contra a la Interpol o a los compañeros de la lucha antiterrorista.

Dante pareció considerar la propuesta, luego tendió solemnemente la derecha y ella se la estrechó.

A ambos les entraron un poco ganas de reír y otro poco de llorar, pero no hicieron ninguna de las dos cosas.

4.

Los muertos susurraban despacio en el Gran Canal, pero Giltiné lograba mantenerlos fuera de su mente. No era fácil, y le parecía casi una falta de respeto. Habría preferido elegir una casa alejada del agua, pero necesitaba una lo bastante cara que le asegurase privacidad y anonimato, y las casas de esa clase ofrecían la panorámica incluida en el precio.

Esa tarde, recién llegada, se quitó lo que le quedaba del maquillaje y se puso el tratamiento. El maquillaje, en ese día inusualmente caluroso y húmedo, le había durado menos de lo esperado. Vio cómo se le decoloraba el brazo y mostraba las llagas poco antes de llegar a la calle de Sant'Antonio, y el taxista le echó una mirada de recelo. ¿Se dio cuenta de quién era? De ser así, tendría que eliminarlo dentro de la casa que había alquilado —doscientos metros cuadrados, con una gran terraza y refinados muebles de estilo veneciano— y encargarse allí mismo de su cuerpo, para luego tener que cambiar de alojamiento y de identidad. Pero eso supondría un gran problema, ya que en lo que estaba haciendo Giltiné el tiempo resultaba esencial.

Se cubrió el brazo con un fular, en el que vio inmediatamente ensancharse una mancha fétida, mientras el taxista descargaba las maletas en el estudio con mirador y se marchaba sin decir nada. Desde la ventana, lo vio mirar en su dirección, como indeciso. Y ella también lo estaba. No quería comprometerlo todo, no cuando se hallaba tan cerca de la meta.

El murmullo de las almas se había vuelto más insistente al ritmo de medianoche. Giltiné encendió el equipo de música conectado a un amplificador Bang & Olufsen que parecía un platillo volante y sintonizó la radio en un canal vacío, dejando que el ruido blanco le invadiera el cerebro. Con los brazos abiertos, desnuda, excepción hecha de los vendajes, Giltiné se sintió desaparecer en la onda sonora, volviéndose inmaterial y carente de cuerpo. A continuación, el corazón le dio un vuelco y se vio en el suelo, sintiendo cómo le ardía la carne en contacto con el gélido mármol. Libre de las llamadas de los difuntos, la mente vaciada y eléctrica, se acercó el ordenador portátil colocado sobre la mesa del estudio. Se conectó a la wifi, pasó a través de una RPV de los Estados Unidos que borraba su ubicación real y su identidad en la red, y luego se puso en contacto con sus avatares.

Giltiné tenía cientos, que ahora fluían sobre la pantalla en otros tantos programas de chat, páginas web y navegadores de correo, que se abrían y cerraban como pompas de jabón con un clic del ratón. Eran hombres y mujeres, viejos y jóvenes, fascinantes y horribles, de distintas nacionalidades. Algunos frecuentaban páginas de encuentros para corazones solitarios, otros las de sexo rápido o de pago. Otros en cambio discutían en foros dedicados a los temas más variados, desde cocina hasta deportes. Algunos de ellos morían porque habían agotado ya su función o habían fracasado intentando atrapar a una presa.

Giltiné maniobraba con ellos, saltaba de uno a otro, gestionaba las conversaciones en marcha, ofrecía consejos, contaba fantasías sexuales y predecía el futuro. En un sitio de pedofilia era un hombre de sesenta años que intercambiaba fotos; en el mercado negro de la nueva Silk Road compraba armas y vendía drogas; en el Messenger era la amiga de una chiquilla con problemas de aprendizaje, pero también una estudiante sexy que estaba buscando a un hombre maduro y generoso. En los MUD era la dominatriz de un *broker* francés y de un médico alemán, la esclava de un japonés, la perra de un zoófilo. En Facebook bromeaba, discutía, seducía, enviaba vídeos y gif divertidos. Por todas partes ofrecía servicios y favores, hombros sobre los que llorar, buenas palabras y apoyo psicológico. Era el amigo generoso, el necesitado, el bordón y el pasatiempo.

Tres presas estaban a punto de morder el anzuelo, y a ellas Giltiné les prestó especial atención, chateando durante unos minutos en vez de enviar un mensaje directo y pasar al siguiente. El primero era un hombre virgen de cincuenta años, que buscaba a una mujer que lo entendiera y lo ayudara en su primera vez. Otro era un treintañero que jugaba al póquer en los circuitos online y había perdido hasta la casa en apuestas. La tercera era una prostituta que no lograba permanecer lejos de un novio que la molía a palos. Giltiné tenía una solución para todos ellos, pero el regalo les llegaría a su debido tiempo, cuando los tres le hubieran sido de utilidad. Y si mientras tanto resolvían sus problemas, otros ocuparían su lugar. Su banco de pesca era inmenso y comprendía todos los países y todas las ciudades donde existiera una conexión a internet.

Giltiné permaneció conectada hasta el amanecer. De acuerdo con los husos horarios, deseó las buenas noches y los buenos días, ofreció una asesoría y una mamada, envió la foto de un gato vivo y de un viejo muerto; luego se desperezó, haciendo crujir las vendas que se habían pegado a la butaca dejando un rastro viscoso, y cerró todas las conversaciones online, excepto una. La de la presa que desde hacía días se estremecía colgada del anzuelo, deseosa de complacer a aquella que parecía la encarnación perfecta de todos sus sueños eróticos. Giltiné envió un largo y detallado mensaje, adjuntando un breve vídeo de una violación real filmada con un teléfono móvil. Sabía que la presa lo disfrutaría.

Pronto llegaría el momento de hacer que entrara en acción. Luego abrió una de sus maletas, liberando el doble fondo. Ya era hora de hacer que crecieran sus armas.

5.

A la siguiente mañana Colomba se subió al Fiat Punto que había conocido tiempos mejores y pasó por el hotel Impero para recoger a Dante. Entró en la suite con la llave magnética que le había dejado más de un año antes. Después de tanto tiempo, Colomba se sorprendió al encontrarlo todo tal y como lo había visto por última vez. El aroma a café, el sensor antiincendios tapado con cinta adhesiva, los diez tronquitos de madera falsa apilados correctamente por los camareros delante de la chimenea; papeles, libros, ordenadores portátiles y agendas electrónicas repartidos por cualquier sitio donde hubiera un hueco libre, incluyendo las alfombras; los grandes sofás blancos y las ventanas sin cortinas que daban a una Roma sobre la que ahora caía la lluvia.

Frente a la puerta de entrada se abría la habitación de Dante, con muebles negros lacados y una enorme cama redonda, mientras que a la derecha del salón se encontraba la puerta que conducía a la habitación de invitados, más pequeña, pero cómoda, donde a menudo Colomba había dormido.

A lo largo de una pared se encontraba la inevitable hilera de cajas y cajones, las «cápsulas del tiempo» que Dante acumulaba para luego llevarlas a un almacén alquilado a punto de reventar. Eran objetos procedentes de los años en que Dante había estado secuestrado y aislado del mundo, incluidas las grabaciones de retransmisiones televisivas de pésima calidad, que conservaba y estudiaba con la esperanza de recuperar el *espíritu* de lo que se había perdido. Colomba miró de reojo en uno de los cajones que seguían abiertos y descubrió un horrible cinturón con una hebilla gigantesca, de oro falso, con el monograma EL.

—¿Y qué es este cinturón? —preguntó.

—Una pieza valiosísima que me costó mucho encontrar —gritó Dante desde el baño de su habitación, donde se estaba secando después de haberse afeitado. Le crecía poco vello, y era casi rubio, con lo que le bastaba afeitarse un par de veces a la semana—. El F302 Cult de El Charro. El sueño de todos los niños de papá de los años ochenta.

—¿Estaban numerados?

—¿Bromeas? —Dante salió de la habitación con solo una toalla envuelta alrededor de la cintura—. Es un importante vestigio de una era más divertida que esta, muy buscado por los coleccionistas.

Colomba lo estudió con ojo crítico.

—Pero ¿cómo coño estás tan delgado? ¿Por qué no vas a un dietista y ganas unos cuantos kilos?

—Tienden a hacerme comer animales o bien a asustarse por la cantidad de medicamentos que tomo —y mientras lo decía desenroscó un frasco y se tragó un par de cápsulas—. Estas me las han recetado, de todas formas.

—¿En la clínica?

—Así es.

—¿Cómo era?

Dante se encogió de hombros.

—Irritante. Siempre tengo problemas cuando he de enfrentarme a quienes piensan que saben mejor que yo lo que hay en *mi* cerebro.

—Y viceversa. Eres un asco como paciente.

—Lo sé, pero al final llegamos a un compromiso. Me dieron psicofármacos que no me dejan completamente tarado...

—... y tú dejaste de pensar en tu hipotético hermano.

Dante negó con la cabeza y el pelo lanzó gotitas de agua a la pared.

—El compromiso es que pienso *menos* y no me obsesiono con ello. La verdad es que anduve un tanto desbordado por el tema, aunque los recuerdos del último periodo antes del ingreso son un poco confusos.

—Tal vez deberías hacer un tratamiento más radical.

—No he descartado por completo esa posibilidad —Dante se deslizó detrás de la barra, ansioso por cambiar de tema—. No has visto la novedad de aquí. Estoy especialmente orgulloso.

Colomba se asomó para mirar, descubriendo junto a la cafetera exprés, de cuyo mantenimiento se encargaba Dante personalmente, un grifo de acero que brotaba sobre el plano. Al lado, un medidor de presión y temperatura de LCD.

—¿Qué es?

—Una TopBrewer —Dante pulsó un botón táctil y se oyó el ruido de un molinillo escondido en las entrañas del mueble—. Las cafeteras normales impulsan el agua hirviendo a través del filtro. Esta utiliza una cámara de vacío para aspirarla —del grifo brotó un hilo de café de color claro que llenó una tacita. Dante la empujó hacia ella—. Prueba.

Colomba sorbió con cautela, mientras Dante la controlaba ansioso.

—Parece el de la cafetera moka, solo que más caldoso —dijo.

—Mira que estás tomándote un Indonesia Sulawesi Toarco Toraja —dijo Dante con fingida indignación—. Notas de limón y vainilla, regusto a madera...

—Pasado por tu máquina de un millón de dólares, lo entiendo. Tal vez con un poco de leche...

—Por encima de mi cadáver.

Dante se hizo un café para él y fue a sentarse en uno de los sofás. Colomba se colocó en el de enfrente. Pensó que no era de extrañar que Dante estuviera sin blanca, visto el dinero que se gastaba en chorradas.

—¿Por dónde empezamos? —preguntó él—. Tú eres la policía, aunque estés suspendida.

—Empezamos por la CRT —dijo Colomba—. Si Giltiné existe...

—¿Quieres dejar ya de ponerlo como premisa todas las veces? No te escucha nadie más.

—Okey, si Giltiné eligió ese lugar, debe de haber tenido una razón. De lo contrario, Musta podría haberse hecho estallar en cientos de sitios más cómodos y causar más daño.

—¿Qué dice la obtusa versión oficial?

—Que Musta odiaba al propietario porque era judío. Lo había conocido trabajando de mozo.

—Se sostendría si Musta fuera lo que dicen, pero no lo es —Dante se mordió el guante de la mano mala—. Sería interesante charlar un poco con el personal, pero lo veo difícil dado que te han retirado la identificación. ¿Quieres que busque a alguien que te proporcione una falsa?

—No hace falta. Hay una persona que sin duda alguna no necesita que le ponga el carné en las narices para saber quién soy.

La secretaria de la CRT vivía en las afueras del Labaro, en un complejo de granjas reformadas como villas baratas rodeadas de campo, y resultó un desafío llegar hasta allí, por la tarde en hora punta y con un viento que hacía rodar por la carretera bolsas negras de basura. Colomba echaba de menos con amargura sirena y paleta.

Cuando Dante y ella llegaron a su destino, el viento se había hecho aún más fuerte y levantaba nubes de polvo y hojas caídas. Marta Bellucci abrió la puerta descalza, con camiseta y vaqueros. Parecía haber dormido poco y no se había maquillado, el pelo hecho un rastrojo le caía a ambos lados de su pálida cara. Colomba, que la recordaba huyendo de Musta con unos tacones de vértigo, pensó por un momento que era su madre.

La mujer, sin embargo, la reconoció.

—Ah, la policía —dijo no muy contenta—. Castelli, ¿no es así?

—Caselli —dijo Colomba, un poco sorprendida por la gélida recepción—. ¿Cómo está?

—De fábula, ¿no lo ve? —la mujer se levantó un mechón de pelo—. Perdone que no haya ido a la peluquería —dijo sarcástica.

—¿Podemos hablar diez minutos? Fuera, si no le importa.

La mujer se dio la vuelta y Colomba vio en la sala de estar a un niño de cuatro o cinco años delante de la televisión.

—Mamá vuelve enseguida, ¿de acuerdo? —le dijo; luego cerró la puerta y siguió a Colomba hasta el coche aparcado en el patio, donde Dante esperaba con el cuello levantado.

Iba como siempre, todo de negro, aunque en esta ocasión había optado por un traje de Armani de hombros anchísimos: tal vez este también provenía de una de sus cápsulas del tiempo.

—¿Un compañero suyo? —preguntó Bellucci.

—Algo así —dijo Colomba en voz baja.

Dante levantó su mano buena como señal de saludo. Bellucci no reaccionó.

—Okey, basta con que espabilemos, tengo que preparar la comida para mi hijo —dijo—. Me imagino que es por lo del atentado, ¿verdad?

—Sí. Sé que mis compañeros y la jueza ya le han hecho un montón de preguntas, pero si me lo permite, necesitaría aclarar un par de puntos con usted —dijo Colomba, dándole a entender que su encuentro formaba parte de la investigación oficial, pero sin decirlo.

—¿Qué quiere saber?

—¿Era la primera vez que usted y el señor Cohen se quedaban fuera del horario de oficina?

—¿Eso es importante? —preguntó la mujer, irritada—. ¿Por qué?

—Para saber cómo se preparó el atentado, señora —respondió Colomba.

—Pasaba de vez en cuando.

—¿En los días inmediatamente anteriores?

—No.

—¿Con qué frecuencia?, perdóneme que insista.

—Un par de veces al mes —dijo Bellucci a regañadientes.

—¿Sabe usted si el señor Cohen estaba preocupado por algo en los últimos días?

—¿Aparte de las cuestiones de trabajo? No.

—¿No había recibido amenazas o mensajes extraños de alguien? ¿Alguien había tratado de entrar en la empresa antes del día del atentado?

La mujer negó con la cabeza.

—No. Puede usted proseguir así hasta mañana preguntándome estas cosas, pero hasta que ese árabe de mierda no vino a nuestro trabajo con... —por un momento su voz se le quebró—, con la bomba, todo iba como siempre. Tendrán que cambiar la moqueta, la sangre no se va —murmuró mirando al vacío.

—¿Cree que alguno de sus compañeros podría saber algo más? ¿Alguien con quien el señor Cohen tal vez tenía más confianza?

—No tengo ni idea. Inténtenlo.

—¿Puede usted ayudarnos a ponernos en contacto directamente con ellos?

—¿Por qué yo? ¿Porque estuve a punto de que me mataran?

—Me parece un buen motivo —dijo Colomba, que empezaba a irritarse.

—Le estoy muy agradecida por lo que hizo por mí —afirmó la mujer en un tono que decía lo contrario—. Pero no tengo intención de ayudar a nadie. Ya he tenido bastantes problemas. ¿Puedo volverme ya para mi casa?

Colomba lanzó una mirada abatida a Dante, pero él se quedó observando a la mujer como fascinado. La estaba leyendo.

—¿Desde cuándo eran amantes? —dijo de repente.

La mujer se sonrojó y pareció jadear.

—Lo siento, señora... —comenzó a decir Colomba.

Bellucci se puso a sollozar.

—A tomar por culo —murmuró—. Ustedes y quien los haya enviado —se tapó el rostro con las manos.

Dante le hizo un gesto a Colomba para que interviniera con una expresión cercana al pánico.

—Lamento su pérdida, señora —dijo Colomba con una sonrisa comprensiva—. Pero para nosotros solo tiene importancia localizar a los responsables.

—El responsable está muerto, y usted lo ha visto. ¿Qué más quieren? ¿Arruinar aún más mi vida?

—¿El señor Cohen tenía otras relaciones? —preguntó con timidez Dante desde detrás de la espalda de Colomba.

—¿Y usted qué cree, que me lo habría dicho a mí? Pero no, no las tenía —dijo con una mueca de desprecio—. Se ponía nervioso cuando teníamos que vernos, siempre tenía miedo de que su esposa lo pillara. Era un paranoico con estas cosas —la mujer apoyó la espalda en el coche—. No podía imaginarse de ninguna forma que ese loco lo iba a matar justo mientras estaba conmigo. Y todo el mundo se enteró de lo que estaba pasando. Incluso mi marido.

—Teniendo en cuenta la situación... —comenzó a decir Colomba, pillada con el pie cambiado.

—Teniendo en cuenta la situación me ha dicho *adiós*. Ni siquiera sé adónde se ha largado. Me ha dejado plantada aquí con el crío, y le importa un pimiento que haya estado a punto de volar en pedazos. Pasa de mí como de la mierda. Aunque ya llevaba tiempo pasando de este cuerpo... —agregó con rabia.

—¿Y cuándo decidieron quedar Cohen y usted? —preguntó Colomba.

—Giordano me lo dijo por la mañana. Se enteró de que su esposa no iba a estar esa noche.

—¿Qué importaba eso si en definitiva se estaban viendo en la oficina?

—Quería tener tiempo de ducharse cuando llegaba a casa, antes de ver a su esposa. Tenía miedo de que ella olfateara mi olor encima, o alguna chorrada semejante —esbozó una sonrisa agria—. Ahora para toda la oficina soy la puta que hizo que lo mataran. Así que no tengo intención de hablar con ninguno de mis compañeros. Mejor dicho, la próxima vez, por favor, métase usted en sus asuntos y déjeme a mí que la palme.

La mujer regresó a casa y cerró dando un portazo.

—Qué divertido resulta tu trabajo —dijo Dante—. ¿Siempre es así?

—Ya basta. Vamos a ver si los chicos pueden decirnos algo útil.

6.

La reunión se llevó a cabo en la habitación de Dante, adonde los Tres Amigos llegaron a las ocho, después de acabar su servicio. Colomba los esperaba en el vestíbulo del hotel y los acompañó a la última planta. Alberti ya había estado en la suite y se comportó como si fuera de casa, mientras que los otros dos miraron a su alrededor maravillados.

—Seguro que aquí el váter es más grande que mi apartamento —dijo Guarneri.

Dante los aguardaba de pie en el centro del salón, con americana, corbata y muchos nervios.

—Bienvenidos, bienvenidos, por favor, pónganse cómodos —les dijo, tratando de parecer desenvuelto. No le gustaba tener gente en casa y, sobre todo, tanta, y había abierto de par en par todas las ventanas. Les indicó uno de los dos sofás e insistió en que se sentaran justo en ese—. Si por casualidad tienen que usar el baño, utilicen tranquilamente el de la habitación de invitados. Mi habitación está demasiado... desordenada.

—Me están entrando ganas de registrarla —dijo Esposito.

—Podría ponerme a gritar —dijo Dante.

—Estaba de broma, genio.

Los Tres Amigos se pusieron cómodos, Esposito incluso se quitó los zapatos.

—En primer lugar, gracias por venir —dijo Colomba un poco desazonada—. No estabais obligados, dado que ya no soy vuestra jefa.

—Por ahora —dijo Alberti.

—Tengo tantas posibilidades de volver a la Móvil como de ganar la Primitiva, pero gracias por pensar en ello. He pedido bocadillos y cervezas, espero que a todo el mundo le parezca bien. Antes de comenzar, esperemos a que los traigan.

Dante se puso pálido y se la llevó a un rincón.

—No sé si van a traerlos —dijo—. Creo que he agotado todo mi crédito.

—Pues entonces no perdamos la esperanza de tener suerte —dijo Colomba.

—Esa expresión la conozco. ¿Qué me estás ocultando?

Llamaron a la puerta y un camarero empujó hacia el interior un carrito metálico con una serie de platos protegidos por tapas de metal que contenían comida fría suficiente como para alimentar a un ejército, incluyendo sándwiches, *focaccia* y minibocadillos. Los Tres Amigos se abalanzaron sobre aquello. Al salir, el camarero le dejó un sobre a Dante, con su nombre escrito a mano.

—De parte de la dirección —dijo.

Dante cogió el sobre y le dio vueltas en la mano buena.

—Okey, el desalojo... Probablemente me han invitado a la última comida del condenado —escrutó de nuevo a Colomba—. No, estás demasiado tranquila —lo abrió y encontró el recibo del pago de los servicios adicionales de los meses anteriores, una suma con la que se habría podido comprar un coche nuevo—. Has sido tú. ¿Cómo demonios lo has hecho? —dijo aturdido.

—Me ha bastado con una llamada telefónica. A tu padrastro.

—¡Joder! —Dante le había gritado y, por un momento, los Tres Amigos dejaron de masticar, luego continuaron otra vez, de forma más ruidosa que antes—. ¡No quiero su dinero! —espetó.

—Tú no lo quieres, pero yo sí. Ha pagado los gastos con su tarjeta de crédito y lo hará durante otros dos meses. Luego tendrás que apañártelas.

Dante no dijo nada y permaneció mirándose sombrío la punta de los pies.

—No lo he hecho para hacerte un favor —continuó Colomba—, sino porque si hemos de trabajar en este asunto de Giltiné, no quiero que tengas la cabeza distraída por problemas de dinero, ¿okey?

—¿No habías dicho que nada de subterfugios? —dijo esforzándose por mantener el tono indignado.

—Estoy diciéndote la verdad, de hecho —Colomba esbozó una sonrisa victoriosa y regresó junto a los demás, agarró un par de sándwiches de salmón y se arrojó sobre el sofá de enfrente—. Lo que digamos aquí tiene que quedarse en esta habitación, de lo contrario voy a acabar metida más aún en la mierda, pero para vosotros tampoco va a ser divertido.

—Está clarísimo —dijo Guarneri—. Un día, el elogio; al otro, la suspensión. Así es la vida.

—Nadie va a suspendernos —dijo Esposito lanzándole una aceituna—. Déjalo ya.

—Doctora, ¿qué estamos buscando exactamente? —le preguntó Alberti.

—Dante y yo sospechamos que Musta y Youssef pueden tener un cómplice o incluso un instigador, pero es una hipótesis que la jueza no quiere tomar en consideración —una aproximación a la realidad lo suficientemente buena como para que Colomba no se sintiera demasiado culpable—. Quiero quitarme de encima esa duda, si lo consigo.

—¿La mujer que llevó a Musta a los Dinosaurios? —preguntó de nuevo Alberti.

Esposito y Guarneri se volvieron para mirarlo.

—¿Qué es esta historia? —preguntó el primero.

—El señor Torre me pidió que le echara una mano. Vosotros estabais de servicio —balbució tras darse cuenta de que había metido la pata.

—¿Y no nos dijiste nada? ¡Judas! —dijo Guarneri.

—Vamos, chicos... —sus pecas ahora destacaban en su rostro como púrpura.

—Alberti ha sido discreto, y ha hecho bien —lo salvó Colomba—. Naturalmente, no tenemos pruebas de que exista la mujer que buscamos, tan solo suposiciones. Que pasarían a ser más concretas si descubriéramos que el atentado en la CRT no fue casual.

—¿Por qué motivo? —preguntó Esposito.

—Porque entonces se necesitaría una planificación que esos dos idiotas no habrían sido capaces de llevar a cabo por sí solos —dijo Dante—. Y, sobre todo, contemplaba su eliminación.

—Los de la lucha antiterrorista y los servicios secretos ya están buscando a quien les proporcionó el gas —dijo Guarneri—. Aunque nadie habla de una mujer.

—Y esperemos que lo encuentren. Pero, mientras tanto, Dante y yo queremos quitarnos esa duda. ¿Qué novedades hay? —preguntó Colomba.

—Más o menos lo que se ha hecho público —dijo Guarneri—. El ISIS ha reivindicado el atentado de la CRT en una página web oficial, dice que los dos eran soldados suyos y que habían jurado fidelidad al Califato.

—En cuanto al hermano de Musta, lo han puesto en libertad. No hay cargos contra él —dijo Alberti.

—Esta es una buena noticia —dijo Dante, que había ido a sentarse a la butaquita más alejada—. ¿Qué va a hacer con el cadáver de su hermano?

—Por ahora, nada. Todavía está a disposición del juez —dijo Guarneri.

—Estarán viniendo todos los *barato amigo* de su país para el funeral —dijo Esposito sarcástico.

—*Este* era su país —dijo Dante con irritación.

—Chicos, ya basta —dijo Colomba tragando el último bocado—. ¿Habéis encontrado algo útil sobre la CRT?

—Cero —dijo Guarneri—. Todo tapado por los servicios secretos. Santini me puso de vuelta y media solo porque eché un vistazo a los informes judiciales.

—¿Qué has descubierto?

—Nada —respondió—. Los empleados están limpios. Y Cohen más limpio todavía. Tiene un NOS. Se lo dieron hace cuatro años y aún estaba vigente.

—¿Qué es eso? —preguntó Dante, que había vuelto detrás de la barra para prepararse un Moscow Mule. Aún estaba enojado por el tema de la cuenta pagada y no le ofreció a nadie.

—Es el Nulla Osta de Seguridad, señor Torre —dijo Alberti—. Significa que Cohen podía manejar datos sensibles.

—Si tienes que construir un cuartel, necesitas uno, por ejemplo —dijo Guarneri.

—La CRT no se ocupaba de cosas militares —dijo Dante—. No digo que sea lo primero que he comprobado, pero casi.

—Para ocuparte de infraestructuras civiles también te hace falta un NOS, si se consideran posibles objetivos. La lista se ha alargado con las nuevas disposiciones sobre terrorismo.

—También he comprobado eso, cero —replicó Dante.

—El NOS también es necesario para las subcontratas —dijo Guarneri—. Si trabajas con una empresa que está trabajando en un objetivo de riesgo, has de tenerlo.

Dante se lanzó sobre el primero de sus ordenadores portátiles que tenía a mano y compulsó frenéticamente la lista de clientes de la CRT, tomada de la página web de la empresa.

—¿Has dicho desde hace cuatro años? —preguntó.

—Sí, señor Torre —dijo Alberti.

—Tener una referencia temporal ayuda... Aquí está. Hace cuatro años la CRT comenzó a suministrar componentes a la Brem/Korr —dijo tras un par de minutos—. ¿Y a que no adivináis para quién trabaja por su parte la Brem/Korr? —miró a los demás, nadie respondió—. Para los Ferrocarriles.

—¿Qué les suministra? —preguntó Colomba.

—Este chisme —Dante giró la pantalla para que todos pudieran verlo. Se veía la imagen de lo que parecía un tubo en forma de «Y», y debajo las especificaciones técnicas—. Voy a hacer algunas búsquedas para averiguar para qué sirve.

—No hace falta, yo lo sé —dijo Colomba, con los pulmones casi cerrados. Ya había visto esa cosa. Se proyectó en una pantalla de la estación de Termini, durante una reunión multitudinaria—. Es una pieza del sistema de aire acondicionado del tren. Fue ahí donde colocaron la bombona con cianuro.

7.

Guarneri y Alberti estaban excitados por el descubrimiento, y sus voces se superponían.

—¿Acaso querían ser más precisos? —dijo Guarneri—. ¿Pero sois conscientes de la complicación? Encontrar a alguien que te pase los planos del tren, eliminarlo después del atentado... ¿No acababan antes poniendo la bombona debajo de un asiento?

—La habrían visto —dijo Alberti—. Hay limpiadores. Así han ido sobre seguro.

—Os estáis haciendo un montón de pajas mentales solo por un tubo —dijo Esposito.

—Vamos..., ¿es que a ti no te parece importante? —preguntó Guarneri.

Esposito se encogió de hombros y no respondió. Desde que había salido el tema de la CRT se había vuelto cada vez más hosco y sombrío. Dante se había dado cuenta y estaba a punto de preguntarle el motivo, pero Colomba con un gesto le sugirió que se portara bien: sabía mejor que él cómo tratar a sus hombres.

—Está bien, chicos —dijo mientras se levantaba—, se ha hecho tarde. Bocadillos y cerveza se han acabado, podemos ir a dormir. Gracias de nuevo por la charla.

Los Tres se hicieron acompañar hasta la salida.

—¿Cuándo piensa comunicarle a la Fuerza Operativa lo que hemos descubierto? —preguntó Alberti mientras salía.

—No hemos descubierto nada, Alberti. Solo estamos estableciendo hipótesis fantasiosas. ¿Okey?

—Okey, doctora.

—Por fin un poco de sentido común —murmuró Esposito.

Colomba se interpuso entre la puerta y él.

—¿Puedes quedarte un rato más? —le preguntó.

—Voy en el coche con Alberti... —respondió el policía pillado por sorpresa.

—Luego le pago yo un taxi. He descubierto hace poco que tengo más fondos de lo previsto —dijo Dante metiendo cucharada—. También le invito a tomar algo más fuerte que la cerveza.

Esposito suspiró.

—Hasta mañana —dijo a los otros en el pasillo y cerró la puerta—. ¿Qué he hecho?

—Primero el cóctel. ¿Le parece bien a base de vodka? —dijo Dante.

—¿O bien?

—Vodka.

—Okey.

—Venga, siéntate —dijo Colomba.

Esposito volvió al sofá, donde Dante poco después se unió a él con dos Moscow Mule —uno se lo preparó para sí mismo— en gigantescos vasos de cóctel. Colomba cogió una Coca-Cola Zero del minibar para tratar de digerir las cantidades industriales de sándwiches que se había metido para el cuerpo.

—¿Qué es esto? —preguntó Esposito, señalando las rodajas verdes en el vaso—. ¿Calabacín?

—Pepino. Ya verá qué bueno está —dijo Dante, sentándose delante de él—. Lo que diga quedará entre nosotros. Estamos en el mismo bando, ¿verdad?

—¿Usted y yo?, no lo creo.

—No puedo ordenarte que digas lo que no quieres, Esposito —dijo Colomba—. Pero está claro que la cuestión del topo en la CRT te ha puesto nervioso, y me gustaría saber por qué, dado que a punto estuve de palmarla allí dentro.

—¿O quiere que intente adivinarlo yo? —añadió Dante—. Normalmente, cuando alguien se toca la boca o la cara tiene un secreto que no quiere revelar o hay algo que considera inoportuno decir, aunque le gustaría hacerlo. Usted se ha tocado con mayor frecuencia de lo habitual.

Esposito miró primero a uno y luego a la otra.

—Son ustedes una pareja encantadora, ¿saben? Con todos mis respetos, doctora —bebió un sorbo—. Esta cosa da menos asco de lo que yo pensaba... —bebió otro sorbo y se decidió—. Está bien. Conocía a Walter Campriani. El guardia jurado. El tipo al que ese pedazo de mierda le cortó el cuello.

—¿Era policía? —preguntó Dante.

—Sí. Hace años estuvimos patrullando juntos. Aquello le gustaba y en quince años nunca hizo nada para que lo trasladaran. No como los pingüinos de ahora, que al cabo de un mes de estar en la calle pierden el culo para ir a la Móvil.

—¿Y por qué se retiró? —preguntó Colomba, tratando de no pensar en Campriani tendido en un charco rojo.

—Lo obligaron. Dijeron que estaba recibiendo dinero de los traficantes para dar chivatazos de las redadas. Los grandes, no los pobres camellos de la calle. Los superiores prefirieron resolverlo sin pasar por tribunales.

—¿Y realmente lo recibía? —preguntó Dante.

—Yo nunca lo vi.

—Ah, bueno, entonces... —dijo Dante sarcástico.

—Nunca lo vi, he dicho, y voy a seguir diciéndolo aunque me lo pregunte el Todopoderoso —dijo Esposito enojado—. Joder, está muerto. Un poco de respeto.

—Pero ahora te están entrando las dudas —dijo Colomba gélida. Los compañeros que se embolsaban sobornos le gustaban poco, estuvieran vivos o muertos.

Esposito se miró las manos.

—Estaba mal. Lo vi algunas veces en estos años, más por casualidad que por otra cosa. Su ex se le comía la mitad del salario y la otra mitad se la pulía una cubana con la que estaba.

—¿Sabes si los guardias tienen turnos fijos? —preguntó Dante a Colomba.

—Por regla general, sí.

—Musta tenía que matar al guardia para cerrarle la boca. El resto ha sido un daño colateral —dijo Dante.

—No puedes estar tan seguro, genio —dijo Esposito.

—Precisamente por eso ahora nos vas a acompañar a darnos un paseo hasta la casa de la viuda —dijo Colomba—. Tal vez con un viejo amigo hablará.

8.

El distrito de Monti quedaba a tan solo veinte minutos a pie del hotel de Dante, pero Colomba no tenía ganas de cargar con un Esposito enfurruñado. Cogió de nuevo su coche, aunque Dante la obligó a ir más lento que de costumbre porque tenía su termómetro interior en prealarma.

El apartamento del guardia jurado estaba en una de esas típicas calles romanas de dos caras, donde las viviendas de protección oficial se levantaban junto a edificios extralujosos. El de Campriani se hallaba cerca del mercado cubierto del barrio, y era uno de los menos afortunados. El portal quedaba encajonado entre los coches aparcados sobre la acera y la valla de unas obras que bloqueaban el acceso a una calle lateral. Dante solo lanzó un vistazo al vestíbulo oscuro con paredes torcidas.

—Os espero fuera —dijo inmediatamente.

—Okey —dijo Colomba.

—Podrías mantener el móvil encendido, así yo también escucho. A ser posible con el vídeo.

—Y una mierda.

En el cuarto piso, abrió la puerta una mujer de unos cuarenta años, de tez oscura, con los ojos rojos por el llanto. Se llamaba Yoani y había vivido con Campriani durante más de una década. Se tambaleaba, y Colomba se dio cuenta de que estaba bajo el efecto de algún calmante o había estado bebiendo, probablemente ambas cosas. El pequeño apartamento se encontraba repleto de flores y coronas fúnebres, y la fotografía del guardia jurado colgaba en la pared de la entrada sobre una triste vela eléctrica. Debido a su trabajo, Colomba a menudo visitaba a gente que había sufrido una pérdida reciente, pero eso no lo hacía más fácil. Seguía imaginándose cómo sería a partir de entonces la vida en esas casas donde la cotidianidad se había alterado para siempre.

Yoani, aunque estaba un poco aturdida, parecía haber asimilado ya el mazazo en caliente del primer dolor. Se abrazó a Esposito, quien la consoló con torpeza, luego la hizo sentarse en la cocina y le dijo que debía hablar con ella.

—Escucha, seguramente no hay nada y lamentamos molestarte, pero estamos verificando la dinámica del asesinato de Walter. Hay un par de cosas que nos gustaría...

—Es por esa mujer, ¿verdad? —lo interrumpió ella arrastrando las palabras. Hablaba italiano a la perfección, tan solo tenía un fuerte acento caribeño—. Yo sabía que tenía algo que ver.

Esposito se volvió para mirar a Colomba.

—¿De qué mujer está hablando, señora? —preguntó ella.

Yoani no dijo nada.

—Venga, Yo —dijo Esposito, cogiéndola de la mano—. Quedará entre nosotros.

—¿A quién le importa lo que dice la puta cubana? —dijo Yoani con la mirada perdida.

—¿Has hablado de esto con alguien? —preguntó Esposito.

—Con la gordita. La jueza.

Spinelli, pensó Colomba sin sorprenderse demasiado.

—¿Y qué le dijo, señora?

Yoani se sonó la nariz, luego volvió a hablar.

—Todo el mundo piensa que yo estaba con Walter porque me mantenía, pero no es verdad. Yo lo quería. Y estaba celosa.

Les contó el último periodo con su hombre, su lento descenso hacia la depresión. Se sentía viejo y sin perspectivas desde que había cumplido los sesenta años, se había vuelto apático y desganado sexualmente. Sin embargo, en las últimas dos semanas Campriani parecía haber vuelto a ser otra vez el hombre del que Yoani se enamoró quince años atrás en Cuba, donde ella —insistió en aclarar— era una maestra de escuela primaria y no una jinetera.

—Si a un hombre de golpe se le vuelve a ver feliz y contento, mi mamá me enseñó que está haciendo el amor con una mujer nueva. Él lo negaba, pero yo no le creía.

Así que empezó a controlar adónde iba, y una vez, siguiéndolo, consiguió verlo subirse a un gran coche negro que Colomba identificó como un Hummer. Al volante iba una mujer.

—¿Cómo era esa mujer? ¿Podría describirla? —preguntó Colomba tratando de no mostrar ansiedad en la voz. Quizá fuese una coincidencia, a lo mejor Campriani realmente tenía una amante.

—Iba maquillada de una forma exagerada, y el pelo parecía falso, de tan rubio como era. No era muy alta, pero estaba sentada y no estoy segura.

—¿Edad?

—Treinta, cuarenta... Con toda esa base de maquillaje sobre la piel no se podía ver bien y yo estaba lejos. Pero hay una cosa que sé con certeza —Yoani vaciló unos instantes—. Era una mujer malvada.

—¿Cómo te diste cuenta de eso, Yo? —preguntó Esposito.

—Por la sonrisa —los ojos de Yoani se perdieron de nuevo a lo lejos—. Siempre pensé que si veía a Walter con otra mujer, me liaría a golpes con los dos. Pero tuve miedo y me quedé allí en la esquina, como una tonta.

Colomba se aferraba a la idea de la simple coincidencia, pero con cada palabra de la mujer sentía que su amarre se iba soltando.

—¿Habló de ello con el señor Campriani cuando regresó a casa?

—Sí. Y él inmediatamente me dijo que era una cuestión de trabajo, un extra, que no tenía que preocuparme. Y luego... —Yoani miró a Colomba con los ojos llenos de lágrimas—. Luego hicimos el amor. Fue la última vez.

Colomba tenía la garganta seca, pero antes de que pudiera hacer más preguntas le sonó el móvil. Era un número desconocido. La voz que le sonó en la oreja cuando respondió, en cambio, le resultó familiar.

Era Leo.

—Escúchame bien y no digas mi nombre —dijo de inmediato el NOA—. Tienes que salir de allí rápidamente. Están yendo a detenerte.

9.

Colomba no perdió ni un instante. Envió un mensaje mediante Snapchat y llamó a Esposito.

—Tenemos que marcharnos —dijo.

Él se levantó de un salto al oír el tono.

—¿Qué ha pasado?

—Luego —Colomba se acercó a Yoani—. Tal vez alguien venga a buscarnos. No diga que nos ha visto —le dijo deprisa—. Y no hable con nadie más de la mujer del coche negro. Es importante. ¿Puede hacerlo por mí?

La mujer miró a Esposito en busca de ayuda, y este le hizo una seña afirmativa.

—¿Tengo razón? ¿La mujer está relacionada con la muerte de Walter? —preguntó Yoani.

—Creo que sí —dijo Colomba preocupada—. Pero si lo cuenta, ya no podré buscarla.

Yoani asintió lentamente.

—Está bien.

—Y tampoco hable de esto por teléfono —gritó Colomba enfilando la puerta junto a Esposito.

Cuando llegaron a la calle no había ni rastro del coche y Colomba le dio las gracias mentalmente a Dante por haber obedecido las instrucciones. Corrió con Esposito hasta la calle cerrada al tráfico por las obras y desembocaron en la cercana Piazza degli Zingari, donde unos cincuenta chicos charlaban y fumaban canutos.

Pero ¿de quién estamos huyendo?, pensó. Por toda respuesta, un coche de incógnito con la luz parpadeante en el techo giró por la calle adyacente haciendo chirriar los neumáticos, seguido inmediatamente por otro. La paleta que sobresalía por la ventanilla era la de los carabineros. Esposito puso cara de sorpresa.

—¿Los *primos*? ¿Por esto hemos salido huyendo? —dijo sin aliento.

—Es lo que parece —dijo ella, que empezaba a comprender el alcance del follón—. Al ir a ver a Yoani hemos pisado mierda.

—Y bien grande, por lo visto.

Como si les hicieran eco, al final de la calle que acababan de recorrer aparecieron dos energúmenos de paisano que atravesaron la multitud en su dirección.

—Pirémonos de aquí —dijo Colomba.

Tanto ella como Esposito habían seguido a bastantes personas en su carrera como para saber cómo alejarse sin llamar la atención y así lo hicieron, embocando una serie de callejones y callejuelas hasta terminar en la parte de atrás de los Foros Imperiales. Allí Colomba sacó la batería del teléfono y le dijo a Esposito que hiciera lo mismo.

—¿Cree que vendrán a buscarnos a nuestra casa? —dijo, obedeciendo.

—No tengo ni idea. Pero, por si acaso, ve a dormir a otro lugar, esta noche.

—Mi esposa estará encantada...

—Lo siento. Si hay novedades, te aviso. ¿Ya sabes dónde vas a estar?

Esposito asintió y le dio el número de un amigo, que Colomba memorizó.

—¿La mujer de la que habla Yoani es la que está buscando, doctora? ¿Esta carnicería se está montando por ella?

—Tal vez —dijo Colomba, que aún no se había resignado a la idea—. Te llamaré en cuanto pueda.

Se separaron y Colomba buscó un teléfono público. Encontró uno que aún funcionaba a pesar de estar recubierto con pintadas y de que el auricular apestaba a vino.

Dante, afortunadamente, ya estaba de vuelta en el hotel.

—¿Qué coño ha pasado? —preguntó tan agitado que se comía las palabras.

—No nos han pillado por un pelo, Dante.

—¿Gente con uniforme o sin él?

—Con.

Dante soltó un sollozo.

—¿Tengo que esperar visitas no deseadas?

—No lo sé todavía. Pero pon a tu abogado en prealarma.

—Lo haré. Aunque se encuentra ahora en una cata de vinos, y me odiará si le obligo a saltársela... —Colomba lo oyó vacilar—. CC... No me gusta nada saber que vas sola por ahí.

—No me pasará nada. Te llamaré pronto.

Colomba colgó de nuevo, sintiéndose menos segura de lo que había tratado de hacer creer, luego sacó de su cartera la tarjeta con el número de Leo y lo llamó.

—Soy yo —dijo.

Leo no le dio tiempo de añadir nada más y le pasó la dirección de un bar en San Lorenzo, La Mucca Brilla. Colomba lo conocía porque estaba a poca distancia del viejo apartamento de Dante. En verano, los dueños quitaban el cerramiento de la terraza y Dante podía entrar.

Llegó a la una de la noche, cuando en el local ya solo quedaban una pareja de ancianos y unos jóvenes en una mesa. Y luego estaba Leo, sentado en una mesita desde la que podía controlar la entrada, con una camiseta blanca debajo de una chaqueta clara que resaltaba su musculatura atlética. Se levantó para hacer que ella se sentara y le sonrió. Parecía tranquilo, por lo menos más tranquilo que ella.

—Una también para mí —Colomba señaló la cerveza.

Él le hizo un gesto al camarero, que se la trajo sobre la marcha; Colomba se bebió media botella de un trago.

—¿Estoy en busca y captura?

—No —dijo Leo.

—Coño, menos mal —dijo con un suspiro de alivio—. Pues ahora dime qué está pasando.

—Pues lo que pasa es que te estás entrometiendo en el atentado.

—No me estoy entrometiendo en ninguna parte.

—Colomba..., en la Fuerza Operativa saben que fuiste a ver a la secretaria de la CRT, y esta noche a la mujer de Campriani. Ambas siguen aún bajo vigilancia. ¿No pensaste en ello?

—La verdad es que sí, pero no creía que saltarían inmediatamente las alarmas. ¿Quién dio la orden de detenerme?

—Di Marco, de los servicios secretos militares. Quería encontrarte con las manos en la masa y darte una lección.

Colomba conocía bien a Di Marco. Había sido uno de los principales adversarios de Dante cuando descubrió las conexiones entre el Padre y los servicios secretos. El desdén era mutuo, de todos modos.

—¿Con qué acusación?

—Con una investigación en curso sobre un atentado de ISIS, ¿tú crees que se plantean ese problema? Incluso podrían ir a buscarte a tu casa, pero se vería demasiado que es un atropello: en el fondo, eres una medio heroína.

—Medio heroína y medio gilipollas —murmuró ella—. ¿Cómo te has enterado tan rápido?

—Dos del equipo eran hombres míos. Te han perseguido por la plaza.

—¿Me han perdido a propósito?

—Solo puedo decir que a ellos también les caes bien.

—¿Te caigo bien? —dijo Colomba, arrepintiéndose de inmediato.

Leo sonrió.

—Estoy aquí, ¿verdad?

—Puedes estar aquí por muchas razones. Por ejemplo, a lo mejor tú también notas que algo no huele bien en este atentado del ISIS.

Leo se dejó caer sobre el respaldo y se quedó mirándola.

—¿Nunca te han dicho que eres obstinada?

—¿Y entrometida? Recientemente.

Leo se rio.

—Los servicios secretos tienen sus propias reglas, y sobre todo no van por ahí diciendo por qué hacen las cosas —dijo luego en tono serio—. Yo voy a donde me dicen que vaya, y no me ocupo de la investigación, solo de la seguridad y de la captura...

—¿Pero?

—Todo el mundo tiene demasiada prisa, tal vez quieren quedar bien. Si existe el peligro de que alguien vaya por ahí colocando más gases, preferiría saberlo.

—No te apresures sacando conclusiones. Únicamente he ido a visitar a una viuda.

Él arrugó la cara en una mueca triste.

—Corro el riesgo de que me echen por ayudarte y tú no confías en mí.

Colomba terminó su cerveza y no respondió.

—Gracias por tu ayuda. Estoy hablando en serio —dijo sin mirarlo a la cara.

—Okey —dijo Leo—. Entonces voy a pagar la cuenta.

Se estaba levantando, pero instintivamente Colomba le cogió la mano. No había nada programado en ese gesto, como tampoco había previsto que Leo se inclinara sobre ella y la besara.

—Supongo que queda descartado terminar la noche en otro lugar —dijo cuando se separaron, con la voz ronca.

—Tengo tu número —dijo ella.

—Y yo el tuyo —dijo con una sonrisa que dolía de tan bella.

—¿Desde cuándo lo tienes?

—Desde antes de pedírtelo. Ser de la Fuerza Operativa tendrá sus ventajas, ¿no te parece?

Colomba esperó a que pagase y saliese, luego ella también pasó bajo la persiana metálica medio bajada y activó de nuevo el teléfono. Primero llamó a Esposito, que lanzó una serie de aleluyas; luego, a Dante.

—¿Puedes hablar libremente? —le preguntó, dejando una larga pausa entre una palabra y la siguiente, y Colomba se percató de que se había chutado algo bien fuerte.

—Por regla general, en la cárcel suelen quitarte el móvil. Voy a ir a recuperar el coche.

—Bueno. Sube a verme, tengo novedades —dijo de nuevo en cámara lenta.

—¿Qué más has descubierto?

—Descubierto, nada. Pero tengo la impresión de que nuestra Giltiné es mucho, mucho más precisa de lo que pensaba hasta ahora. Y vas a tener que hacer un viaje para verificarlo.

10.

Giltiné vació uno de los trasteros sin ventanas dejando solo las estanterías, luego lo desinfectó y eliminó a conciencia cualquier mota de polvo. A continuación, con guantes quirúrgicos por encima de sus vendajes, con un hornillo de camping desinfectó una aguja y depositó las esporas sobre diez platinas de laboratorio estériles y las selló inmediatamente después. Cada platina era doble, como una galleta rellena, y en medio había una delgada capa de agar-agar. Las esporas eran las de la *Psilocybe mexicana,* el mismo hongo que los aztecas consideraban un don de Xochipilli, el «Príncipe de las Flores», dios del amor. El agar-agar era un terreno fértil para que comenzase la colonización.

Producir hongos «mágicos» era complicado. Bastaba una sola partícula de suciedad para contaminar el cultivo, y después de que los hongos hubieran aumentado en las platinas, era necesario transferirlos a recipientes estériles con harina de arroz y vermiculita —un mineral que se utilizaba como fondo para los terrarios— y esperar a que se desarrollasen. Hacían falta dos semanas para completar el proceso, y había innumerables complicaciones, pero las esporas tenían algunas ventajas: podían ocultarse en cualquier lugar y los perros antidroga y antiexplosivos no las olfateaban. Eran un arma perfecta para llevar a todas partes, aunque no mataban al objetivo, pero lo dejaban en un estado que le impedía hacer daño y lo hacía receptivo a las sugerencias.

En otro cultivo, en cambio, estaba en desarrollo algo que podía provocar intoxicaciones o sueños maravillosos: el ergot, el hongo del cornezuelo del centeno. Del destilado se extraía el LSD, pero en la forma base era mortal. Una vez ingerido, además de las alucinaciones, producía gangrena y convulsiones.

Tenía otra ventaja: era resistente al calor, como descubrieron en la Edad Media a su costa miles de personas afectadas por el fuego de San Antonio tras comer pan contaminado. Giltiné también sabía producir otros venenos más a partir de las semillas de frutos cuyos aceites esenciales extraía, y también de algunas especies de insectos fáciles de reproducir en cautividad, como estaba haciendo en el pequeño terrario, junto a las esporas, aunque contaba con que en Venecia no iba a necesitarlos. Y después... tal vez no habría un después.

Llamaron a la puerta. Giltiné, que había percibido un ruido de pasos en el rellano incluso antes de que el visitante pulsara el timbre, se movió silenciosamente hacia allí y observó por la mirilla. Era el conductor del taxi acuático.

—¿Qué desea? —preguntó forzando un acento francés. No podía abrir porque en ese momento no llevaba el maquillaje.

—Señora Poupin, soy Pennelli.

—¿Sí?

—Me olvidé de pedirle que me firmara el recibo para la agencia. Si me puede abrir, lo arreglamos en un instante.

El hombre levantó un papel frente a la mirilla y Giltiné lo examinó desde el otro lado. Parecía auténtico, y tal vez lo era. Pero el hombre estaba mintiendo, descaradamente.

—Un momento —dijo—. Acabo de salir de la ducha.

Se metió en la habitación y se puso un albornoz y la peluca. No tenía tiempo para maquillarse, y sacó del envoltorio una mascarilla de belleza a base de algas. Cuando se la puso sobre la piel de la cara aquello le supuso una agonía, pero serviría para lo que necesitaba. En las manos, en cambio, se dejó los guantes de látex. A veces, las esteticistas los utilizaban y Pennelli creería que servían para extender mejor la crema. En el bolsillo de la bata deslizó un bisturí. Por si acaso.

Cuando le abrió la puerta, el taxista miró a su alrededor, con la cabeza erguida de un patrón que contempla sus propiedades.

—Se está poniendo guapa —dijo observándola.

Detrás de esas palabras aparentemente inocuas, Giltiné percibió una hostilidad apenas contenida. Hizo como si nada.

—Deme el recibo para que se lo firme, por favor —dijo.

—Solo si usted me da un documento para que yo lo vea. Su pasaporte.

Giltiné inclinó la cabeza para observarlo. Su expresión bajo la máscara de belleza era indescifrable.

—¿Por qué?

—¿Sabe de qué trabajaba yo antes de llevar el taxi?

—No me interesa.

—Vamos, deme alguna satisfacción —dijo el taxista poniéndose cómodo en un sillón.

—Militar. Policía —dijo Giltiné, pensando que lo mejor sería cortarlo en pedazos y hacerlo desaparecer por el váter. Para acabar antes podría utilizar una picadora de carne profesional. Pero el riesgo era muy elevado: Giltiné no sabía si Pennelli había informado a alguien de sus movimientos, por eso podrían aparecer por allí sus amigos o la policía antes de que finalizara el trabajo—. Y le gustaba.

Pennelli no se lo esperaba.

—Joder, qué vista tiene, señora. Pero yo también la tengo buena. Era un policía de fronteras, para ser exactos. Y era el encargado de controlar que las personas que trataban de entrar en Italia fuesen quienes decían ser. Siempre cazaba a alguien, decían que era un mago. Aunque los documentos estuvieran en regla, sabía cuándo alguien no lo estaba —se lamió los labios—. Usted no lo está —Pennelli había exagerado un poco encomiando sus virtudes, pero no mucho. Se le consideraba muy bueno en el reconocimiento visual, un don innato. Se acordaba de las caras de los buscados, y las distinguía incluso bajo pelucas y bigotes postizos. Pero nadie decía que fuera un mago; a lo sumo, un buitre. Cuando descubrieron que sustraía objetos de valor de las maletas de los viajeros, nadie se sorprendió demasiado—. Y hay algo extraño también en los documentos que me pasó la agencia. Aún no sé qué es, pero creo que puedo averiguarlo. Si me pongo a ello.

Giltiné no dijo nada.

—Usted podría ser una terrorista que ha venido a poner una bomba en San Marco, por lo que yo sé.

—No soy una terrorista.

La miró desde debajo de los párpados entrecerrados.

—Probablemente no. Pero tiene algo que esconder. ¿Sabe qué he pensado? Que está huyendo. A lo mejor ha hecho alguna tontería en su país, o tiene un marido maltratador.

Giltiné pensó que ese hombre se las apañaba realmente bien.

—¿Qué quiere?

La sonrisa de Pennelli se ensanchó. Se alegró de que la mujer no tratara de negarlo. Por lo menos todo sería más rápido.

—¿Qué me puede ofrecer? Y no trate de comprarme con una mamada, porque no me apetece —*Al menos por ahora.*

—¿Dinero?

—¿Cuánto?

—Tengo poco en efectivo. Y lo necesito.

—¿Cuánto?

—Diez mil.

—Pongamos veinte. Me enseñaron a no aceptar la primera oferta.

Giltiné dejó pasar unos instantes antes de asentir. De haber cedido demasiado rápido, el hombre habría sospechado.

—Volveré a pasar por aquí dentro de dos días. Nada de prórrogas.

—Está bien.

Pennelli se levantó del sillón resoplando. Al pasar junto a ella, alargó la mano para darle una palmada en el culo.

—Si me hubiera dado una propina en el acto, se habría ahorrado un montón de problemas.

Ella le agarró la muñeca antes de que ese gesto llegara a realizarse. El hombre se liberó, pero no le fue tan fácil como pensaba. Los dedos de Giltiné lo sujetaban con tanta fuerza que le cortaron la circulación.

—No me toque —le dijo, y luego lo dejó marchar.

—Puta de mierda —dijo él, y salió.

Giltiné se fue corriendo a uno de los baños y se lavó la cara frenéticamente, quitándose ese asqueroso cataplasma. De nuevo con la máscara puesta, se puso delante del ordenador y buscó todo cuanto pudiera averiguarse sobre el taxista. En los próximos días, le haría una pequeña visita.

11.

Colomba llegó a la Estación Central de Milán a la una del mediodía, después de un viaje con un tren de alta velocidad que no la dejó demasiado tranquila. A pesar de que había sacado un billete de segunda clase, continuó imaginándose los cadáveres del vagón de lujo a su alrededor. Incluso fue a visitarlo, encontrando allí a cuatro pasajeros que telefoneaban o miraban sus agendas electrónicas, como ajenos a lo que acababa de pasar pocos días antes. Tal vez sea así como hay que actuar, pensó, vivir tu propia vida y no preocuparse demasiado por los problemas que puedan surgir. Ella también trató de hacerlo durante el resto del viaje, que apenas duró tres horas, pero cuando desde el bar del vagón de al lado llegó la peste a humo de una tostada quemada, fue corriendo para comprobarlo, cargada a tope de adrenalina.

Para entretenerla, hubo una llamada a la que no respondió de Santini, quien le dejó un mensaje en el contestador que no escuchó completo (solo las dos primeras palabras gritadas con ira: «¡Caselli, cojones!»), y una carita sonriente de Leo que le procuró una agradable sensación. En vez de responderle con otro emoticono, le envió un enlace para descargar Snapchat. Si tenían que seguir en contacto, y Colomba así lo quería, era mejor usar las tácticas de guerra de Dante. No tenía la certeza de que realmente los servicios secretos escucharan sus conversaciones —incluso un ser tan obtuso como Di Marco debía de saber que ella no tenía nada que ver con el atentado—, pero a esas alturas ya no estaba segura de nada.

La Estación Central era un imponente edificio de la época fascista, construido en dos plantas con gárgolas de piedra que escupían lluvia. Colomba bajó los peldaños de la escalera principal y desembocó en una plaza donde había una estatua de una manzana gigantesca, entre una carpa de la Cruz Roja y grupitos de inmigrantes con la mirada perdida. La lluvia aumentó, pero Bart llegó en ese momento con un paraguas abierto en una mano y dos labradores atados con correa en la otra. Los perros estaban empapados de agua, pero Colomba no evitó sus carantoñas: se sentía culpable para con toda la raza canina desde que se vio obligada a matar a un dóberman que la atacó.

—¡Hola! Siento el retraso —le sonrió Bart tirando de los perros—. He aparcado a un kilómetro, porque aquí entre las prohibiciones y las obras es un lío. ¿Llevas tú el paraguas?

Colomba lo hizo y Bart le pasó el brazo por los hombros, para guiarla a lo largo de la Via Settembrini hasta un Volkswagen familiar que apestaba a perro y con los asientos cubiertos de pelo.

—Perdona, tendría que llevarlo a lavar —dijo Bart.

—Deberías ver el mío —dijo Colomba, pensando que también aquello, en el fondo, formaba parte de la penitencia—. Llevaba un montón de tiempo sin venir a Milán —dijo mientras miraba los nuevos rascacielos surgidos con la Expo—. El clima sigue dando asco, pero la ciudad ha cambiado.

—No te dejes engañar por las luces brillantes. Ahora hay más 'Ndrangheta aquí que en Calabria. Y lo sé con seguridad porque cuando las cosas se tuercen, alguien termina encima de mi mesa.

—Qué imagen más bonita —sonrió Colomba.

—El trabajo más bonito del mundo.

Bart vivía en lo que había sido una gran fábrica, dividida ahora en *lofts* y pequeñas tiendas *underground,* como estudios de tatuaje y teterías, una especie de miniciudad donde la media de edad era de veinte años. A ella le gustaba porque los perros podían corretear libremente y ella poner la música alta incluso en el corazón de la noche sin molestar a nadie. De vez en cuando los residentes organizaban *raves* y Bart se transformaba en médico de urgencias para quien se pasaba con la ketamina y otras drogas sintéticas.

Su *loft* estaba compuesto por dos niveles, amueblado con gusto y toques caprichosos, como una hamaca grande en la entrada y numerosos recuerdos de sus viajes de trabajo. Bart vivía sola y la llamaban de todo el mundo para que examinara viejos huesos. También era una excelente cocinera, y en su honor había preparado una enorme bandeja de pasta al horno, sobre la que Colomba se arrojó como un buitre. Teniendo a Dante cerca era difícil comer carne, y el ragú de Bart era excelente.

También bebieron un par de cervezas, y Colomba se centró deliberadamente en temas ligeros, descubriendo que iba con retraso sobre cualquier cosa que hubiera salido en el cine o en las librerías en los últimos años.

—Vives como una reclusa. Trabajas y ya está —dijo Bart mientras preparaba un café con la moka.

Colomba rodó en uno de los pufs de colores del salón, con la sensación de haber ganado un par de kilos.

—Últimamente ni siquiera trabajo —dijo.

—¿Cuánto tiempo durará la suspensión?

—Creo que será de por vida.

—No digas eso —la regañó Bart—. Eres una superpoli, la mejor que conozco.

Colomba negó con la cabeza.

—Ya renuncié después del Desastre, solo tenía que firmar la petición, pero Rovere me convenció para que lo pospusiera. Y luego Curcio me metió otra vez dentro.

—Y te ha dejado tirada.

—Ha hecho lo que ha podido. El error ha sido mío —dijo Colomba. No lograba estar enfadada con él, sabía lo que significaba tener el bastón de mando.

—Solo sé que tú hiciste un buen trabajo —dijo Bart mientras llegaba con una pequeña bandeja en la que había colocado, junto a la cafetera, dos tacitas de acero y un platito de lenguas de gato—. Ya verás como todo sale bien.

Colomba mordisqueó una galleta.

—Tengo que preguntarte algo.

—¡Y yo que tenía la esperanza de que fuera la mera visita de una amiga! —dijo Bart fingiéndose desesperada.

—Lo es, créeme. Pero...

—Vale, vale, adelante. Estaba bromeando.

—¿Estás segura de que los terroristas se equivocaron al colocar la bombona de gas, como dijiste en la reunión de Roma?

—Mataron a solo nueve pasajeros en vez de a ciento diez —dijo Bart, sorprendida—. Si eso no es un error... La instalación del aire acondicionado saturó de gas solamente un vagón.

—¿Y si lo hicieron a propósito?

Bart se puso seria.

—No es solo una hipótesis, ¿verdad?

—Pero vamos a suponer que lo es. Si mañana te llaman a declarar, al menos no tendrás que jurar en falso. Simplemente es una charla entre amigas.

Bart dejó la taza.

—¿Dante tiene algo que ver? ¿Esas preguntas que me hizo sobre el cadáver?

—No sé de qué me estás hablando.

—Sabes que me voy a quedar preocupada por ti, ¿verdad?

—No deberías.

—Es inevitable. ¿Tú no te preocupas por los amigos? —Bart suspiró, luego prosiguió—: Veamos. La cantidad letal de cianuro es de aproximadamente quinientos miligramos por metro cúbico de aire. En la bombona no había suficiente para todo el tren.

—Cuanto mayor es el espacio, más se diluye —dijo Colomba.

—Exacto. La concentración habría ido bajando de vagón en vagón hasta llegar a ser tóxica, pero no mortal, en los vagones de cola, o en los de cabeza, dependiendo de la circulación del aire.

—¿No podían utilizar una bombona más grande?

Bart hizo un par de cálculos mentales.

—Tendría que haber sido por lo menos diez veces más grande, y no había suficiente espacio detrás del panel. Pero, sin duda, habrían muerto muchas más personas si hubieran colocado la bombona de otro modo, y muchas otras habrían quedado gravemente intoxicadas.

—¿Cuántas, por ejemplo?

Bart negó con la cabeza.

—No lo sé. Existen modelos para la propagación de gas en espacios cerrados; si quieres, puedo indagar con más profundidad. Ten en cuenta, de todas formas, que el tren no estaba sellado. Por tanto, también hay que contar con la dispersión en el aire.

—Pero no habrían muerto todos, ¿verdad? —dijo Colomba, que comenzaba a sentir frío en el vientre, como si se hubiera tragado un bloque de hielo.

—No. Menos de la mitad, a ojo.

El frío ascendió hasta la cara de Colomba, que se puso pálida.

Bart se dio cuenta.

—¿Estás bien?

—Sí, perdona si te he agobiado. Era solo curiosidad. Está claro que se equivocaron.

Bart entrecerró los ojos.

—Si no quieres decirme la verdad, estupendo, pero no me cuentes chorradas, ¿okey?

Colomba bajó la mirada. Bart y ella pasaron otro par de horas juntas, pero la atmósfera relajada se había ido a hacer puñetas. Colomba llamó a un taxi para regresar a la estación y se despidió rápidamente. Mientras se alejaba le hizo adiós con la mano desde el asiento trasero, pero Bart, de pie bajo la lluvia junto a la verja de la antigua fábrica, no respondió a su saludo. Colomba guardó otro sentimiento de culpabilidad en su almacén, descubriendo que estaba lleno.

Al llegar a la Central, esperó el tren en un banco a la salida de las escaleras mecánicas y envió un *snap* a Dante. Él la llamó de inmediato y ella le contó lo que había averiguado.

—No puedo estar segura de que tengas razón —dijo Colomba, con el frío que a esas alturas se le había metido ya en los pulmones—. Pero hay muchas probabilidades de que nuestro ángel quisiera ir sobre seguro y conectara a propósito la bombona para matar solo a los pasajeros del vagón de lujo. Tal vez odia a los ricos.

—Estaría bien acompañada, pero yo tengo otra hipótesis. Creo que quiso enmascarar su verdadero objetivo —dijo Dante.

Fue en ese momento cuando Colomba recordó uno de los viejos libros que había leído en su butaca, mientras seguía convaleciente del Desastre. Se trataba de *Las historias del padre Brown,* y ella, que siempre intentaba evitar la novela negra, se quedó fascinada con ese pequeño cura rural que resolvía misterios investigando las almas.

En uno de los relatos, un oficial del ejército había matado a un compañero de armas, pero al hacerlo había roto un sable. Y, para encubrir el crimen, enviaba a su regimiento a ser masacrado, de manera que nadie se diera cuenta. El padre Brown resolvía el enigma construyendo una metáfora que ahora, para Colomba, tenía el sabor de una horrible verdad. «¿Dónde esconde una hoja un sabio? En el bosque. Si no hubiera un bosque, lo crearía. Y para esconder una hoja muerta, crearía un bosque muerto. Y si tuviera que esconder un cadáver, crearía un campo de cadáveres para esconderlo.»

—Giltiné creó su campo de cadáveres —murmuró.

Dante no sabía a qué se refería Colomba, pero captó al vuelo lo que pretendía decir.

—Su objetivo era uno solo, un único pasajero del tren, y lo escondió entre los muertos, construyendo una razón para la masacre y matando a quien lo sabía —dijo—. ¿Te das cuenta del titánico esfuerzo que ha realizado? ¿Del mecanismo que ha puesto en marcha?

—¿La estás admirando? Si lo estás haciendo, deja ya de hacerlo —dijo Colomba nerviosa.

—Admiro su inteligencia, no sus métodos ni sus objetivos. Y pienso en la razón de este esfuerzo. ¿De quién se está escondiendo? Desde luego, no de la policía o de los servicios secretos.

—¿Por qué?

—Porque recurriendo al ISIS sabía que habría una investigación por parte de todos los aparatos del Estado. De tener miedo a los uniformes, habría simulado un accidente, como hizo en Grecia o en Alemania.

—¿Un accidente habría impedido una investigación a fondo, según tú?

—No en este caso. Por algún motivo, sabía que la habría igualmente. A menos que le ofreciera a su enemigo, sea quien sea, algo tan clamoroso como para acallar sus sospechas. El ISIS, por ejemplo.

—Hay otra hipótesis, Dante. Que nadie la esté persiguiendo y que realmente esté loca —dijo Colomba, sin creerlo.

—Eso espero, CC. Lo espero de todo corazón. Porque no me gustaría conocer a alguien capaz de asustar al mismísimo Ángel de la muerte.

12.

Francesco no amaba a su madre. Era un secreto que se había guardado durante años, pero que lo había mortificado igual que un diente con caries. De pequeño había sido para él (como para todos los seres humanos, o casi) una entidad benéfica, fuente de alegría. Pero luego creció, y vio en ella los defectos que se escondían detrás de su habla de intelectual y de la ropa discretamente a la moda.

Durante el funeral en la catedral de Milán, con las autoridades, la banda de los carabineros y la multitud de desconocidos que habían ido a acompañar el ataúd, no fue capaz de derramar una lágrima. Las gafas oscuras le sirvieron para fingir lo contrario, y desempeñó con dignidad su papel de hijo mayor, estrechando manos y abrazando a parientes que lo animaban a tener valor, mientras él solo sentía una extraña sensación de vacío. El diente estropeado había sido extirpado, y se pasaba la lengua una y otra vez sobre el agujero que había dejado, sin sentir dolor, sino tan solo un alivio culpable. También saludó a media docena de clientes de la agencia, que se habían cuidado de colocar con expresión estudiada su perfil bueno para las cámaras, mientras simulaban estar consolándolo.

Francesco los despreciaba, casi tanto como despreciaba la debilidad de su hermano Tancredi, que había llegado al oficio tan cargado de tranquilizantes que apenas podía mantenerse de pie. Su madre se había pasado la vida acunando a una manada de idiotas, tratando de que parecieran mejores de lo que eran, derrochando energías e inteligencia.

Se preguntó cómo podía soportarlos, y la respuesta le abrió los ojos. Los soportaba porque era exactamente como ellos, superficial y falsa. Tal vez por eso se había ido de casa poco después de licenciarse en Economía, aunque los trabajos que había encontrado hasta ese instante no habían estado a la altura de sus expectativas y, en ocasiones, con pesar, tuvo que recurrir a la ayuda de la familia.

Ahora, sin embargo, era el momento de pasar página. Al regresar tras el oficio, se dirigió de inmediato a la agencia de su madre a recoger la documentación que llevar al gestor y tramitar los cambios de propiedad. Se encontraba en el décimo piso de una de las dos torres llamadas Bosque Vertical, construidas en el nuevo Centro de Negocios de Milán nacido con la Expo. Tenía ese nombre porque en las fachadas se plantaron más de veinte mil árboles y plantas, con la idea de armonizar la sostenibilidad del medio ambiente y el lujo desenfrenado, una especie de oxímoron arquitectónico. Vivir allí o tener un estudio era privilegio de unos pocos. Banqueros extranjeros, sobre todo, aparte de algún artista consolidado. También había un rapero que predicaba la rebelión contra el sistema.

Entró en la agencia con las llaves que la policía le había devuelto. Era un gran espacio abierto, con muebles en suaves colores pastel y decorado con obras de arte contemporáneo. Solo un par de mesas ocultas por una discreta pared recordaban que se trataba de un lugar de trabajo y no de una sala de estar. Una de las dos había sido de su madre. En la superficie lacada de color ébano todavía estaban las gafas de lectura que se olvidó antes de partir hacia Roma, así como el cargador de repuesto de su móvil. También una vieja fotografía con toda la familia, todos estúpidamente felices. Se hizo poco antes de que su padre decidiera ponerse al volante medio borracho y se estrellara en la carretera de circunvalación, en el punto donde ahora había un ramo de flores artificiales.

El agujero en su encía se hizo más grande y se hundió en el hueso, empezando a doler.

Se sentó y levantó la fotografía del marco de plata oxidada para verla de cerca. Su madre llevaba un vestido azul y un fino collar de perlas. Cogía de la mano a Francesco de niño, con un gesto instintivo de posesión. Le pareció notar aún su peso y su calor, el placer que le daba el contacto con ella.

El agujero se hizo enorme y el dolor, terrible. Francesco entendió en ese momento la lección que todos los adultos, tarde o temprano, aprenden: no es posible romper, sin sufrimiento, el vínculo con quien te trajo al mundo. Por mucho que huyas, tarde o temprano el dolor te alcanza y te derriba.

Francesco se sonó la nariz con un pañuelo de papel, luego reunió ánimos y abrió la pequeña caja fuerte de pared para recoger los documentos. Su madre le había revelado la combinación en un receso de una de las escasas comidas familiares en las que había participado, solo unos pocos meses antes.

—¿Por qué a mí? —le preguntó sin ocultar su irritación—. Dásela a Tancredi, que va detrás de ti igual que un perrito.

—Tú eres el hermano mayor —respondió su madre, zanjando el tema de una manera abrupta que no era habitual en ella.

Pulsó los números en el teclado y abrió. La caja fuerte se hallaba dividida en dos estantes. En el primero estaba la caja del dinero en efectivo y algunos libros contables, el segundo estaba repleto de sobres. Uno de ellos, de color amarillo pajizo, le llamó la atención. Era de papel áspero al tacto y claramente valioso, diferente a los demás que contenían los contratos. En la filigrana del sello estaba impresa la imagen de un puente estilizado con pequeñas caras redondas, igualmente estilizadas, que sobresalían por el parapeto. Curiosamente estaba sellado con lacre. En la parte de atrás aparecía la inscripción PARA FRANCESCO - PERSONAL.

Le dio vueltas entre las manos. ¿Qué podía ser, un testamento? Estaba convencido de que su madre no había dejado ninguno. ¿Y si dentro había una desagradable sorpresa, por ejemplo que la gestión de todo pasaba a manos de ese niño de mamá que era su hermanito?

Todavía había tiempo para ponerle remedio. Cogió el abrecartas del portalápices y cortó el sobre, sacando del mismo dos hojas en blanco dobladas que protegían una llave USB. La conectó en el ordenador del escritorio. La llave solo contenía un archivo llamado COW *(vaca, ¿y qué diablos significaba eso?)* y cuando pulsó encima, se puso en marcha un programa de diagnóstico que terminó con una ventana donde se leía: «Antes de acceder a los datos, se ruega desactivar el wifi y desconectar el cable de la red. Desconectar también posibles discos duros externos».

Francesco leyó dos veces el escrito, incrédulo. ¿Qué era eso? ¿Un sistema de seguridad? ¿Y qué negocios de su madre necesitaban tan alto nivel de secretismo? Perplejo, siguió las instrucciones. En ese momento, el programa le pidió que pusiera el pulgar sobre la unidad óptica que estaba conectada al teclado, y los latidos de Francesco se aceleraron. Pero ¿qué coño estaba pasando?

Hizo otra vez lo que se le pedía —su huella aparentemente iba bien— y, al final, aparecieron en el escritorio de pantalla una decena de documentos. Abrió el primero, que contenía sobre todo números y fechas. Francesco comenzó a leer, luego pasó al segundo archivo con creciente estupor. Descubrió que una vez cerrados se borraban para regresar a la seguridad de la llave. A medianoche los había leído todos, y el cuello le dolía por la tensión. Se puso de pie, levantó las persianas eléctricas de la ventana y miró Milán iluminada, incrédulo y en estado de *shock*.

El último documento que había abierto contenía tan solo un número de teléfono y un mensaje que su madre le había escrito algunos días antes de darle la combinación.

> Querido Francesco:
>
> Si lo has leído todo, habrás entendido lo que está en juego. Ahora te toca a ti decidir.
>
> Si no quieres saber nada del tema, te ruego que destruyas la llave de memoria y no hables de esto con nadie. Ni con tu hermano, ni con tu novia. Tancredi no sería capaz de gestionar los negocios de la familia y una voz incontrolada dañaría a personas a las que aprecio. Como creo que habrás comprendido, no sería prudente. Si, en cambio, decides entrar en el juego, solo tendrás que marcar el número y decirle quién eres a quien te conteste.
>
> Sé que no es una elección fácil, y me gustaría estar allí para aconsejarte. Pero si has abierto la caja fuerte y has leído esta carta, significa que solo puedo desearte buena suerte.
>
> Te quiero,
>
> Mamá

Francesco leyó esas palabras y se vio invadido por una rabia sorda.

—¿Cómo puedes pedirme algo semejante? ¿Qué coño estás haciendo? —gritó en la habitación vacía.

Luego se puso a mirar Milán desde arriba, y se calmó paulatinamente. La ciudad parecía casi hermosa, sobre todo a esa hora. Uno hasta lograba ver la Madonnina sobre la catedral, que brillaba color de oro.

Oro. Un hermoso color. El de su vida, a partir de entonces, si aceptaba hacer lo que su difunta madre —que en paz descanse— había planeado para él. Y, a partir de ese momento, se despediría de la empresa de importación y exportación, donde se encargaba de las relaciones con Oriente Medio por un salario de hambre, de sus compañeros idiotas incapaces de mirar más allá de su propia nariz. E incluso de su novia, de la que ya estaba cansado, pero a la que había conservado porque era de excelente familia. Ahora ya no la necesitaría para nada.

Volvió al escritorio y marcó el número.

La voz al otro lado de la línea le dijo lo que tenía que hacer.

Segunda parte

IV. Psycho Killer

Antes - 2006

En enero, la Costa del Sol no es tan espectacular como en verano, pero el mar de Marbella es de un azul que hace daño a los ojos. En el paseo arbolado de palmeras, junto a un balneario, un grupito vestido con americanas finge admirar el paisaje. Por delante de ellos hay largas hileras de soportes de cemento para las sombrillas. Solo uno de ellos tiene también una sombrilla, amarilla y blanca. Está abierta y debajo de ella, en un par de tumbonas en la posición más levantada, están sentados dos hombres que se hablan sin mirarse.

El primero se llama Sasha, tiene el físico de un luchador un poco fondón. Lleva una sudadera roja con la palabra España y va descalzo: le gusta sentir la arena fría entre los dedos. Colocados sobre la repisa de la sombrilla hay dos móviles tachonados de piedras preciosas, ambos con la batería sacada.

El segundo es Maksim. Los años de caza lo han marcado. Tiene la cara afilada y los ojos sin brillo, consumidos.

—Has sido perdonado —dice.

A pesar de que ha adquirido la ciudadanía española gracias a su matrimonio, Sasha es ruso hasta la médula. Y, como ruso que es, sabe que de Moscú nunca llegan regalos.

—¿Qué quieren a cambio?

—Que sigas haciendo lo que estás haciendo.

—Con ellos.

Sasha está cambiando la fisonomía del sur de España desde que se vio obligado a abandonar su país. Nuevos hoteles, resorts de lujo, discotecas construidas a través de sociedades offshore de Chipre, Panamá y las islas Vírgenes. También el balneario donde se encuentran en este momento pertenece a uno de sus holdings. Cada año cientos de millones de euros del tráfico de drogas ruso y de la extorsión se transforman en ladrillos y diversión, y casi todos pasan a través de él y de sus empresas.

Maksim se frota las manos. Las tiene heladas, aunque estén a diecisiete grados.

—A cambio de la tranquilidad.

—No necesito protección.

—Te están investigando. Necesitas su amistad.

En las últimas semanas, Sasha ha tenido una pesadilla recurrente. Un toro que es abatido, o encerrado, o castrado. Ahora entiende por qué: los sueños siempre dicen la verdad.

—Voy a cambiar de país —dice.

—¿Y adónde vas a ir? En cualquier nación de Europa acabarías detenido y extraditado. En América no te quieren. En cambio, la Gran Madre Rusia te acogerá con los brazos abiertos. Siempre y cuando permanezcas aquí hasta que los negocios estén arreglados.

Cuando Maksim ha dicho «Gran Madre Rusia», el sarcasmo ha sido perceptible.

—¿Y si me detienen antes?

Los gritos del toro de sus pesadillas le siguen resonando en la cabeza.

—Todavía tienes un año por delante. Tal vez dos. Lo suficiente como para mover el dinero de las compañías quemadas que yo te indicaré.

Sasha no le pregunta cómo es posible que conozca tan bien una investigación tan reservada. Maksim es una especie de leyenda en el mundo criminal. Algunos dicen que estaba en las fuerzas especiales del Ejército Rojo; otros, que era miembro del KGB y, luego, del FSB, el Servicio de Seguridad Federal. Con certeza solo se sabe que en cualquier lugar del que se marche alguien habrá tenido un mal final. Pero a Sasha no le sucederá, porque hoy el cazador lleva en la mano una rama de olivo.

—¿Y luego?

—Volverás a casa.

Casa.

Sasha ve con los ojos de su mente a las chicas que caminan a lo largo de la Liteyny con las faldas cortas y los tacones a pesar de la nieve, los chicos con el pelo brillante por los cristales del hielo.

—¿Ahora es este tu trabajo? ¿Hacer que regresen los hijos que se escapan?

Maksim sonríe, porque el otro casi ha dado en el blanco.

—A cambio de un pequeño favor.

—¿De qué se trata?

—La Muda. He venido a por ella.

El luchador hace una mueca de estupor, aunque no debería. Si la Muda no es una leyenda como Maksim, es solo porque ha matado a la mayoría de las personas con las que entró en contacto.

—No trabaja para mí.

—No la tienes en plantilla, lo sé. Pero la has utilizado en numerosas ocasiones. También en España. Quiero que me ayudes para llevarla a casa también a ella.

El rostro del luchador pierde la compostura de granito. Se ha acostumbrado a la Muda, como uno se acostumbra a llevar un arma cargada en el bolsillo.

—Es por la Caja, ¿verdad?

Maksim se pone tenso al oír ese nombre. Ya nadie lo utiliza. Tampoco él, tampoco Belyy.

—¿Qué sabes acerca de la Caja?

—Hice algunas pesquisas. Rumores que corren. Rumores que dicen que ella viene de allí. Y tal vez tú también.

Maksim no dice nada y el luchador se percata de que está caminando por un campo minado. Sus hombres están en el paseo, y ya ha matado con las manos desnudas, pero Maksim es un enigma. No quiere desafiarlo.

—Pero no he sido capaz de sacar nada en claro. Solo sé que era un lugar —prosigue.

—Un lugar horrible —confirma Maksim. Y vuelve a pensar en su caminata de quinientos kilómetros hacia lo que creía que era la salvación. Y en los miles de kilómetros recorridos durante años a bordo de vehículos militares y aviones civiles para llevar de regreso los huesos a su amo. Pero por muchos kilómetros que hiciera, la sombra de la Caja siempre se cernía sobre él.

—Por eso ella es así —dice el luchador.

—Dejé de preguntarme estas cosas hace mucho tiempo. Y tú tendrías que hacer lo mismo, Sasha.

Es la primera vez que Maksim lo llama por su nombre, y el luchador entiende que el tiempo para la discusión ha terminado.

Antaño existían leyes entre los ladrones. La más importante prohibía que la gente de su clase hiciera negocios con hombres como Sasha. Pero los viejos tiempos son polvo, y las viejas leyes valen menos que el polvo. Él usará a los jefes de Maksim contra sus propios enemigos, y Maksim lo utilizará para proteger los intereses de sus jefes.

Está decidido.

El luchador vuelve a mirar el mar con ojos que se le han vuelto tristes, y el otro lee en ellos la respuesta que esperaba.

A doscientos metros de distancia, la Muda está observando la escena con unos prismáticos tratados para que no brillen al sol, tendida sobre la arena. Es una mujer atlética de unos treinta años, de corta estatura, ancha de hombros, que se parece poco a la chica que nunca lloró en la Caja. Lleva el pelo corto y tiene la piel sonrosada por el viento.

Los hombres de guardia no la ven, pero ella los ve y ve también cómo el rostro de Sasha cambia de expresión. Se da cuenta de que la ha vendido.

Se da cuenta de que debe escapar.

1.

Colomba, con la mochila al hombro, esperaba con creciente nerviosismo junto a la parada de metro Re di Roma, cuando un *coupé* color sartén estacionó con torpeza a unos metros de ella. Colomba pensó que necesitaba una buena mano de pintura, antes de darse cuenta de que esa extraña tonalidad se debía a la falta de pintura, aparte de los dos alerones laterales verdes. Solo cuando las dos puertas se abrieron automáticamente como alas de gaviota reconoció el modelo. Era un DeLorean DMC, el de *Regreso al futuro,* en su aspecto original de acero inoxidable. Y al volante, por supuesto, iba Dante.

—¡Súbete, Marty McFly! —le gritó. Iba vestido como un explorador de luto, tan solo le faltaba el salacot.

Colomba no se movió, al darse cuenta solo entonces de por qué Dante había insistido en ir con su coche, en vez de alquilar uno.

—Llévatelo de vuelta al lugar de donde lo has sacado. No quiero que se vayan riendo de mí.

—Al contrario, todo el mundo te va a envidiar. En la actualidad, existen solamente seis mil como este que funcionen. Y uno es mío.

—¿Y lo tenías dentro de una de tus cápsulas?

—¿Cómo lo has sabido?

—Intuición —Colomba rodeó el coche examinándolo con ojo crítico.

—Todo de acuerdo con las leyes vigentes, señora policía —dijo Dante—. Faros de xenón, nuevo equipo de música, aire acondicionado, cinturones. He puesto hasta la apertura automática de las puertas. Y funciona con GLP.

—¿Te has comprado un coche así para convertirlo?

—¿Sabes cuánto chupa?

Dante le abrió el maletero, ella lanzó dentro la mochila y lo cerró. Luego fue al lado del conductor.

—Déjame sitio.

—¿Eso qué quiere decir? —preguntó Dante, indignado.

—Tren, no; avión, no se puede. Elegir *tu* coche para ir a Alemania ha sido el mal menor. Pero he visto cómo aparcas. Sal de ahí.

Él lo hizo refunfuñando y Colomba se colocó en el asiento del conductor. En resumidas cuentas, una bonita sensación, aunque no le gustaba el cambio automático. Pisó el acelerador y notó cómo el coche saltaba por debajo del asiento.

—No está mal —dijo—. ¿A cuánto va?

—Demasiado —dijo Dante, con aspecto cadavérico.

Antes de enfilar la carretera hicieron una parada en una estación de servicio, donde Alberti esperaba fingiendo que lavaba el parabrisas de su coche. Dante se encargó de llenar el depósito, mientras Colomba se acercaba hasta el policía.

—Guau —dijo él—. ¿También viaja atrás en el tiempo?

—Con Dante eso sucede todos los días.

—No es lo mejor para pasar desapercibido, pero de buena gana me daría un paseo.

—Otro día. ¿Has encontrado algo sobre los muertos del tren?

—Estamos recopilando lo que podemos. Pero por el momento no tengo nada para darle.

—Okey, Dante y yo vamos a estar fuera unos días.

—¿Dónde van?

—A Alemania. Si Giltiné existe, tal vez también fue ella la que montó una de órdago en Berlín hace dos años. Si encuentro algo bueno, podría servirnos —Colomba había puesto al día a los Amigos de cuanto sabía. A esas alturas, no tenía ningún sentido mantener ocultos los detalles: estaban metidos todos juntos.

—¿Y si no encuentra nada?

—Eso es lo que espero. Y por lo menos no tendré a Spinelli y a la Fuerza Operativa pisándome los talones.

Las pecas de Alberti se hicieron más evidentes.

—Los jefes están que trinan, doctora —dijo con desazón—. Santini le ha echado un broncazo de la hostia a Esposito solo porque fue con usted a casa de la viuda del guardia jurado.

—Lo sé. También me llamó a mí, un montón de veces.

Pero Colomba solo respondió a un Curcio inusualmente formal y envarado, a quien aseguró que estaba a punto de marcharse para unas largas vacaciones. Adónde iba de vacaciones, eso no lo había especificado.

Le puso una mano sobre el hombro.

—Massimo, ¿sabes por qué te llevé a la Móvil, a pesar de que no estabas listo todavía?

—¿No estaba listo todavía? —preguntó sorprendido.

—¿Tengo que decírtelo yo?

Alberti negó con la cabeza, rojo como un pimiento.

—Porque me fío de ti —dijo Colomba—. Esposito ya no se acuerda de lo que significa ser un buen poli, y Guarneri..., no lo sé, creo que tiene que follar un poco más. En cambio sé que tú tratarás de hacer siempre lo correcto.

—¿Y usted está segura de que seguir investigando *es* lo correcto?

—Sí. Por lo menos hasta que probemos sin sombra alguna de duda que estamos equivocándonos y que todo es un cúmulo de coincidencias. Dante y yo no nos llevamos los móviles con nosotros, así que nada de llamadas telefónicas o mensajes de texto. Utiliza el correo electrónico si quieres comunicarme algo urgente. Pero lo mejor es que realmente no tengamos ningún contacto. No sé quién puede leernos o escucharnos.

—¿No deberíamos estar todos en el mismo lado?

—Tal vez lo estamos —*Pero he dejado de creerlo,* añadió para sí.

De forma impulsiva le dio la tarjeta de Leo. Aún la llevaba encima, a pesar de que se había aprendido el número de memoria. Esa noche había pasado un par de horas mensajeándose con él como una chiquilla. Y también le había enviado una fotografía, algo de lo que se había arrepentido. Después.

—Si tienes problemas, o crees que la Fuerza Operativa te tiene en el punto de mira, llama a este amigo mío. Es el comisario Bonaccorso, de los NOA. Estaba en el centro islámico con nosotros. A lo mejor nos viste hablando.

—¿Tipo Jason Statham, pero con pelo?

—Si es musculoso y con una cara que duele de tan guapo, aciertas. No sé si podrá ayudarte, pero es todo lo que puedo hacer. Usa Snapchat.

—Okey, confío en que no voy a necesitarlo —Alberti se metió la tarjeta en el bolsillo y le entregó un CD en una bolsita de plástico—. Le he hecho una compilación para el viaje.

—¿Música tuya?

—Sí, solo piezas nuevas.

—Qué majo eres, gracias —dijo Colomba, con la esperanza de parecer sincera. Luego se despidió a toda prisa y saltó a bordo del DeLorean.

—¿Qué es? —preguntó Dante, mirando el CD que ella le había lanzado en las rodillas.

—La última obra de Alberti —dijo Colomba tratando de mantenerse seria.

Dante bajó la ventanilla y lo lanzó como un *frisbee* en la primera curva, encestando en un contenedor de basura.

—Lástima, estaba mal grabado.

Luego conectó un reproductor de MP3 al equipo de música y puso «The Power of Love» tan fuerte que los transeúntes se daban la vuelta. Colomba bajó el volumen avergonzándose como una ladrona y pensó en lanzarlo a él también por la ventanilla. Durante el viaje alternaron la música *vintage* con charlas que siempre giraban en torno a Giltiné y su naturaleza, pero ninguna de las hipótesis parecía encajar del todo.

—Pongamos que tiene verdaderamente un único objetivo y que provoca masacres para enmascarar a la víctima buscada —dijo Colomba—. Pero, estos objetivos, ¿cómo los elige?

—Tal vez alguien le paga por ello.

—He conocido a algunos sicarios, Dante. Trabajaban para las bandas mafiosas, pero lo máximo que hacían era esperar a su víctima debajo de casa y dispararle con un Kaláshnikov. Y si no querían ser descubiertos, hacían desaparecer el cuerpo en una bañera de ácido.

—Hay sicarios a niveles superiores.

—¿Tipo Carlos el Chacal? Él realizaba atentados para el mejor postor, pero era todo lo contrario a discreto. Y, además, imagina que tienes que eliminar a un adversario tuyo o un testigo incómodo. ¿Esperarías durante meses mientras Giltiné encuentra un chivo expiatorio ideal y lo manipula?

—Parece poco conveniente.

—Por no mencionar el problema del territorio. Un sicario que juega fuera de casa es más fácil que cometa errores. Y luego está el caos mediático. A la mayor parte de la mafia no le importa un comino provocar una matanza, si es necesario, pero saben que la respuesta del Estado en esos casos no se hace esperar.

—Sigue quedándonos la motivación personal. Debe de tener un propósito propio por el que lo arriesga todo.

—Pero ¿crees que de verdad lo hace todo ella sola? Tal vez tenga algún cómplice, a pesar de que nunca hemos encontrado las huellas.

—Por la forma en que se mueve, por cómo planifica, yo solo veo una mano, CC, guiada por una mente paciente y precisa. Que nunca pierde la calma y siempre se las apaña para encontrar los puntos débiles de sus adversarios.

—Un monstruo. Aunque tú hablas de ella como si te fascinara.

—Me asusta, CC, me asusta lo que podría hacer aún. Y me asusta pensar que tenga a alguien peor que ella en su contra.

Colomba sintió un estremecimiento porque pensaba de la misma manera, y subió el volumen en «In the Air Tonight» de Phil Collins. Era una de sus canciones favoritas, pero no la distrajo. Sabía que ir a Berlín para buscar las huellas de Giltiné a dos años del incendio del bar de copas era una jugada arriesgada, pero ¿qué alternativas tenía? ¿Dragar el mar en Grecia o buscar un bar en Estocolmo donde quizás un hombre había ligado con ella? ¿O continuar entrometiéndose en las investigaciones sobre el tren sabiendo que estaba sometida a una vigilancia especial? Por lo menos, en Berlín Dante y ella sabían el lugar donde había aparecido, siempre que se pudiera fiar uno de una web llamada Der Brave Inspektor (El inspector valiente), en cuya página principal aparecía una foto de Jim Morrison septuagenario.

—He avisado al periodista —dijo Dante en el tercer autogrill de la autopista en el que la obligó a pararse para estirar las piernas al aire libre.

Al cabo de un rato de estar en el coche, aunque fuera el suyo, parecía una tarántula. Se removía, se rascaba, resoplaba, sin dejar de cambiar de postura en el asiento. En la última fase, bajaba por completo la ventanilla y sacaba la cabeza fuera.

—¿Te refieres al pajillero? —dijo Colomba, dándole un mordisco a una porción de pizza fría y muy grasienta en el aparcamiento.

Dante levantó los ojos al cielo.

—¿Tendrías la amabilidad de no denigrar a nuestro único contacto útil?

—Eso de que sea útil aún está por ver.

—Mira, no es un gilipollas como piensas. En Alemania es una pequeña celebridad en el campo del misterio y sus libros se venden considerablemente. Además, habla inglés. Está contento por reunirse con nosotros, aunque no le haya dicho el motivo. Me he citado con él mañana por la noche delante del Starbucks del Sony Center.

—Qué bien, siempre he querido probar su café.

—Lo dices para cabrearme, ¿verdad? —Dante apagó el enésimo cigarrillo—. ¿Quieres que conduzca yo ahora? En la autopista no hay que aparcar.

—¿Qué te has metido hoy?

—Solo benzodiacepinas. Y modafinilo.

—¿Alcohol?

—Dentro de los límites permitidos.

Colomba negó con la cabeza.

—A veces me pregunto cómo has podido sobrevivir hasta hoy.

Él hizo su mueca.

—Trato de mantenerme alejado de las malas compañías.

2.

La Giudecca es un archipiélago de pequeñas islas situado al sur del centro histórico de Venecia. En línea recta queda muy cerca de San Marco, pero para llegar allí hay que cruzar el canal del mismo nombre, y esto hace que sea un lugar menos turístico. El apartamento de Roberto Pennelli estaba en el distrito de Santa Croce, cerca del Ponte degli Scalzi, y era del tipo denominado *porta sola,* un término local para indicar una vivienda con una entrada independiente y un pequeño jardín donde comer cuando llega el buen tiempo. Pennelli vivía allí con Daria, una morena regordeta a la que cuando estaba de buen humor llamaba su novia; resulta inútil plantearse cómo la llamaba cuando no estaba de buen humor, y eso era algo que sucedía muy a menudo. También tenía una esposa en Mestre, que cuidaba de sus dos hijos, y se los dejaba ver una vez a la semana.

El hombre salió a fumarse un cigarrillo mientras Daria acababa de recoger el comedor, dándole vueltas y más vueltas a esa mujer que decía llamarse Sandrine Poupin. Se preguntaba si no se habría equivocado al chantajearla pidiéndole dinero por su silencio, si no habría sido mejor denunciarla y punto. No era una terrorista, de eso estaba seguro. Cuando estaba de servicio en el control de pasaportes, a los terroristas los olía de lejos, o al menos eso le gustaba creer. Pero que fuera una mujer a la fuga le resultaba aún más extraño. No parecía del tipo de las que se asustan. Y luego estaban esos maquillajes tan espesos que se ponía encima, como si quisiera ocultar algo más que su identidad.

Tal vez estaba enferma. Eso explicaría muchas cosas, en particular su actitud. Una enfermedad de la piel que habría venido para que le curara alguno de esos médicos por los que uno debe pedir una hipoteca solo para una primera visita. Pero esto no explicaría lo de la documentación falsa.

Daria sacó la cabeza.

—Hay una mujer que pregunta por ti —dijo con el tono de quien sospecha una infidelidad.

Pennelli odiaba este control suyo y esa forma de entrometerse en sus asuntos. Pensaba que se acostaba con todas las clientas a las que llevaba en el taxi acuático, algo que desde que estaban juntos solo había ocurrido dos veces, y era imposible que se hubiera dado cuenta. Era solo su cabeza agusanada, eso es lo que era.

—¿A esta hora? —dijo irritado—. ¿Y quién es?

—¿Y yo qué coño sé? —Daria regresó al comedor, mientras Pennelli iba hacia la entrada pensando encontrar allí a una compañera de trabajo o una de sus clientas fieles a la que le había surgido una emergencia.

En cambio, era la falsa Sandrine, con un impermeable cerrado hasta el cuello y el habitual maquillaje de furcia. Pennelli se cabreó de golpe.

—¿Qué coño está haciendo aquí? —dijo, echándosele encima con la idea de sacarla de su casa a patadas, pero ni siquiera llegó a rozarla.

La mujer lo golpeó con algo duro a un lado del cuello, y Pennelli cayó al suelo como un peso muerto, incapaz de mover las piernas.

Giltiné lo rodeó y se movió en silencio hacia el comedor, donde Daria seguía recogiendo. Le aferró el cuello por detrás, aplastándolo con el antebrazo para detener la sangre, y la mujer perdió el conocimiento en pocos segundos. Giltiné la depositó en el suelo, luego regresó al vestíbulo para recoger a Pennelli, quien estaba intentando levantarse trabajosamente. Lo golpeó de nuevo con el *kongo,* otra vez en el mismo punto, y en esta ocasión el hombre se desmayó. El *kongo* es un pequeño bastón de madera que se puede ocultar en la palma, con dos medias esferas que despuntan a los lados de la mano. Resulta imposible identificarlo como un arma, sobre todo cuando se camufla como un mango de pincel. Si se sabe usar, puede romper huesos y golpear puntos de presión. Giltiné sabía usarlo.

Arrastró a Pennelli hasta el comedor; luego, los ató a él y a Daria con cinta de embalar, les metió a ambos uno de sus calcetines en la boca y luego les selló los labios con más cinta. Al final, los colocó sentados contra el sofá, de modo que pudieran observarla. Los dos abrieron los ojos casi al mismo tiempo, mirándola con creciente terror mientras se quitaba el impermeable y los pantalones, quedándose solo con los vendajes manchados. La tranquila velada se había convertido en una película de terror, de esas en las que el monstruo entra en casa con piel de cordero para revelar más tarde su auténtica naturaleza. Y la auténtica naturaleza de la mujer que había entrado en su casa era la de una momia que apestaba a desinfectante.

—Ahora ya sabes quién soy —le dijo a Pennelli, luego fue a la cocina. Volvió con un cuchillo que se utilizaba para limpiar el pescado y un hornillo de camping que no se usaba desde hacía años.

Ya podía empezar su trabajo.

3.

Dante y Colomba cruzaron la frontera con Austria a las diez de la noche, y decidieron pararse en las inmediaciones de Innsbruck para pernoctar en un típico hotel tirolés, con techo y balcones de madera decorados con geranios de color púrpura. Fueron los balcones los que convencieron a Dante: a pesar de las frecuentes paradas, había sufrido mucho durante el viaje y no habría forma humana de encerrarse en una habitación. Ya los últimos kilómetros los pasó prácticamente con la cabeza fuera de la ventanilla, ajeno al frío, y Colomba lo descubrió esnifando en secreto una píldora que lo mantuvo apagado durante un par de horas.

Después de una cena en la mesita exterior del restaurante a base de *Wiener Schnitzel* con patatas y salsa de frutos del bosque (Dante se comió solo las patatas), Colomba se ganó el derecho a toda la cama de matrimonio con sus incómodas mantas individuales. Antes de acostarse, sacó la pistola de la mochila y metió el cargador.

Dante observó los movimientos desde el balcón. Había llevado hasta allí con dificultad una *chaise-longue* en la que iba a dormir, y fumaba un cigarrillo tras otro envuelto en un capullo de mantas.

—Pero ¿no te la habían retirado?

—La de servicio. Esta es la mía. ¿No la recuerdas?

La levantó para mostrársela mejor a través de la puerta ventana entreabierta. Era una Beretta Compact, semejante a la reglamentaria, pero más corta y cargada con munición un poco menos potente. Había sido un regalo de Rovere, y empuñarla la transportaba hacia atrás en el tiempo.

—A mí todas me parecen iguales. En un lado hay un tipo que aprieta el gatillo y en el otro un tipo que sangra.

—Esta te salvó el culo, y a mí también. Así que trátala con respeto.

—¿Le has puesto nombre, como a las espadas de *Juego de Tronos*?

—«Tú no sabes nada, Jon Snow.»

Dante se quedó anonadado.

—¿Has visto una serie de televisión? *¿Tú?*

—¿Olvidas que pasé dos meses en el hospital? Algo tenía que hacer —dijo ella mofándose. En realidad, la serie le gustó y continuó viéndola siempre que tenía oportunidad, aunque a menudo no recordaba quién estaba con quién o quién era familiar de quién. Distinguía con precisión solamente a la chica de los dragones que se follaba a los más «guais»—. Y no, no tiene nombre. Eso no se lleva en la era moderna. ¿Hay más preguntas?

—Tan solo me sorprende que suspendan a un poli y se le dejen sus armas personales.

—Hasta que sea declarado culpable de un delito grave, ¿por qué no? —dijo Colomba picada.

—Porque tal vez el delito grave lo cometa precisamente con su arma personal —Dante sonrió burlonamente y se tragó dos pastillas de formas y colores diferentes, bajándoselas con el vodka del minibar—. A veces me pregunto cómo *la raza humana* ha sobrevivido hasta el día de hoy.

Colomba colocó la pistola en la mesita de noche, junto a una edición amarillenta de *Un mundo feliz* de Aldous Huxley que estaba leyendo, y apagó la luz.

—Será mejor que duermas —dijo. Luego se desnudó quedándose solo en camiseta sin mangas y bragas, y se metió bajo las sábanas.

Dante disfrutaba de una luz reflejada y de una buena visión nocturna. Sabía que debería mirar hacia otro lado mientras Colomba se preparaba para la noche, pero no lo consiguió. Si hubiera tendido una mano a través de la rendija de la puerta ventana habría podido tocarla. No lo hizo, aunque se alegró de que Colomba no pudiera verlo en ese momento. Sus emociones eran claramente visibles, incluso para quienes no sabían leer micromovimientos y posturas.

Te estás convirtiendo en un maníaco.

Siempre se había comportado con ella como si ninguno de los dos tuviera sexo, consideraba que era el comportamiento más adecuado, pero cada vez le costaba más esfuerzos. Lo que lo mantenía alejado incluso de un tímido cortejo era la certeza de que ella no estaba interesada, además de la experiencia, que le decía que su relación acabaría como el rosario de la aurora. La excusa que las chicas de todo el mundo ponen a sus pretendientes no deseados no es necesariamente falsa: a veces las amistades de verdad se estropean.

Sin embargo, desde hacía algún tiempo, y para ser exactos desde que se reencontraron gracias al atentado, además de la atracción física le tocaba la moral algo nuevo, que no tenía nombre tan solo porque Dante no quería darle uno. Y, sin duda alguna, no se trataba de amistad.

Dante se dio la vuelta en la *chaise-longue* y se fumó un último cigarrillo. *Qué lío. Como si no tuviera ya suficiente.*

Condujo su mente hacia la otra mujer que atormentaba sus sueños, de forma mucho menos agradable que como lo hacía Colomba, y se durmió con la imagen de una bruja de lengua azul.

No podía saber que en ese momento la bruja se encontraba manos a la obra.

4.

Giltiné sabía que demasiado dolor puede llevar hasta la locura a un ser humano, por eso había dosificado la llama, alternándola con ahogamiento y compresión, y poniendo mucho cuidado en no romper los huesos. Pennelli se había desmayado media docena de veces durante esas horas, pero nunca cambió su versión. No había hablado con nadie, no le había dicho a nadie nada sobre ella.

—No me convenía —dijo entre lágrimas y náuseas cuando ella le sacó el calcetín de la boca. Luego se lo puso de nuevo y presionó el hornillo al rojo vivo bajo la axila izquierda, haciendo que se enarcara sobre los talones en un grito insonoro.

¿Lo creía? Al noventa por ciento. Noventa y nueve. De haber sido un criminal empedernido o un miembro de algún cuerpo especial, continuaría mintiendo con la esperanza de ser salvado o, al menos, vengado. Pero Pennelli era un ser débil y diría la verdad con tal de poner fin a la tortura.

Giltiné se volvió hacia la mujer, el segundo daño colateral. En lo que estaba haciendo habían sido inevitables, a veces necesarios. Pero si los otros habían sido previstos y calculados, Pennelli y su mujer eran fruto de un despiste suyo. El viento se levantó y desde el exterior llegó el sonido del agua y, con él, las voces.

Ahora no, imploró Giltiné, pero los muertos estaban enojados por su torpeza, por su error. Las voces crecieron en intensidad, ella se tapó las orejas y encendió la televisión tras arrancar la antena. El aparato perdió la señal y la pantalla se volvió gris, emitiendo un zumbido. Ella subió el volumen al máximo.

Sonido blanco y eléctrico.

Limpieza.

Vacío.

El sonido penetrante despertó a Pennelli y le hizo abrir los ojos a Daria, que tenía la cara embadurnada de maquillaje y sangre. Se había roto la nariz contra el suelo en un intento de quitarse la mordaza, luego solo rezó para que todo terminara rápidamente. Los gemidos de su hombre continuaban llegándole junto con ese terrible hedor de salchichas a la parrilla. Cuando el monstruo con la máscara de plástico le hacía algo horrible, los gemidos se volvían más rápidos y agudos, para acabar apagándose en una respiración jadeante. Luego estaban los ruegos desesperados de cuando el monstruo le quitaba la mordaza y él le imploraba, ofrecía, trataba de convencerla para que parara, *por el amor de Dios*. Incluso con los ojos cerrados, sabía con exactitud lo que estaba ocurriendo a su lado. Habría deseado que el monstruo le tapara también las orejas, hasta trató de pedírselo, pero de su boca solo salió un gemido.

Ahora tanto ella como Pennelli miraban a Giltiné, extática, de puntillas y con los brazos abiertos. Parecía como si estuviera a punto de tener un ataque epiléptico. La vieron caer de rodillas y taparse las orejas con esas horribles manos vendadas.

Daria decidió que ese era su momento, el único posible. Fue rodando a lo largo de la alfombra y, una vez en el pasillo, comenzó a arrastrarse. Si alcanzaba la puerta y era capaz de abrirla, a lo mejor alguien la vería. Se lanzaría al canal antes que dejarse atrapar. Pero ni siquiera había recorrido medio camino cuando la mano de Giltiné la agarró por un tobillo y tiró de ella hacia atrás, a pesar de que Daria trataba de impedirlo con los codos, y la barbilla, y las rodillas, consiguiendo como único resultado romperse un incisivo.

De nuevo en la sala de estar, Giltiné la levantó y la cogió casi amorosamente entre sus brazos, ignorando sus patéticos intentos de liberarse. Luego le puso el cuchillo de pescado en la garganta y cortó.

Pennelli vio cómo se hundía la hoja siguiendo el perfil de la barbilla, la herida que se ensanchaba igual que una segunda boca. Vio lo que nadie piensa nunca que podrá ver: el interior del cuerpo de la mujer con la que has dormido, follado, comido y peleado. Su tráquea, que emitió una especie de eructo cuando la hoja la cortó, los músculos, las vértebras, la base de la lengua. Y luego la sangre que se derramó sobre la alfombra, mientras Daria pataleaba con las piernas unidas con la cinta adhesiva como si fueran la cola de una sirena. Una sirena que se agitaba cada vez más débilmente, hasta que Giltiné la dejó caer al suelo y se agachó hacia el hombre. Pennelli tenía una mirada de loco, mientras que la ira, el horror y el sufrimiento se mezclaban en un sentimiento que habría podido quemar el mundo de haber sido capaz de expresarlo.

Pero nunca tuvo esa posibilidad.

5.

Dante se despertó al amanecer, pero estaba tan embotado que necesitó una hora larga antes de conseguir entrar en la habitación para darse una ducha, y esto lo hizo con la ventana completamente abierta, motivo por el que la temperatura del baño descendió a niveles de la Edad de Hielo. Colomba lo maldijo y se lavó solo los dientes antes de bajar para el desayuno del hotel, que Dante consumió en el coche con las puertas abiertas. Se hizo el café con una moka eléctrica conectada a la toma del encendedor.

Se había llevado un frasco de Black Ivory, que en su corazón había ocupado el sitio dejado por el Kopi Luwak, a pesar de que tenían mucho en común. El Kopi consistía en bayas de café semidigeridas por los gatos de algalia; en el Black, las bayas se recogían de los excrementos de los elefantes de una reserva. Dante tuvo que molerlo antes de salir, un pecado mortal, aunque trataba de abrir el frasco lo menos posible, para no perder el aroma. Por culpa del agua o del poco uso de la cafetera, el café de todas formas no salió como debería: el sabor afrutado y el floral tenían una buena persistencia, pero los olores animales estaban casi ausentes. Se tomó, en cualquier caso, cuatro tacitas mientras masticaba galletas de salvado.

Colomba se unió a él después de haber llenado el buche de *würstel* y huevos y lo miró con ironía mientras se quitaba de encima las migas de cualquier manera.

—Pareces un mendigo —dijo.

—Pues este mendigo ha pagado la cuenta, ya ves tú. Y en efectivo —respondió irritado.

—Si estabas a dos velas, ¿de dónde has sacado el dinero? No lo digo para quejarme —Colomba se puso al volante y cerró las puertas con el botón correspondiente, entre los aplausos de un grupo de niños. *Regreso al futuro* seguía siendo de culto también para las nuevas generaciones.

—Me he puesto de acuerdo con el conserje. Me anticipa el dinero en efectivo y se lo carga como gastos a mi padrastro, quedándose con un veinte por ciento de propina —dijo Dante con su mueca habitual.

Colomba arrancó el coche, el motor frío produjo emanaciones de gases sin quemar.

—Eso es ilegal. E incorrecto.

—Creo que está justificado, dada la situación. ¿Qué pasos daremos después de que nos hayamos visto con el periodista?

—Vamos improvisando, Dante. Y recuerda que tengo la esperanza de estar equivocada.

—Eres tan cabezota que me inspiras ternura.

Llegaron a Berlín hacia las siete de la tarde, y Colomba, a quien le dolía la espalda, se negó a conducir hasta el lugar de la cita, sobre todo con un coche tan llamativo. Aparcaron en las inmediaciones de la Berlin Hauptbahnhof y continuaron a pie, cruzando el puente de madera sobre el Spree, para enfilar por el paseo del río.

Colomba ya había estado en Alemania, casi siempre por trabajo, pero la última vez que vio Berlín fue diez años atrás, y de paso, con motivo de una reunión con sus homólogos alemanes. Ahora, acompañada por el chirrido de las ruedas de la maleta de Dante, descubrió lo encantadora que era esa ciudad que por la noche parecía una Nueva York europea, con sus rascacielos de mil estilos que fundían lo viejo y lo nuevo. Para una romana como ella, una metrópolis tan ordenada y limpia parecía casi de ciencia ficción.

Dante, por el contrario, no estaba en condiciones de apreciar nada, y mantenía la vista clavada en el suelo que pisaba. Había empezado la aventura emocionado, pero la emoción pronto se transformó en miedo y, al final, en las últimas horas, en una ansiedad asfixiante. Estaba fuera de su ambiente, cada paso le suponía un gran esfuerzo, en cada rincón oscuro vislumbraba peligros. Y Giltiné ya no era una entidad abstracta: le parecía olfatear en el aire el tufo químico de cítricos que dejaba a su paso.

—¿Todo bien? —preguntó Colomba, sorprendida por su mutismo.

Asintió poco convencido.

El Sony Center es un complejo de edificios en la Potsdamer Platz, formado por siete rascacielos y rematado por una cúpula de color que se parece a la carpa de un circo, pero que reproduce la forma del monte Fuji.

A lo largo de todo el perímetro de la Sony Plaza había tiendas, restaurantes y cervecerías con mesitas al aire libre, repletas de gente como todos los sábados por la noche que se precien. Entre los locales destacaba el cartel verde de Starbucks.

—Es ahí —dijo Colomba; luego se detuvo al darse cuenta de que Dante se había quedado plantado como un poste en la acera de la Bellevuestrasse—. ¿Qué pasa?

—Solo necesito coger un poco de aire —mintió—. Por la caminata.

—Estás en mejor forma que yo. ¿Qué te está pasando?

Señaló a la multitud.

—No puedo ir allí en medio.

—No hay paredes y el techo es alto. Y agujereado —dijo Colomba indicando las barras de acero que cruzaban la cúpula.

Para Dante, sin embargo, era como estar viendo una ratonera gigante. Una parte de su cerebro pensaba que si ponía un pie allí, la carpa se abatiría sobre él y lo aplastaría. No era su parte racional, pero eso daba igual.

—Lo siento —dijo.

Colomba resopló y miró la hora. La cita era a las ocho y faltaban pocos minutos.

—¿Cómo es el pajillero?

—No tengo ni idea. Tenía que ser él quien me reconociera. Me ha visto en fotografía —dijo cabizbajo.

Colomba, sintiendo ternura, le dio una palmada en el brazo.

—No es culpa tuya, Dante. No te muevas de aquí, que sin móvil no podría encontrarte de nuevo.

La mirada comprensiva de Colomba hizo que Dante se sintiera aún más humillado.

—Okey. Si me veo capaz, me reúno contigo —dijo.

Colomba se internó por entre la multitud, y Dante se desplazó unos metros por la acera para seguirla con la mirada. Se encontró frente a la pared de uno de los rascacielos diseñados por el arquitecto estrella Renzo Piano, donde sobre una gran pantalla corrían fractales de colores alternados con anuncios de un coche deportivo. El coche estaba aparcado en una plataforma junto a la pantalla, un par de azafatas uniformadas y con guantes blancos deambulaban a su alrededor. Cuando Dante se acercó, la pantalla devolvió la imagen gigantesca de su rostro cansado, filmado por una cámara oculta que se ponía en funcionamiento mediante una célula fotoeléctrica.

Fue en esa pantalla donde se perdió.

Comenzó siguiendo un movimiento al fondo, donde aparecía la pequeña multitud que estaba a su espalda. Una ligera ondulación le llamó la atención, pero no fue capaz de enfocar bien. Únicamente se le quedó grabada en la visión periférica la imagen de un hombre con una chaqueta azul que se daba la vuelta de golpe mientras se calaba sobre los ojos una colorida gorra de béisbol. Dante se percató, con una claridad absoluta e innatural, de que el hombre se estaba escondiendo de la cámara. Descubrirse ahí enfocado fue una desagradable sorpresa, ya que no quería ser visto.

Por él.

La revelación lo golpeó como una maza y tuvo el efecto de borrar en un instante los meses de terapia, sus buenas intenciones, su racionalidad.

Colomba salió del Starbucks con un *frappuccino* —que había descubierto que se servía frío y no caliente, como siempre había pensado— y su mirada se posó sobre un grupito de personas que trataban de atraer la atención de un agente de la policía que pasaba por allí. Estaban agrupados en torno a algo que temían que pudiera ser una bomba. Cuando se acercó se dio cuenta de que el objeto misterioso era una maleta con ruedas abandonada. Era la de Dante.

Él había desaparecido.

6.

Colomba dejó caer el vaso y agarró al vuelo la maleta, al tiempo que gritaba *Perdón* y *Sorry,* y salía corriendo hacia la salida de la plaza. Cuando llegó a la Bellevuestrasse, vio en la distancia la espalda de Dante, quien galopaba agitando los brazos en el aire como una marioneta.

Ella fue tras él, aunque no lograba acortar distancias lastrada por las maletas. Superó a personas que protestaron al ser empujadas y otras preocupadas porque algo grave estuviera pasando. Dante continuaba su carrera ignorando sus llamadas.

Colomba hizo acopio de todas sus energías —de haber existido el campeonato olímpico de carrera con maleta habría terminado en los puestos de cabeza— y le comió unos metros a Dante, que cruzaba sin una razón aparente de una acera a otra, obligando a los coches a frenar en seco.

Al girar por una calle en la que se podían ver los últimos vestigios del Muro, Dante chocó con una pareja de chicos y rodó por los suelos.

Colomba soltó las maletas y recorrió los últimos cien metros de un salto mientras que él, después de un momento de confusión, se ponía en pie como una pelota de goma. Llegó a su espalda y lo agarró por la cintura.

—Dante. Por favor, cálmate, soy yo. ¿Qué ocurre?

Él no respondió y comenzó a desasirse sin dar muestras de haberla reconocido. Era como sujetar a un gato salvaje, que empujaba y mordía, con los ojos opacos y abiertos como platos hacia la nada. Colomba lo derribó echándolo al suelo, luego se sentó sobre su estómago para inmovilizarlo.

—¡Dante! Calma, calma. ¡Estate quieto, por favor! —le dijo casi sin poder respirar.

Los chicos que habían sido arrollados le preguntaron en inglés si necesitaba ayuda, ella respondió que era su hermano, epiléptico, y que no había ningún problema. Insistieron en llamar a un médico, pero Colomba les dijo que todo estaba bajo control, y los dos finalmente se volvieron a lo suyo. Colomba temía la llegada de las autoridades, con una pistola en su mochila que debería haber declarado al pasar la frontera.

—Lo siento, Dante —dijo, y le soltó un par de bofetadas.

Él dejó de agitarse y empezó a respirar ruidosamente con la boca abierta, mientras los ojos volvían a enfocar las cosas. Colomba le administró una tercera bofetada, e hizo bien, porque después de unos instantes Dante articuló su nombre.

—¿Quieres seguir corriendo?

—¿Qué?... No... —murmuró.

—Pues ¡viva! —dijo ella, levantándose de su incómoda posición. Estaba empapada de sudor.

Dante se sentó lentamente y negó con la cabeza.

—Joder —intentó cerrarse de nuevo la chaqueta, que se había desgarrado por delante, a la altura de los botones, y no lo logró—. Joder —repitió.

—Venga, que te ayudo a levantarte —dijo Colomba tendiéndole la mano.

Él la aferró igual que un anciano caído en un día de sol. Tenía la misma mirada vacía.

Colomba comprobó que podía tenerse en pie. Se tambaleó, pero permaneció en posición vertical.

—¿Cómo te sientes? —le preguntó.

—No estoy bien —Dante sacó el paquete de cigarrillos, pero se le había roto con la caída. Se lo metió de nuevo en el bolsillo.

—¿Quieres decirme qué ha pasado? Me has dado un susto de muerte.

Los pensamientos de Dante estaban volviendo a ser coherentes, y con ellos también volvía la vergüenza. Y la ira hacia sí mismo.

—Nada —murmuró.

—Dante. ¿Recuerdas la regla de «nada de trolas»?

—He visto... —se detuvo—. He *creído* ver...

—¿A Giltiné?

Suspiró.

—A mi hermano. Lo vi huir entre la multitud..., traté de llegar hasta él.

El primer pensamiento de Colomba fue: *Yo sabía que no debía confiar*. Pero el segundo, justo después, fue: *Es culpa mía*.

—Está bien —dijo—. Ahora buscamos un hotel y mañana nos volvemos para casa.

—Por favor, CC, no.

—¿Cómo que no? ¿Eres consciente de lo que acaba de pasar?

—Ha sido solo un episodio.

—¿Y si durante el próximo acabas debajo de un tranvía? ¿O pasas por encima de alguien con el DeLorean? Te subiría a un tren si no supiera que ibas a estar peor.

—Por favor. No puedes abandonar por mi culpa. No ahora que hemos llegado hasta aquí.

Un hombretón de unos cincuenta años, calvo y con gafas, llamó su atención. Medía casi dos metros de alto y tenía una prominente barriga. Llevaba consigo las maletas que Colomba había abandonado durante su loca carrera hacia Dante.

—¿Son suyas? —preguntó en inglés.

—Sí —dijo Colomba arrebatándoselas de las manos—. Gracias.

El hombre se quedó mirándola.

—He dicho gracias —repitió Colomba—. ¿Cómo se dice en inglés «no me toques más las pelotas», Dante?

—Entiendo poco su hermoso idioma —dijo el calvo chapurreando en italiano—. Pero puedo traducírselo al alemán si lo desea. Aunque no conozca *pelotas,* he entendido el significado —soltó una profunda risotada y le tendió la mano a Dante, mientras volvía al inglés—. He salido corriendo detrás de ustedes desde la Potsdamer Platz. Soy Andreas Huber, el periodista de Inspektor. Es un placer conocerle, señor Torre.

Dante, con las mejillas enrojecidas por los golpes, la chaqueta desgarrada y los pantalones sucios de barro, pensó que a esas alturas había alcanzado el último peldaño de la humillación.

7.

Se sentaron frente a un bar que llevaban unos turcos cerca del Checkpoint Charlie. O mejor dicho, de su reproducción, con dos actores que interpretaban a un guardia americano y otro soviético a ambos lados de una frontera falsa. Un selfi con ellos costaba dos euros.

Dante se dejó caer en una silla, arrebujándose en los restos de su chaqueta estilo Duran Duran. Por suerte, el bar vendía cigarrillos y se fumó uno tras otro sin interrupción, abriendo la boca solo para pedir un vodka helado y para traducir algunos términos que Colomba no comprendía. Su inglés era infinitamente mejor que el de ella.

Andreas se parecía muy poco al onanista que Colomba se había figurado, y ni siquiera vivía con su madre. Parecía satisfecho con la vida, sobre todo con sus aspectos más sencillos: comer, beber, cortejar a cualquier miembro del sexo femenino, como trató de hacer con una camarera. Explicó, en un inglés con acento muy marcado, que había sido periodista de la crónica de sucesos durante diez años, para luego pasar a ocuparse casi básicamente de misterios y leyendas. Su guía del Berlín mágico había vendido bastante, y casi tan bien había funcionado su libro sobre la Guerra Fría paranormal, en el que describía cómo la CIA y el KGB se habían desafiado mediante telépatas y teletransporte. Colaboraba con numerosos periódicos y revistas, y a menudo lo llamaban de la televisión como experto.

—No es que crea en todo lo que escribo —dijo, mientras se tomaba la segunda cerveza de un litro—. Simplemente me limito a no tomar partido y a no inventarme nada. Reproduzco escritos que circularon en su tiempo, así como estudios históricos. Tal vez un poco chiflados —rio de nuevo—. Berlín está llena de historias, es la ciudad de los espías por excelencia, y no solo en las películas. ¿Saben cuántos antiguos espías de la Stasi, informadores y colaboradores se han mantenido en circulación?

Colomba y Dante negaron con la cabeza.

—Veinte mil. Y la mayoría de ellos vive aquí. Son una inmensa fuente de narraciones. Aunque ustedes dos también... —los miró igual que se contempla un hermoso cuadro—. En mi próximo libro tengo intención de hablar sobre su aventura con el Padre, y especialmente del cautiverio del señor Torre. He leído todo lo que han hecho. Si necesitan un admirador sincero que se lance con ustedes a luchar contra el mal, díganmelo. Prometo que me voy a poner a dieta —y se rio de nuevo.

Colomba sonrió.

—Ya lo pensaremos, pero por el momento solo necesitamos un poco de información acerca de un caso del que se ocupó en su blog, señor Huber.

—Andreas, por favor. ¿Puedo llamarla Colomba?

—Claro.

—¿Qué caso?

—El incendio del Absynthe.

Andreas enarcó las cejas, sorprendido.

—Ha pasado un montón de tiempo.

—Dos años.

—No le dediqué mucho espacio, me temo —dijo—. ¿Qué quieren saber?

Colomba echó un vistazo a Dante. Tenía el cigarrillo colgando en una esquina de la boca y miraba su vaso como si se preguntara qué había dentro.

—¿Estás ahí? —dijo.

Dante asintió sin levantar la vista. No cabía esperar ayuda de ese lado.

—Todo lo que pueda decirnos al margen de lo que ya hemos leído —prosiguió Colomba.

Andreas negó moviendo su cabezota.

—No sé mucho más. Han pasado dos años, pero no ha habido nuevos acontecimientos —dijo—. El incendio ocurrió en agosto, me parece, y la investigación concluyó que se había tratado de un cortocircuito.

—Y las víctimas estaban drogadas, ¿verdad?

—Hongos mágicos, exactamente. La idea que circuló fue que el dueño del restaurante era un traficante de drogas, pero dado que murió, los investigadores no profundizaron más en el tema. A mí, para ser sincero, solo me interesaba la historia del tipo que vio al Ángel de la muerte; pensaba que podría ponerlo en un libro.

—Giltiné.

—Exacto. Giltiné..., la parte más bonita. ¿No podría darme usted uno de sus cigarrillos, señor Torre? No debería fumar por lo de mi corazón, pero a veces...

Dante le tendió el paquete sin mirarlo y Huber le guiñó un ojo a Colomba, cómplice. Lo había leído todo sobre Dante, sabía qué esperarse.

—Puedo hacer mi trabajo gracias a que tengo muchos amigos en los lugares correctos (bomberos, hospitales, policía), que me cuentan las cosas más extrañas que les suceden —continuó Andreas—. Uno de ellos es enfermero, y en esa época me explicó que había un superviviente del incendio de un bar de copas. Se decía que el pobrecito había visto a Giltiné entre las llamas para llevárselo al infierno. El enfermero es de origen lituano, me explicó quién era Giltiné, y el asunto me intrigó. Le pedí a mi amigo que me mantuviera informado cuando ese hombre recuperara el conocimiento, algo que, por desgracia, nunca ocurrió. Murió casi de inmediato.

—¿Describió a esa mujer? —preguntó Colomba.

Andreas negó con la cabeza.

—No. Tan solo logró decir unas pocas palabras.

—¿Investigó sobre el pasado de ese hombre?

—Me habría gustado. Por desgracia, no tenía documentos, sus rasgos quedaron alterados por las llamas, las huellas dactilares no estaban fichadas y ningún testigo lo vio entrar en el bar antes del incendio —abrió los brazos—. Al parecer, la única persona que vio al fantasma es otro fantasma.

8.

Dante dejó caer ruidosamente el encendedor sobre la mesa, como un niño que se ha cansado de esperar.

—Gracias por las molestias que se ha tomado, Andreas. Dante está hecho polvo por el viaje y tengo que encontrar un hotel apropiado para él —dijo Colomba.

—¡Ya me he ocupado yo! —exclamó Andreas—. Y seremos vecinos de casa, si les parece bien.

Explicó que vivía en Múnich, y que estaba en Berlín para un ciclo de conferencias sobre su último libro dedicado a la Stasi, y por eso lo había invitado una asociación cultural que proporcionaba alojamiento y desayuno a los escritores, el Literarisches Colloquium.

—Les he dicho que son amigos míos, y estarían encantados de alojarlos en una habitación preciosa.

Colomba vaciló. Andreas, aunque simpático, era también charlatán y pegajoso, y no estaba muy segura de querer tenerlo siempre de por medio. Dante, sin embargo, se le adelantó.

—¿Con balcón? —preguntó.

—Casi —dijo Andreas. En vez de balcón, explicó, había un estudio mirador casi por completo acristalado que daba a un parque con árboles. Pasado el parque, estaba el lago. Colomba, fascinada por la descripción del lugar, dejó de lado las dudas y se decidió a aceptar la invitación.

Wannsee es un barrio de Berlín a doce kilómetros del centro, al que se puede llegar en metro, pero Dante y ella tuvieron que ir a recoger el coche cerca de la estación, y llegaron ya avanzada la noche. Antes de hacer que bajara, Colomba sacudió a Dante agarrándolo por el hombro.

—Venga, arriba.

—Vale ya...

—Dante, seguimos aquí porque insististe. Has quedado de pena delante de tu admirador, y es una lástima, pero si tengo que ir arrastrándote por ahí como *Rain Man,* doy marcha atrás de inmediato y te llevo a casa de regreso.

—Nunca pensé que podría desmoronarme de este modo, CC —dijo, abatido.

—Pero ¿lo ves? —dijo ella—. No salí huyendo.

—Tal vez deberías hacerlo.

Ella le dio una enérgica palmada.

—¡Te he dicho que ya basta! Tienes algunos tornillos sueltos, pero eres como el reloj roto del chiste, ¿lo conoces? De vez en cuando das la hora exacta.

—No es *de vez en cuando:* dos veces al día. Si utilizas una metáfora, al menos que sea correcta.

—Ya vuelves a ser el tocapelotas de costumbre, eso significa que estás mejor. Venga, baja.

Desbloqueó las puertas, que se abrieron con un resoplido, dándole un buen susto a un gato enorme que paseaba por entre las hojas caídas de los robles. Habían aparcado en el patio de la villa, que se recortaba contra el cielo iluminado por la luna con una silueta vagamente gótica. Había torretas diseminadas, y un pórtico de piedra con una gran cristalera de tres arcos que daba a la planta baja, donde se organizaban los eventos literarios. Huber los esperaba en una de las mesitas del pórtico, con las llaves de su habitación y tres botellas de cerveza.

—¡La última copa!

Colomba sonrió y negó con la cabeza.

—Para mí ya está bien de cerveza, gracias.

—Para mí, sí —dijo Dante, aunque Colomba lo miró mal, e hizo un pequeño brindis con el periodista—. Gracias por la ayuda. Hoy estaba... un poco cansado.

—No se preocupe. Los genios tienen sus necesidades. ¿Se ve capaz de subir dos tramos de escaleras?

Dante respiró profundamente un par de veces seguidas.

—Claro —dijo con más brío del que había expresado en las últimas horas.

De hecho, subió corriendo las escaleras sin respirar, con los ojos cerrados y arrastrado por Colomba, que luego bajó de nuevo para recoger las maletas. Andreas, por su parte, subía lentamente haciendo crujir los escalones de madera y resoplando. El aire olía a comida y a libros viejos.

Aparte del estudio acristalado, en el que habían puesto una cama individual, el miniapartamento tenía otra habitación con una cama de matrimonio y cuarto de baño. También tenía wifi de alta velocidad, y Dante mostró la primera y débil sonrisa del día: podía usar la tableta.

Andreas les informó de que había una cocina comunitaria en la planta baja por si les entraba hambre. Podían utilizar sus provisiones de la nevera o hacer una buena compra en el supermercado. Había uno a escasos minutos de camino, que estaba abierto también de noche.

—Gracias, pero estamos demasiado cansados —dijo Colomba, mientras Dante abría completamente las ventanas dobles del estudio—. Dijo que ningún familiar reclamó nunca el cuerpo del desconocido, ¿verdad? Por tanto, ¿todavía está a disposición de las autoridades?

—Lo enterraron al cabo de un par de meses. Una triste ceremonia, en la que no participé.

Andreas les deseó buenas noches y salió, y Colomba se acercó a Dante. Estaba sentado en la cama con el torso desnudo y, por supuesto, fumaba.

—Hay un cartel así de grande que dice que está prohibido —dijo Colomba.

—Tengo todo bien abierto.

—Cierto, por eso hace un frío de mil demonios —Colomba llevó la mirada más allá de la ventana central del estudio, observando el lago que se encrespaba movido por el viento y las luces amarillas y rojas del muelle. Por debajo de ellos, en el jardín de la villa, había algunas mesas de hierro perforado con sillas a juego—. No está nada mal esto. ¿Por qué no te haces escritor, y así viajamos un poco por la cara?

Él gruñó.

—Me imagino que no habrá manera de conseguir alcohol de verdad en este sitio.

—Andreas ha dicho que hay un bar aquí abajo, pero solo lo abren cuando hay conferencias.

—Me basta con una horquilla.

—Y mi complicidad, que hoy, y para esto, te niego. ¿Qué probabilidades existen de que el tipo sin nombre no fuera el objetivo de Giltiné?

—Cero. Y tampoco me cuadra el hecho de que fuera enterrado con tanta rapidez. Todavía conservan los huesos de Rosa Luxemburgo en hielo, y a él lo hicieron desaparecer volando.

—Lo hicieron... ¿quiénes? ¿Tu amiga no trabaja sola?

—Pero sabe ser ayudada cuando lo necesita, ¿no? Haz una llamada a Bart, y dile que se ponga en contacto con sus colegas berlineses para averiguar si saben algo más.

—Si le pido otro favor, tendré que sacrificar a mi primogénito.

Los ojos de Dante se abrieron como platos.

—¿Tienes intención de tener hijos?

—Estoy dotada de útero y los niños me gustan. ¿Por qué no iba a hacerlo, si encuentro a la persona adecuada?

—Por la vida que llevamos.

Colomba se sentó junto a él.

—Dante, esto no es *la vida*. Es solo una especie de compromiso que hemos adquirido por razones que aún no entiendo muy bien. Y cuando se termine, todo será más normal.

—No es *tu* vida, tal vez —dijo con tristeza—. ¿Te molesta si me ducho yo primero?

—No, en absoluto, porque estoy tan cansada que ya me lavaré mañana por la mañana.

—Qué poco higiénico.

—Dicho por alguien que se compra los medicamentos en internet y se los mete por la nariz...

Colomba fue a acostarse y cuando Dante salió del baño, púdicamente envuelto en una toalla, ella ya estaba dormida, rodeada de envoltorios vacíos de Snickers y con el televisor sintonizado en un canal de noticias. Dante apagó la tele y se fue a su habitación, sabiendo que no iba a dormir. Cuando, a través de la puerta cerrada entre sus habitaciones, oyó a Colomba roncar, se descolgó por la ventana sirviéndose de alféizares y de gárgolas como asideros. Le parecía más fácil que bajar por esas escaleras asfixiantes, y estaban a pocos metros del suelo.

En la clínica suiza —no la última, sino aquella en la que había pasado casi cinco años después de escapar del Padre—, Dante era capaz de escalar paredes más lisas y mucho más altas: lo importante era no mirar hacia abajo, porque sufría de vértigo. Al llegar al patio arbolado, examinó la puerta del bar y descubrió que no existía ningún sistema de alarma, de manera que abrió la cerradura utilizando un alambre. Bajo la barra encontró una botella de vodka con un tercio de su capacidad. Estaba caliente y era de una marca de baja calidad, pero siempre sería mejor que los licores de hierbas o los vinos alemanes que estaban al lado. Vertió el contenido en un vaso de cóctel y se lo llevó a una de las mesitas del exterior, después de haber cerrado otra vez y tras dejar veinte euros por las molestias.

Luego se tomó el vodka a sorbos tratando de no notar el sabor, hasta que el lago comenzó a reflejar la luz de la mañana y los cuervos a graznar en los árboles. En aquella zona, en otra villa que surgía a corta distancia y había sido propiedad del general de las SS Reinhard Heydrich, se adoptó la Solución Final. Ahora esa villa se había convertido en un museo para recordar el Holocausto a quienes pensaban que nunca existió.

Al otro lado del lago antaño se encontraba Berlín Este, y hasta la caída del Muro fue imposible cruzarlo. El famoso Puente de los Espías, ese donde los americanos y los soviéticos se intercambiaban los prisioneros, quedaba solo a unos pocos kilómetros de allí. A Dante le habría gustado verlo, convencer a Colomba para darse una vuelta. *Probablemente accederá a mis deseos,* pensó con amargura, *y si me porto bien, tal vez incluso me compre algodón de azúcar.*

El puente de Wannsee le trajo a la mente el que cruzaba el Po, uniendo Lombardía y Emilia Romaña. Uno de los escasos recuerdos que tenía Dante de su infancia antes del silo era el de ese puente pintado solo a medias, con la pintura fresca que se terminaba exactamente en el límite entre las dos provincias, a la espera de que un equipo del otro lado concluyera el trabajo. La imagen se le había quedado grabada en la cabeza, aunque no podía verse a sí mismo o con quién se hallaba en ese instante. Pero tal vez fuera uno de los muchos falsos recuerdos implantados por el Padre.

Esa era la parte más horrible de su situación: no tenía forma alguna de saber si lo que tenía en el cerebro le pertenecía o no. A veces se sentía como un fantasma entre los vivos, inconsistente y débil como papel de seda, y no era raro que se hubiese lanzado de cabeza en busca de un hermano que probablemente no existía. Eso le habría dado una apariencia de raíces, de historia. Pensó de nuevo en el apagón que tuvo en la Potsdamer Platz, la sensación de urgencia que había experimentado, la necesidad de perseguir a ese hombre que había desaparecido entre la multitud. ¿Había ido realmente en la dirección que el otro había tomado? En el momento de correr le pareció que así era, pero ahora todo se deshilachaba, junto con su propia conciencia.

Se adormiló allí sentado, con la colilla entre los dedos, y se despertó dolorido y cubierto de rocío a las seis y media, cuando una camarera empujó un carrito con la comida hasta el comedor que quedaba a su espalda.

En esa gran sala luminosa había una larga mesa de madera colocada delante de los ventanales para permitir que los residentes admiraran el lago. Las paredes, al igual que todas las otras superficies disponibles de ese curioso lugar, estaban repletas de libros, y era difícil saber si el Colloquium era una biblioteca con una pensión artística anexa o viceversa.

Mientras Dante se desperezaba y se sacudía las cenizas de los pantalones, dos de los huéspedes se sentaron afuera para tomar el desayuno y lo miraron con curiosidad, por lo que llegó a la conclusión de que debía presentarse. Descubrió que eran un poeta egipcio y un traductor irlandés, a los que se añadieron poco después una poetisa alemana y una escritora de Liechtenstein. El conjunto era tan heterogéneo e interesante que Dante se vio involucrado en una discusión acerca de la cocina italiana y acabó dando una especie de conferencia sobre los diferentes tipos de café y cómo diferenciarlos, prometiéndoles a todos una degustación. Al finalizar, su humor había mejorado de forma considerable.

—Y tú, exactamente, ¿a qué te dedicas? —le preguntó la escritora de Liechtenstein.

—Por lo general, a gente asesinada o secuestrada.

—Ah, escribes novela negra —lo malinterpretó.

Dante no la corrigió y siguió extendiendo la miel en su pan, mientras miraba con disgusto las minimortadelas que circulaban sobre la mesa y que Colomba atrapó al vuelo cuando apareció un cuarto de hora después.

—Pensé que aún estabas dormido. He hecho de puntillas todo lo que tenía que hacer para no despertarte —dijo.

—Me he levantado temprano.

—¿Me equivoco o apestas a vodka? —Colomba lo estudió con ojo crítico—. Has estado aquí toda la noche soplándote la botella, ¿verdad?

—En algún momento me he quedado dormido.

—No creía que tuvieras el valor de bajar las escaleras en la oscuridad.

—No las he bajado.

Colomba levantó las manos.

—No quiero saberlo, probablemente me cabrearía —dijo con calma, y luego devoró una mortadelita del tamaño de su pulgar.

—¿Sabes con qué las hacen, aparte de los pobres cerdos?

—Me importa un carajo —dijo ella con la boca llena—. He llamado a Bart.

—¿Con el teléfono de la habitación?

—Sé que crees que los policías son imbéciles, pero he usado Skype en tu tableta.

—Es bastante seguro.

—La próxima vez enviaré una paloma mensajera, aunque es probable que esos se la comieran —*esos* eran los cuervos que volaban ahora a docenas por encima de ellos—. Me ha buscado un berlinés con quien charlar. He tenido que explicarle para qué era, pero le he pedido que no dijera nada a nadie.

No había sido una conversación fácil, y Colomba le había prometido contarle todo una vez estuviera de regreso.

Dante asintió.

—Okey.

—Así que ahora me harás el favor de ir arriba, lavarte, vestirte y fingir que no eres un peso muerto. Hop, a saltar.

Dante se puso de pie.

—A sus órdenes, señora.

9.

El contacto de Bart era un profesor de Patología Forense que prestaba sus servicios en el equivalente alemán del Labanof. También era amigo suyo, y lo había tenido como invitado en su casa en numerosas ocasiones. Se llamaba Harry Klein, como el ayudante del inspector Derrik en la serie de televisión, algo que a Dante no se le escapó. Era un sexagenario pequeño y delgado con una barba de doble punta, con quien se reunieron en el Hospital Universitario de la Charité, cerca de Mitte, y quien los condujo a un puesto callejero de comida vitamínica a pocos pasos del complejo universitario de ladrillos rojos. En ese momento solo había algunos estudiantes jóvenes y les resultó fácil encontrar un sitio en torno a una mesita.

—Bart me ha dicho que están llevando a cabo una investigación sobre un accidente de hace dos años. El incendio de un discobar, si no me equivoco —dijo Klein. Además de inglés, el médico también hablaba un italiano rudimentario, traduciendo las palabras que Colomba no comprendía.

—Sí. Aunque quiero precisar que no se trata de nada oficial —dijo Colomba.

—No creo que fuera tan *necesario* precisarlo —murmuró Dante en italiano tras cesar de sorber por un momento su gran vaso de jugo de brócoli.

—Yo no realicé personalmente las autopsias —continuó Klein—, pero se encargó de ello mi departamento y eché un vistazo a los informes. ¿Qué quieren saber?

—Necesitaríamos conocer la causa de la muerte, en primer lugar. Hemos leído solo lo que contaron los periódicos —dijo Colomba.

—Los cuerpos estaban cubiertos casi en su totalidad por quemaduras de tercer y cuarto grado, pero antes de la carbonización todos murieron por asfixia con edema o por *shock* hipovolémico.

—Que son las causas habituales de muerte en un incendio.

—Correcto. Los cuerpos presentaban también lesiones extensas debido al colapso de las estructuras del edificio.

—¿Hay alguna posibilidad de que murieran antes del incendio? —preguntó Dante.

El médico se había descargado copias de las autopsias en la agenda electrónica, y las recorrió rápidamente para asegurarse, a pesar de que ya conocía la respuesta.

—Yo diría que no. Todos tenían hollín en los bronquios; por tanto, respiraban durante el incendio. Y también embolias adiposas en los vasos pulmonares —explicó que se trataba de la grasa corporal, que terminaba en el riego sanguíneo después de que el calor la derritiera, y si aún había circulación es que había vida.

—Pero ¿podrían haber sufrido lesiones que los dejaran sin capacidad de reacción? ¿Impactos en la cabeza, estrangulamientos, golpes en los centros nerviosos?

Klein suspiró.

—¿Su investigación no oficial se debe a que sospechan que se trata de un asesinato disfrazado de accidente?

Colomba se esperaba la pregunta. Quería haber inventado una razón distinta de la real, pero no se le había ocurrido nada que resultara creíble.

—Por desgracia, sí. Pero por el momento es solo una hipótesis.

—¿Y en qué se basa?

—En nada que podamos llevar a los tribunales. Espero que Bart le haya dado garantías respecto a nosotros.

El hombre se tiró de la barba.

—Sí, lo hizo. Me dijo que cualquiera que sea su motivo valdría la pena ayudarles, a pesar de que probablemente me iban a contar un montón de trolas.

—Estaba bromeando —dijo Colomba, avergonzándose un poco.

Klein volvió a suspirar.

—Como les he dicho antes, muchos cuerpos estaban al menos parcialmente carbonizados, con fracturas *perimortem* y *post mortem* debidas a la caída de los escombros. Una señal de agresión violenta puede ser difícil de detectar en la estructura ósea y definitivamente imposible en cuanto se refiere a los tejidos, a menos que existan cortes profundos por arma blanca.

—Así que no puede descartarlo.

—Puedo, de todos modos, descartar que haya heridas de defensa. Eso significaría un ataque coordinado y rapidísimo, hasta el punto de que ninguna de las víctimas se vio en condiciones de reaccionar. En un edificio en llamas, además. Y sin cometer errores. ¿A quién tienen en la cabeza?

—A nadie en particular —mintió Colomba.

—Y aquí vienen ya las trolas... —dijo Klein.

—Las víctimas dieron positivo por sustancias estupefacientes, ¿esto pudo haber disminuido sus reflejos? —intervino Dante.

—¿Su hipótesis presupone una ingestión no voluntaria? ¿Y cómo habría sido? ¿Mediante aspersión? —en la lengua franca del inglés, resultaba difícil determinar si Klein estaba siendo irónico o no.

—¿Tenían huellas de una drogodependencia crónica?

—No. Pero podrían ser consumidores ocasionales.

—¿Los resultados son los mismos para la víctima que permaneció sin nombre? Tal vez el hecho de que no muriera de inmediato puede haber revelado algo diferente —dijo Colomba.

—Lo único diferente es que era más viejo que los demás. Unos setenta años. Y que sufría una forma grave de cirrosis hepática, así como malnutrición.

—Estaba mal.

—Muy mal. Por el estado de su hígado no le quedaban más de dos meses de vida.

Dante dio un salto al descubrir otra pieza del rompecabezas que no sabía dónde colocar. Si lo que el médico decía era verdad, Giltiné había provocado una matanza para eliminar a un moribundo.

10.

Gracias a Andreas, quien insistió en llevarlos a almorzar a un restaurante especializado en sopas de la Tauentzienstrasse, junto a los almacenes KaDeWe (donde a Colomba le habría encantado darse una vueltecita en otras circunstancias), pudieron reconstruir la lista de las víctimas, así como los contactos familiares. Una vez solos, Dante y Colomba decidieron que la más interesante era Brigitte Keller, hermana del propietario del local. La llamaron desde un teléfono público y respondió su padre, quien explicó que su hija había cambiado de dirección y que él no tenía intención de comunicársela a ningún desconocido. Podían encontrarla en el trabajo, si así lo deseaban. Colomba, al escuchar la voz rota del hombre tropezando con unas pocas sílabas en inglés, no insistió más y le pidió esa dirección.

Brigitte estaba trabajando como camarera en el club Automatik de Kreuzberg, el barrio que durante los años ochenta y noventa fue el centro del mundillo artístico y alternativo y que seguía siendo uno de los más frecuentados por los jóvenes. Entre los bares recomendados por las guías turísticas, el Automatik siempre aparecía en los primeros lugares.

Dante acompañó a Colomba, hasta poner pies en polvorosa delante de la cola de al menos cien personas que esperaban para pasar el control de la entrada. El fin de semana algunos clubes, y entre ellos el Automatik, permanecían abiertos ininterrumpidamente: si le apetecía, uno podía entrar un viernes y salir el lunes siguiente, y la gente afluía con un ritmo continuo. Quien seleccionaba a los clientes era un individuo vestido como los Ángeles del Infierno que, al parecer, elegía al azar. Colomba vio que rechazaba a un tipo con una boa de avestruz y a una chica en traje de noche y tacones, mientras que a ella la dejó entrar con un movimiento de cabeza. Se sintió por un momento orgullosa de su camiseta blanca debajo de la chaqueta. A menos que hubiera sido por sus tetas.

Superó un corto pasillo con el techo tan bajo que habría hecho estallar a Dante solo con verlo, y entró en la sala de la planta baja de la antigua fábrica de cerveza, amueblada con materiales reciclados y desgastadas mesitas redondas de metal. En los laterales se abrían las puertas que llevaban a las plantas superiores, con tres pistas, y al piso de abajo, con los cuartos oscuros donde los clientes se apareaban en grupos y a ciegas, y donde Colomba confiaba en no meterse por error. Tampoco es que el resto del ambiente le pareciera mucho mejor. Por el local se movían por lo menos un millar de juerguistas, y al menos la mitad estaba bajo el efecto de alguna droga. Las apariencias iban desde los vaqueros hasta lo extravagante, como el desnudo integral con zapatillas de deporte en el que nadie parecía reparar. En las esquinas oscuras, además, parejas heterosexuales y homosexuales intercambiaban efusiones que en otros lugares serían consideradas un atentado contra las buenas costumbres. Por no hablar de los tríos.

La única nota positiva, para ella, era el ambiente relajado. No había allí los conatos de tensión que se había encontrado en las discotecas italianas, con grupitos caldeados por el alcohol dispuestos a la bronca por motivos insignificantes, y nadie había tratado de ligar con ella soltando alguna ocurrencia manida. Desde ese punto de vista, viva Alemania.

Se internó en la pista de la primera planta, donde la música tecno que un DJ pinchaba en su plataforma hacía bailar a trescientas o cuatrocientas personas, desnudas y vestidas, y se abrió paso hasta la barra del bar mientras los bajos la golpeaban en el estómago. Al chico de la caja, que llevaba un chaleco de cuero sobre su pecho desnudo, le gritó en inglés que estaba buscando a Brigitte. Al cabo de unos instantes llegó una chica con el pelo de color rosa medio rasurado de un lado, tatuajes en los brazos y *piercings* en los labios.

—Dime —le dijo.

—Necesito diez minutos de tu tiempo. He venido desde Roma a propósito. ¿Podemos ir a un sitio más tranquilo?

La chica, asombrada, habló en alemán con un compañero suyo; luego, tras salir por la puerta trasera, condujo a Colomba hasta el patio, donde la música llegaba amortiguada. Colomba se presentó y fue directa al grano.

—Necesito hacerte unas preguntas sobre el Absynthe. Y sobre tu hermano. Lo siento, porque me imagino que será un recuerdo doloroso.

Brigitte se quedó atónita unos segundos y luego se tomó un tiempo gorroneándole un cigarrillo a un chico que pasaba por ahí.

—¿Por qué te interesa?

—Porque necesito averiguar si de verdad fue un accidente —era inútil darle más vueltas al asunto.

Los ojos de Brigitte se abrieron por completo.

—¿Y por qué crees que no lo fue?

—Necesito averiguarlo, precisamente.

—Mi hermano murió allí, no puedes apañártelas con una ocurrencia.

—No es una ocurrencia, estoy tratando de averiguarlo en serio. Digamos que un amigo mío tiene la sospecha de que fue un atentado, pero me faltan pruebas para demostrarlo.

—¿Y por qué tienes que demostrarlo? ¿Eres periodista?

—No.

Brigitte la estudió, tensa.

—Pregúntame lo que necesites, pero démonos prisa, que he de volver al trabajo.

—¿La tesis del accidente te convence o crees que hay puntos oscuros?

—Nunca he tenido razones para dudar de ello. La instalación eléctrica era vieja, y Gun tenía pensado arreglarla.

—¿Tenía enemigos?

—No, que yo sepa.

—¿Y era normal que se quedara hasta la mañana?

—El fin de semana cerraba muy tarde. Las otras personas que murieron eran todas ellas clientes habituales, amigos míos también..., y todos eran gente tranquila.

Brigitte miró a lo lejos y Colomba le dio un minuto, fingiendo no darse cuenta de que estaba llorando.

—No creo que *todos* fueran amigos tuyos —dijo—. Porque hubo un hombre que permaneció sin identificar.

Brigitte hizo una mueca.

—Es cierto.

—¿Sabes cómo se llamaba?

—No. La policía preguntó a todos los familiares y a los clientes habituales, pero al final no averiguó nada al respecto. Debía de ser alguien que pasaba por casualidad, un turista tal vez —dijo Brigitte.

—Los turistas que desaparecen de los hoteles son notificados. No hubo ninguna desaparición. Y era un alcohólico en el último estadio. Iba a morir pronto.

—Eso no lo sabía. Pero no se me ocurre nadie así.

—¿Podría ser el traficante de los hongos? ¿O crees que fue uno de los otros?

—No había tráfico de drogas en el local —dijo Brigitte, tensa una vez más.

—Se han encontrado restos de drogas en la sangre de todas las víctimas. También en la de tu hermano. Es una de las razones por las que pensamos en un atentado.

Brigitte la observó de nuevo.

—¿Estás segura de que no eres periodista? ¿O acaso eres de la pasma?

—Quiero ser honesta contigo. Era de la policía, pero ya no lo soy.

—¿Qué hiciste?

—Demasiadas preguntas.

Brigitte sonrió por primera vez, y de repente pareció más joven, casi una chiquilla. Pero de inmediato volvió a ponerse seria.

—Solo te voy a decir una cosa: Gun había probado un poco de todo, pero no era un toxicómano ni tampoco un camello. No habría dejado que nadie vendiera drogas en su local.

—¿Y cómo te lo explicaste entonces?

—De ninguna manera. Probablemente alguien se armó un lío durante los exámenes... de los cuerpos —le resultó difícil terminar la frase, y se tomó unos segundos más—. Quería que se hiciera un segundo análisis, pero el juez decidió cerrar la investigación, y a mí me pareció bien.

—Lo siento mucho.

Brigitte se encogió de hombros.

—Para que sepas lo muy pendiente que estaba mi hermano de determinadas cosas, se encontraba a punto de instalar un sistema de vigilancia para controlar que nadie traficara en el local. Lástima que no tuviera tiempo. Te quitarías todas esas dudas que tienes.

Colomba asintió, también ella lo lamentaba.

—¿Puedo preguntarte si tu hermano tenía alguna relación?

—Nada fijo.

—¿Sabes si se veía con una mujer nueva en el último periodo?

—Cuando estás al frente de un local, ese es el último de tus problemas. ¿De verdad crees que no fue un accidente? Porque nunca pensé lo contrario y ahora me están entrando a mí muchas dudas...

—Te juro que no sé nada más que lo que te he dicho.

—¿Y me lo dirás cuando lo sepas? Gun era una buena persona. No se lo merecía. Ni tampoco los demás.

—Te lo prometo —dijo Colomba, con la esperanza de poder mantener su palabra, algo que últimamente no le salía nada bien.

Brigitte asintió y se perdió de nuevo en sus pensamientos unos segundos.

—No había ninguna mujer nueva. Y no se quejaba de ninguna acosadora, si es eso lo que estás pensando. Ahora tengo que volver a la barra.

—Lo siento, te he robado demasiado tiempo. Una última cosa: ¿sabes quién iba a instalarle las cámaras de vigilancia?

—No. Me dijo que era alguien que lo hacía por poco dinero, pero no sé nada más.

Colomba le dejó el número del Colloquium.

—Me quedaré aquí un par de días todavía. Si te enteras de quién es, me gustaría hablar del tema un rato.

La mujer se guardó la tarjeta y volvió a sonreírle, esta vez más relajada.

—De acuerdo. Mientras tanto, si tienes ganas de volver por aquí, pregunta por mí en la entrada y haré que te saltes la cola, ¿vale? A lo mejor nos tomamos una copa.

Colomba le dio las gracias, mientras se preguntaba si le estaba tirando los tejos. Fuera lo que fuera, ella no estaba en la acera de enfrente y se moría de ganas de volver a Italia para acabar cierto tema pendiente con cierto atlético policía.

Se encontró a Dante aguardando aburrido por la calle. Juntos se reunieron con Andreas en un restaurante hindú abierto toda la noche que quería que probaran; se sentaron en el patio interior que se utilizaba solo en verano. Los encargados les dieron amablemente un par de mantas para las piernas, y trataron a Andreas como si fuera de la casa, porque iba allí cada vez que pasaba por Berlín. Dante se puso morado de verduras *tandoori* y cerveza Meera; ella, de un pollo picantísimo muy especiado; Andreas, más o menos de todo lo que había en la carta.

—¿Algún éxito en sus investigaciones? —preguntó.

—Todavía estamos en el principio —dijo Dante.

—Andreas, usted nunca habló directamente con el individuo que no fue identificado, ¿verdad? —preguntó Colomba.

—No, se lo habría dicho. Es un detalle que me contaron.

—¿De primera mano?

Andreas hizo un gesto dubitativo.

—Así es como me lo vendieron, pero... ¿Han descubierto ustedes algo?

—Solo que su presencia en el local era insólita. Según los resultados de la autopsia, no se entiende cómo podía mantenerse de pie. Y, pese a todo, es quien más tiempo sobrevivió —dijo Colomba.

—Tal vez había seguido un entrenamiento de resistencia especial —dijo Andreas, masticando su *cheese naan*.

—¿Y qué tipo de entrenamiento puede hacer uno para resistir al fuego?

—Programación neurolingüística —dijo Andreas—. Se la hacían a los agentes especiales del KGB. Los llevaban al desierto y los sugestionaban de tal forma que sentían frío. Nuestro cerebro tiene recursos que ni siquiera nos imaginamos.

—Estoy segura de que hay otra explicación —dijo Colomba, escéptica.

—Pero de todas maneras podría tratarse de un exespía —dijo Dante—. ¿Tiene contactos en el mundo de los exagentes de la Stasi? ¿Puede preguntar por ahí?

—¿Contactos? ¿Sabe cuántos han intentado venderme sus memorias? Tuve que explicarle a todo el mundo que por regla general soy *yo* el que vende.

Se rio de nuevo, luego comenzó a contar una serie de anécdotas sobre la RDA que Dante encontró extraordinarias y Colomba extraordinariamente aburridas, y que prosiguieron hasta que un taxi los descargó en el Colloquium, donde se estaba celebrando una fiesta de cumpleaños. Cuando no había conferencias programadas, la villa solía alquilarse y el dinero que entraba contribuía a pagar los gastos.

Colomba supuso que los dos teóricos del complot se unirían a la fiesta y seguirían hablando, y se moría de ganas de dejarlos allí y terminar su libro. Pero antes incluso de llegar a su habitación, empezó a encontrarse mal.

11.

Todo comenzó con una sensación de ligereza y euforia que Colomba atribuyó, en un principio, al alcohol y al cansancio del día.

Le costó subir las escaleras y tuvo que apoyarse en la pared, riéndose como una idiota. Continuó riéndose hasta la habitación, adonde poco después vio llegar a Dante, en un estado que no era mejor que el suyo.

—Tenemos que beber menos —le dijo, provocando las carcajadas de ambos.

Dante se echó en la cama del estudio, que le pareció que daba bandazos igual que una balsa. Desde el jardín llegaban las notas de «Mamma Mia», y a través de la puerta que separaba las dos habitaciones trató de explicarle a Colomba que Abba eran la estafa mediática más grande de la historia de la música.

—Todo el mundo cree que son cuatro, ¿verdad? —gritó—. Las dos que cantan, el tipo de la guitarra y el que toca el piano. Y, entonces, ¿quién está tocando la batería? ¿Y el bajo? En realidad, Abba lo forman como mínimo seis, ¡si no más! ¡Exijo justicia para esos dos desconocidos!

Colomba respondió desde la otra habitación con una risa que rebuznaba, mientras Dante sentía que su cama daba vueltas tan rápido como para producir destellos de color. Aferró a tientas la botella de agua que estaba en el suelo, pero el trayecto hasta la boca duró una eternidad. *El tiempo se está dilatando, tal vez estoy cayendo en un agujero negro*. El agua en su boca estaba provista de miles de matices de sabor, uno para cada clase de mineral que se encontraba allí en disolución y que Dante ordenó de acuerdo con la tabla de los elementos, inventando sobre la marcha otros nuevos que estaba seguro que serían descubiertos muy pronto. El techo abovedado de la habitación, por su parte, se iba desintegrando lentamente, convirtiéndose en un dibujo pixelado como los de los viejos videojuegos. Fue entonces cuando lo comprendió.

Me han drogado.

Ese pensamiento pareció acelerar el proceso. El techo se desvaneció para mostrar el cielo nocturno en el que giraba una luna enorme, luego se cerró de nuevo y se convirtió en el de las vigas del silo. Lo único, que eran vigas de neón verdes y rojas que latían al ritmo de la música del patio.

Paradójicamente, no tenía miedo. Cada vez que sentía que la ansiedad aumentaba, la mantenía bajo control atrapando los pensamientos que estaban corriendo por todos lados y se convertían en bocadillos de cómic, que le salían por la nariz y por las orejas. Sabía qué debía hacer, porque sabía lo que le estaba pasando. Estaba haciendo un *trip,* un viaje de LSD, si bien el efecto era mucho más potente que los que había experimentado de forma voluntaria en su intento fallido por desbloquear recuerdos enterrados. El viaje al que se enfrentaba ahora era como..., *como el café respecto al algodón fulminante.*

La comparación no significaba nada, pero las palabras *algodón fulminante* le llenaron la boca.

Al-go-dón-ful-mi-nan-te.

Algodón fulminado.

Fulminador algodonoso.

Sabía que no debía cerrar los ojos, porque las alucinaciones campartían a sus anchas, y que era necesario permanecer anclado a la realidad. Levantarse de la cama quedaba fuera de discusión, así que rodó sobre sí mismo y cayó al suelo. Desde ahí comenzó a arrastrarse hacia su maleta con ruedas, una maniobra que se le hizo más complicada por el hecho de que su cuerpo se estaba convirtiendo en gelatina.

Mientras tanto, en la otra habitación, Colomba había dejado de reír. A diferencia de Dante, nunca había tomado ningún ácido y ni siquiera había fumado hierba. Las únicas alucinaciones que había experimentado eran las que le provocaban los ataques de pánico, pero eran sombras que sabía que no existían.

Ahora, en cambio, las imágenes que tenía delante eran cada vez más sólidas, a medida que la droga iba invadiendo los receptores de su cerebro y jugaba con sus percepciones. Las cadenas que colgaban del techo, el crujido de la maquinaria, la mesa de quirófano que había ocupado el lugar de su cama se convirtieron en reales. El ácido lisérgico también alteró su mente, dotándola de una conciencia clara y absolutamente falsa de lo que estaba ocurriendo. Ya no estaba en Alemania, sino en su propia versión de un Mundo Feliz, donde los seres humanos eran criados desde el vientre de la madre para ocupar un lugar definido en la sociedad. A ella la hicieron nacer para convertirse en agente de policía, pero algo en el tratamiento no había funcionado. Por eso la habían enviado de nuevo al Taller, para ser reparada. Y el proceso sería doloroso, muy doloroso.

La puerta se abrió lentamente y Colomba comenzó a temblar. Era el momento que temía, en el que el mecánico iba a quitarle todo lo que no funcionaba, todo lo que la hacía triste e insegura. Y ya estaba allí: una figura monstruosa que soplaba y gruñía, deforme, más un oso que un hombre, con los ojos rojos en llamas. Empuñaba una larga herramienta metálica cuyos destellos le herían los ojos.

El mecánico se inclinó sobre ella y Colomba no fue capaz de mover ni un solo músculo. Solo tenía la esperanza de que terminara rápidamente. La herramienta se disolvió ante sus ojos y por un segundo reveló su verdadera naturaleza. Era un cuchillo de cocina y la mano que lo empuñaba era la de un ser humano. Pero ya era demasiado tarde y Colomba aceptó que ese sería su destino.

El mecánico levantó su cuchillo, pero algo que se movía demasiado rápido como para que Colomba pudiera distinguirlo impactó contra él, produciendo tornasoladas líneas cinéticas. El mecánico y el recién llegado cayeron en una nube de polvo de dibujos animados y estuvieron retorciéndose en el suelo, gruñendo y gritando. Al final la silueta de un hombre se arrastró hacia la cama, estirándose como si fuera de goma.

Ella gritó tratando de apartarse, pero la voz de Dante le susurró al oído que estuviera tranquila.

—Ahora todo esto pasará, no te preocupes. Bebe —dijo.

Vertió en su boca un líquido amargo, que a Colomba le costó tragar, luego la abrazó y la acunó hasta que el miedo se desvaneció. Colomba se acurrucó en posición fetal, y Dante se pegó a su espalda, murmurando palabras de alivio.

Fueron necesarias dos horas para que Colomba volviera a estar lúcida, y era como soñar sin dormir. Poco a poco fue comprendiendo qué le había sucedido, y se sintió cada vez menos excitada y más apagada. Por fin fue capaz de mirar a Dante y distinguir su rostro, aunque rodeado por ocasionales destellos de color. Tenía un gran hematoma en el ojo derecho y restos de sangre en el cuello de la camisa.

—Hola —le dijo.

—Hola..., me siento... —se detuvo.

—Es difícil decirlo, estoy de acuerdo. Pero ahora que has vuelto al planeta Tierra, te aviso de que tenemos un pequeño problema que debemos resolver.

Colomba miró hacia donde Dante le señalaba, para descubrir en el suelo a Andreas, con la cabeza abierta.

12.

Andreas no había muerto, por suerte, y su estado tampoco era grave. Dante le había golpeado con la base de latón de la lámpara de la mesita, y lo había pillado por sorpresa —aunque no lo bastantc como para ahorrarse un mamporro en la cara—, pero el golpe solo le hirió en el cuero cabelludo, dejándolo inconsciente. Luego Dante le puso las esposas de Colomba, y tuvo que esforzarse un poco para sujetarle las muñecas y echarle en la boca media ampolla de tranquilizante. Andreas estaba durmiendo como un tronco.

Colomba se sintió de nuevo lúcida, pero rara. Estaba muy despierta, a pesar de que eran las cuatro de la mañana, y su percepción de los colores aún seguía alterada. Mirando el lago oscuro del otro lado de la ventana percibió parpadeantes resplandores iridiscentes.

—¿Siempre es así? —le preguntó a Dante mientras bebía la taza de café que le había preparado.

—Es diferente para cada persona. Y no es que yo tenga una gran experiencia, lo probé tan solo en un par de ocasiones.

Colomba terminó el café y por una vez no formuló ninguna crítica. Quizá porque ya tenía mal sabor de boca.

—Cómo puede gustarle a nadie meterse algo semejante... —al darse cuenta de que implícitamente estaba desaprobando a quien acababa de salvarle la vida, cambió de inmediato el objetivo de sus disparos—. No habría soportado ni un minuto más allí sola. Gracias por haberme cuidado. Lo necesitaba.

—Yo también —dijo Dante, bendiciendo la oscuridad de su habitación que ocultaba el rubor de sus orejas. No había necesidad de hacerle saber que la última hora se la había pasado tratando de convencer a determinada parte de su cuerpo para que se quedara tranquila mientras abrazaba a Colomba.

—¿Cómo has podido reaccionar? —preguntó Colomba.

—Si sabes lo que te está pasando, es más fácil controlarlo —contestó Dante, contento de cambiar de tema—. De inmediato me tomé la clorpromazina, las mismas ampollas que te di para que bebieras. Es un buen antídoto para los alucinógenos.

—Pero ¿tú quién eres, Batman, que llevas de todo en el cinturón?

Dante carraspeó incómodo.

—No. Me lo han recetado —Colomba no dijo nada más y él prosiguió—: Se la dan a los esquizofrénicos y a los bipolares que no responden a otros tratamientos. Al parecer, yo encajo en una de las dos categorías. Debería tomármela todos los días, pero solo lo hago en casos de emergencia, como el de ayer.

—¿Por eso estabas tan apagado?

—Sí. Pero tenía aún un poco en la sangre, lo que me ayudó hasta que volví a llenar el depósito. ¿Qué hacemos con Andreas? Imagino que cortarlo en pedazos y tirarlo al lago queda descartado.

Colomba hizo una mueca feroz y Dante vio cómo emitía rayos verdes por los ojos. Era un resto de la droga, pero parecía tan real que Dante se estremeció.

—Depende de cómo nos conteste.

Lo colocaron sentado en la cama de Dante, con las esposas puestas, y al cabo de una media hora Andreas recuperó el conocimiento.

—¿Puedo beber agua? —murmuró.

Dante se la vertió en la boca con una botella. Le habría gustado darle con ella en los dientes, pero entre el ácido y el psicofármaco su agresividad estaba bajo mínimos.

Colomba meneó el cuchillo debajo de su nariz.

—¿Qué estabas planeando hacernos?

Andreas se encogió de hombros.

—Nada. Pasé por aquí porque oí unos ruidos extraños. Y él me saltó encima. Me pareció que estaba drogado.

—¿Crees que alguien va a creerte?

—Creo que *todo el mundo* va a creerme.

Dante estaba leyéndolo y se sentía desconcertado.

—Estás mintiendo. Pero lo haces bien, debo admitirlo. Demasiado bien. ¿Puedo hacer un pequeño experimento, CC?

—Por favor.

Aferró el cuchillo y puso la punta en la mejilla derecha de Andreas.

—¿Qué te parece si te saco un ojo? Total, tienes dos.

—Creo que no lo harás.

—No me conoces tan bien. A lo mejor te equivocas.

—¿Qué es la vida sin una pizca de emoción?

Dante seguía mirándolo, luego se dejó caer contra el respaldo de la silla, abandonando el cuchillo sobre la mesa.

—¿Siempre has sido así? ¿Matabas a los cachorros cuando eras niño? ¿Torturabas a tus amiguitas?

Andreas no dijo nada, pero algo brilló en sus ojos.

—¿Cómo pensabas salirte con la tuya? —le preguntó Colomba.

—El LSD obliga a hacer cosas malas a la gente. Especialmente a los que trepan por las paredes durante la noche —dijo, como si estuviera hablando de esto y aquello—. Ah, sí, te vi.

—Asesinato-suicidio —dijo Colomba.

—Sabes que no puedes probarlo, y que solamente harías el enésimo papelón. Porque estás acostumbrada a fracasar, ¿verdad? Por eso vas por ahí con alguien como Torre.

Colomba se esforzó en no darle el gusto y permaneció impasible.

—Deja ya el numerito. ¿Por qué nos querías muertos?

Andreas sonrió. Con los dientes sucios de sangre no era un espectáculo agradable.

—¿De verdad crees que era yo quien os quería muertos? —dijo.

13.

A Andreas los muertos del Absynthe no le importaban lo más mínimo. *Zero, zip, zilch, nada,* como decía el Joker en los dibujos animados. Pero aquello no era una novedad, en absoluto. Pocas cosas le importaban a Andreas, y todas eran las que podían entrarle por la boca o en las que podía meter el pito. Y la pasta le resultaba necesaria precisamente para satisfacer esas dos partes del cuerpo tan valiosas. Con el fin de ganarla, en sus primeros años como periodista *freelance* había hecho todo lo que muchos de sus colegas no tenían estómago para hacer. Entrevistar a personas que habían perdido a alguien o mujeres que acababan de ser violadas, hacer que un pederasta le informara sobre qué era lo que lo excitaba, chantajear a testigos reticentes, intercambiar informaciones con criminales de diverso pelaje.

Andreas conocía la diferencia entre lo justo y lo erróneo, entre el bien y el mal, pero no sentía ningún estímulo para acomodarse a la moralidad corriente, del mismo modo que no le interesaba el amor romántico o tener amigos. Como lo había estudiado, también sabía a la perfección que poseía eso que los psiquiatras definen como «trastorno de personalidad antisocial». Al igual que Harry Lee Oswald o Ted Bundy, para entendernos, aunque pensaba que el asesinato era una herramienta que debía utilizarse con moderación, como por ejemplo cuando decidió que sus ancianos padres empezaban a resultar demasiado entrometidos. Y también con la violencia debía tener cuidado. Porque mientras nadie sabía quién era, podía hacer un poco lo que le viniera en gana, pero ahora su careto circulaba por la tele, gracias a su meticuloso trabajo. Revolvía en archivos antiguos, iba a ver a ufólogos y satanistas que se escondían del mundo, y si no querían colaborar, él los convencía para que lo hicieran: Andreas tenía olfato para las buenas historias.

Como la de Giltiné. A diferencia de lo que le había contado a Colomba, había ido al hospital y había intentado hacer que hablara el viejo quemado, tras convencer a un amigo suyo enfermero para que le diera un pinchacito que lo despertara. Además del nombre de Giltiné, obtuvo algunas palabras en ruso que no entendió, excepto una que significaba «blanco», pero fuera de contexto, lo que no le había ayudado mucho. Andreas vio la historia delante de sus ojos. ¿Un hombre sin identidad que habla ruso y que es asesinado por una misteriosa mujer? ¿Qué podría ser mejor que eso? Podía escribir un libro con aquello, no solo una serie de artículos. Y aderezándolo con algunos chismes sobre la RDA, sabía que habría miles de personas dispuestas a tomárselo como verdad de la buena. Que lo fuera o no, eso no le importaba. *Zero, zip, zilch, nada*. Cuando regresó a su casa saboreando la escritura anticipadamente —esa sí que le daba un placer casi físico—, ella estaba allí.

—¿Giltiné? —preguntó Colomba con la boca seca.

—Giltiné —dijo Andreas—. No sé qué habéis visto mientras estabais drogados, pero sin lugar a dudas ella era peor.

—¿Le viste la cara? —preguntó Dante, ansioso.

—Llevaba una máscara. De goma, adherente. Como la que colocan a las víctimas de quemaduras, pero también le cubría la boca. Tenía los brazos vendados. Por lo demás, era una mujer de complexión mediana.

—¿Se quemó en el incendio del Absynthe? —lo apremió Colomba.

—Yo también me lo pregunté. Pero habían pasado solo un par de semanas, y de haber tenido quemaduras tan extensas no habría ido por ahí como lo estaba haciendo. Y no se habría movido como se movía.

Cuando la tuvo delante, Andreas intentó reaccionar y corrió hacia el cajón del escritorio donde guardaba el Mace, pero la mujer vendada llegó antes que él, sin que Andreas entendiera cómo lo había hecho. Le pareció el truco de un mago que hace desaparecer a su asistente: parpadeas y de repente ella aparece en la otra punta del escenario, con un ramo de rosas en las manos.

Solo que Giltiné sostenía en su mano un cuchillo de caza, de esos que tienen la hoja dentada, a lo Rambo, y lo hacía girar entre sus dedos a la velocidad de un rayo.

—Me dijo que si daba otro paso, me mataría; luego me explicó lo que debía hacer para seguir con vida.

—Déjate de historias —dijo Colomba—. ¿Por qué no eliminaste el texto de tu blog?

—No quiso que lo hiciera. Dijo que alguien podría darse cuenta y sospechar de su participación.

—¿A quién se refería con alguien?

—No lo dijo. Tal vez solo sea una paranoica.

Dante y Colomba se miraron el uno al otro y ambos pensaron en el misterioso enemigo al que Giltiné parecía temer tanto.

—Luego me dijo que me mantuviera en guardia. Si alguien se presentaba haciendo preguntas, debía comunicárselo.

—¿Puedes ponerte en contacto con ella? —preguntó Colomba.

—Sí.

—¿Cómo?

—A través del correo electrónico. Pero si tienes la esperanza de sacar algo en claro por ahí, fíate de mí: es imposible. Es la cuenta del administrador de una página de pesca deportiva abierta con una identidad falsa.

—Has investigado sobre el tema.

—Con mucho cuidado. Y lo dejé de inmediato.

—¿Y qué ganas siendo su centinela? —preguntó Dante.

—¿Te parece que la vida no es ganancia suficiente?

—No a largo plazo, no para alguien como tú.

Andreas se rio, escupiendo sangre.

—Si me das un cigarrillo, cabe la posibilidad de que os lo cuente.

Dante le metió uno en la boca y se lo encendió.

—Sabes que estás en serio peligro, ¿verdad?

—Sabes cuánto me importa, ¿verdad? —dijo burlonamente, luego prosiguió—: Después de la caída del Muro buena parte de los archivos de la Stasi desaparecieron. Nombres de informantes y de agentes, escuchas telefónicas y material comprometedor sobre los espiados. Giltiné logró meter las manos ahí, no sé cómo.

Les contó que había instalado una memoria USB en su ordenador y que le había dejado echar un vistazo rápido. Fue capaz de memorizar tan solo un par de nombres.

—Eran auténticos, lo verifiqué más tarde. Me saqué algo de pasta —se encogió de hombros—. Recibiría todo el material de los archivos como premio si le hacía un favor en el momento adecuado.

—Y el favor éramos nosotros.

—Eso parece. Por desgracia, la cosa ha salido mal y nunca veré el resto.

—¿Qué más sabes de Giltiné? —preguntó Colomba.

—Se le dan muy bien el cuchillo y las drogas. El LSD es cosa suya —Andreas se estiró, haciendo chirriar la cama—. Os he dicho prácticamente todo. Ahora creo que ha llegado el momento de que me quitéis las esposas y me dejéis echarme un sueñecito.

—¿Crees que vamos a permitir que te marches como si nada? —dijo Colomba, estupefacta.

—¿Por qué no? Giltiné quería que os matara, pero no lo he conseguido. ¿Qué creéis que me va a hacer la próxima vez que venga a verme? —Andreas le guiñó un ojo a Colomba—. Estamos en el mismo lado, chicos. Me muero de ganas de que borréis del mapa a esa mala puta.

14.

El gondolero había transportado a turistas de toda clase en su embarcación, incluidos los que le daban propina para que no mirara mientras hacían el amor amparados por la oscuridad. Él los clasificaba en tres categorías. Los entusiastas, que se reían o gritaban por cualquier cosa, y que eran sobre todo americanos de mediana edad; los que se hacían un montón de selfis y parecían no darse cuenta de dónde estaban, y, finalmente, los que parecían conocer al dedillo la historia de Venecia y no se callaban nunca —en esta categoría entraban a raudales los alemanes—. Pero todos cerraban el pico por un momento y levantaban los ojos ante la magnificencia del Molino Stucky, o de la iglesia de Sant'Eufemia, o se quedaban impresionados cuando el canal de la Giudecca se ensanchaba hasta el punto de que la otra orilla desaparecía tras la niebla. El canal se hacía más grande una vez terminada la ruta que recorrían habitualmente las góndolas, cuatrocientos cincuenta metros a la altura de la isla de San Giorgio, casi un lago de agua salada. No por casualidad era el punto de acceso que utilizaban los grandes cruceros para aproximarse a la ciudad, y era como ver una ballena nadando en una bañera. El gondolero estaba convencido de que tarde o temprano esos monstruos del mar acabarían hundiéndolo todo, y entonces ya le gustaría ver a los que seguían diciendo que no había ningún peligro en aquello.

La mujer que se sentó tranquilamente en el borde del asiento, las botas de cuero plantadas con firmeza en el fondo plano de la embarcación, era, sin embargo, una categoría por sí misma. Tenía entre treinta y cuarenta años, iba maquilladísima y llevaba un fular en el pelo. No miraba el sol que había salido durante la travesía, no tomaba fotografías ni tampoco charlaba. Él le había hablado de la Fiesta del Redentor y del puente de barcas que cada tercer domingo de julio cruzaba la laguna, pero como respuesta recibió solo un reflejo de los lentes de espejo cuando la mujer se giró hacia él, como un pájaro intrigado por una misteriosa especie nueva de gusano. Luego volvió a mirar el agua, moviendo de vez en cuando la cabeza, como si algún ruido la molestara. Tal vez sufría de mareos.

En realidad, Giltiné pensaba en Berlín, y en el hombre al que había enviado para solucionar el problema. Se preguntó si lo lograría. Entre todos los peces que pescaba, algunos eran más valiosos que otros. Eran los tiburones, que no necesitaban ser chantajeados o manipulados para que actuaran. Tan solo estimulados. Tenía una bañera preparada para su uso, en la que de vez en cuando lanzaba algo de carnaza para mantener su lealtad.

La góndola superó el Ponte dei Sospiri con su asimétrico nado, y Giltiné estudió el barco de los bomberos anclado en la Fondamenta della Croce. Al fondo de la calle que quedaba delante de ella se podían ver los daños del incendio de la noche, desde donde el viento empujaba el hedor a quemado.

—Yo conocía al *tòso* —dijo de repente el gondolero.

Giltiné se volvió de nuevo hacia popa.

—*¿Tòso?*

—Aquí quiere decir muchacho, aunque para mí son muchachos todos los que tienen menos de cincuenta años. Se mató con el gas y montó ese desastre. Era un colega, también era taxista.

—¿Por qué lo hizo?

—No se sabe. Pero dicen... —el gondolero dejó la frase inútilmente en suspenso, esperando una muestra de interés, pero la mujer se quedó mirándolo sin cambiar de expresión—, que era marica. De tanto quedarse escondidos los maricones pierden la cabeza.

Giltiné permaneció impasible, aunque las voces del agua murmuraron su aprobación.

Esa noche, sus avatares hicieron horas extras dentro de la comunidad LGBT, relatando la triste historia de un gay incapaz de aceptarse, que mantenía relaciones de las que se avergonzaba. Todavía era pronto para que el suicidio se convirtiera en una hipótesis que los investigadores de la explosión tomaran en cuenta, pero ya era una voz «acreditada» y lo sería mucho más cuando se descubriera que Daria había sido asesinada de una puñalada en la garganta, obra del cuchillo que todavía empuñaba Pennelli. La historia del asesinato-suicidio iría tomando cuerpo, frenando las pesquisas en otras direcciones. Pasarían semanas antes de que alguien se imaginara cómo habían ocurrido realmente las cosas, y para entonces ya no sería un problema.

Giltiné dejó una buena propina al gondolero —había aprendido la lección— y luego regresó a su apartamento de alquiler, se cambió las vendas y comprobó el buzón de entrada dedicado a Andreas, aquel en el que su avatar había recibido la información sobre la llegada de Dante y Colomba a Berlín. No había ningún mensaje nuevo. Y tampoco en las páginas de las agencias. Tal vez aún era pronto. Quizás su *tiburón* había fracasado.

Giltiné hizo reaparecer en pantalla las informaciones sobre Dante. Había sido él quien la puso en estado de alerta, con esa expresión casi infantil y esos ojos que parecían haber mirado los mismos horrores por los que ella había pasado. Lo analizó en algunos vídeos en los que se le veía salir del tribunal tras declarar sobre la muerte del Padre y se dio cuenta de que ya lo había visto. En los Dinosaurios, cerca de la tienda ocupada por Youssef: mientras esperaba a que Musta se despertase atado a la columna, se había fijado en ese hombre larguirucho, vestido de negro, que dirigía el primer grupo. No podía equivocarse y no podía ser una coincidencia. Por su culpa la policía llegó tan rápidamente.

Primero, Roma; luego, Berlín: Torre estaba siguiendo sus huellas hacia atrás.

El habitual estado emocional de Giltiné era de calma y control, pero mirando con atención los ojos castaños de Dante sintió de nuevo algo parecido a la ansiedad, y los muertos que desde siempre guiaban sus pasos y la instaban a continuar, que la castigaban con los gritos y la recompensaban con el silencio, la exhortaron a que actuara deprisa.

Giltiné aún le dio unas horas a Andreas. Si no llegaban noticias suyas, tendría que intervenir en persona.

15.

Dante y Colomba le taparon la boca a Andreas con un sistema muy parecido al que habría utilizado Giltiné —se sirvieron de un calcetín de Dante, y luego le sellaron los labios con cinta adhesiva—, lo empujaron sobre la cama de matrimonio y regresaron al estudio para hacer planes. Los camareros estaban arreglando el jardín después de la fiesta de la noche anterior, ignorando la que había tenido lugar dos plantas más arriba.

—¿Tú qué opinas? ¿Ha contado algo que sea verdad? —preguntó Colomba.

—No tengo la menor idea. Es un sociópata. La gente como él miente con una sorprendente facilidad. Incluso podría pasar la máquina de la verdad.

—Tú eres mejor que la máquina de la verdad.

—Ni siquiera me acerco a Giltiné. Mira cómo manipuló a esos idiotas que hicieron el vídeo, por no hablar del guardia de la CRT. Y también con Andreas... Fue hasta su casa para quitarle la vida, pero de inmediato cambió de opinión y lo reclutó. Se dio cuenta de que era capaz de matar y de que probablemente ya lo había hecho.

—Si hay algo de verdad en lo que nos ha contado, el muerto es de origen ruso.

—¿No percibes cierto olor a Guerra Fría?

—Después de todos estos años, creo que hemos entrado ya en el tiempo de descuento y, además, Giltiné era todavía una niña. Me parece más interesante el hecho de que esté enferma o herida —la imagen se le había fijado a Colomba como un clavo en la cabeza. Una momia desfigurada—. Y me pregunto cómo se puede ir por ahí tan maltrecha.

Dante se encendió otro cigarrillo y pensó de nuevo en el olor a naranja que había notado en la caja de cartón y en el guante encontrados cerca del cadáver de Youssef. Debía de ser algo relacionado con los medicamentos de Giltiné. Probablemente un ungüento, un antiséptico. Si se enteraba exactamente de lo que era, podría saber un poco más sobre ella.

—La enfermedad tiene que ver con lo que está haciendo —dijo—. Aunque todavía no sé de qué forma.

—Tal vez también a Giltiné le quedan unos pocos meses de vida, como el hombre al que mató. Quiere mandarlos al infierno antes que ella.

—¿Había algún enfermo terminal entre los muertos del tren?

—No. Me parece que leí que a la mujer que trabajaba como relaciones públicas la habían operado de cáncer de mama hacía un año, pero ahora estaba bien.

—Tampoco había allí otros rusos. Así que no hay conexión, por el momento —apagó el cigarrillo en el cenicero repleto, y luego se encendió otro—. Andreas tiene razón sobre el hecho de que no podemos detenerlo, ¿verdad? —cambió de tema.

—¿Te apetece ir contando por ahí que una tipeja con una máscara de goma le dio la orden de matarnos?

—No, pero tampoco dejarlo ir. Por eso solo nos quedan el asesinato y el descuartizamiento. Pero espérate a que yo salga, la sangre me causa impresión.

—Por ahora se quedará con nosotros. Yo tampoco me fío de dejarlo suelto por ahí. Eso sin mencionar que podría avisar a Giltiné de nuestros movimientos.

El teléfono en el escritorio del estudio sonó haciendo que ambos se sobresaltaran.

—¿Crees que escucharon el barullo y están subiendo para comprobar? —dijo Dante pálido.

—No lo digas ni en broma —Colomba levantó el auricular con una mano temblorosa, pero afortunadamente al otro lado había una voz amigable. La de Brigitte.

—¿Te he despertado? —preguntó.

Colomba, antes de contestar, esperó a que el corazón dejase de latirle en la garganta.

—No, no.

—Perdona, pero he terminado mi turno en el bar y quería hablar contigo antes de meterme en la cama.

—Has hecho bien. ¿Te has enterado de algo nuevo?

—El nombre del tipo que debía colocar las cámaras en el bar de mi hermano: se llama Heinichen. Un amigo mío me ha dicho que estaba jubilado y que hacía trabajos para llegar a fin de mes. Y que probablemente fuera un colaborador.

—¿De la Stasi? —preguntó Colomba, a quien en ese momento se le conectaron un par de neuronas que hasta entonces habían viajado por separado—. Así que podría tener más de sesenta años.

—Yo también pensé en eso, ¿sabes? —dijo Brigitte—. Que tal vez él fuera el hombre que murió con mi hermano. Mi amigo me dijo que no le parecía un borracho, pero se corresponde con mi idea del exespía desesperado.

—¿Tienes un número o algo así?

—Traté de llamar pero nada. Aunque si pasas a recogerme, te acompaño hasta donde vive y salimos de dudas.

—No me parece una buena idea.

—Está relacionado con mi hermano, y además tú no hablas alemán, ¿verdad?

—Así es.

Se pusieron de acuerdo, pero antes de salir a Colomba le tocó la triste tarea de acompañar a Andreas al lavabo y dejar que descargara, sin perderlo de vista desde detrás de la puerta entreabierta, después de haberlo esposado al radiador. Cuando terminó, regresó apuntándole con la pistola a la cabeza.

—¿Realmente serías capaz de dispararme a sangre fría? —dijo él, mirándola de pie con los calzoncillos bajados. Su pene parecía un tallo rosa bajo un vientre exagerado.

—Vístete bien y muévete.

—Si no estuviera en juego mi vida, me gustaría ver qué harías en caso de que no obedeciera —se levantó e hizo lo que se le había ordenado.

—Si me sueltas, puedo lavarme las manos.

Colomba lo desenganchó del radiador, pero le cerró las muñecas por delante.

—Hazlo así.

—¿Y si me pusiera a gritar?

—Ya lo habrías hecho. Tal vez tengas razón al decir que no te puedo encerrar, pero seguro que no quieres correr el riesgo de un escándalo. Eres una estrella, ¿verdad?

Andreas la miró fijamente a los ojos y Colomba se esforzó por mantenerle la mirada.

—No es por eso, sino porque tú y yo estamos en el mismo lado. Tarde o temprano te darás cuenta de que me necesitas —se lavó las manos, pidió algo para beber y Dante le dio un vaso de cerveza con cuatro pastillas machacadas de Halcion, una dosis para tumbar a un hipopótamo—. La próxima vez, utilizad algo que no tenga un sabor tan asqueroso —dijo Andreas.

Al cabo de media hora empezó a roncar. Colomba se puso la chaqueta y cogió las llaves del coche.

—¿No irás de verdad a dejarme solo con él? —dijo Dante.

—¿Crees que podría despertarse?

—No, pero... ¿y si sucede?

Colomba puso una sonrisa forzada.

—Huye.

16.

Colomba salió, y con el DeLorean llegó a la dirección de Brigitte en Kreuzberg. Llamó por el interfono que le había indicado. La chica bajó bostezando y con una vestimenta más sencilla que la que llevaba cuando la vio en el Automatik, por lo que parecía una estudiante. Colomba pensó que quizá lo era de verdad.

—Qué coche más *cool* —trató de bromear Brigitte para ocultar la tensión—. No te hacía yo tan excéntrica.

—Es de un amigo mío. ¿Adónde vamos?

—A la zona de la Alexanderplatz —dudó—. ¿Por qué quieres saber quién es?

Colomba no respondió.

—¿Ya te dije que mi hermano murió carbonizado? —añadió Brigitte.

Colomba se había fiado de Andreas y eso había supuesto un resbalón colosal. Esta vez, sin embargo, estaba segura de que no se equivocaba.

—Él podría ser la razón de que incendiaran el bar —dijo.

Brigitte mostró una expresión horrorizada.

—¿Y mi hermano y los otros solo se cruzaron en su camino?

—Sí.

—Ayer no estabas segura de que fuera un incendio intencionado, hoy lo estás —dijo con la voz entrecortada.

—Brigitte..., tal vez sea mejor que te quedes en casa. Ya hablaremos cuando tenga más información —dijo Colomba, sintiéndose torpe e inadecuada. Era difícil consolar a alguien en un idioma extranjero.

Brigitte murmuró algo en alemán que no parecía una oración y se secó los ojos.

—No, vamos a hablar de eso ahora.

—Okey. Te pregunté si tu hermano se veía con una nueva mujer, y me dijiste que no. Pero existe una que está haciendo todo lo posible para que nadie investigue. Creo que fue ella la que provocó el incendio.

—¿Quién es?

—Solo sé que la llaman Giltiné, nada más. ¿Ahora podemos marcharnos?

Todavía afectada, Brigitte le dio la dirección de un edificio en cuyo octavo piso vivía alguien que llevaba mucho tiempo sin dejarse ver. Ninguno de los vecinos se había preocupado porque el alquiler y las facturas se pagaban con regularidad y porque nadie había intercambiado con él ninguna palabra que no fuera buenos días y buenas noches.

Volvieron al exterior y se apoyaron contra la pared del edificio. Frente a ellas descollaba la cima de la torre de la televisión, con su famosa esfera.

—¿Qué hacemos, se lo decimos a la policía? —preguntó Brigitte—. Por lo menos podrán notificárselo a sus familiares.

—Los familiares pueden esperar, la prioridad es encontrar a quien provocó el incendio.

—A lo mejor solo está de crucero.

—Lo veré mucho más claro si echo un vistazo a su casa. Y eso es lo que pretendo hacer. Después de haberte acompañado a pillar un taxi.

—Si alguien te ve, es mejor que me quede aquí para hacerte de traductora, ¿no te parece?

—Brigitte..., es peligroso. E ilegal. No puedo asumir esta responsabilidad.

—No debes. Es mía. No sé por qué estás investigando sobre el incendio, pero seguro que no tienes mis propias razones. Y creo que las mías son más fuertes.

Colomba estaba preocupada, pero también era práctica. Brigitte podría serle útil.

—Okey —dijo.

Brigitte esbozó una débil sonrisa.

—Total, probablemente pronto me despertaré y descubriré que se trataba solo de un sueño.

—En tal caso, despiértame a mí también. Espérame aquí. Tengo que ir a recoger a mi socio.

Colomba volvió al Colloquium conduciendo todo lo rápido que podía, y se encontró a Dante en la habitación; observaba a Andreas desde el umbral del estudio y se retorcía las manos.

—Oh, gracias a Dios —dijo al verla entrar—. ¿Qué has encontrado?

—Una puerta que me gustaría abrir sin montar ningún escándalo.

—Voy. ¿Dónde? —dijo Dante, anhelando alejarse de allí.

—Vamos a ir juntos.

Dante señaló a Andreas.

—¿Y él? ¿Más píldoras? Puedo intentar que las inhale mientras duerme.

—¿Sobreviviría?

—Tal vez no.

—Entonces lo llevamos con nosotros.

17.

Para despertarlo, lo arrastraron hasta el baño y le pusieron la cabeza bajo el agua helada —tarea nada fácil con un hombre que pesaba ciento cincuenta kilos—, luego le colocaron una nueva tirita en la nuca, le quitaron las esposas y lo acompañaron en un estado semicomatoso por las escaleras, corriendo el peligro más de una vez de dejarlo caer y de que se rompiera el cuello. Se cruzaron con otro par de huéspedes, pero nadie le prestó atención al estado del periodista de misterios, o tal vez se habían acostumbrado a verlo borracho tambaleándose. Luego lo obligaron a echarse en el asiento trasero de su coche. Media hora más tarde, aparcaron sobre la acera delante de Brigitte.

—¿Cuántos coches tienes? —preguntó ella cuando Colomba y Dante se bajaron.

—Este tampoco es mío. Y él es Dante.

—¿Como el de la *Divina comedia*?

—Correcto —dijo él, estrechándole la mano y sonriendo feliz por primera vez después de muchas horas. Lo cierto es que Brigitte era una chica muy guapa, y le gustaba ese aire vagamente de cómic que le daba el pelo de color rosa.

—¿Y el que está durmiendo ahí detrás? —preguntó Brigitte.

—Ya hablaremos de eso más tarde, ¿okey? Id a abrir esa puta puerta, os espero aquí —dijo Colomba, nerviosa.

Brigitte estaba desconcertada, pero acompañó a Dante escaleras arriba hasta el rellano de Heinichen, asombrada de que caminase con los ojos cerrados, sudando profusamente. La mezcla de fármacos mantenía bajo el termómetro interno de Dante, aunque solo hasta cierto punto.

—¿Te encuentras mal? —le preguntó ella.

—Sí.

—Bueno, pues entonces ya somos dos.

—Me temo que ahora estarás peor —dijo Dante, mientras se quitaba el guante de cuero.

—¿Por eso? —Brigitte señaló la mano mala—. ¿Alguna vez has visto el cuerpo de alguien que ha muerto carbonizado?

—Afortunadamente, no —usando las dos manos y algunos alambres enroscados de diversas maneras, a pesar de su estado Dante hizo saltar las dos cerraduras en menos de un minuto, mientras Brigitte controlaba que no llegase nadie. Abrió la puerta—. Espera aquí —dijo luego.

—¿No entramos?

—Me he quedado sin pilas. Nos vemos afuera.

Dante bajó los peldaños de la escalera de cuatro en cuatro —bajar siempre le resultaba más fácil que subir— y le dio a Colomba el relevo en la vigilancia de Andreas, que justo en ese momento soltó un enorme pedo. *Después de esto, Dios, yo diría que me he redimido de todos mis pecados,* pensó Dante tapándose la nariz.

Colomba llegó junto a Brigitte, un poco confundida por todos aquellos viajes de ida y vuelta, y entraron juntas en el apartamento. La casa estaba ordenada, pero era poco confortable, de solterón, con dos pequeñas habitaciones amuebladas al tuntún que destilaban tristeza. Apestaba a cerrado y a polvo: había dos dedos por todas partes. Ninguna foto a la vista y nada de la típica dejadez de las casas de los alcohólicos. No había ni siquiera una botella vacía por allí. Ni tampoco llena.

—¿Y ahora qué? —preguntó Brigitte.

—Ponte estos.

Le tendió un par de guantes de látex, luego se los puso ella y comenzaron a registrar. Al igual que sus hombres, Colomba también era muy rápida y brutal si tenía que serlo, y al cabo de media hora el apartamento se había convertido en un auténtico caos. No encontró nada útil hasta que sacó una baldosa de la cocina que parecía un poco suelta. Detrás había un pequeño compartimento vacío. La baldosa estaba sucia de un aceite oscuro en la parte posterior, y Colomba se la bajó a Dante.

—¿Qué está haciendo? —preguntó Brigitte, que lo observaba mientras se la pasaba por debajo de la nariz.

—La olfatea.

Dante rascó con la uña.

—Aceite.

—Hasta ahí llego yo —dijo Colomba.

—De teflón. El que se usa para las armas.

—Heinichen tenía ahí una pistola.

—¿Y dónde está ahora? —dijo Dante—. No la llevaba consigo en el bar, de lo contrario la policía la habría encontrado. Y si se la hubiera llevado Giltiné, la habría utilizado.

—¿Qué nos queda?

—Solo dos explicaciones —dijo Dante—. La primera es que Heinichen se haya levantado de la tumba y haya venido a buscarla; la segunda, y creo que es la más probable, es que Heinichen no haya estado nunca en esa tumba.

18.

Al final, fue Brigitte quien los alojó. Su apartamento era un local de dos ambientes con los techos artesonados y los suelos de madera. Los muebles eran de colores brillantes, un cartel reproducía el Flatiron Building, otro era el póster del *Rocky Horror Picture Show*. En la pequeña sala de estar también había una pequeña mesa de DJ conectada a su equipo de música, porque Brigitte además de trabajar de camarera pinchaba música, aunque fuera en bares menos *trendy* que el Automatik.

Mientras Colomba vigilaba a Andreas esposado y tumbado en el sofá, Dante regresó al Colloquium para hacer las maletas y despedirse de todo el mundo. Le resultó particularmente difícil subir y bajar las escaleras por sí solo, pero la idea de marcharse de allí le infundió valor. Brigitte, mientras tanto, escuchaba las explicaciones de Colomba sobre Giltiné y sobre su viaje desde Roma. Un par de veces su credulidad fue puesta a prueba, pero una rápida búsqueda en internet confirmó algunos de los detalles, como por ejemplo el historial de Dante.

—Huber intentó mataros. Porque la tal Giltiné se lo ordenó —dijo Brigitte.

—Así es.

—Es un escritor bastante famoso entre nosotros..., puede buscarme problemas.

—No tengo la intención de dejártelo aquí para siempre. Solo el tiempo de descubrir cómo actuar respecto a Heinichen. Luego le dejaré marcharse.

—¿Pero tú no eras policía? Es un hombre peligroso, por lo que me cuentas.

—Por desgracia, no tengo pruebas en su contra. Pero en cuanto regrese a Italia haré todo lo posible para que los colegas de aquí estén encima de él. Ya encontrarán algo.

—No sé si me apetece saber que anda suelto por ahí —dijo Brigitte.

Y mucho menos le apetecería de haber sabido que Andreas fingía estar durmiendo desde hacía por lo menos media hora, y se deleitaba anticipando cuál iba a ser su venganza por verse tratado de esa manera humillante. Si Dante y Colomba regresaban a Italia, no le resultaría nada fácil llegar hasta ellos, pero esa putita con el pelo rosa era harina de otro costal. Sabía dónde vivía, no tardaría mucho en encontrar la manera de entrar. Una noche, muy pronto.

Dante llamó desde abajo y Colomba bajó para acompañarlo. Cuando entró, se situó de inmediato en el balconcito para fumar sin interrupción.

—¿Así que ella también entra en el juego? —le preguntó a Colomba en italiano. Con *ella* se refería a Brigitte, que se había ido a darse una ducha.

—Necesitamos a alguien que conozca el país y no sea un maníaco homicida.

Dante la estudió.

—¿Y si Giltiné la incluye entre sus objetivos?

—Nadie puede contarle lo que estamos haciendo. Hemos capturado a su centinela.

—Eso si el barrigón es el único.

Andreas eligió ese momento para fingir que se despertaba.

—Tengo un dolor de cabeza que me está volviendo loco —dijo—. Y tengo que hacer una cagada que provocará un terremoto —levantó las muñecas esposadas—. ¿Pero aún no os habéis cansado de jugar a polis y ladrones?

—No. Heinichen sigue vivo —dijo Colomba.

—¿Y ese quién es?

Ella se lo dijo.

—Si es quien pensamos, solo fingió su propia muerte. Eso explicaría la razón de ese extraño informe. El cadáver no era suyo. Él se dio el piro.

Andreas reflexionó al respecto.

—Entonces alguien le echó una mano para hacer de trilero en el hospital donde estaba ingresado. Tengo algún amigo a quien preguntar.

—No quiero saber nada de tus amigos.

—¿A quién más conoces que pueda proporcionarte un contacto? Ya te lo digo yo: a nadie. Esto significa que vas a perder un montón de tiempo. Y mientras tanto, a saber dónde acaba Giltiné.

—No puedes fiarte de él, CC —intervino Dante.

—No me fío de él, pero tiene razón en lo que dice sobre el tiempo. Trabaja en nuestra contra —le sacó a Andreas el móvil del bolsillo—. Llámalo.

Andreas sonrió.

—¿De verdad quieres que hable de estas cosas por teléfono? Eres menos inteligente de lo que pensaba, poli.

—Organiza una reunión.

Andreas cogió el teléfono y se puso en contacto con el enfermero que lo había ayudado a despertar del coma a Heinichen. El hombre accedió a reunirse con ellos poco después.

Colomba cogió la llave de las esposas y la balanceó delante de las narices de Andreas.

—Haz lo que te diga, y no trates de escapar. De lo contrario te vas a encontrar con un agujero en alguna parte. ¿He sido clara?

—Estoy de tu lado —dijo Andreas con la cara absolutamente neutral. Era imposible discernir qué tenía en mente, y Colomba ni siquiera lo intentó. Lo liberó y se guardó la pistola en el bolsillo. No sabía si sería capaz de usarla contra él, pero se sentía más segura llevándola encima.

Dante estaba echando humo y habló con Colomba en un aparte antes de que saliera.

—Te está manipulando, coño. ¿Es que no lo entiendes?

—No soy tan ingenua, Dante —respondió—. Pero dame una alternativa que sea viable.

—No la tengo. Todavía no.

—Lo mantendré bien vigilado. Estoy convencida de que quiere llegar hasta el fondo de este asunto igual que nosotros.

—Si te equivocas, tratará de hacerte daño.

—Pero no lo logrará. Me las he visto con tipos peores que él.

No estaba segura de que fuera verdad, pero la idea la tranquilizó. Un poco, por lo menos.

19.

La reunión se celebró en un bar de la cadena Que Pasa, que ofrecía cócteles por poco dinero y platos abundantes de estilo mexicano, no lejos de la casa de Brigitte. Andreas, sin esposas, había vuelto a mostrarse como el simpático guasón al que Colomba y Dante habían conocido. Solo los ojos enrojecidos y la tirita en la cabeza seguían recordando lo sucedido esa noche. No hizo en ningún momento gesto alguno de amenaza y tradujo al inglés para Colomba la reunión con el enfermero, un tipo delgado con cara de rata que parecía atemorizado delante del corpulento escritor. *Tiene miedo de él, sabe cómo es realmente,* pensó Colomba. Por seguridad, lo grabó todo con el móvil de Andreas, pero cuando más tarde dejó que Brigitte escuchara la conversación, descubrió que Huber no había olvidado nada.

Cara de Rata, que sabía con pelos y señales todo lo siniestro que acontecía en el Sankt Michael, relató que en los días en que se enterró a Heinichen había desaparecido el cadáver de un sin techo que había muerto por la explosión de un hornillo de camping en su chabola un mes antes. La desaparición se había silenciado, entre otras cosas porque no era la primera vez que sucedía. Los cadáveres no reclamados a veces acababan en manos de estudiantes de Medicina, o de vendedores de huesos, gracias a la complicidad de los empleados de pompas fúnebres y del personal hospitalario. La ley prohíbe el comercio con restos humanos, pero basta con entrar en eBay para encontrar ofertas de cráneos y fémures, en ocasiones transformados en joyas artísticas.

Esa vez, sin embargo, el cuerpo se había colocado enterito en la cama de Heinichen y alguien fingió no darse cuenta. Quién, eso Cara de Rata no lo sabía.

Harry Klein, entretanto, había llamado al Colloquium, y desviaron la llamada hasta el móvil de Andreas, cuyo número había dejado Colomba. Conforme a lo solicitado, había tratado de averiguar quién se encargó de la autopsia del presunto Heinichen, pero no había sacado nada en claro. El certificado de defunción original y los informes de las autopsias habían desaparecido misteriosamente, tan solo quedaba la inclusión de la fecha del fallecimiento en el sistema hospitalario hecha por uno de los empleados que no formaba parte del personal médico.

Cuando regresaron, después de que Andreas hubiera terminado su tercer plato de *nachos sonora* y dos cervezas de un litro, Colomba encontró a Dante envuelto en una manta y dormido en un rincón de la terracita. Lo despertó y les explicó a él y a Brigitte lo que había descubierto.

—Así que Giltiné realmente falló —dijo Dante.

—Quítate ese aire de decepción de la cara, no somos sus forofos. Y ahora me muero de ganas de echarle el guante a Heinichen y averiguar qué es lo que lo hacía tan importante.

—Imagínate que no sabe ni un carajo —se rio Andreas desde el sofá.

—¿Él también participa en la discusión? —preguntó Dante.

Colomba se encogió de hombros.

—Está aquí. Y además, se está portando bien, aunque eso no es suficiente —se sacó las esposas del bolsillo y las hizo tintinear—. ¿Prefieres que te ate a la tubería del agua o al radiador?

—¿Todavía no te fías de mí?

—Elijo yo: tubería del agua, me parece más resistente —empujaron el sofá contra la pared, luego Colomba enganchó allí a Andreas—. ¿Cómodo?

—No.

—Bueno. La fecha de la muerte que se introdujo en el sistema es de dos días después del incendio: tenemos que presumir que Heinichen se escapó en ese momento o poco antes. ¿En qué estado se encontraba?

—Rebosante de salud —dijo Andreas.

—A la próxima respuesta como esa, voy a hacer que te tragues un vagón de píldoras.

Andreas negó con su cabezota.

—Estaba cubierto de quemaduras. Si se escapó dos días más tarde, es un hijo de puta muy duro.

—Es imposible que lo hiciera todo por sí mismo —intervino Brigitte por primera vez—. Sé lo que significa. Cuando mi hermano murió, me leí todo sobre los incendios. Quería ver si... —se detuvo.

—Si había sufrido —concluyó Andreas en tono casual—. Ya te lo digo yo. Sí. Y mucho, además.

Brigitte lo insultó en alemán, él se rio.

—Último aviso, Andreas —dijo Colomba—. Luego te despertarás mucho más viejo.

Andreas fingió que se cosía la boca.

—Y habrá requerido medicación... —dijo Dante—. Si quien firmó el certificado de defunción es también el que se lo llevó de allí, sabrá dónde se esconde. O por lo menos nos pondrá en el camino correcto.

—¿Cómo?

Dante suspiró. Le disgustaba hablar con Andreas.

—¿Tienes también amiguitos en la compañía telefónica?

Andreas fingió descoserse un poco los labios y habló con la esquina de la boca.

—Si no es así, ¿qué clase de periodista sería?

—Tú tienes de periodista lo que Landru tenía de caballero. Puedes conseguir los... —buscó la palabra en inglés para los *registros de llamadas,* luego llegó dando un rodeo con palabras.

—*Jawohl* —dijo Andreas de nuevo fingiendo una boquita.

Dante volvió a dirigirse a Colomba.

—Vamos a ver si entre los conocidos de Heinichen hay un médico o un enfermero que trabaje también en el Sankt Michael. Luego entramos en el sistema del hospital y miramos quién estaba de guardia el día de la fecha de la muerte. Si el nombre coincide, habremos hecho bingo.

—Eres bueno con los ordenadores, pero no tan bueno.

—Necesitamos a Santiago, CC. Sé que no lo tragas, pero...

Colomba señaló a Andreas.

—Comparado con él, Santiago es un santo. Llámalo.

20.

No fue nada fácil convencer a Santiago, entre otras cosas por el asunto del coche que Colomba le había confiscado para ir corriendo al Tiburtina Valley, y Dante tuvo que implorarle largo rato a través de Skype. El dinero no era un argumento suficiente para alguien que compraba y vendía números de tarjetas de crédito. Al final, Santiago encontró un compromiso aceptable.

—Me debes el enésimo favor, y esto significa que vas a hacer todo lo que te pida.

—Si no es ilegal...

Santiago abrió los brazos. Seguía en el tejado de siempre, y a su espalda dos de los suyos fumaban en la botella de costumbre: parecía tener un bucle de fondo, siempre lo mismo.

—¿Lo que he de hacer por ti qué es? ¿Es legal? Pero no te preocupes, que para según qué cosas no me resultas de utilidad. Supongamos que tengo un juicio, supongamos que necesito a alguien que demuestre mi inocencia...

—Si de verdad eres inocente, cuenta conmigo.

—Y quiero tu suite durante una semana para Luna y para mí. Todo incluido.

—Prefiero convertirme en uno de tus traficantes.

—Trafico solo con datos, *hermano*. ¿Entonces?

Dante aceptó, obviamente, si bien tras obtener la promesa de que Luna no ejercería en aquel lugar. Luego llamó al hotel y llegó a un acuerdo: los invitados, aparte de Colomba, pagaban extra. Gracias, padrastro.

Mientras tanto, Colomba acompañó a Andreas a la presentación de su libro en el Colloquium programada para esa noche, y Brigitte se unió a ellos para controlar que el periodista no se saliera del guion. Fueron tres horas complicadas para Colomba: además del cansancio, que a esas alturas superaba ya niveles peligrosos, también tenía el disgusto de ver a su asesino frustrado exhibiéndose en la sala de la planta baja del Colloquium, a rebosar de espectadores. Cuando hablaba de cosas dramáticas, como desapariciones o torturas en la antigua RDA, no se oía ni una mosca; cuando pasaba a temas más ligeros, el público se desternillaba de risa. Su intervención terminó con un aplauso atronador, luego Andreas firmó algunos ejemplares y volvió junto a Colomba.

—¿Te ha gustado? —preguntó.

—No, vámonos.

—¿Y qué pasaría si decido quedarme aquí a dormir, en lugar de hacerlo en ese sofá de mierda? ¿Cómo me lo impedirías?

—Hazlo. Yo podría ponerme a hablarles a tus fans de algunos de los esqueletos que guardas en el armario. A saber si luego siguen adorándote.

Andreas se quedó mirándola y Colomba tuvo que esforzarse una vez más por sostenerle la mirada. Esta vez, sin embargo, comprendió por qué. Era como mirar a los ojos de un muñeco de peluche: por detrás estaba el vacío. No era el mal, ni la maldad, sino un inmenso abismo oscuro.

—¿Puedo por lo menos recoger algo de ropa limpia? —dijo Andreas.

—Puedes. Total, tu habitación ya la registré después de que Dante te dejara k.o. El Mace lo tiré.

—Bien hecho —dijo Andreas, indiferente. ¿Hubo un destello de rabia por un momento? Colomba no estaba segura de ello.

Al regresar a casa de Brigitte, Colomba lo esposó a la tubería del agua de costumbre. Luego despertó a Dante, que de nuevo se había derrumbado en el balcón.

—Te toca a ti el primer turno de guardia.

—Me preparo un café —dijo, y conectó la moka eléctrica a una toma de corriente cerca de la puerta ventana. Estaba claro que no tenía intención de moverse de ahí.

Brigitte volvió con una almohada y una manta.

—¿Estás segura de que quieres quedarte en la alfombra? —preguntó—. Si quieres, puedes dormir conmigo.

Colomba había esperado y temido ese ofrecimiento, porque no se veía capaz de dormir en la misma habitación en la que estaba Andreas, pero aún no había determinado si Brigitte lo estaba intentando con ella o no. Venció el deseo de tranquilidad. Se metió en la cama de Brigitte, dándole la espalda, y pasó los primeros quince minutos pensando en cómo rechazar con delicadeza un posible acercamiento sin ofenderla. No sabía si decirle que tenía pareja o bien decirle simplemente que solo le gustaban los hombres, aunque esto, según su experiencia, podría dar pie a un sinfín de intentos de convicción: a veces las mujeres saben ser más insistentes que los hombres. Pero el acercamiento no se produjo y tampoco ocurrió en los dos días siguientes, mientras buscaban a fondo todas las informaciones posibles sobre Heinichen para pasárselas a Santiago.

Recogieron todo el correo de su rebosante buzón y también la documentación sobre su domicilio gracias a un amigo de Brigitte que trabajaba en el ayuntamiento. Con eso también les llegó la fotocopia de su carné de identidad: la fotografía mostraba a un hombre robusto, de pelo oscuro, de unos sesenta años. Colomba también llamó a los Amigos para ver si aparecía algo a partir de los avisos de búsqueda internacional, pero no hubo ningún resultado.

Fue Guarneri quien respondió en el teléfono fijo de la oficina, ya que los otros dos Amigos estaban de servicio en el exterior, ocupándose de una transexual hallada muerta en un contenedor al final de la huelga de los basureros, y estaba tan contento de saber de ella como preocupado.

—Todavía estamos siendo objeto de vigilancia especial —susurró después de realizar la búsqueda en el sistema—. Santini está convencido de que sabemos dónde está usted, doctora. Y que dondequiera que esté, estará organizando un buen follón. Perdóneme, pero es lo que dijo él.

—Me conoce bien. ¿Habéis hecho algún progreso?

—Todavía estamos examinando los pasajeros y las razones de su viaje. Por ahora no hay nada extraño que nos haya llamado la atención. Todos ellos eran personas que habían planeado venir a Roma por trabajo o por motivos personales. Claro, alguien pudo saberlo con tiempo y organizarse.

—Buscad conexiones con Rusia.

—Okey. Y ustedes, ¿han descubierto algo interesante?

—Resulta difícil decirlo —respondió Colomba con vaguedad.

Cuando colgó, estaba sonriendo. Durante la llamada telefónica había oído de fondo el sonido de pasos en las dependencias de la Móvil, las voces de sus compañeros. Había pensado que los echaba de menos, pero que por suerte pronto estaría de regreso.

Luego la verdad le cayó encima como un jarro de agua fría y la sonrisa se desvaneció. Regresaría a Italia, pero no a la Móvil. Una vez el curso de la investigación llegara al final, acabaría poniendo sellos en los permisos de residencia en alguna oscura oficina de provincias. Eso si lo aceptaba, algo que no tenía intención de hacer. De una forma u otra, había perdido la Móvil para siempre. *Justo cuando empezaba a gustarme de nuevo*.

A pesar de los esfuerzos conjuntos, en esos dos días la figura de Heinichen se perfiló muy poco. Se enteraron de que se había trasladado a Berlín hacía cuatro años desde una pequeña ciudad en la antigua RDA, en la que había trabajado como artesano. Antes de eso, nada. Los registros de llamadas revelaban una actividad modesta, y rara vez los números se repetían en más de dos ocasiones, lo que hacía pensar que se trataba sobre todo de reuniones de trabajo. El control de algunos números llevó al descubrimiento de comerciantes con nuevos sistemas de vigilancia instalados a precio de ganga que no tenían ninguna información que les resultara de utilidad. La publicidad de Heinichen se transmitía por el boca oreja y no se mantenía en contacto con la clientela. Entre los números, por último, no había ningún médico. Santiago había *esnifado* también el buzón de Giltiné que utilizaba Andreas. Escribió un correo electrónico a su nombre para justificar el retraso en la ejecución de la tarea, pero Giltiné nunca respondió y Santiago no logró sacar nada en claro. Giltiné se conectaba de incógnito, y la cuenta nacía y moría en esa página.

El golpe de suerte lo tuvieron mientras examinaban un viejo extracto bancario, porque Heinichen había recibido un pago de unos dos mil euros de una mujer que resultó ser la esposa del segundo jefe de servicio del Sankt Michael, el cirujano Kevin Ode.

—Un asunto de cuernos —dijo Andreas. Para entonces, cuando estaba en la casa se negaba a ponerse los pantalones como una forma de provocación. Se quedaba en calzoncillos en el sofá, como un desagradable Buda esposado.

—¿Eran amantes? —preguntó Brigitte perpleja.

—Es más fácil que la mujer contratara a Heinichen para controlar a su marido —dijo Dante, encontrándose desagradablemente de acuerdo con él—. Además de la instalación de sistemas de videovigilancia, está claro que nuestro hombre redondeaba sus ingresos como investigador privado. Lo que confirmaría que se trata en verdad de un antiguo agente de la Stasi.

—¿Qué dice el registro de ingresos? —preguntó Colomba.

Santiago había superado las protecciones del sistema informático del hospital con una facilidad inquietante.

—No te lo vas a creer, pero estaba de guardia —dijo Dante hurgando en el archivo—. Y también había hecho un par de horas extras más.

—Esperó hasta que fuera de noche —dijo Andreas.

Colomba asintió.

—Vamos a ir a buscarlo —dijo—. Vístete, Andreas. Las reglas de costumbre.

—Una vez te salió bien con él, no tientes a la suerte —protestó Dante.

—¿Preferirías que me fuera con Brigitte y te lo dejara aquí contigo?

Dante se lo pensó por un momento y negó con la cabeza.

—Ten cuidado, por favor.

—Por supuesto.

Colomba liberó a Andreas, esperó a que se pusiera los pantalones y luego se fue con él al Hospital Sankt Michael, en el barrio de Schöneberg, no lejos de donde J. F. Kennedy había declarado que era berlinés. Era ya tarde entrada: Colomba decidió coger el metro para ir más rápido y viajó con los nervios de punta por miedo a que Andreas hiciera alguna tontería. Pero estar en público limitaba su campo de acción. Tres o cuatro pasajeros se acercaron para saludarlo e incluso firmó algunos autógrafos, aunque las palabras que le susurró al oído a una chica joven con un corte de pelo a cepillo la hicieron ruborizarse y alejarse rápidamente.

Kevin Ode se reunió con ellos en la recepción de la planta baja, claramente irritado después de que lo llamasen de urgencia por el altavoz. Tenía unos cincuenta años, era alto y delgado, con gafas de montura fina y dorada.

—¿Qué ocurre? —preguntó en alemán.

Andreas lo abrazó de repente.

—Te follaste a la puta equivocada. Y dejaste escapar al muerto equivocado —le dijo al oído, para que solo él y Colomba lo escucharan. Hablaba en inglés, de acuerdo con las reglas, y el otro se quedó blanco. Luego le dijo a la enfermera jefe que se tomaba cinco minutos de descanso y los acompañó hasta el garaje subterráneo, donde guardaba su Mercedes. Colomba lo hizo sentarse atrás con Andreas, que le rodeó el cuello con un brazo. Ella se sentó en el asiento delantero.

—¿Dónde está Heinichen? —preguntó.

Ode había tenido unos minutos para reflexionar, y pensó que tal vez la mejor estrategia era tratar de negarlo todo.

—La verdad es que no sé de quién me están hablando. ¿Es un paciente mío?

—Es el hombre con el que intercambió el cadáver de un mendigo alcohólico.

—En serio, me confunden con otra persona.

Esa estrategia resultó equivocada. Antes de que Colomba pudiera reaccionar, Andreas aferró la mano izquierda del cirujano y se la retorció. Colomba oyó netamente el *crack*. Ode gritó de dolor.

Colomba le ordenó a Andreas que lo dejara, y este obedeció después de haberle guiñado un ojo.

—¡Me ha roto la muñeca! —gritó Ode, y añadió algo en alemán.

Andreas le soltó un bofetón que le hizo saltar las gafas.

—Habla en inglés.

—¡Te he dicho que ya basta! —lo reprendió Colomba.

—¡Yo sé quién es usted! —le dijo Ode a Andreas—. ¡Voy a denunciarlo! ¡Lo voy a mandar a la cárcel! ¡Los mandaré a la cárcel a los dos!

—¿Has terminado ya? —preguntó Andreas mirándole fijamente a los ojos. El médico enmudeció.

—Doctor —dijo Colomba—, usted mintió de modo deliberado en una investigación sobre una matanza. Falsificó un informe médico y dejó escapar a un sospechoso. Es usted el que tiene más probabilidades de terminar en prisión.

—¿Qué matanza? Eso fue un accidente...

—Si no me cree, llame a la policía inmediatamente —lanzó el farol Colomba.

—¿Y si les ayudo?

—Para usted esto termina aquí. Si mantiene la boca cerrada, nosotros también lo haremos.

El hombre no tenía otra opción y se lo contó todo.

La historia era como la habían imaginado. La esposa de Ode hacía que lo siguieran, pero antes de que Heinichen pudiera contarle que su marido se iba a la cama con varias pacientes y un par de enfermeras, acabó en el hospital entre la vida y la muerte. Cuando recuperó el conocimiento, con las pocas fuerzas que le quedaban le explicó a Ode que alguien iba a matarlo si no desaparecía, y que tenía que ayudarlo, a cambio de su silencio con su esposa. Ode cedió y organizó el intercambio con el cadáver, para llevarse luego a Heinichen en una silla de ruedas. A toro pasado, si hubiera sido más inteligente, tendría que haberlo asfixiado con una almohada.

Lo hospedó en su casa en los Alpes Bávaros durante cuatro meses, cuidándolo como podía y dejándolo solo la mayor parte del tiempo. Milagrosamente, Heinichen se recuperó sin injertos de piel, y se marchó por su propio pie sin decir dónde. En todo ese tiempo, no le dijo nada sobre quién trataba de matarlo, ni por qué.

—¿Así que no sabes dónde está? —preguntó Andreas amenazador.

La muñeca de Ode se le había puesto tan grande como una pelota y palpitaba de dolor.

—Está en Ulm, si es que sigue allí.

—¿Cómo lo sabe? —preguntó Colomba.

—Heinichen me llamó pocos meses después de marcharse porque tenía una infección grave y no quería ir al hospital. Tuve que enviarle por fax una receta a una farmacia de Ulm. Ya no puedo ayudarles en nada más, pero la infección la tenía en las piernas, no creo que se haya movido mucho. Ahora, por favor, déjenme marchar. Necesito que me curen.

Andreas puso su voz más grave para darle la orden de que no dijera nada a nadie, y sin que Colomba se enterara le dijo al oído lo que le haría en caso contrario. De todas formas, en cuanto estuvieron fuera del hospital, Colomba lo empujó contra una pared. Fue como empujar un saco de cemento, pero lo tomó por sorpresa. Oculta por la oscuridad a la vista de los viandantes, le clavó el cañón de la pistola en el vientre.

—La próxima vez que le levantes la mano a alguien haré que te arrepientas.

—¿Y cómo vas a hacerlo? ¿Me detendrás? —dijo Andreas con una sonrisa malvada.

—Te pego un tiro en la pierna y te dejo en el suelo. No morirás, pero te portarás bien una buena temporada.

Andreas puso de nuevo su expresión plácida.

—No soy yo tu enemigo.

—Sí, sí que lo eres. Un enemigo de tercera categoría con el que no quiero perder el tiempo. Pero si me obligas, me ocuparé de ti.

En los ojos de Andreas vio de nuevo ese brillo metálico y se quedó en silencio durante todo el viaje de regreso.

Por dentro, sin embargo, estaba echando chispas. ¿Cómo se atrevía a tratarlo de ese modo esa putilla de la pasma? ¿No sabía quién era, no sabía lo que podía llegar a hacerle? Por su mente pasaron las imágenes de docenas de prostitutas con las que había satisfecho sus deseos, y escogió aquellas con las que se le fue un poco la mano. Aquellas a las que había hecho escupir sangre, las que le habían pedido que parara, las que habían jurado que iban a denunciarlo pero que al final le habían pedido perdón, aunque también, *por favor,* que nunca más volviera a visitarlas.

Sustituyó sus caras por la de Colomba. Se moría de ganas de poner las cosas en su sitio. Era él quien daba las órdenes, era él quien daba miedo. No esa ridícula poli a la que había visto retorciéndose presa del delirio, en un llanto desconsolado. Mirándola así se le había puesto dura y se había distraído, dejando que aquel espantapájaros de su amigo se abalanzara sobre él. La próxima vez no perdería el tiempo.

Regresaron a la casa de Brigitte, donde Dante, en cuanto se enteró de la noticia, corrió a llamar a Santiago, quien le respondió desde su cama en la suite del Impero. Parecía un vídeo de raperos, Santiago con el torso desnudo medio tapado por la sábana, tatuado y con un gran pendiente de oro que debía de haberse puesto para la ocasión. Luna se había enroscado sobre él completamente desnuda, y sonreía al objetivo.

—¡Qué bien se está aquí, *hermano*! —dijo. Estaba bebiendo una copa de champán, que sin duda acabaría en la cuenta de Dante—. Pero dime cómo va la cafetera, que no soy capaz de hacerla funcionar.

—Por favor, no la toques.

—Está bien, está bien. Haré que me lo suban. ¿Qué quieres?

Dante le explicó su idea. Era sencilla, la verdad. Tal vez Heinichen había tenido una casa en Ulm antes del incendio, aunque era poco probable que fuese a un lugar que Giltiné podría descubrir con facilidad si se había informado sobre él. Así que, posiblemente, habría elegido un alojamiento provisional. En la ciudad de Ulm había treinta y cinco hoteles y un par de albergues en cuyos sistemas informáticos, uno tras otro, Santiago fue haciendo «agujeros», descargándose los registros de clientes del periodo en que Heinichen podía haberse trasladado. De todos menos de cuatro, que aún lo gestionaban todo de forma manual. Por suerte, el fugitivo había elegido uno de los otros.

Santiago llamó a Dante en mitad de la noche y le envió la imagen de un pasaporte. La fotografía era casi idéntica a la que habían visto en el carné de identidad de Heinichen, excepto que aquí tenía el pelo rubio.

—Se hace llamar Franco Chiari, ciudadano suizo —dijo—. Llegó cuando dijiste y le dieron la habitación 28.

—¿Cuándo se marchó?

—¿Se marchó? Debe de gustarle el sitio, porque todavía está allí. Si te das prisa, tal vez logres echarle el guante.

21.

Dante despertó a todo el mundo y comunicó la noticia. Tenían que partir hacia Ulm antes de que Heinichen decidiera dar un paseo, y Colomba se enfrentó a un difícil dilema. No podía dejar a Andreas atado y drogado, porque si se las apañaba para liberarse de algún modo, sin duda les pondría palos en las ruedas. Pero llevárselo consigo significaba añadir una gran incógnita a esa aventura.

Al final, se decantó por la segunda opción, ya que al menos no lo perdería de vista. Ella viajaría en el coche de Andreas, con él esposado conduciendo —y a tomar por culo si alguien lo veía—, y Dante en el suyo con Brigitte. La chica quería ver el final de esa historia, y Colomba aceptó implicarla aún más, no por nada también era su traductora oficial.

Antes de salir, de todos modos, localizaron en Airbnb una villa justo fuera de los límites de la ciudad, que era presentada como «silenciosa y discreta», y la reservaron con la tarjeta de crédito de Andreas. Si encontraban a Chiari, como se hacía llamar Heinichen ahora, necesitarían un lugar donde hablar que no fuera su hotel, sobre todo si no se mostraba colaborador.

Dejaron Berlín a primera hora de la tarde e invirtieron nueve horas para llegar a Ulm, debido a tan frecuentes como forzosas paradas de Dante. Él disfrutó mucho del viaje, puesto que Brigitte resultó ser una compañera ingeniosa, además de mostrar curiosidad sobre su persona, lo que le hacía cosquillas a su ego.

—¿Os conocéis desde hace mucho tiempo Colomba y tú? —le preguntó a Dante después de la segunda parada.

—Desde hace un año, más o menos —respondió—. Desde que su jefe la envió a verme para que me convenciera de colaborar con la policía.

—¿Antes no lo hacías?

—Nunca me cayeron bien los uniformados. Y a ellos tampoco les caigo yo muy bien. Pero Colomba es un caso especial.

—Al principio pensé que estabais juntos. Luego vi que dormíais separados. ¿O lo hicisteis únicamente para no incomodarme?

—Ella no se ha preocupado nunca de la incomodidad de los demás. Pero solo somos amigos.

—Y tú no eres gay.

Dante sonrió con malicia.

—No, pero tal vez es que aún no he conocido al hombre adecuado.

—Espero que eso no ocurra en el futuro próximo.

Dante estaba tan desentrenado que no se dio cuenta inmediatamente.

—¡Ah! Vaya.

Brigitte le lanzó un ligero puñetazo al hombro.

—¿Vaya? ¿Yo me pongo a tiro y tú tan solo dices vaya?

—Pero ¿tú no eras lesbiana?

—¿Y esa idea de dónde la has sacado?

—Colomba estaba convencida.

—¿Por eso duerme vestida? —Brigitte soltó las primeras risas de verdad desde hacía un par de días—. Mira, hasta lo probé con un par de amigas, pero no es que me gustara mucho.

Dante hizo su mueca.

—Si hiciste algunas fotos, me gustaría echarles un vistazo.

Ella le lanzó otro puñetazo, más fuerte.

—Aún no somos tan íntimos.

—No, en efecto.

Ella lo observó.

—Y no llegaremos a serlo, ¿verdad?

—No tengo nada en contra del sexo libre, pero hoy por hoy ya tengo un buen lío en la cabeza.

—Y el corazón ocupado.

Dante no dijo nada.

—¿Colomba lo sabe?

—¿Quién te dice a ti que estaba hablando de ella? —dijo Dante; luego suspiró, al darse cuenta de que era inútil mentir—. Queda de adolescente, ¿verdad?

—Un adolescente habría aparcado y se me habría lanzado encima.

Dante hizo un gesto amenazante.

—Todavía estoy a tiempo.

—No hagas promesas a menos que seas capaz de mantenerlas. De todos modos, ¿por qué no te declaras?

—Gracias, pero no. Su tipo ideal debe ser capaz de matar a un cocodrilo con sus propias manos y, como ves, no encajo dentro de esa categoría —mientras hablaba, Dante volvió a ver a Colomba dándole el número de su *amigo* de los NOA a Alberti. Había podido escuchar cada palabra de la conversación y se había dado cuenta de que los gestos de ella estaban cargados de incomodidad y nerviosismo, pero los atribuyó entonces a la inminente partida para Alemania. Ahora, de pronto, adquirieron un significado distinto. ¿Se gustaban? ¿Tenían una historia?—. ¿Y tú? ¿*Single* o pareja abierta? —se esforzó por preguntar para distraer la atención de ese molesto pensamiento.

—*Single,* no sé decirte si por suerte o por desgracia —un cartel de la autopista que indicaba la dirección a Ulm distrajo a Brigitte, que se quedó sombría—. ¿Qué haremos cuando encontremos a Heinichen?

—Vamos a hablar con él.

—¿Y si se niega? ¿Tenéis pensado arrearle o algo semejante?

—¿Te parezco de esa clase?

—No —ella apoyó la cabeza en su hombro—. ¿Puedo estar así, sin que sientas que estás traicionando a tu gran amor?

—Mira que pongo el intermitente...

—Shhh, estoy durmiendo.

Y pareció dormirse realmente. *Quien tiene dientes no tiene pan, quien tiene pan no tiene dientes,* se dijo Dante, cuya autoestima, de todas formas, había ganado enteros.

En el otro coche el ambiente era menos idílico.

Colomba había rechazado todos los intentos de su mastodóntico «chófer» de entablar una conversación. Sabía que la estaba sondeando para encontrar sus puntos débiles, los que eran como él siempre lo hacían.

—¿Cómo te sientes estando del otro lado? —le preguntó a medio camino.

Colomba no dijo nada.

—Venga, me obligas a conducir esposado al volante, no sabes lo incómodo que es. Distráeme un rato. ¿Cómo se siente una al convertirse en una criminal?

—Yo no soy una criminal.

—¿Cómo llamas a alguien que mantiene prisionero a otro ser humano?

—En tu caso, carcelero.

—¿Así que eres juez, jurado y verdugo? No creo que se considere legal ni siquiera en tu país, por muy atrasado que esté.

Colomba se impuso permanecer callada, pero la mano que tenía sobre la culata de la pistola estaba sudando.

—Yo comparto tus elecciones —prosiguió Andreas—. No me malinterpretes. Estás actuando racionalmente. Pero la ley debe ser respetada con independencia del juicio personal. De lo contrario, cualquiera podría arrogarse el derecho de violarla en nombre de su propio objetivo egoísta. Y tú eres una policía, por lo tanto tendrías que ser una garante de la ley.

—No hay nada egoísta en lo que hago —dijo entre dientes—. Estoy buscando a una asesina.

—Y esta es la justificación del imputado —dijo Andreas con voz estentórea.

—Vete a tomar por culo y conduce —soltó Colomba, negándose a continuar con ese juego. Andreas sonrió por la pequeña grieta que pensaba haber abierto, pero se equivocaba.

La grieta en el interior de Colomba ya llevaba ahí un tiempo, y se ensanchaba día a día. Porque ella seguía cuestionándose lo que estaba haciendo. Había empezado forzando las reglas, pero en un corto periodo había acabado subvirtiéndolas por completo. En casi todas las legislaciones del mundo existía el denominado «estado de necesidad». Si uno se está muriendo en una barcaza y mata a su compañero de fatigas para comérselo, no se le puede imputar nada: estaba a punto de morir, era la única opción, por muy cruel que fuera. Aunque un barco lo salvase un minuto más tarde, bueno, eso no podía saberlo. Resultaba válido tanto para quien corta la cuerda a sus compañeros de escalada para no terminar en un barranco como para quien, huyendo de un terremoto, abandona a esposa e hijos. Estado de necesidad.

Pero ¿también se podía aplicar a alguien que trataba de detener a un asesino de masas? Al menos en su conciencia, aunque no en un juicio. No lo sabía, y viajar junto a Andreas hacía aún más dolorosa la pregunta.

Llegaron por la noche, como estaba previsto, y aparcaron a un kilómetro del hotel. Se encontraba en el corazón de Fischerviertel, el barrio de pescadores hecho de variopintas casas de entramado de madera y pequeños puentes que cruzaban el río Blau: Dante se había prometido a sí mismo visitarlo, pero ahora que caminaba por allí para ir a la guerra, ya no le parecía tan interesante. Llevaba las manos en los bolsillos para ocultar el temblor, tratando de ignorar la vocecita interior que le pedía que se tomara una de sus muchas pastillas u otro trago de vodka de la petaca. Echó un vistazo a Brigitte, que estaba mirando a su alrededor con aspecto desnortado.

Es tan joven, Dios santo, se dijo en un instante de lucidez inducida por la adrenalina. *¿Cómo se me ha ocurrido permitir que viniera con nosotros?* No podía dejar de pensar que él era responsable de ella y de Colomba, porque era él quien las había llevado hasta allí, y su preocupación superaba a la emoción de encontrarse cerca del hombre al que estaban buscando. *Está medio inválido y ya no es un chiquillo, puede que las cosas salgan bien,* trataba de tranquilizarse.

Pero no lo creía, y tenía toda la razón.

22.

El hotel era pequeñito y agradable, con tres plantas y tejado a dos aguas. La fachada de ladrillo y cal estaba cubierta con listones de madera roja que rodeaban las ventanas con marcos del mismo color. Para acceder a la recepción era necesario cruzar un puente de piedra cubierto de hiedra. Una ligera niebla ascendía desde el agua que reflejaba las luces de las farolas, dándole a todo un toque de ensueño.

Según habían acordado, Colomba y Andreas entrarían haciendo ver que buscaban una habitación, mientras que Brigitte y Dante se quedarían fuera, a ambos lados del edificio. Todos llevaban consigo *walkie-talkies* baratos adquiridos por el camino. Todos menos Andreas, a quien se lo habían quitado, porque no dejaba de hacer el gamberro con el trasto.

A Dante le habría gustado entrar con Colomba, pero delante de la puerta del hotel su termómetro interior subió de golpe y la entrada se transformó en un sumidero dispuesto a tragárselo. De manera que retrocedió unos pasos, se apoyó en la balaustrada y les hizo señas a los demás para que prosiguieran. Fue allí donde todo empezó a ir de mal en peor.

Mientras Colomba y Andreas estaban cruzando el umbral, se levantó el grito de la sirena antiincendios y una serpiente de humo negro salió por una de las ventanas de la segunda planta. Colomba y Andreas se quedaron petrificados en la entrada, y el portero corrió hacia ellos para detenerlos. Sabiendo lo que estaba a punto de pasar, Dante murmuró un *no,* pero Andreas no lo oyó y le dio al pobre un cabezazo que podría haber derribado una pared. El portero cayó al suelo como fulminado mientras Andreas, cubriéndose el rostro con un pañuelo, corría hacia la nube de humo que ahora llenaba las escaleras, derribando y asustando a los clientes que intentaban salir. Colomba, maldiciendo por radio, fue tras él.

—¿Qué pasa? —preguntó Brigitte por el aparato.

—Nuestro amigo le ha pegado fuego al hotel —respondió Dante—. Tratará de salir, presta atención en tu lado.

—Aquí no se mueve nada. ¿Y Colomba?

Dante miró de nuevo hacia el hotel invadido por el humo.

—Está dentro con Andreas.

—*Scheisse.*

Dante miró nervioso a los clientes en fuga, tratando de localizar a Chiari, pero luego hundió sus ojos en la oscuridad de la parte trasera y se fijó en que una de las ventanas del restaurante se estaba abriendo: al cabo de unos instantes una sombra cayó y rodó en el jardín, tropezó y se levantó de nuevo, cojeando penosamente hacia la orilla del río. Era el hombre al que buscaban, estaba seguro de ello.

Dante lo persiguió.

O al menos trató de hacerlo, pero sin moverse ni un paso. Temblaba y sudaba, y la mano que estaba apoyada en la balaustrada se había cerrado como un tornillo de banco.

—¡Joder, ahora no, ahora no! —imploró, pero el temblor se hizo aún más fuerte, y el sudor, helado.

Aferró frenéticamente la radio y pidió ayuda, pero solo respondieron las interferencias. Era una de esas pesadillas donde todo ocurre muy despacio, pero en las que todo es inevitable. El hombre iba a escaparse y él permanecería allí, plantado como un árbol. Sería el enésimo papelón que haría ante Colomba, pensó, la enésima demostración de que sobre el terreno de juego no valía un comino.

Fue este pensamiento, sobre todo, lo que le dio fuerzas para reaccionar. Igual que había venido, el ataque de parálisis cesó y Dante corrió por el terreno de juego.

Chiari oyó unos pasos y se volvió hacia él. A la luz de una farola, Dante no podía verlo bien, pero se dio cuenta de que el fuego había sido cruel. Era un hombre de complexión mediana, y el lado derecho de su cuerpo era el de un anciano en buena forma, de aspecto bien cuidado. El lado izquierdo, en cambio, era otra cosa. En ese lado su rostro era un amasijo de cicatrices y el pelo ya no existía. El ojo miraba a través de una delgada ranura, la boca se curvaba hacia abajo y mostraba los dientes inferiores. La pierna estaba torcida y le hacía inclinarse hacia ese lado, la mano izquierda solo tenía muñones como dedos. Aunque el verdadero problema era la mano derecha, porque Chiari empuñaba un pequeño revólver, que levantó hacia él.

—Solo queremos hablar contigo —dijo Dante de inmediato.

Al verse sorprendido, había utilizado el italiano, pero de todas formas el hombre lo entendió.

—No tengo nada que decir —respondió en el mismo idioma, distorsionándolo debido a la boca deforme.

—¿No quieres encontrar a quien te quemó vivo? ¿No quieres vengarte de Giltiné?

Chiari, o como demonios se llamara, vaciló y detrás de él Dante vio dos figuras que crecían en la oscuridad; por las siluetas solo podían ser Colomba y Andreas.

—Deja que me marche o te pego un tiro.

—Te va a encontrar, igual que nosotros te hemos encontrado. Pero nosotros podemos ayudarte.

Las dos figuras ya estaban a pocos metros. Andreas trató de ponerse por delante, pero Colomba le hizo la zancadilla y aquel se desplomó en el suelo.

El ruido alarmó a Chiari, quien se volvió por un momento. Era lo que Dante había esperado y saltó sobre él. Ambos cayeron, y Dante le aferró el brazo armado con ambas manos.

—¡Está aquí! ¡Lo tengo! ¡Venid! —gritó.

La sombra de Colomba se interpuso entre él y la farola, luego su pie le dio una patada a la pistola.

—¡Pero por qué gritas tanto, si solo es un viejo tullido!

Estaba cubierta de hollín y se había chamuscado el pelo.

—Por la pistola.

Colomba la recogió y se la guardó en la chaqueta.

—Ya no.

Dante se puso de pie, mientras también llegaban Andreas y Brigitte. Andreas estaba chamuscado como Colomba, al margen de que no tuviera pelo.

—Vámonos, antes de que nos vean —dijo con voz ronca.

—A los coches —ordenó Colomba.

Corrieron hacia los coches de espaldas al incendio, y durante una corta distancia se vieron perseguidos por algún cliente que los había entrevisto en la oscuridad. Por suerte, algo explosionó cerca del hotel, quizás un coche, y perdieron interés por ellos.

—¿Por qué no me has contestado por radio? —preguntó Dante a Brigitte.

—En realidad, has sido tú quien ha dejado de hablar en un momento dado. Oía a Colomba, pero no a ti.

Dante comprobó su *walkie-talkie*. En la agitación había girado el mando de sintonizar hasta otro canal.

—Debe de haberse roto —mintió.

A Chiari le estaba costando lo suyo seguir tras ellos, y Colomba obligó a Andreas a cargar con él. Lo hizo sin esfuerzo.

—Pensaba que tenías miedo del fuego —le dijo.

—Que te jodan —dijo Chiari, sin dejarse intimidar.

Lo echaron en el asiento trasero del coche de Andreas, y condujeron hasta la villa que habían alquilado a cinco kilómetros de la ciudad. En realidad, se trataba de una pequeña casa de campo en medio de una amplia zona de césped, curiosamente salpicada con estatuas de estilo Grecia antigua. La cancela principal se abría mediante un código, las llaves del resto de la casa estaban en el buzón de correos.

Estacionaron en el interior, luego cerraron la cancela. Cuando Andreas hizo ademán de bajarse, Colomba lo esposó de nuevo al volante.

—¿Quieres dejarme aquí?

—Te dije que no le pusieras las manos encima a nadie. Tienes suerte de que no te dejara allí mismo quemándote.

—Quiero escuchar lo que tiene que decir —dijo Andreas—. Me lo merezco.

—Lo único que te mereces es una celda —dijo Colomba antes de cerrar la puerta de golpe. Más que castigarlo, no quería que Andreas supiera más de lo que ya sabía. Por el bien de la investigación, en el caso de que se viera obligada a dejarlo marchar—. No montes barullo o vuelvo.

Se alejó y se reunió con los demás en la casa. Andreas apretó los dientes y blasfemó en alemán, pero se calmó casi de inmediato. De puertas afuera, por lo menos. Sabía que el momento de hacérselo pagar a la poli ya llegaría. Podía verlo, allí, delante de él, con todos los matices del color de la sangre.

Pronto.

Cuando Colomba desapareció dentro de la casa de campo, se tendió de lado en el asiento y con el pie hizo saltar una puertecita oculta bajo el salpicadero.

Un buen periodista siempre ha de tener un as en la manga.

23.

Se instalaron en el enorme salón de la planta baja de la casa, que albergaba dos mesas de comedor para diez personas y una sala de estar esquinera que era tan grande como el apartamento de Colomba. A un lado se abría un pequeño pasillo con un lavabo y se hallaba la escalera que subía a la planta superior, con cuatro dormitorios. Hicieron sentarse al prisionero en uno de los sofás, donde se quedó mirándolos en silencio con sus ojos asimétricos. A la luz de la gran lámpara con velas falsas, los daños del fuego eran todavía más evidentes.

Brigitte revolvió en los armaritos y encontró en ellos té y un hervidor de agua, mientras que Dante hizo que le pasara la botella de vodka. Este también estaba tan caliente como el que se había llevado del bar del Colloquium, pero al menos era un Beluga Platinum, el mejor de su gama. Sentado en el alféizar de la ventana por la que entraba el frío, Dante se la tendió al prisionero.

—¿Quiere?

El hombre volvió su mirada para negarse, pero cambió de idea y asintió con la cabeza. Cogió la botella y a Dante le asaltó la idea de que había hecho una tontería y que el prisionero la utilizaría como arma, pero se limitó a beber un par de sorbos rápidos, luego otro más largo, y se la devolvió.

—Hace dos años que no bebo alcohol —dijo en perfecto italiano, solo con un ligero acento del este.

—¿Prescripción médica?

El hombre le lanzó una mirada de desprecio.

—Quería estar lúcido. Por si acaso ella regresaba. Pero ahora... —se encogió de hombros.

Dante bebió otro trago, y con el calor del alcohol que se irradiaba desde el estómago se percató de que era verdad, de que lo imposible se había hecho realidad. Tenía delante de él a alguien que disponía de la clave para resolver el misterio de Giltiné. El hombre que sabía por qué motivo se movía por todo el mundo cosechando víctimas igual que el ser sobrenatural cuyo nombre usaba.

¿Y si miente?, ¿y si se niega a hablar?

Trató de leer en él, pero las cicatrices distorsionaban demasiado la postura y las expresiones. El prisionero lo reprendió con el índice sano.

—También nos lo enseñaban a nosotros, ese truco. Pero intentábamos que no nos descubrieran.

—¿Qué truco?

—El de averiguar lo que la gente piensa estudiando las expresiones.

—¿Entrenamiento militar? ¿Espionaje?

El prisionero se encogió de hombros otra vez.

Colomba volvió con Brigitte y una taza de té entre las manos. Tenía un hambre del demonio, pero en la casa no había nada para comer.

—Por desgracia Brigitte no habla italiano —dijo en inglés—. Así que vamos a utilizar el inglés como lengua común. ¿Le parece bien a usted?

—No tengo nada que decir —el inglés del prisionero estaba casi libre de acento y probablemente su alemán era perfecto. Dante se dijo que aprender los idiomas de ese modo sin duda también era parte de la formación, fuera la que fuera.

—Por lo menos díganos su nombre.

—Franco Chiari.

Colomba colocó una silla frente a él y se sentó.

—No le creo, ¿sabe? Pienso que pasa lo mismo con Heinichen y con quién sabe cuántos más.

—No me interesa.

—Usted es ruso.

El hombre no reaccionó.

—Vamos a ver si esto le interesa —dijo Colomba—. Giltiné mató a doce personas en Italia, seis en Berlín en el incendio del Absynthe, donde solo sobrevivió usted, y este amigo mío está convencido de que ha matado a bastantes más en todo el mundo.

—Su amigo probablemente tiene razón —admitió Chiari.

—Mi amigo piensa que no ha terminado de matar.

—Y eso también es posible.

—Usted es el único que nos puede ayudar a detenerla.

Sonrió con el lado de la cara que le funcionaba. El resultado fue una mueca grotesca.

—No pueden detenerla.

—Después de lo que le hizo, ¿por qué no quiere ayudarnos?

—Porque me merezco lo que me hizo. Es culpa mía que ella siga por ahí haciendo lo que hace.

—Usted fue militar, o espía —intervino Dante, que había unido los puntos—. ¿Por casualidad su trabajo concernía a Giltiné?

—No se llamaba así cuando me encargaron el trabajo.

—Okey. Usted tenía que capturarla y no lo logró —dijo Colomba, haciendo un esfuerzo por ser paciente, aunque tenía ganas de liarse a patadas con él.

—Pues la verdad es que lo logré. Ese es el problema. Hice mi trabajo —la voz del hombre se convirtió en un susurro—. La encontré e hice lo que tenía que hacer.

—¿Y qué tenía que hacerle? —preguntó Brigitte por primera vez—. ¿Qué le hizo?

—La maté —dijo el hombre que se hacía llamar Chiari—. Por eso ahora se está vengando.

V. Price Tag

Antes - 2010

No hay luna, los rascacielos de Shanghái brillan contra el cielo negro. Donna mira la gran curva del río Yangtsé que fluye veinte pisos por debajo de su ventana del hotel. Piensa en el agua helada de una antigua prisión, luego en la cálida del mar de España. En cuando la llamaban Chica, o Muda. Antes de elegir un nuevo nombre, el único que siente como suyo.

En la habitación que queda detrás de ella, en la enorme cama demasiado blanda, Katia está durmiendo sobre el estómago, el pelo esparcido sobre la almohada como los tentáculos de una medusa de color sangre, un pie al descubierto. Donna se acerca a ella y desliza con delicadeza la sábana hasta descubrir el cuerpo. La piel de Katia es de una blancura lechosa que parece brillar a la luz de la lámpara de la mesita, el cuerpo es delgado, casi carente de curvas.

Los antepasados de Katia debían de ser presas, no depredadores, piensa Donna. Huían por el bosque con sus largas piernas y se escondían. Robaban la comida, no la cazaban.

A diferencia de mí.

Se inclina sobre Katia. Bajo el perfume del gel de ducha sin nombre del hotel, nota el aroma del vino que se evapora y de la anguila a la parrilla que comieron en el Distrito 51, en un pequeño restaurante escondido entre una galería de pintura y un taller de restauración. Katia pasa en el Distrito todo el tiempo que le queda libre del estudio y de las pruebas, y por la noche regresa con los ojos brillantes por lo que han visto. Katia vive del arte y de la belleza, Donna no lo entiende, pero percibe el efecto que ejerce sobre ella. Siente la fascinación por persona interpuesta. Siempre ha sido así entre ellas, desde que la vio en el escenario de un concierto en París, al piano, volando sobre las notas en un círculo de luz. Cuando la poseyó, esa misma noche, el cuerpo de Katia vibraba aún por la música que la había traspasado, por los aplausos y la emoción.

Tenía que ser solo una vez, pero desde entonces siguieron juntas, dos años pasados viajando por el mundo. Donna se ha convertido en la compañera de la artista, su hombro, la presencia necesaria entre bambalinas. Sabe que es un error y ha tratado de escapar de ella, pero siempre ha regresado. Katia ha excavado en su interior. Lejos de ella, Donna se agosta y muere.

Tarde o temprano lo comprenderá. Verá lo que realmente soy.

Y acabará de todos modos.

Una solitaria gotita de sudor se desliza en el hueco de la espalda de Katia, justo por encima de las nalgas casi planas. Donna la lame. Sabe a vida.

Lloraría, si supiera cómo hacerlo.

Katia se despierta. Extiende una mano y le roza la cara, invitándola a unirse a ella. Donna continúa, siguiendo con sus labios una vena que discurre a lo largo del brazo de Katia. Nota cómo late lentamente, al ritmo de la respiración. Se besan.

—He tenido un sueño extraño —murmura Katia.

—Los sueños son siempre extraños —dice Donna, que nunca sueña—. ¿Cómo era?

—Ya casi no lo recuerdo, solo sé que salía Giltiné.

—¿Quién es?

—Una bruja de la que me hablaba mi abuela. Iba al frente de un grupo de mujeres vestidas de blanco que llevaban una vela. Caminaban por una ciudad desierta y oscura, en ruinas, con casas destruidas...

—Igual que después de una guerra.

—Tal vez una guerra nuclear..., ya sabes, el mundo desierto y sin vida.

—Aparte de las mujeres.

—Ellas no están vivas. Giltiné las está llevando al paraíso, o al infierno... Es el espíritu de los muertos —Katia se desperezа—. Ven a la cama, vamos.

—Aún no.

Donna se pone el albornoz y las zapatillas de felpa con el logotipo del hotel.

—¿Vas a la sauna? —pregunta Katia.

—Sí —Donna siempre va por la noche, cuando no hay nadie y los clientes no podrían acceder. Ella, sin embargo, le ha dado una buena propina al camarero y tiene una llave de servicio.

Katia saca las piernas fuera de la cama.

—Voy contigo. No me apetece quedarme sola.

Ella también se pone el albornoz y salen juntas de la habitación. Son las dos de la madrugada. Las risas de los grupos que había en el bar del jardín se han apagado. En el pasillo huele a verduras hervidas y a durián, una fruta que Katia se niega a probar debido a su hedor. Donna, en cambio, no tiene problemas. Es capaz de comer cualquier cosa, viva o muerta, una de las ventajas de ser lo que es.

Van por la escalera de servicio —Donna no utiliza el ascensor, si puede evitarlo— y bajan al spa del sótano. Hay una sauna, la piscina de agua fría y una pequeña bañera redonda de agua caliente, con cabezales de ducha de hidromasaje. Las paredes son de color rojo oscuro, los suelos de mármol negro, y por los altavoces salen las notas del Preludio en do menor *de Bach. Donna reconoce el toque de Katia. Se pregunta si se trata de una coincidencia, o bien si la dirección del hotel lo ha hecho a propósito para agasajar a la huésped que la noche siguiente va a exhibirse en el Grand Theatre.*

Solo unas pocas luces están encendidas, y las dos se deslizan desnudas en la bañera de hidromasaje en penumbra. Katia se entrega a ese placer que sabe a prohibido; Donna, en cambio, nada más cerrar los ojos los abre de nuevo.

Algo va mal.

Lo ha percibido al entrar, pero solo ahora repara en lo que es. La cabina en la que durante el día se recogen las toallas tiene la puerta entreabierta. Nunca ha sucedido en la semana que han pasado en el hotel, porque el encargado siempre lo recoloca todo antes de las once de la noche, la hora oficial del cierre del área de bienestar. Esta vez no lo ha hecho.

Donna tiene ahora todos los sentidos en tensión. El sonido del hidromasaje es una capa imposible de penetrar, pero por debajo del olor a cloro y a desinfectante, capta un aroma a tabaco y a algo más sutil y ácido que huele a humano.

Katia abre los ojos al notar que desaparece el calor del cuerpo de Donna, quien se ha salido de la bañera en silencio y ahora está en cuclillas en el borde, en una pose casi animal, de fiera. Katia nunca la ha visto así. Ya no es la mujer con la que ha dormido los últimos dos años, con la que ha viajado y ha hecho el amor. Siempre ha existido un pacto implícito sobre el pasado de Donna. No hablarían de él, como si hubiera nacido el día en que se conocieron. Pero Katia ahora se pregunta si no se habrá equivocado, hasta ese punto es fuerte la impresión que le produce verla de ese modo, atravesando la sala sin producir el más mínimo ruido sobre el suelo mojado, moviéndose a lo largo de las sombras más oscuras.

Se asoma a la cabina y ve lo que antes ha comprendido. El olor ácido es el de las vísceras del encargado, muerto con el vientre abierto, de rodillas, como si estuviera rezándole a un dios cruel. Donna retrocede de golpe, e impacta contra los dos hombres cuya presencia ha intuido en las tinieblas.

Katia, todavía en la bañera, ve moverse unas sombras y oye sonidos apagados, pero no es capaz de entender qué está sucediendo. Sin embargo, tiene miedo de llamar a Donna, miedo de que su grito pueda desencadenar algo terrible.

Desde la oscuridad más allá de la bañera aparece un hombre con un traje gris de empleado. Tiene una expresión neutra, los ojos claros.

Es Maksim.

Katia le pregunta qué quiere, pero Maksim la agarra del pelo y le golpea la cara contra el borde de la bañera. Los incisivos de Katia se rompen, ella grita por fin.

De pronto, las sombras del fondo comienzan a moverse más deprisa, luego, de repente, se asoma el cuerpo desnudo de Donna, cubierto de sangre. Corre hacia Maksim tan rápido que él no puede apuntar. Tenía la esperanza de atraerla hacia la trampa usando a Katia, pero ha errado en sus cálculos. Solo puede apretar el gatillo una vez antes de que Donna lo embista haciéndole chocar contra la pared. La bala le atraviesa la frente a Katia, que estaba intentando levantarse. Cae en el agua con un chapoteo. Donna se distrae. Un momento. Quizá por primera vez en su vida. Y Maksim, que ha perdido su arma y con el impacto se ha roto tres costillas y fisurado una vértebra, le clava el cuchillo de caza en la espalda.

Donna se arquea y le asesta un codazo. La mandíbula de Maksim se fractura y él afloja la presión en el cuchillo, que se queda clavado en la carne. Se desliza hasta el suelo, Donna pretende darle una patada en la garganta, pero está sangrando abundantemente por la herida en la espalda. Está lenta, y Maksim se apuesta el todo por el todo. La empuja y Donna pierde el equilibrio y vuela boca abajo hasta la piscina de agua fría. Maksim, con sus últimas fuerzas, se sube encima de ella, la aplasta contra el fondo mientras trata desesperadamente de no perder el conocimiento. Donna intenta empujar contra el borde de la piscina, pero resbala y no logra agarrarse. Al quinto minuto su cuerpo deja de tener contracciones. Al sexto todavía tiene pequeños temblores en las extremidades y en la cara.

Al décimo solo existe el silencio.

Maksim seguiría manteniéndola bajo el agua de no ser porque oye voces que hablan chino y que proceden de fuera. Entonces huye. Con cada paso empapado que lo aleja de allí a lo largo de las calles iluminadas por las señales de los últimos locales abiertos, por los faroles rojos para los turistas, deja tras de sí un trozo de esos largos años pasados desde el día en que aceptó la oferta de un hombre que le daba miedo. Era un muchacho y se ha convertido en un viejo igual que un perro encadenado. Ahora se ha terminado, piensa. Ahora ha cortado la última atadura.

Pero se equivoca.

Cuando llega la policía, mejor dicho, la Fuerza de Policía Armada del Pueblo Chino, como se denomina ahora, los militares se ven obligados a tomar nota de la muerte de una famosa pianista de origen lituano y de dos delincuentes locales ya conocidos como integrantes de las Tríadas.

El cuerpo de Donna, en cambio, ha desaparecido.

1.

Maksim, que se había hecho llamar Heinichen, Chiari y de otras maneras que había olvidado, pidió un cigarrillo, y Dante le lanzó su paquete sin mirarlo.

—¿Cómo logró salvarse? —preguntó Colomba, rompiendo el pesado silencio que había caído.

—El frío ralentiza el organismo —murmuró Dante. Tenía la voz en los zapatos. La parte sobre el ahogamiento resumía todos sus peores miedos—. Hay náufragos que han sobrevivido aún más tiempo sin respirar.

—Tendría que haberla llenado de balas, pero me costaba mantenerme en pie, y además no creía que hubiera ninguna necesidad —Maksim se dio cuenta de que se estaba confiando a desconocidos. Después de una vida de absoluta reserva, se estaba liberando como si fuera lo más natural del mundo. *A tomar por culo, tendría que haberlo hecho antes*—. Cuatro años tardó en encontrarme, pero lo consiguió. Y si hubiera estado en la otra punta del mundo, en vez de en Berlín, no habría sido distinto. Si hubiera estado sobre la Torre Eiffel, Giltiné también le habría prendido fuego.

—Te lo habrías merecido —dijo Brigitte, lívida. Parecía a punto de saltarle al cuello—. Todo lo que ha ocurrido después es culpa tuya.

—¿Por qué está tan seguro de lo que habría hecho? —preguntó Dante.

—¿Qué creen que hacía antes de que la encontrara en Shanghái? ¿Trabajar de camarera? —dijo Maksim con desprecio—. Pasé casi treinta años persiguiéndola, y en esos treinta años sobrevivía matando a personas. Para el Vory v Zakone, o también para esos judas del FSB, cuando tenían un trabajo que les daba reparo hacer. Era imposible seguir su rastro si uno no sabía dónde buscar, y yo siempre llegaba demasiado tarde. Rusia es grande, y ella también se movía fuera de las fronteras. Un par de veces negocié con algún mafioso en relación con ella para que me la entregara, pero ella siempre se las arregló para escapar.

—¿Por qué no siguió persiguiéndola cuando se dio cuenta de que aún estaba viva? —lo presionó Colomba.

—Cuando regresé a Moscú descubrí que mi nombre estaba en la lista de Poteyev. ¿Saben qué es?

—Sí —dijo Dante, pero fue el único y lo explicó—: Aleksander Poteyev era un topo de la CIA dentro del servicio de inteligencia exterior de Rusia. Reveló la identidad de algunos agentes encubiertos. Como Anna Chapman.

—No todos los nombres llegaron hasta los periódicos, algunos permanecieron en secreto —dijo Maksim—. Y eso quería decir que sobre la cabeza de esos pobres desdichados se cernía algo más que un juicio. Tal vez una celda sin un nombre o una fosa, con el acuerdo de ambas partes.

—Su nombre era uno de esos —dijo Colomba.

—Exacto. Así que me escapé y confié en no ser digno de una caza mayor, al estilo de los servicios estadounidenses o rusos. Si mantenía la cabeza gacha, ¿a quién podría resultarle molesto? Por desgracia, era Giltiné quien iba detrás de mí, no ellos.

—¿Y está usted seguro de que la mujer a la que trató de matar en Shanghái y Giltiné son la misma persona?

—Llevaba un traje ignífugo y una máscara antigás, pero tiene una manera de moverse de la que uno se acuerda. La ves a diez metros y un segundo después ya te está pateando las pelotas —los ojos de Maksim se desviaron hacia el techo—. Además, no era el primero de su lista.

—¿Qué quiere decir?

—Mis antiguos colegas iban cayendo como moscas. Quemados, ahogados, caídos por las escaleras. Era como estar viendo un documental sobre accidentes domésticos. Pero pensaba que se trataba de la gente de los servicios secretos, que estaba haciendo limpieza.

—¿Por qué tendrían que eliminarlos? ¿Qué sabían que no debía salir a la luz?

—La Caja —dijo Maksim.

—¿Y eso qué es?

—El lugar donde vi por primera vez a Giltiné —bebió otro sorbo de vodka—. Una cárcel. La peor que jamás haya existido.

2.

Maksim había llegado a Kiev con un avión militar, y a él y otros cinco *Specnaz* los habían cargado en un camión que los transportó de noche por carreteras nevadas. Corría el mes de diciembre, la temperatura era de quince grados bajo cero, como en Kabul, pero allí por lo menos no debía tener miedo de saltar por los aires por culpa de una mina o de que lo alcanzase una bala.

El camión los dejó en una instalación militar alejada de los centros de población y enterrada entre los bosques. Estaba formada por algunos barracones para los militares, un comedor y un par de edificios para los oficiales. Más allá de una última barrera de alambre de espino que dividía el complejo en dos, había un cubo de cemento gris con la altura de un edificio de tres plantas. El cubo tenía una única entrada en una de las caras, y no había ni una tronera o una ventana. Solo las salidas de aire. Nadie podía entrar o salir sin autorización.

—¿Sin puertas ni ventanas? ¿Eso significa que los presos nunca veían el sol? —preguntó Colomba.

—Jamás. Yo no estuve nunca en el interior, pero me dijeron que había luz eléctrica, por lo menos a algunas horas del día. Era lo máximo que podían tener. Los presos procedían de las cárceles de toda la Unión Soviética, pero no sabíamos si eran políticos o comunes, porque sus documentos llegaban en blanco. Y luego estaban los niños.

Dante se encontró de pie, a dos pasos de Maksim, sin entender cómo había llegado hasta allí.

—¿Encerraban a los niños en un lugar como ese?

—No era yo quien lo decidía. Había una sección especial dedicada a ellos. En total, la Caja albergaba a quinientos presos. Los niños y adolescentes eran unos cincuenta.

—¿Y ellos tampoco salían nunca?

Maksim no dijo nada. Dante se le aproximó aún más, sudando y con las manos cerradas en puño.

—¿Salían? —repitió, con la voz hecha casi un gruñido.

—No, se trataba de un viaje solo de ida —dijo Maksim de mala gana, como si se avergonzara de eso.

—¿Y cuál era su culpa? —preguntó Brigitte.

—No lo sé. También sus documentos llegaban limpios. Pero no creo que vinieran de ninguna cárcel. Estaban sucios y en mal estado, sin uniformar.

—La Caja no era el verdadero nombre, ¿verdad? —dijo entonces Dante—. ¿Cuál era?

—Duga-3.

Dante se lo había esperado, pero aun así fue un *shock*.

—Hijos de puta. Grandísimos hijos de puta —dijo.

—¿Podéis explicarnos de qué estáis hablando? —preguntó Colomba.

—Duga-3 fue uno de los secretos mejor guardados de la Guerra Fría —dijo Dante, abriendo y cerrando la mano buena—. Una base militar a cien kilómetros de Kiev, en medio de la nada. La Unión Soviética negaba su existencia, pero la OTAN la identificó porque emitía señales que perturbaban las frecuencias de radio con un ruido que sonaba como el de un pájaro carpintero. Para qué servía, eso nadie lo sabía. Se decía que era la base de un sistema de defensa antimisiles. O una instalación HAARP para provocar terremotos artificiales. En cambio, era un *Lager*. ¿Y tú te quedaste allí hasta el último día, *soldado*?

—Sí.

—¿Por casualidad fue en abril del 86?

Maksim asintió.

Colomba se esforzó por recordar qué había sucedido en esa fecha. Sabía que era algo importante y horrible, pero se le escapaba.

—El complejo Duga-3 había sido instalado cerca de Pryp'jat' —dijo Dante—. Que desde el 26 de abril de 1986 se convirtió en una ciudad fantasma. Mejor dicho, desde el 27 de abril, porque el primer día nadie alertó a la población de lo que estaba ocurriendo. Solo *después,* más de trescientas mil personas fueron evacuadas de la zona. Pero, para entonces, muchas de ellas ya estaban contaminadas y murieron de todos modos.

Finalmente Colomba cayó en ello, pero fue Brigitte quien habló primero.

—Joder, Chernóbil —murmuró.

Chernóbil.

La Caja había sido construida cerca del epicentro del mayor desastre nuclear de la historia.

3.

Andreas tuvo que quitarse un zapato para aferrar el contenido del cajón secreto de la guantera. Fue una maniobra de contorsionista, aún más difícil para él con esos troncos de árbol que tenía como piernas. Después de que se le cayera por dos veces, finalmente fue capaz de arrojar sobre su regazo el pequeño envoltorio de tela que contenía un juego de llaves en blanco y cinco ganzúas pequeñas. El kit habría provocado algunas preguntas si la policía lo hubiera encontrado, pero se había demostrado útil en numerosas ocasiones.

Como escapista, Andreas no estaba al mismo nivel que Dante, pero sabía los fundamentos, y liberarse de un par de esposas es más fácil de lo que se cree: han sido diseñadas para su uso con prisioneros sometidos a vigilancia, cuando es imposible que se pongan a trastear. Andreas, en cambio, estaba solo, y se sirvió del sistema más utilizado: una pequeña cuña de hojalata. La insertó entre los dientes de las esposas, luego apretó una muesca aplastándose dolorosamente la carne de la muñeca. En ese punto la cuña encajó en el mecanismo de bloqueo y la esposa se abrió.

Andreas estaba libre. Se frotó la muñeca marcada mientras estudiaba la situación que tenía a su alrededor. Más allá del parabrisas, el único movimiento era el de las sombras proyectadas por las ventanas.

Con los ojos en la casa de campo, Andreas metió la mano en el cajón y sacó el segundo objeto que contenía: un puño americano de plástico negro. En la parte superior tenía dos electrodos controlados por un botón que podían descargar más de un millón de voltios con un bajo amperaje. Suficientes para dejar fuera de combate a un perro de talla grande, o para hacer daño a un ser humano. Mucho daño.

Andreas abrió la puerta milímetro a milímetro y se bajó.

El sonido de las voces llegaba confuso desde la casa. Parecían discutir acaloradamente. La idea de no estar allí con ellos para escuchar las explicaciones del falso muerto hizo que se le subiera de nuevo la bilis, pero la sensación fue suavizada por el pensamiento de lo que iba a hacer. *Nadie deja a Andreas lejos del espectáculo, eso sí que no. Y si alguien lo intenta, acaba mal.* Caminó encorvado por las manchas de oscuridad. Para lo gordo que estaba, era capaz de moverse con agilidad y en silencio.

Dio la vuelta a la casa de campo y estudió las ventanas de la planta superior. Estaban demasiado altas para alcanzarlas y corría el riesgo de hacer ruido. Sin embargo, camino adelante encontró una ventana de guillotina cerrada en la planta baja. Era la del lavabo. Andreas descorrió al máximo el batiente, luego se metió por la abertura. Su culo era más grande que el espacio disponible entre el alféizar y la ventana, y se quedó atascado hasta que la parte inferior de los pantalones se desgarró. Al caer al suelo se rompió los labios, que comenzaron a sangrar, y permaneció quieto durante unos minutos, conteniendo la respiración por miedo a que alguien hubiera oído el estruendo. Pero en el pasillo no se movió nada, y en el salón Dante seguía hablando sin interrupciones con ese tono petulante que Andreas odiaba.

Se incorporó con cautela, rozándose la boca sangrante. Nada grave, eso también se lo pagarían. Los pantalones ya no se le sostenían y se los quitó, luego se sentó en el borde de la bañera, incapaz de resistir la tentación de hacer saltar alguna que otra chispa eléctrica del puño americano, que brilló cegadora en la oscuridad.

Pronto, pensó.

4.

Dante rezumaba indignación y peroraba agitando su mano mala.

—Treinta y cinco toneladas de combustible nuclear esparcidas en tres mil kilómetros, cientos de miles de muertos por las consecuencias directas de las radiaciones y millones debidos al cáncer repartidos por todo el mundo, aunque, por supuesto, los datos reales han permanecido ocultos. Y acallados no solo por la Unión Soviética, sino por todos los gobiernos que apoyaron los *lobbies* nucleares —se volvió hacia Maksim—: Si hay un dios, debe de tener un gran sentido del humor, ya que todavía sigues con vida.

—Dios ayuda a quien se ayuda —dijo Maksim—. Uno de los guardias conocía a alguien dentro de la central y se volvió loco, luego trató de alejarse de allí sin autorización. Entre los guardias se propagó el pánico y los prisioneros se aprovecharon de ello. Vi cómo comenzaban a salir, pálidos y delgados como clavos, con palos y armas arrebatados por la fuerza a los guardias internos. Corrieron hacia la alambrada. Mis compañeros soldados comenzaron a disparar, yo hui. Aunque los hubiéramos matado a todos, ¿de qué iba a servir? Caían sobre nuestras cabezas radiaciones suficientes como para enfermarnos. Tal vez ya estábamos enfermos. Pero antes de escapar vi salir a la chiquilla.

—Giltiné —dijo Dante.

—Sí. Ella fue la única menor de edad que desapareció. Todos los demás fueron encerrados de nuevo o asesinados. Una treintena, más soldados y personal que habían desertado como yo. Solo que a mí me ofrecieron una alternativa al fusilamiento: encontrar a los fugitivos. Y algunos fueron huesos duros de roer, aunque ninguno como Giltiné.

—¿Quién le reclutó?

—Técnicamente, de nuevo fue el ejército, pero el jefe se llamaba Belyy. Era el responsable de la Caja, un médico militar. Aleksander Belyy —Maksim pensó que todavía le daba miedo, incluso más que Giltiné—. Y cuando murió... las órdenes seguían llegando de igual modo. Resulta difícil explicarlo, pero los que son como yo son peces que nadan en bancos. Sabemos adónde ir y qué hacer, pero no sabemos por qué.

—He visto vídeos sobre Chernóbil —dijo Brigitte—. Y no había ningún edificio como la Caja.

—Fue desmantelada por una compañía de «liquidadores», las mismas personas que hicieron el trabajo para asegurar la central después de la explosión. Los había a millares por allí. Y la mayor parte la palmó debido a las radiaciones. Como los bomberos que llegaron al principio.

—Y usted persiguió a los presos que habían intentado salvarse —dijo Dante, sombrío.

—Yo era un soldado, y ellos, asesinos —Maksim se encendió otro cigarrillo—. Belyy me dio sus expedientes para que los estudiara. Todos ellos eran asesinos múltiples. La propaganda prohibía que se hablara de gente así: los asesinos en serie eran un problema *amerikanskiy,* no nuestro. Pero también había auténticos demonios en el paraíso de los trabajadores.

—¿Y tú qué eres? —dijo Brigitte.

—Ahora soy chatarra.

—Ha leído el expediente de Giltiné. ¿Quién es? ¿Cuál es su nombre real? —preguntó Colomba.

—Nadie. Ella era una excepción y, al parecer, ha seguido siéndolo. A ella no la llevaron a la Caja: nació allí.

—Dios santo —cuando Colomba pensaba que había tocado fondo, aún bajaba otro escalón. Una niña nacida en una prisión para asesinos y criada entre ellos. ¿Cómo sorprenderse de que fuera por ahí exterminando a la gente?

Brigitte estaba pálida.

—Es culpa vuestra que Giltiné matara a mi hermano. Culpa de lo que le hicisteis —le gritó a la cara a Maksim.

—No seré yo quien lo niegue, señorita.

—¿Cómo pudo sobrevivir por sí misma? —Colomba reanudó el interrogatorio.

Antes de responder, Maksim se bebió un gran trago de vodka.

—No lo sé. Le perdimos la pista inmediatamente después de la fuga. Pensábamos que estaba muerta. Luego, años más tarde, corrió la voz sobre una mujer que mataba por la mejor oferta, también para el FSB. Y como ya les he dicho, siempre que la localizaba conseguía huir de mí.

—Hay una cosa, de todas formas, que no entiendo —dijo Dante—. El régimen comunista había caído. ¿Qué les importaba que Giltiné estuviera en circulación? ¿Les preocupaba el hecho de que matara a gente?

—Por supuesto que no. Estábamos preocupados porque seguía siendo la única persona que podía hablar de la Caja. Mi trabajo consistía en hacer que desapareciera cualquier rastro que existiese.

—Sus nuevos líderes podían descargar la responsabilidad en la administración precedente, como hicieron con las purgas de Stalin. ¿A qué venía ese esfuerzo inútil?

Antes de que Maksim pudiera responder, Andreas hizo su aparición.

Y entonces ya no hubo tiempo para nada más.

5.

Fue a Brigitte a quien le tocó la pajita más corta, aunque ni siquiera sabía que estaba compitiendo. Simplemente ya no soportaba seguir oyendo cómo se hablaba de víctimas de asesinato, de conspiraciones y de misterios, y se había alejado para mojarse la cara. Pensaba en su hermano. En la mañana en que su padre la llamó para decírselo. Lloraba tanto que ella, medio dormida aún, no entendió de inmediato de qué le estaba hablando. Tuvo que descifrarlo. *Absynthe. Gunther.*

Incendio.

Cuando llegó a comprenderlo, vomitó. Una arcada tan fuerte que parecía que el chorro de comida a medio digerir había sido despedido por una manguera de alta presión. Se quedó sin aliento, ni siquiera era capaz de llorar.

Ahora también se sentía así. Milagrosamente en pie, después de descubrir que su hermano había muerto solo porque se encontró en medio de una guerra entre una víctima y sus carceleros. Cuando Colomba le había contado que el fuego podría haber sido intencionado, Brigitte se sintió abrumada por la ira y por el odio hacia el desconocido responsable, pero ahora solo podía sentir pena y asco hacia todos los implicados.

Abrió la puerta del pasillo, dejando a su espalda a Maksim y su voz tan *fría* que salmodiaba monstruosidades, y luego la del baño, moviéndose a tientas para buscar el interruptor de la luz en la oscuridad absoluta. La puerta se cerró detrás de ella, y Brigitte pensó en un golpe de viento. De hecho, la ventana estaba abierta. Luego, en la luz que entraba desde el jardín, distinguió la silueta de un hombre.

Andreas.

Antes de que pudiera gritar, Andreas la golpeó en la garganta con el puño americano. Brigitte jadeó intentando respirar, y sus piernas cedieron cuando la descarga eléctrica le cortocircuitó los nervios. Él le puso una mano sobre la boca, sujetándola por detrás, luego volvió a golpearla en el costado, manteniendo la descarga accionada. La electricidad hizo temblar los pies de Brigitte como una tarántula, mientras los ojos se le quedaban en blanco. Nunca había sentido un dolor semejante, y ni siquiera podía gritar. Únicamente gemir contra la mano que la ahogaba. Trató de morderla, pero Andreas la agarró del pelo y le golpeó la cara contra el espejo, que se hizo añicos. Brigitte sintió que algo se le rompía también dentro de la nariz.

—Puta de mierda —le susurró Andreas al oído, aplastándole el puño americano entre las piernas y soltándole otra descarga—. Disfruta.

Brigitte lo vio todo negro y pensó que iba a morir.

Cuando las sombras se desvanecieron, se encontró por el contrario viva en el comedor, con el brazo izquierdo de Andreas por debajo de la garganta y algo que pinchaba a un lado del cuello. Era un trozo de espejo, del tamaño de una porción de pastel, que Andreas presionaba contra su carne.

—Si no hacéis lo que os digo, le corto el cuello a esta putita —decía.

Colomba estaba de pie delante de ellos, apuntando con la pistola, y se mordía el labio inferior. Dante estaba petrificado frente a la ventana.

Andreas tenía la barbilla cubierta de sangre. Más sangre le chorreaba de la mano que sujetaba el trozo de espejo protegido por una vuelta de papel higiénico. En calzoncillos era grotesco y horrible.

—Suéltala —dijo Colomba—. O esto acabará mal.

—Si tan segura estás de matarme en el acto, dispara. Porque si fallas, la degüello —se apretó aún más contra Brigitte, quien asqueada notó su erección presionándola en las nalgas—. Y a lo mejor me la follo mientras se está muriendo. Siempre me he preguntado qué se sentiría.

Le pasó la lengua por el cuello y Brigitte soltó un sollozo de repugnancia.

—Que te jodan —le dijo.

Él se frotó aún más fuerte.

—Sigue, sigue, que me excitas.

Maksim, desde el sofá, lo miró entrecerrando el ojo sano.

—He visto a muchos como tú.

—¿Ah, sí?, ¿y cómo los viste?

—Muertos, la última vez que los vi estaban muertos.

Andreas se rio.

—Qué lástima que aquellos tiempos pasaran, ¿verdad? —Andreas volvió a dirigirse otra vez a Colomba—. Tienes tres segundos, luego empiezo a cortar.

Colomba desplazó por un segundo la mirada hacia Dante, quien asintió con la cabeza. Estaba seguro de que Andreas cumpliría con su amenaza. Entonces ella dejó la pistola, pero la empujó con el pie bajo una vieja cómoda, de modo que Andreas no pudiera aferrarla.

—¿Y ahora?

—Ahora llegaremos a un acuerdo —dijo Andreas mientras seguía presionando con el punzón: el cuello de Brigitte ya sangraba por innumerables cortes—. La probabilidad de que dos idiotas como vosotros logréis detener a Giltiné es tan baja que no puedo tomarla en consideración. De manera que he de estar a buenas con ella hasta que la palme por la cosa esa que tiene bajo las vendas.

—¿Qué pretendes hacer?

—Lo mejor sería mataros a ti y a tu amigo autista —dijo Andreas—. Pero podría resultar complicado. Así que creo que todos juntos vamos a hacer algo bonito, y luego a seguir cada uno su camino.

—Quieres matar a Maksim —dijo Dante.

—¿Y crees que vamos a dejarte que lo hagas? —dijo Colomba.

—Desde el punto de vista de Andreas, es perfectamente racional —dijo Dante—. Tendremos un secreto compartido, lo que asegurará que nadie trate de denunciar al otro. Y Giltiné ya no tendrá motivos para vengarse de nosotros.

—¿Ves como cuando quieres nos entendemos? —dijo Andreas guiñándole un ojo.

—Tu plan solo tiene un defecto —dijo Dante—. Maksim no está de acuerdo.

Andreas se volvió hacia Maksim, y eso era lo que Dante quería. El exsoldado le arrojó la botella de vodka directamente al rostro, haciéndola añicos. Andreas trastabilló, mientras alcohol y sangre le quemaban los ojos. Brigitte aprovechó la oportunidad para liberarse, y Andreas se abalanzó sobre Maksim al tiempo que le lanzaba una cuchillada con el trozo de espejo, que se clavó en la garganta con tal fuerza que el puño desapareció dentro de la herida. Cuando lo sacó, con un ruido de desatascador, estalló una fuente de sangre que cubrió a la víctima y al agresor.

Conforme caía de espaldas, Maksim descubrió que no sentía nada. Ningún dolor en la herida ni tampoco en las cicatrices de las quemaduras que lo habían torturado. La habitación pareció iluminarse de sol, las demás personas se convirtieron en estatuas congeladas en sus últimos movimientos. Colomba, que aferraba una silla; Dante, que corría hacia Andreas con los ojos cerrados. Y Andreas con la boca completamente abierta en una risa primitiva.

La luz comenzó a desvanecerse y Maksim retrocedió. Ya no estaba en la casa de campo de Ulm, sino en medio del incendio del Absynthe, sepultado por la cascada de ladrillos que le había salvado la vida; luego, en Berlín, sin dinero, tenso cada vez que un extraño intercambiaba una mirada con él. Luego, en Shanghái, bajo los farolillos rojos; en España, en Moscú, en la Caja, en Kabul, con sus compañeros; luego, en el curso de formación de la Specnaz.

Y, al final, en Kaluga, donde su padre se despedía de él y de sus hermanos mientras iba a la cristalería, y le pareció lo más real de todo, lo único que importaba. También trató de levantar una mano para decirle adiós, pero no encontró ni su mano ni su cuerpo, porque lo que estaba experimentando eran solo los últimos destellos de su cerebro al apagarse, que duraron una fracción de segundo.

—Joder. ¡No! —Colomba golpeó a Andreas en la espalda con la silla, lo que no causó más efecto que la botella.

Él le lanzó un puñetazo en toda la cara y Colomba se desplomó contra la mesa. Dante arremetió con los ojos cerrados y la cabeza gacha, pero se llevó un golpe en la barbilla con el puño americano, que descargó el último resto de batería, y terminó con las piernas hacia arriba.

Entonces Andreas agarró el cuello de la botella, que había quedado intacto, y se arrojó sobre Colomba. Brigitte lo empujó: Andreas, cogido por sorpresa, perdió el equilibrio y cayó a cuatro patas en el suelo. El casco se le destrozó en la mano y lanzó un alarido. Pero rápidamente se recuperó y golpeó a Colomba con el codo justo debajo del esternón. Medio ahogada, se las apañó para rodar entre los añicos y ponerse fuera de su alcance. Andreas, todavía en el suelo, aferró a Brigitte a ciegas y la atrajo hacia él. Se levantó, sujetándola por la garganta, y luego la empujó con todas sus fuerzas.

Brigitte voló hacia atrás y se golpeó con la esquina de la chimenea; por la espalda un relámpago de dolor le subió hasta la nuca. Perdió fuerzas y Andreas corrió para acabar con ella, pero no lo logró porque Dante, arrastrándose, lo había agarrado desesperadamente por el tobillo con ambas manos. Andreas se lo quitó de encima y le lanzó una patada en el estómago, lo que le hizo rodar un par de metros.

Colomba, sin embargo, había logrado levantarse y ambos se miraron desde los dos lados de la mesa como perros de pelea. Andreas a esas alturas era una máscara de sangre, con la ropa hecha jirones mostrando su carne flácida, y murmuraba insultos y obscenidades en alemán.

—Ven —le dijo Colomba, enrollando su cinturón en el puño.

Tenía los ojos de un verde salvaje y Andreas vaciló un segundo. Luego se volvió y corrió hacia la cómoda: se había acordado de la pistola que había terminado allí debajo. Pero no estaba a la vista, ya que se había deslizado hasta la pared, y Andreas volcó el mueble, tirando por los suelos platos y vasos. La Beretta apareció en medio del polvo y de los cascajos. Andreas la aferró, y se giró con una sonrisa de triunfo.

—¿Y ahora qué, mala puta? —le dijo a Colomba.

Ella retrocedió hacia la pared de la entrada, chocando con el perchero. Andreas levantó la pistola, que en su mano parecía poco más que un juguete.

—Dicen que si te pegan un balazo en el estómago, tardas un buen rato en morir. Porque la mierda te pasa a la sangre.

Dante, que se había puesto de rodillas, levantó los brazos.

—¡Andreas! De acuerdo, tú ganas. Hagamos lo que dices.

—Cállate, retrasado, que luego llegará tu turno —Andreas se pasó la lengua por los labios—. ¿Y ahora qué, puta poli, te arrepientes o no de haberme tocado las pelotas? —dio un paso hacia ella—. Tal vez ahora tienes un desesperado deseo de que te la meta, ¿verdad? —dio otro paso, Colomba parecía clavada contra la pared, medio oculta por las chaquetas que le habían caído encima—. A lo mejor si me cogieras mi hermosa polla grande, las cosas podrían ser más fáciles para ti y tus amigos. ¿Qué te parece? ¿Hacemos este intercambio?

—No —dijo Colomba, y le disparó a través del bolsillo de su chaqueta con el revólver de Maksim, rezando para que ese chisme no le estallara en la mano.

Cuatro disparos alcanzaron a Andreas, entre el estómago y el pecho: levantó los brazos como un gorila, luego cayó hacia atrás, hundiendo la repisa de la chimenea y golpeando el suelo con la nuca.

Las astillas de madera y los ladrillos derribaron a Brigitte y, al caer otra vez, se encontró a la altura de la cara de Andreas, que tenía la boca completamente abierta y la lengua fuera, hinchada y de color cereza.

Gritó.

6.

A las dos de la madrugada, Dante salió de la casa y se reunió con Colomba, sentada sobre el capó, encima de una de las ruedas delanteras del DeLorean. Brigitte había ido a darse una ducha en un intento de recuperarse. Estaba en estado de *shock,* y Dante le había hecho beber un coñac que encontraron en la despensa. Se apoyó en la puerta y se encendió un cigarrillo.

—¿Todo bien?

—Acabo de matar a otra persona, Dante —dijo Colomba—. ¿Cómo cojones va a ir todo bien?

—Ha sido en defensa propia.

—¿Estás seguro de eso?

Dante la miró con curiosidad.

—Sé cómo me sentía cuando apreté el gatillo. Quería matarlo, Dante. Quería borrarle esa sonrisa de la cara, quería que desapareciera del mundo. Y cuando murió...

—Te sentiste una asesina.

—Sí.

—Créeme, no lo eres. Okey, técnicamente lo eres. Pero sé que no había otra manera. Mejor dicho, tendrías que haberlo hecho antes.

Colomba negó con la cabeza. Le dolió.

—Tenía que haber dejado la investigación a mis compañeros, y punto. O bien entregar a Andreas a la policía alemana.

—Sabes perfectamente que no habría servido para nada.

—«Juro ser fiel a la República, observar lealmente la Constitución y las leyes del Estado, y cumplir con los deberes de mi cargo en interés de la administración del bien público» —recitó Colomba—. ¿Sabes lo que es esto, Dante?

—¿El himno menos épico que he escuchado en mi vida?

—Es *mi* juramento, de cuando entré en la policía —tenía la voz rota—. Y siempre he tratado de respetarlo. Creía en él. Más tarde empecé a forzar algunas reglas, y a violar alguna ley. Y ahora... —negó con la cabeza y respiró hondo—. Tengo que entregarme, Dante.

—Si no estuvieras tan aturdida, te acordarías de que Andreas era un escritor muy conocido, nadie va a creer nuestra versión de los hechos.

—Y, en tu opinión, ¿qué deberíamos hacer? ¿Ocultar los cadáveres?

—Solo las huellas de nuestro paso —dijo Dante, cauteloso—. La casa está alquilada a nombre de Andreas, y lo has matado con la pistola de Maksim. Sería probable que hubieran tenido una disputa porque Maksim se negaba a revelarle algún comprometido secreto de la Stasi.

—¡No puedo mentir en una investigación sobre un asesinato, Dante! —gritó Colomba—. ¡No puedo caer tan bajo!

—Es lo que hay que hacer.

—¿Cómo no? —Colomba golpeó en el capó—. Los cadáveres aún están calientes y tú ya has diseñado tu plan para solucionarlo todo. No te preocupa lo más mínimo que no se trate de tu culo.

—Tal vez yo también tendría que acabar en la Caja, ¿no? Con los demás sociópatas.

—No pongas en mi boca palabras que no he dicho.

—Pero lo has pensado —Dante se encendió otro cigarrillo con la colilla del primero—. Si acabamos en la cárcel, ¿quién detendrá a Giltiné? Piensa en eso.

—Los colegas de Maksim, tarde o temprano.

—Dudo que queden muchos en circulación. Pero si así fuera..., borrarán el último recuerdo de la Caja.

—¿Y eso es tan grave?

—Sí, CC. Giltiné es una asesina, pero también es una víctima. Y las víctimas necesitan que alguien les preste su voz.

Dante sintió que ya se había comprometido demasiado y se calló, y Colomba no fue capaz de romper ese silencio. Se quedaron apoyados sobre el DeLorean, mirando el cielo por encima de las copas de los árboles. Había pocas luces en la zona y la Vía Láctea se veía con nitidez. La miraron ambos hasta tener los ojos llenos, tratando de olvidar los horrores que los esperaban dentro de la casa de campo.

—Tendremos que borrar nuestras huellas dactilares y nuestro ADN de los cadáveres —dijo Colomba como en un sueño—. Hay huellas por todas partes, fragmentos... Es imposible.

—A menos que utilicemos la solución Giltiné. Recolocamos los cadáveres y le prendemos fuego a todo. De hecho, Maksim ya le prendió fuego al hotel. Tal vez estaba encendiendo las llamas cuando Andreas lo sorprendió.

—¿Quieres quemar la casa de alguien que no tiene nada que ver?

—Estará asegurada. Solo un tonto alquila una casa por internet y no la asegura. Y además, fijo que no es lo más grave.

—Se trata solo del enésimo delito... —dijo Colomba, descontenta.

—Pero nos dará tiempo. ¿Cuánto?

Colomba pensó en ello.

—Los colegas alemanes van a indagar primero entre parientes y amigos, y más tarde investigarán sus últimas citas. En Italia, nuestro nombre habría encendido un par de alarmas, pero aquí van a necesitar más tiempo. Más adelante tendrán que hablar con las autoridades italianas... Si todo discurre como es debido, un par de semanas. Y luego... ¿quién sabe? A lo mejor nunca llegan hasta nosotros.

—Un poco de suerte, de vez en cuando, nos la merecemos.

—¿Desde cuándo piensas que el mundo es justo? —Colomba saltó al suelo—. Vamos, mueve el culo.

A veces, el fuego es capaz de fijar las huellas, e incluso después de un incendio hay materiales que pueden resistir y almacenar el ADN, igual que un insecto en el ámbar. Así que, antes de prender fuego, tuvieron que limpiar. Dante, con detergentes que encontraron en el trastero, se encargó de los exteriores, mientras que Colomba pensaba en los interiores, limpiando todas las superficies con la ayuda de Brigitte. Los cristales ensangrentados se lavaron en la bañera y fueron esparcidos de nuevo. Al llegar a los cadáveres, Brigitte no fue capaz de tocarlos, y salió corriendo fuera a vomitar. Fue Colomba la que limpió las manos de Andreas y eliminó cualquier resto orgánico de debajo de las uñas, ensuciándolo de nuevo con sangre para evitar que se notara la manipulación.

Mientras lo hacía, se imaginó que él se levantaba y le saltaba encima, tratando de estrangularla, y la impresión fue tal que sufrió un pequeño ataque. Andreas no se movió, pero su sombra pareció vibrarle en el rabillo del ojo, y Colomba notó que los pulmones se le cerraban. Se mordió el labio, apretó los puños y volvió a su trabajo. El hecho de no haberse sentido mal durante la refriega era la única nota positiva del día.

Con la aspiradora eliminaron pelos y cabellos, luego retiraron la bolsa y lavaron el filtro, pusieron una nueva bolsa y la ensuciaron. El coñac sobrante se vertió fingiendo un brindis que había acabado mal, los cadáveres se colocaron de modo que resultara creíble que Andreas hubiera apuñalado a Maksim después de que este lo hiriese de muerte, mientras que a Maksim le pusieron su pistola en la mano. Dispersaron otros añicos, y al amanecer, agotados y cerca de un ataque de nervios, consideraron aceptable el resultado.

Quedaba el problema de marcharse con un coche de dos plazas después de esparcir la gasolina, y se decidió que Colomba haría de lanzadera, acompañando a Brigitte hasta la estación de Augsburgo, la ciudad más cercana aparte de Ulm, y luego regresaría a por Dante.

Él y Brigitte se tomaron unos minutos para despedirse en un banco del jardín, prestando atención a no tocarlo con las manos. Dante reaccionaba de manera normal, pero la cantidad de benzodiacepinas que había ingerido apenas mantenía a raya la tensión. Brigitte, sin embargo, estaba agotada y vacía.

—Hay algo que no entiendo —dijo ella—, ¿cómo pudo Maksim enterarse de que veníamos?

—Tenía un escáner, y nuestros *walkie-talkies* montaron bastante escándalo. Se lo explicó a CC mientras lo acompañaba al baño.

—Un espía de la vieja escuela.

—Ya ves.

—¿Qué vais a hacer ahora?

—Vamos a volver a Italia. Luego, probablemente tendremos que hacer otro viaje hasta la otra punta del mundo para buscar a Giltiné.

—Me abrumará quedarme aquí sola. Colomba y tú sois los únicos con los que puedo hablar de lo sucedido —se pasó los dedos por el pelo sucio y descuidado—. Tengo miedo de las pesadillas. Y de terminar en la cárcel.

Sobre la cárcel puedo tranquilizarte. No hay nada que te relacione con Maksim o Andreas, y nosotros vamos a negar que te hayamos visto alguna vez. Pero será mejor que te busques alguna excusa para los hematomas de la cara. Una buena pelea con un borracho en el Automatik sería lo ideal.

—Me lo pensaré.

—Para las pesadillas... ¿Tienes Snapchat?

—Vivo en este milenio.

—No tienes ni idea de la cantidad de gente a la que he tenido que explicarle lo que era. Mi nombre de usuario es Moka141. Puedes escribirme cuando quieras, e incluso llamarme en mitad de la noche. Pero no utilices otros medios. Si tienes algún problema, vengo corriendo, ¿okey? —*Si puedo encontrar un transporte.*

Ella asintió.

—Prométeme que me mantendrás informada.

—Te lo prometo. ¿Te duele la cara?

—Un poco. ¿Por qué?

Él le dio un beso, que se convirtió en algo más que un saludo entre amigos. Les sentó bien a ambos.

Luego, Brigitte se subió en el DeLorean: su bolsa de viaje ya estaba en el maletero. Cincuenta minutos más tarde, Colomba la dejó a unos cientos de metros de la estación de tren; no se arriesgaba a acercarse más: se trataba de un coche demasiado reconocible.

—Lamento que hayas tenido que pasar por todo esto —le dijo Colomba.

—Fui yo quien insistió en venir. Y, de todos modos, ahora sé por qué murió mi hermano. No es un consuelo, pero ayuda a poner un poco de orden en las cosas.

Se estrecharon la mano, luego se abrazaron y se besaron en las mejillas.

—Gracias por todo —dijo Colomba.

—Te lo ruego, cuida de Dante —dijo Brigitte como despedida.

Y lo dijo de una manera tan... *(¿triste?, ¿apasionada?),* que Colomba, aunque estaba convencida de que Brigitte era lesbiana, sintió una inexplicable punzada de celos. Le duró hasta las primeras pavesas del incendio de la casa que Dante y ella provocaron con la gasolina que aspiraron del depósito de Andreas, tras dejar la botella junto a Maksim. A continuación, huyeron hasta llegar al DeLorean aparcado a un par de kilómetros. Cuando se volvieron para mirar, el humo negro ya llenaba el cielo.

A ambos se les pasó por la cabeza el reactor de Chernóbil.

7.

Francesco aterrizó a las diez de la mañana en el aeropuerto Marco Polo de Venecia, donde un asistente en traje azul le llevó hasta la embarcación que esperaba en el muelle. A bordo se encontró a un camarero que le sirvió una copa de champán mientras navegaba en dirección al hotel La Rosa del Campo San Polo. Estaba en el corazón de la Venecia turística, donde las masas compactas de peatones llenaban las calles y las tiendas de moda, pero el hotel era un oasis de tranquilidad que daba al Gran Canal. Francesco disfrutó del placer del lujo y no se sorprendió al encontrar en la habitación una botella de Krug puesta en hielo. Al lado de la botella, un sobre de papel marfil en el que aparecía en filigrana la imagen del puente que ya conocía. En el interior, la invitación firmada por la COW.

Abrió la ventana de par en par y respiró el olor del salitre y el queroseno, mientras la invitación que hacía girar en sus manos relucía al sol. Era el boleto de oro de Willy Wonka, el acceso a un mundo mejor.

Desde recepción lo avisaron de que había llegado un invitado y pidió que lo hicieran subir. Se trataba de un hombre atlético, de unos sesenta años, en traje gris, que lo miró de la cabeza a los pies antes de estrecharle la mano.

—Me llamo Mark Rossari —dijo.

—Usted es el hombre que me contestó al teléfono.

—Sí. Soy el responsable de la seguridad. Mi más sentido pésame por la muerte de su madre. Trabajé mucho tiempo con ella.

—Gracias —respondió Francesco, un poco aturdido al verse frente a alguien que formaba parte de la vida de su madre y cuya existencia hasta unos días antes ni siquiera había imaginado.

Rossari se sentó en el sofá, sin esperar a la invitación de Francesco.

—Me gustaría comentar con usted las instrucciones para el encuentro con el fundador.

—¿Qué clase de instrucciones?

—Sobre cómo deberá comportarse —Rossari estaba relajado pero alerta, y los ojos en constante movimiento se plantaron en los de Francesco—. El encuentro se llevará a cabo después de la cena, en una zona reservada del edificio cerrada a los invitados que no sean miembros de la junta. Usted deberá entregar móviles y cualquier otro tipo de aparato electrónico a mis hombres, y será cacheado.

—Está bien.

—Usted no deberá tratar de acercarse al fundador y no le estrechará la mano ni tendrá ninguna clase de contacto físico con él. El mero intento pondrá fin al encuentro y a su colaboración con nuestra asociación.

Francesco se martirizó una cutícula del pulgar.

—Me parece entender que esta reunión es algo más que una formalidad. Es un examen, ¿verdad?

—Una evaluación. Si me puedo permitir un consejo, responda a todas las preguntas que se le formulen con la mayor sinceridad.

—¿Y si la opinión del fundador... fuera negativa? —preguntó Francesco, con la sensación de que ahora el boleto brillaba un poco menos.

—Le vamos a pedir confidencialidad sobre este encuentro y sobre todo lo que concierne a la asociación.

—No tienen que preocuparse por ello.

—No nos preocupamos —la forma en que Rossari dijo esta frase le provocó a Francesco un nudo en el estómago—. Tenerlo aquí con nosotros es un gesto de reconocimiento y de confianza por parte del fundador como deferencia hacia su madre —continuó—. Normalmente, su candidatura ni siquiera se habría tenido en cuenta, esto es algo que ha de quedarle claro.

—Sí, claro..., pero mi madre falleció antes de que realmente pudiera darme explicaciones. Solo leí los documentos que me dejó y tengo mil preguntas.

Rossari, que había hecho ademán de levantarse, se sentó de nuevo.

—El fundador le dirá lo que necesite saber.

—Está bien. Pero me gustaría evitar parecer un idiota. Si puede decirme algo más acerca de cómo funciona la asociación, yo..., yo me sentiría más a mis anchas. Aunque tal vez este no sea el lugar adecuado —agregó con nerviosismo—. La seguridad y todo lo demás.

—Hemos revisado su habitación antes de su llegada, como es natural —dijo Rossari, como sorprendido de que Francesco no lo hubiera pensado—. Entrégueme el móvil, por favor.

Francesco lo hizo, y Rossari lo metió en la nevera del minibar.

—¿No me registra? —preguntó Francesco.

—No lleva micrófonos ni cámaras encima —dijo Rossari—. Comprobamos su equipaje y su persona durante el viaje en la lancha rápida.

Francesco hizo un gesto de irritación. Estaba de acuerdo con las medidas de seguridad, pero que lo registraran sin su conocimiento le hizo sentirse violado.

—¿Y si me los hubiera puesto encima en el trayecto entre la lancha y aquí? —dijo solo como provocación.

Rossari sonrió por primera vez.

—Estoy seguro de lo contrario.

—¿Por qué?

—Porque usted no tendría las pelotas para hacerlo, aunque sea lo bastante inteligente como para imaginarlo —dijo Rossari en el tono de un fontanero que explica por qué un sifón está atascado.

A Francesco le habría gustado responderle en el mismo tono, pero sabía que no era lo que debía hacer y lo dejó correr.

—¿Puede ayudarme o no?

Rossari asintió.

—Bien, aquí nos alejamos de mi especialidad, pero... ¿qué sabe usted de neurología?

8.

Colomba se despertó en el coche estacionado en la zona de aparcamiento que había poco antes de la frontera italiana de Chiasso. Tenía todo el cuerpo dolorido, pero le parecía estar algo menos cansada, y cuando miró la hora y vio que era mediodía comprendió el motivo. Había dormido durante dos horas, y no media, que era cuando le había pedido a Dante que la despertara. Lo vio, sentado en el cemento de la explanada, con las piernas cruzadas, leyendo en la tableta y rodeado de colillas.

Colomba abrió la puerta, que se levantó chirriando sobre sus pistones neumáticos, y se bajó para desentumecerse un poco. Dante pareció no darse cuenta y continuó pasando páginas en el iPad. Se había conectado con el wifi de la explanada.

—¡Hey! —le gritó—. ¿No te apetece un café? ¿O ir al baño? —le señaló la cabina que quedaba detrás de él sin levantar los ojos de la pantalla—. Los baños están ahí. El café te lo hago yo.

—Yo prefería un área de servicio.

—Están limpios. Cinco estrellas en el TripAdvisor.

Colomba tenía demasiada prisa para discutir. Cuando regresó, Dante había encendido la cafetera eléctrica y un borboteo indicaba la salida del café.

—He hecho un arábico normal, así no me das la lata —dijo con aire distraído. Había dejado la tableta en el asiento, pero sus ojos estaban todavía muy lejos—. Luego podríamos ponernos en marcha de nuevo, si te parece bien. Aunque preferiría que esperáramos un poco. No me encuentro demasiado bien.

Parecía que Dante estuviera peor que cuando tuvo que bregar con los cadáveres en la casa de campo.

—¿Qué te pasa?

—Antes el café, ¿okey? —le temblaba la voz.

Se lo tomaron, Dante se fumó un par de cigarrillos y luego se decidió a hablar por fin.

—¿Sabes por qué Pavlov no ganó el segundo Nobel? —le preguntó.

Colomba se había esperado cualquier cosa, pero eso no.

—¿Estás montando todo este numerito por Pavlov?

—Sí —respondió seco—. ¿Lo sabes o no?

—Ni siquiera recordaba que había ganado el primero. Pero sé que es el de los perros.

—Sí, el de los perros... —dijo Dante cada vez más irritado—. Ivan Petrovič Pavlov. ¿Y qué sabes sobre el experimento de los perros?

—Dante, me voy a liar a patadas contigo si no paras ya. No estamos en el colegio.

—¿Sabes algo o no?

Colomba se esforzó por mantener la calma.

—Veamos. Pavlov hacía sonar una campanilla cuando daba de comer a los perros. Descubrió que al cabo de un tiempo, cuando la campanilla sonaba, los perros babeaban igualmente, aunque no hubiera comida. Y fue así como formuló la teoría de los reflejos condicionados. ¿Está bien, señor profesor? ¿Qué nota me pone?

—A mí también me lo enseñaron así, ¿sabes? —dijo Dante con amargura—. En las clases nocturnas. Me imaginaba a esos cachorritos dando brincos delante del plato vacío, tan contentos. En cambio, no daban brincos.

—¿Por qué?

—Porque para medir la cantidad de saliva que producían sus glándulas, Pavlov desviaba quirúrgicamente sus conductos salivales haciendo que se escurrieran dentro de un recipiente milimetrado. Haciendo agujeros... —se tocó la mejilla— aquí. Fue un auténtico paladín de la vivisección.

—Estoy esperando a saber por qué nos concierne. Han pasado cien años, no podemos llamar a la Protectora de Animales.

—No lo hacía tan solo con los perros.

Colomba resopló.

—Vamos, Dante, por favor...

—Todo es cierto. Existen documentos e incluso un vídeo difundido por la BBC con las antiguas filmaciones. Lo he descargado, ¿quieres verlo?

—No, gracias. Pero ¿estás seguro? ¿Experimentaba con seres humanos?

—Con niños.

—Oh, joder —Colomba se percató de qué era lo que había turbado tanto a Dante.

—Les atravesaba las mejillas creando fístulas artificiales. Eran huérfanos, vagabundos... Empezó en los años veinte, pero el resultado de sus estudios se ocultó por razones éticas y, por lo tanto, nada de un segundo Nobel en el 23.

Colomba ahora escuchaba con atención.

—Tiene que ver con la Caja, ¿verdad?

Dante asintió.

—Pavlov dejó una gran herencia de estudios. Las técnicas sobre los reflejos condicionados se integraron en la formación de los cosmonautas y en la de las fuerzas especiales. Stalin las adoraba, igual que adoraba a Pavlov, a pesar de ser declaradamente anticomunista. Y en los años setenta, siguieron formando parte también de las técnicas que se enseñaban en el Kuos. ¿Te dice algo este nombre?

—No.

—Era una especie de academia para oficiales del KGB y de las fuerzas especiales. Qué se enseñaba allí no es seguro, pero se sabe que utilizaban un montón de técnicas de autocontrol, como quedarse desnudos en el hielo y convencerse de que tenían calor, no sentir dolor, no sentir cansancio. Uno de los docentes se había formado en el Instituto Pavlov en San Petersburgo y murió en los años noventa, después de haber sido asesor del KGB y de los servicios secretos. ¿A que no adivinas cómo se llamaba?

—¿Belyy? —dijo Colomba, con la esperanza de recibir una respuesta negativa.

—En efecto. El jefe de Maksim, el director médico de la Caja, y el único heredero auténtico de la carnicería de Pavlov, a pesar de que todas las grandes potencias se gastaron dinero a espuertas durante la Guerra Fría para descubrir los límites de la mente y del cuerpo humano. Querían crear un supersoldado, como el Capitán América. O el Capitán Rusia, en este caso.

—¿Y el resultado sería Giltiné?

—Tal vez tan solo aprendió de los demás presos. O tal vez nació así, vete tú a saber —se encendió el enésimo cigarrillo—. Hubo una leyenda urbana muy famosa en Rusia, en los años setenta y ochenta, la del Volga Negro.

—¿El coche?

—Sí. Era el modelo que utilizaba la policía, y daba miedo cuando lo veías debajo de casa. Podía ser tu billete para Siberia. Pero el Volga Negro de la leyenda circulaba de noche y raptaba a niños solos —la miró, con los ojos húmedos—. A lo mejor no era una leyenda.

—Ahora ha terminado, Dante.

—¿Estás segura de ello? Y, entonces, ¿por qué Maksim seguía actuando después del final de la Unión Soviética? ¿Qué intereses estaba protegiendo?

—¿Crees que siguen secuestrando a niños?

—Creo que todavía está pasando algo, y que aquellos contra los que Giltiné se mueve son igual de peligrosos o más que ella.

Habrían seguido haciendo suposiciones, pero el iPad señaló la llegada de un correo electrónico. Era de Minutillo. Cuando Dante lo leyó, palideció.

—Guarneri —dijo tan solo.

9.

Mientras Dante y Colomba aún estaban de viaje hacia Ulm, Guarneri había pasado todo el día con Paolo, su hijo de siete años: fue a recogerlo a la escuela y se lo llevó a su casa para un *comida-deberes-cena* antes de entregárselo a la madre del niño, de quien se había divorciado tres años atrás.

Cuando se casaron, las amigas de ella estaban convencidas de que se convertirían en una de esas parejas de las películas de televisión de la hora del almuerzo, mezcla de intriga y comedia, y que se pasarían las noches sin dormir discutiendo los casos y mirando fotos de cadáveres: la realidad, sin embargo, fue mucho menos emocionante. La carrera de Guarneri se frenó en seco rápidamente, y del trabajo tan solo se llevaba a casa impaciencia y malhumor. Y dado que ejercer de esposa del teniente Colombo podía ser agradable, pero de la del protagonista de *The Office* un poco menos, al final Martina lo puso de patitas en la calle.

Llegaron así los inevitables desaires, e incluso peleas de las cuales no se sentían orgullosos, aunque poco a poco sus relaciones volvieron a ser casi amistosas.

Al acompañar de regreso a su hijo, Guarneri esperaba, por tanto, pasar unos minutos charlando con Martina delante de un café o incluso, si jugaba bien sus cartas, pasar una horita con ella en la cama. En cambio, tras abrir con sus llaves, se encontró a su exmujer en el sofá de la sala de estar profundamente dormida, hasta el punto de no reaccionar a las sacudidas. Guarneri, turbado, acompañó a Paolino a la habitación y le ordenó que se metiera en la cama. Luego regresó a la sala para llamar a urgencias. Solo que, ahora, allí había también otra persona. Guarneri se dio cuenta de que ya estaba antes, solo que él no la había visto. Porque se movía en silencio, a lo largo de las paredes, como una sombra entre las sombras. Y era rapidísima. Cuando estuvo frente a él, vio que era una mujer vestida de negro, de complexión mediana y con la cara cubierta por una máscara de goma.

Guarneri empuñó su arma reglamentaria.

Boom.

Paolino, que prefería que lo llamasen Pao, como el artista callejero que dibuja pingüinos en las paredes, se despertó con el eco en los oídos. Era como si hubiera soñado con un sonido tan fuerte como para haberle hecho despertar de verdad. Mirando el gran reloj azul con las agujas fluorescentes sobre la mesita de noche, descubrió que había dormido solo una hora, tal vez menos. Aguzó los oídos para escuchar si le llegaba el sonido de la televisión, pero el silencio era absoluto. Probablemente su padre se había marchado ya, porque de haberse quedado habría oído gritos o bien risas. En los últimos tiempos, se trataba en su mayoría de risas, y Pao había comenzado de una forma tímida a tener la esperanza de que mamá y papá volvieran a vivir juntos. Tenía un recuerdo vago de los años en que la familia estaba unida, pero en su mente poseían los destellos dorados de los anuncios del *panettone*. Aún no sabía muy bien lo que era la nostalgia, sin embargo la experimentaba por algo que nunca había vivido de verdad. Se levantó de la cama con la idea de ir a la cocina a beber un vaso de agua, pero cuando abrió la puerta de la habitación la mujer estaba allí.

De pie, en el umbral y sin rostro.

Pao no se hacía pis encima desde que tenía dos años, pero la visión fue tan aterradora que su vejiga liberó un chorro caliente que corrió por la pernera del pijama.

Un monstruo. Un fantasma.

Se acurrucó y empezó a llorar tapándose las orejas.

Notó un ligero toque en la cabeza.

—No has de tener miedo —dijo la mujer sin rostro—. No voy a hacerte nada.

La voz sonaba como la de un robot, como el comandante Data de *Star Trek*. Pao dejó de llorar y se limpió la nariz con la manga, mientras mantenía los ojos cerrados.

—¿Quién eres?

—Nadie.

—¿Por qué no tienes cara?

—La tengo, mira mejor.

Pao hizo como cuando veía películas de miedo: muy lentamente levantó los párpados, preparado para cerrarlos. La mujer no se había movido, pero ahora sobre su cara lisa se dibujaba una larga sonrisa roja, como la de Smile, que goteaba como si fuera pintura fresca.

—¿Lo ves? —dijo de nuevo—. ¿Te sigo dando miedo ahora?

Pao la estudió. Al trazarse la sonrisa, la mujer había dejado caer una gota debajo de su ojo izquierdo que le recordó a los payasos de las viejas películas. Le entraron ganas de reír. Era un sueño, ahora lo entendía. Uno de esos malos, que le hacían gritar. Pero dentro de poco se despertaría.

—¿Dónde está mamá?

—Duerme —respondió ella con una sonrisa que goteaba—. Y tu padre también. Y tú vas a tener que quedarte en esta habitación hasta que alguien venga a recogerte.

—¿Por qué?

La mujer se arrodilló delante de él.

—Tengo una tarea para ti. Vas a hacerla, ¿verdad? Es muy importante.

—Pero ¿yo no estoy soñando?

—Sí. Esto es solo un sueño. Pero tendrás que comportarte como si todo fuera verdad.

—¿Y si no lo hago?

La mujer sin rostro se borró la sonrisa con el antebrazo, y trazó otra, esta vez hacia abajo.

—Entonces me pondré muy triste. Y volveré todas las noches. ¿Es esto lo que quieres?

A Pao le entraron de nuevo ganas de hacer pis.

—No —dijo en voz tan baja que ni siquiera estaba seguro de haber hablado verdaderamente.

—Muy bien —Giltiné se agachó hacia él—. Abre la boca —ordenó.

10.

Colomba cruzó la frontera con Italia tres minutos después de leer el correo electrónico de Minutillo y solo se detuvo para llenar el depósito, con el acelerador pisado hasta el fondo el resto del tiempo, pasando de límites de velocidad, radares y policía de tráfico. Cuando un coche patrulla le ordenó que se detuviera se vio obligada a hacerlo, pero le gritó en la cara al agente hasta que este se puso en contacto con la Móvil, de donde llegó la orden de acompañarla hasta Roma. Cuando emprendieron de nuevo el viaje, gracias a la escolta del coche patrulla el DeLorean pudo alcanzar la velocidad máxima de doscientos kilómetros por hora, retumbando de tal forma que parecía que de verdad fuera a retroceder en el tiempo. Dante no protestó: se había tomado una dosis doble de su ampolla mágica y se había sumido en un estado de estupor del que se recuperó justo delante del hotel Impero. Colomba lo empujó abajo, dejándolo tembloroso en la acera.

—Muévete —le dijo. Fue la primera palabra que le dirigía desde que se habían puesto otra vez en marcha.

Dante obedeció, blando como un flan. Uno de los porteros salió a la carrera al ver el DeLorean bloqueando la salida y Colomba le entregó las llaves y le ordenó que aparcara por ellos, luego tiró de Dante hasta el vestíbulo.

—Venga.

—Desde aquí puedo hacerlo yo solo —protestó.

—No. No puedes, ¿okey?

Lo empujó por las escaleras hasta la suite, luego sacó su arma.

—Apártate de la puerta.

—Pero de verdad piensas...

—¡Apártate!

Dante obedeció. Colomba desbloqueó la cerradura magnética y abrió con los pulmones encogidos como dos puños, la respiración reducida a un hilo sutil que le rascaba en la garganta. Sujetando la pistola con las dos manos entró de un salto, para detenerse acto seguido frente al caos que reinaba. Había ropa por todas partes y botellas vacías de Cristal esparcidas sobre la alfombra, además de un platito con restos de coca y billetes enrollados.

Santiago salió de la habitación de Dante completamente desnudo y con una navaja en la mano.

—¿Qué diablos hacéis aquí?

Dante y Colomba se miraron: se habían olvidado por completo del acuerdo con él. Por suerte, había otra suite libre y Dante consiguió que se la dieran, y allí se trasladó con algunas de sus cosas y, sobre todo, sus ordenadores. Santiago, durante las maniobras, se encerró en la habitación, irritado por la invasión.

Colomba inspeccionó la nueva suite, diferente de la de Dante solo por el color de algunos materiales, luego comenzó a bajar las persianas.

—De esta habitación no sales a menos que venga yo. Ni siquiera pidas que te traigan comida los camareros, ¿okey?

—¿Y tengo que quedarme a oscuras?

—La luz puedes encenderla, pero no levantes las persianas. Si te molesta demasiado, tómate otra ampolla —dijo resolutiva.

Ahora la suite estaba en penumbra. La cara de Colomba, iluminada solo por un rayo de luz.

—¿De verdad crees que Giltiné puede venir hasta aquí? —preguntó Dante.

—Ella. Otro loco como Andreas. Cualquiera. Así que ten cuidado también con el personal.

—¡Los conozco desde hace dos años!

—¿Y a Andreas cuánta gente lo conocía meramente como un inofensivo escritor de chorradas? —Colomba se sacó la pistola del cinturón y la montó—. Esta tiene dos seguros, ¿okey? Uno se controla con estas dos palancas...

—CC, sé que te sonará raro viniendo de mí, pero es mejor que te calmes.

—Tienes que ser capaz de defenderte cuando yo no estoy.

—¿Tú me ves realmente con un arma en la mano? ¿A mí?

Colomba vaciló, mientras las palabras de Dante se abrían paso en la nube de ansiedad y de dolor que la envolvía.

—Está bien, como quieras —volvió a meterla en la funda.

—¿Estás segura de que no quieres que vaya contigo? —preguntó Dante.

Ella trató de encontrar un tono amable, pero no le salió del todo.

—Se trata de un asunto entre uniformes, Dante. Perdóname.

Salió, pidió que le llamaran a un taxi y se fue a casa de la exesposa de Guarneri, en la orilla izquierda del Tíber, en el barrio de Ostiense. La entrada estaba custodiada y en la calle se encontraban aparcados unos diez vehículos de los carabineros con las luces de emergencia encendidas. Había también un par de coches con los distintivos de la policía, pero por su ubicación Colomba se dio cuenta de que no estaban actuando: la investigación se hallaba en manos de los *primos*. Los policías, en compensación, se apiñaban en las escaleras del horrible edificio de los años sesenta, hasta la puerta de la exesposa de Guarneri. Empujaban para poder mirar, discutiendo con los carabineros que querían quitárselos de encima. A la cabeza, Alberti y Esposito, este último a punto de liarse a bofetadas con el que estaba de guardia. Entonces la vieron y salieron corriendo hacia ella, empujando para abrirse paso.

—Tenemos que hablar, doctora —dijo Esposito cuando la tuvo delante.

—Ahora no.

Esposito continuó obstruyéndole el paso.

—Debo insistir. ¿Cuándo?

—Esta noche, en el hotel de Dante —dijo Colomba, luego lo apartó de malas maneras y se colocó frente al que hacía guardia—. Soy la subcomisaria Caselli. Me busca el fiscal adjunto Treves.

Había sido la policía de tráfico la que se lo había comunicado; el carabinero la dejó pasar.

El Departamento de Investigaciones Científicas llevaba trabajando unas horas en el piso y en el mármol del salón había números y pequeños carteles. Martina estaba tumbada en el sofá, con el pecho y la garganta cubiertos de heridas de cuchillo. Tenía la blusa hecha jirones, cortes en las mejillas y de defensa en las manos. Había sangre en el sofá, en la pared, e incluso en el techo; un gran charco se había extendido por el suelo hasta alcanzar a Guarneri, tumbado de espaldas con el arma reglamentaria aún en la mano derecha. Tenía un orificio por encima de la oreja y un cuchillo de cocina colocado al lado, con incrustaciones de sangre y fragmentos de hueso.

Colomba nunca había visto un asesinato-suicidio tan de manual como ese, pero ni por un momento creyó que lo fuera. Un monstruo caminaba por la tierra y estaba dispuesto a hacer cualquier cosa para llevar a cabo su misión de venganza contra los que lo habían encarcelado y torturado.

Creado.

Un cuarentón de buen aspecto, con un cigarrillo apagado en la boca, se dirigió hacia ella; llevaba los cubrezapatos transparentes.

—¿Subcomisaria Caselli? —dijo poniéndose el cigarrillo en el bolsillo de la americana—. Soy Treves, fiscal adjunto —le estrechó la mano.

—Perdone que haya tardado tanto —murmuró Colomba concentrándose para no echarse a gritar.

Treves se percató de su desasosiego.

—Tal vez podemos pasar a otra habitación. ¿Qué le parece?

Ella asintió con la cabeza, incapaz de hablar. Entraron en el dormitorio de matrimonio. La cama estaba hecha, Martina no había llegado a usarla. Ni tampoco su exmarido.

—Usted era su superior antes de la suspensión —dijo Treves dejando la puerta entreabierta—. ¿Sabía que los problemas conyugales de Guarneri eran tan graves?

—No. No me lo imaginaba.

—¿Hay algo que la haga sospechar de que se trata de algo diferente de lo que parece?

—¿Los de la Científica han encontrado alguna anomalía?

Treves mostró una sonrisa de disculpa.

—No, todavía no. ¿Y usted, las ha encontrado?

Colomba advirtió que desconfiaba de ella. Era inevitable, teniendo en cuenta su suspensión. ¿O imaginaba algo diferente?

—He visto la escena solo un minuto. Y no me veo capaz de examinarla con el cadáver de mi compañero en el suelo.

Treves asintió.

—¿Qué relación tenía usted con la familia Guarneri?

—Solo conocía al inspector. Se divorció mucho antes de que empezáramos a trabajar juntos.

—Pero usted conoce a su hijo Paolo, ¿verdad?

Colomba se dio cuenta de que era una pregunta importante, pero no entendía por qué.

—Una vez vino a visitar la oficina. ¿Le ha pasado algo? —su corazón aceleró el ritmo.

—El niño estaba encerrado en su habitación desde el exterior, lo encontraron los abuelos cuando vinieron a ver por qué nadie respondía al teléfono. Está bien. Excepto por el hecho de que no abre la boca. No habla, no bebe, no come, y cuando el médico trató de comprobar su garganta casi nos montó una escena de histeria. El médico quería darle un sedante, pero le pedí que esperara hasta su llegada, doctora.

—¿Por qué?

—El niño no habla, pero escribe —Treves le tendió a Colomba una hoja cuadriculada de libreta. Se veía su nombre escrito docenas de veces con una caligrafía infantil. Y también unos *ayudaaa* y *por favooooor* con muchos signos de admiración. A Colomba le pareció oír la voz del niño y se estremeció.

—¿Tiene usted una explicación? —preguntó Treves.

Colomba se quedó impasible.

—No —dijo—. ¿Y usted?

—Entonces vamos a ver si el niño se confía con usted. Por lo menos, entenderemos por qué le importa tanto verla.

El magistrado y ella cortaron de nuevo la multitud de uniformes y se trasladaron hasta el apartamento de los abuelos, dos plantas más arriba, donde Paolino, conocido como Pao, estaba sentado a la mesa de la cocina delante de un vaso de leche que no había tocado. Mantenía los puños apretados al lado de la cara enrojecida, los ojos llenos de lágrimas. Colomba pensó que más que triste por la muerte de sus padres parecía estar realizando un esfuerzo digno de Atlas.

—No ha comido nada —dijo la abuela preocupada.

—Por favor —le dijo Treves a Colomba—. Intente hablar con él.

Colomba, incómoda, se acercó al niño y se puso en cuclillas para estar a su altura. Pao dirigió los ojos hacia ella, las pupilas reducidas a dos puntitos, la mandíbula contraída.

—Hola, Paolino. Soy Colomba Caselli. Sé que querías verme.

La expresión de sufrimiento del niño se deshizo en un inmenso alivio y le echó los brazos alrededor del cuello, abrazándola con fuerza. Luego la rechazó inmediatamente, usando las manos y los pies y emitiendo un grito de terror puro.

Colomba perdió el equilibrio y cayó sobre sus nalgas, mientras que algo duro y con patas le rodaba por la espalda y luego corría frenéticamente hacia el borde de la alfombra. Antes de que llegara allí, Treves le lanzó encima el listín telefónico de la cómoda, luego Colomba y él saltaron sobre el mismo con todo su peso, pisoteando y gritando.

Cuando se aventuraron a inspeccionar, se encontraron con lo que Pao había mantenido en la boca durante un día entero, rezando para poder realizar su tarea sin derrumbarse, quedándose sentado en la cama toda la noche, sin poder llorar o tragar.

Todavía se movía, aunque tenía el cuerpo de tres centímetros de largo en gran medida aplastado.

Era un escorpión amarillo.

11.

El escorpión era un Death Stalker, y el veneno de su aguijón podía matar a un ser humano o hacerlo enfermar gravemente. También tenía una característica interesante: en la oscuridad total se inmovilizaba, en especial si se veía encerrado en un ambiente cálido y húmedo, como una boca. Cuando Pao lo escupió, sin embargo, el *shock* del cambio lo puso furioso. Si Colomba no se hubiera caído, el aguijón de su cola se habría clavado en su carne en vez de rozar el cierre del sujetador.

La hora que siguió fue decididamente caótica. Pao se bebió tres vasos de leche, alternándolos con llantos histéricos, y habló de una mujer sin rostro. Colomba no hizo nada por cambiar la opinión del magistrado, que, a todas luces, pensaba en la pesadilla de un niño. Había sido la mujer sin cara la que le dijo que llamara a Colomba, *¿cómo no?* Claro, aún quedaba por explicar qué estaba haciendo allí un escorpión africano, pero de ello se ocuparía la Policía Forestal.

Cuando Colomba creía que se había librado, se encontró a Santini delante. Con una barba gris que le ensuciaba sus mejillas delgadas, parecía haber dormido con la ropa puesta.

Salieron juntos del apartamento y Colomba se preparó para el combate. Pero Santini se limitó a caminar en silencio a su lado hasta que llegaron a un bar con estanco. Hizo que una pareja se levantara de una pequeña mesa fardándoles de placa en toda la cara, luego se sentó en su sitio e invitó a Colomba a que hiciera lo mismo. Pidió una *grappa* para ambos.

—La *grappa* no me gusta —dijo Colomba.

—Esta noche te la vas a beber de todos modos —respondió él. Levantó su copa—. Por Alfonso. Que tuvo la desgracia de trabajar contigo.

Colomba apenas probó la *grappa* y el alcohol aromático se le subió directamente a la nariz.

—¿Lo conocías?

—Antes de ir al SIC lo tuve a mis órdenes en la Móvil. No era muy eficiente, pero no se merecía morir. Porque lo han matado, ¿verdad? Y lo mataron porque tú seguiste investigando sobre el atentado, y lo pusiste a él de por medio.

—Lo mataron porque cumplió con su deber. Solo por eso.

Santini pidió otra *grappa*.

—Es la discusión de costumbre, la nuestra —añadió—. Tú piensas que hacer nuestro trabajo significa moverse por ahí enmendando errores, yo creo en cambio que es *muuuy* diferente a eso —golpeó con el vaso vacío sobre la mesa, y Colomba reparó en que estaba borracho. Borracho como una cuba. No se había dado cuenta antes porque Santini lo ocultaba bien. No hablaba de forma pastosa ni se tambaleaba—. Nosotros y los *primos* mantenemos unido este país, Caselli. Evitamos que se convierta en un putiferio mayor de lo que ya es. ¿Somos perfectos? No. Engañamos y mentimos y robamos como todo el mundo, pero somos una barrera contra lo peor. Solo que tú..., tú has dejado de creer. Has perdido la fe.

—Si supieras lo que hay detrás, Santini...

—No. Ya hemos pasado por esto. Una vez te escuché y me jodí la carrera y una pierna. Esta vez no quiero saber nada del tema —negó con la cabeza de una forma exagerada—. Tal vez tengas razón, tal vez estás llevando a cabo una investigación que salvará al mundo, y te prometo que no te tocaré las pelotas. Yo no sé nada, se me da bien no saber nada. Pero si intentas involucrar a alguien más del equipo, te juro por Dios que te las verás conmigo —la miró con los ojos inyectados en sangre—. Sé cómo hacerlo, Caselli.

—¿Curcio está de acuerdo?

—Curcio no sabe nada —se rio ebrio—. Por lo menos, eso es lo que quiere hacernos creer. Y no habla sobre ello. Sabe cuál es su lugar, a diferencia de ti.

—Tal vez sea mejor que te vayas a dormir.

—Tal vez sea mejor que te vayas *tú* y a mí me dejes aquí —dijo, mientras pedía otra *grappa*.

Colomba lo hizo. Cuando llegó al hotel, descubrió que Dante había salido, dejándole una nota en la que le decía que no se preocupara.

Ella, obviamente, se preocupó, y mucho más lo habría hecho de saber adónde había ido.

12.

La prisión de Rebibbia es una y cuádruple, pero si no eres un preso o un funcionario de prisiones podrías no saberlo. El complejo contiene en efecto cuatro núcleos donde los internos se clasifican en función del sexo, la edad y la pena. También hay allí un campo de fútbol que se ve justo detrás de la verja de entrada, a unos cien metros de los edificios, y fue a ese campo, con una oscuridad casi completa, adonde llevaron el Alemán, esposado y escoltado por un pelotón de policías de la prisión con equipo antidisturbios.

Si el Alemán procedía realmente de Alemania, eso era algo que las autoridades italianas no habían podido descubrir más de un año después de su detención. Sabían que era el último cómplice del Padre que seguía con vida, al menos entre los que habían trabajado con él en los setenta, que debía de tener unos sesenta años y que había sufrido en el pasado diversas heridas de arma blanca y de fuego.

Por lo demás, cero absoluto. Sus huellas no constaban en ninguna base de datos policial, ni mucho menos su ADN. Nadie se había presentado identificándose como un familiar suyo, no constaba que hubiera trabajado alguna vez o que hiciera el servicio militar. Durante el juicio en primera instancia no abrió la boca, no admitió ni tampoco negó ninguno de los cargos por los que estaba imputado —que iban desde el secuestro múltiple hasta el homicidio premeditado— y todas las pesquisas de los investigadores encallaron contra una pared de identidades falsas que parecían remontarse hasta la noche de los tiempos.

El Alemán era un enigma.

Los hombres del Grupo Operativo Móvil lo hicieron sentarse en una silla de plástico colocada junto a una de las vallas y lo esposaron en el poste, muy amablemente: el Alemán no les daba miedo tan solo a los otros prisioneros. A la tercera pelea que terminó con lesiones permanentes de sus agresores —nunca era él quien empezaba— lo pusieron en celdas de aislamiento y allí se quedó, condición que no parecía afectarle en absoluto. Los que tuvieron la suerte de tenerlo brevemente como compañero explicaron que era como vivir con un fantasma cuyos ojos sentías clavados en la nuca en cuanto te dabas la vuelta.

Los del GOM se retiraron hasta el campo contrario, donde se desplegaron como si fueran defensas, y solo entonces por la verja entró un grupo de agentes de paisano. En medio de ellos estaba Dante, a todas luces desazonado.

—¿Hay alguna novedad sobre quién es realmente? —preguntó en voz baja al agente que estaba a su derecha, un joven de mejillas regordetas.

—Cero. Esa mala bestia es un misterio desde el mismo día de su detención. Usted es probablemente quien mejor lo conoce.

—Solo lo vi tres veces en mi vida —dijo Dante. Sin contar las pesadillas.

Dante caminó a paso lento hasta la silla vacía, seguido por la mirada del Alemán, que no le quitaba el ojo de encima. Se desplomó al sentarse e inclinó la cabeza sobre las rodillas durante unos segundos.

—¿Está bien, señor Torre? —preguntó el agente de antes.

—Sí, sí. Por favor, procedan según lo acordado.

—¿Está seguro?

Dante señaló al Alemán mientras permanecía doblado.

—Si quisiera arrancarme la cabeza, ya lo habría hecho. Venga.

—Tiene treinta minutos, señor Torre.

El agente les hizo una señal a sus compañeros, que retrocedieron en la oscuridad hacia la línea lateral hasta desaparecer.

Dante cogió aire. No había querido atontarse a base de benzodiacepinas antes del encuentro, pero ahora se estaba arrepintiendo. Estaba en una cárcel, por Dios santo, y tenía delante al hombre del saco de su infancia y de gran parte de su madurez.

—Esta es toda la intimidad que puedo garantizarte —le dijo al Alemán—. No tengo ni idea de si en este momento hay un satélite espía encima de nuestras cabezas, o un micrófono direccional, pero te aseguro que nada de lo que me digas se lo referiré a nadie.

El Alemán esbozó una sonrisa que parecía una grieta.

—¿Ni siquiera a tu amiga policía? —dijo con una voz tranquila, como era habitual en él. No era la primera vez que hablaba, pero el acontecimiento resultaba tan raro que al fondo del campo los guardias se dieron codazos, aunque no distinguieran las palabras.

—Si te lo prometo, ¿me dirás quiénes son?

—No seas estúpido.

—¿De verdad tengo un hermano?

—Sabes que nunca obtendrás respuestas sobre ese tema que vengan de mí. ¿Por qué estás aquí?

—Giltiné.

—El nombre no me dice nada.

—Es una mujer, va por ahí matando a la gente utilizando LSD y psilocibina.

El Alemán no dijo nada ni tampoco cambió de expresión. Para Dante resultaba imposible leerlo, aún más que a Maksim.

—Nació en Ucrania —continuó—. En un lugar llamado la Caja. Trabajaba como asesina a sueldo para la mafia rusa, y luego se retiró a la vida privada hasta que mataron a su novia.

El Alemán continuó comportándose como si fuera una estatua. Pero algo le dijo a Dante que estaba escuchándolo con interés.

—No sé para quién trabajaba el Padre, pero entre lo que a mí se me hizo y lo que se le hizo a Giltiné hay muchas analogías, aunque fuera en dos lados diferentes del Telón de Acero. Y, por tanto, sin duda tú sabes algo al respecto. Te habrás informado sobre la competencia, ¿verdad?

El Alemán echó la cabeza hacia atrás y se rio con un ruido de chatarra oxidada. Probablemente llevaba años sin hacerlo.

—Fue una buena idea dejar que siguieras con vida. Resultas gracioso.

—¿Y por qué me dejaste ir?

—Se habla del afecto de los prisioneros hacia sus carceleros. También sucede a la inversa. Aunque me habían ordenado matarte, no pude hacerlo.

Dante negó con la cabeza, con los ojos cerrados.

—Era lo que yo quería, ¿sabes? —susurró—. Que vinieras a decirme algo semejante —abrió los ojos—. Pero yo era un niño cuando lo pensaba. Ahora he crecido y sé lo que era para ti: un trabajo. Y sé que fue el Padre quien te dijo que me permitieses escapar. Así que deja ya de intentar manipularme.

La sonrisa del Alemán se convirtió en una mueca de burla.

—Realmente te has convertido en un hombrecito —dijo irónico—. Aunque supiera algo, ¿por qué debería decírtelo?

—Porque no puede perjudicarte de ninguna manera. Y porque te alegra que haya venido aquí para verte. Qué aburrido debe de ser estar aquí dentro...

—Si sabes lo de la Caja, ya sabes lo suficiente.

—No. Quiero saber lo que sucedió después. Cuando todo se derrumbó. ¿Qué le pasó a la gente como tú?

—Mercado libre —dijo el Alemán.

—¿Así que la Caja fue vendida al mejor postor?

—Como siempre.

—¿Quién necesita superasesinos en un mundo en el que se lucha con drones?

—Nadie. ¿Pero estás seguro de que la Caja servía para eso? Tal vez la mujer de la que hablas fue un acontecimiento imprevisto. Si hubiera más gente como ella, lo sabríamos, ¿verdad?

Dante lo escrutó, y una vez más no obtuvo nada.

—¿Para qué servía?

—Ha estado bien volver a verte.

Un móvil lejano emitió un sonido de campanas. Era el cronómetro que el agente regordete había activado en su teléfono.

—Señor Torre, se acabó el tiempo —dijo desde la oscuridad.

Dante agitó su mano buena en el aire, sorprendido por el sentido del tiempo del Alemán.

—Okey. Un minuto —dijo. Solo había obtenido confirmaciones sobre lo que ya sabía, aunque no se esperaba nada mejor.

—Dame un cigarrillo, por favor —dijo el Alemán.

Dante instintivamente le tendió el paquete, pero el Alemán en vez de cogerlo le aferró la muñeca con su mano libre y tiró de él hacia sí. Sus caras casi se tocaron.

—Es la segunda vez que te perdono la vida, recuérdalo —susurró.

Dante por un momento volvió a ser un niño y lanzó un grito agudo, mientras se agitaba desesperadamente para liberarse. El Alemán lo soltó y Dante casi se cayó al suelo.

Los agentes y los guardias de la prisión llegaron corriendo. El Alemán se dejó arrastrar hacia las celdas. Cuando estaba a punto de cruzar el portón del patio, se volvió para mirar a Dante, de pie en medio de los hombres del GOM.

—Cuidado con lo que remueves, muchacho —dijo—. Alguien podría enfadarse.

Luego se lo llevaron de allí a empujones.

13.

Sacaron a Dante por el mismo camino por el que había entrado en la cárcel: el portón para los blindados, que daba directamente a la carretera. Pese a ello, se sentía a punto de estallar y al mismo tiempo agotado. Al lado del Alemán había sentido cómo le succionaban las energías, como si su antiguo carcelero fuera un pequeño agujero negro. Tenía frío, y ganas de beber. Algo en un vaso grande, como decía su padre adoptivo. *Muy grande,* seguro.

Nada más pasar la verja, había un SUV negro con otros dos agentes y el coronel Di Marco, con su perenne traje azul.

—Hay un lado positivo en todo esto: será la última vez que podrá hacer algo semejante.

El coronel le entregó dos hojas mecanografiadas y repletas de sellos y una pluma estilográfica que había sacado del bolsillo.

Dante echó un vistazo a los papeles, apoyándose contra la valla.

—Según lo acordado para nuestra autorización previa a la visita al detenido —dijo Di Marco—, esta es la declaración jurada en la que usted afirma que no tiene informaciones relevantes sobre la matanza del tren Milán-Roma, sobre la muerte de los dos terroristas, o sobre cualquier riesgo para nuestro país, pasado, presente y futuro. Si estuviera mintiendo usted, sería acusado de espionaje y de atentado contra la seguridad del Estado.

Dante continuó desplazándose por el texto. Habría sido mejor tener a Minutillo a su lado, pero no había querido involucrarlo en ese asunto.

—Yo pensaba que no necesitaban excusas para arrestar a una persona —dijo.

—Somos un estado democrático. Pero, gracias a ese trozo de papel que tiene en la mano, para usted se transformará en Corea del Norte.

Dante hizo su mueca, a pesar de que le salió un tanto torcida.

—¿Y si me negara a firmar? Al Alemán ya lo he visto, gracias a usted.

—Debería detenerlo a la espera de instrucciones de mis superiores —el coronel señaló hacia la cárcel que quedaba detrás de Dante—. ¿Quiere intentarlo?

Dante firmó ambas copias. El coronel se las guardó de nuevo en la carpeta.

—Ahora que he firmado, ¿puedo hacerle una pregunta? —inquirió Dante.

—No.

—Se la hago de todos modos. Usted es la representación ejemplar del cabrón fascista, pero no es un idiota. Sabe que el atentado tiene puntos oscuros. ¿No está interesado en explorarlos porque no le competen o porque ya sabe lo que hay detrás de todo eso?

—Si existieran esos puntos oscuros de los que usted habla, tenga por seguro que yo actuaría solo y exclusivamente como el interés de mi país requiere. Pero es algo que usted no puede entender —luego, sin despedirse, Di Marco se encaminó hacia el SUV. Sus hombres subieron a bordo y el vehículo se alejó rápido de allí.

Dante cogió el móvil para llamar a un taxi, pero una voz desde la oscuridad lo interrumpió.

—¿Necesita transporte?

—Usted estaba en la CRT cuando me arrestaron. De los NOA, ¿verdad?

—Le felicito por su espíritu de observación, dado que llevaba puesto el pasamontañas. Me llamo Leonardo Bonaccorso. Soy un amigo de Colomba.

—Sí, ya me lo pareció. ¿Qué hace aquí?

—Yo le llevo. Fue mi equipo el que estuvo escoltándolo, así que sabía que estaba aquí. ¿Resultó útil esa reunión con el Alemán?

—No. Y creo que voy a llamar a un taxi.

—Lástima. Vamos al mismo sitio. A su hotel.

—¿Y eso por qué?

Leo sonrió y Dante decidió que le caía mal. Muy mal.

—Colomba ha convocado una reunión general en su habitación. Creo que quiere resolver lo de Giltiné de una vez por todas.

14.

Giltiné recorrió la calle de Sant'Antonio en la oscuridad, rota únicamente por un par de farolas del alumbrado público. Por detrás de ella, el resplandor del Gran Canal, frente a la plazoleta que durante el día albergaba el mercado. Ahora solo quedaba el olor de la fruta y la verdura podridas arrojadas en los contenedores de basura, que Giltiné apenas podía notar por encima del olor de su propio cuerpo y de los medicamentos. Parecía que la atmósfera húmeda de Venecia había acelerado la progresión de su enfermedad. O tal vez fuera ese viaje que acababa de realizar hacia Roma, en tren, en un intento de evitar que nada

(que Dante Torre)

pudiera poner en peligro lo que ella tan meticulosamente había construido. Cuando oyó que el policía italiano llamaba por teléfono al hijo de la mujer que había asesinado —por suerte, era el hijo equivocado—, en la línea que seguía controlando con regularidad, se dio cuenta de que los puntales que sostenían su juego de espejos estaban chirriando. De manera que se marchó, empujada por las prisas y las voces líquidas de los muertos, por sus destellos. En el viaje de regreso, sin embargo, debilitada por el dolor de las llagas y por el cansancio, ahogada por el grueso maquillaje que le quemaba como ácido en las heridas faciales, por primera vez en su existencia se hizo una pregunta. ¿Se había equivocado al matarlo? ¿Realmente podía asustar o ralentizar a los nuevos cazadores que iban tras sus huellas, como había asustado, ralentizado y finalmente asesinado a los que la habían perseguido durante más de treinta años, convirtiéndola en la que era hoy? ¿O, tal vez, solo los había vuelto más furiosos y hambrientos?

Aún seguía en el tren cuando, tras conectarse a los servidores desde el móvil, abrió el tanque de los tiburones, dándoles propósito, objetivo y premio. No sabía cuántos realmente responderían a la llamada. Eran imprevisibles y tendrían que actuar sin su guía directa. Otra incógnita, otro riesgo para ella, que había crecido planificando todos sus movimientos, que había envejecido esperando paciente el momento apropiado, igual que una rosa de Jericó espera el agua. Pero las preguntas, ahora que iba caminando por las calles desiertas, sombra entre las sombras, se habían desvanecido de una forma paulatina. Y ahora se preparaba para el último paso que la llevaría a hacer realidad su empresa, el último paso antes de la paz que nunca había conocido.

Giltiné había llegado al muro del recinto de un hotel. Lo superó saltando al jardín, luego desactivó la cámara de seguridad de la entrada de servicio. Subió cuatro plantas a pie e hizo saltar la cerradura magnética de la suite del fondo del pasillo con una plaquita de metal. El sonido que produjo fue imperceptible. Entró en la habitación y depositó la bolsa que llevaba en bandolera, con cuidado de no hacer ruido: el hombre dormido y medio borracho en la cama recargada de almohadas no cambió el ritmo de su respiración. Giltiné registró la habitación a oscuras, utilizando tan solo la sensibilísima punta de sus dedos para localizar el micrófono que sabía que había de existir, y lo aisló sin apagarlo. Luego se inclinó sobre el hombre y le tapó la boca con la mano. Él abrió los ojos de golpe, confundido, incapaz de enfocar.

—Tengo una tarea para ti —le dijo Giltiné.

Francesco no pudo hacer otra cosa que asentir.

15.

La reunión en la suite de reserva de Dante fue mucho menos alegre que la anterior y apenas tocaron la comida. Colomba presentó a Leo a los dos Amigos supervivientes, quienes se levantaron para estrecharle la mano, dada la diferencia de graduación. Leo, que parecía ser el único que se encontraba a sus anchas, se sirvió por su cuenta de la cafetera exprés que Dante había pedido que le trasladaran desde su habitación. Dante, irritadísimo, le preguntó a Colomba mientras lo señalaba:

—¿Por qué está ese aquí?

—Porque puede echarnos una mano —respondió.

—Es de la lucha antiterrorista —dijo Alberti—. Trabaja con la Fuerza Operativa. Con el debido respeto, comisario.

—De momento estoy de vacaciones —dijo Leo, sorbiendo su café—. Óptimo, caramba.

—No trate de amansarme —dijo Dante. No le gustaban las miradas que Colomba y él intercambiaban cuando creían que nadie los veía—. Me habría gustado que se me consultase sobre el nuevo miembro.

—No es el momento de ponerse estupendos, Dante —dijo Colomba—. No cuando Giltiné acaba de matar a un compañero.

—¿Está segura de que fue Giltiné, doctora? —preguntó Alberti.

Colomba les explicó lo del escorpión, lo que hizo palidecer a los Amigos y casi vomitar a Dante.

—Giltiné no quería que tuviera ni la más mínima duda sobre el mensaje.

—Si no morías —dijo Dante con acidez en la boca—, quería que comprendieras a quién estabas pisando los talones.

—Y posiblemente que me lo pensara mejor.

—¿Pero por qué ahora? —preguntó Esposito.

—Por lo que descubrimos en Alemania.

Colomba y Dante explicaron por turnos lo de Maksim, haciendo creer que se había ido por su propio pie después de hablar con ellos, y respondieron, en la medida de lo posible, a las preguntas. Esposito parecía incrédulo respecto a todo el asunto; Alberti, asustado. Leo, por el contrario, mantenía la calma, tal vez porque Colomba le había anticipado algo mediante *snap*. Fue la primera persona con la que se puso en contacto cuando recuperó su móvil. Aparte de su madre, que todavía estaba esperando para comer con ella.

—Giltiné nota el aliento en el cuello —dijo Alberti al finalizar.

—Y no lo notaría si no estuviera aún en Italia —dijo Dante.

Todos se volvieron para mirarlo.

—¿Estás seguro?

—De lo contrario, ¿por qué ensañarse contra nosotros? Si estuviera actuando en la otra punta del mundo, pasaría —tras echar a un lado de la barra a Leo, Dante se preparó a su vez un café expreso con la Brewer.

—Así que cree que permaneció aquí después de lo del tren —dijo Leo.

—Y tiene el tiempo justo. Después de que Maksim tratara de matarla en Shanghái, comenzó a eliminar a las personas relacionadas con la Caja con meses de intervalo. ¿Qué le costaba desaparecer y volver a intentarlo al cabo de un año?

—Aparte de este, ¿de cuántos asesinatos cometidos por ella estáis seguros? —preguntó Leo.

—Seguros... —Dante se encogió de hombros—. Depende de si me lo pregunta a mí o a Colomba. Razonablemente, yo diría que al menos otros tres atentados: Grecia, Suecia y Francia. Y el griego fue el último, en orden de sucesión, previo al del tren. Un intervalo de tiempo muy largo.

—Se ha preparado —dijo Alberti.

—Sí. Y ahora me gustaría entender por qué eligió a Guarneri de entre todos nosotros. ¿Qué hizo antes de morir? —preguntó Colomba.

—Tal y como nos pidió, doctora, buscamos los vínculos entre las víctimas del tren y Rusia. Y encontramos uno. Nos parecía un disparate, pero después de lo que acaban de explicarnos... —dijo Alberti—. Los niños de Chernóbil.

Colomba sintió un escalofrío.

—¿Qué niños?

Alberti explicó que después de la explosión de la central nacieron cientos de organizaciones en todo el mundo que se encargaban de ofrecer a los niños contaminados estancias para su rehabilitación en países fuera de la zona radiactiva.

—Solo en Italia siguen unos cincuenta hoy día.

—Hasta mi hermana se encargó de uno —dijo Esposito—. Estuvo un mes en su casa, y luego regresó.

—Por Italia pasaron unos sesenta mil niños —añadió Alberti.

—¿Hasta cuándo? —preguntó Colomba—. A estas alturas esos niños serán ya adultos.

—Pero siguieron naciendo otros y las asociaciones continuaron ocupándose de ellos. Vaya, a mí me parece algo bonito.

—Claro que lo es —dijo inmediatamente Dante, que cuando tenía dinero subvencionaba a una docena de asociaciones, que iban desde Médicos Sin Fronteras hasta Save the Children—. ¿Pero cuál es el mejor escondite para un grano de café, sino una tostadora?

—No me deformes al padre Brown —dijo Colomba, tratando de ser ingeniosa. A pesar del momento, se sentía incómoda estando allí con Leo. Tenía miedo de que la encontrara muy poco interesante.

—He reelaborado el concepto. ¿Cuál es la conexión entre los muertos del tren y los niños de Chernóbil?

—Me parece que había un médico..., tal vez trabajaba para la Caja —comenzó Colomba.

—Paola Vetri —la corrigió Esposito.

—¿La agente de prensa de los VIP? La última que me esperaba —dijo Dante.

—Se encargaba de las relaciones públicas de la asociación Care of the World, «Al Cuidado del Mundo» o algo semejante

—continuó Esposito—. Se trata de una de las primeras fundaciones europeas que se ocuparon de Chernóbil. Se encargó de traer por lo menos a un millar de niños procedentes de Bielorrusia.

—Aparte de Italia, ¿adónde los enviaba? —preguntó Dante.

—Sobre todo a Grecia —dijo Esposito.

—Tras el hundimiento del barco griego, Giltiné dejó de actuar durante un año y medio. Tal vez descubrió algo en esa ocasión —dijo Dante.

—Como, por ejemplo, quién estaba detrás de los que la habían creído muerta —dijo Colomba.

—Primero se encargó de eliminar a los guardias; después de Maksim, fue a por los jefes —dijo Dante.

—Necesitamos una lista completa de los ahogados —dijo Colomba—. ¿Alguna idea?

Leo levantó la mano.

—Interpol.

—¿Conoces a alguien?

—¿Con todas las operaciones que me toca coordinar? A demasiados.

—¿De confianza? —preguntó seriamente Dante.

—Alguno hay —respondió Leo sonriendo.

Hizo un par de llamadas telefónicas y al cabo de unos veinte minutos lograron enterarse de que la esposa del armador hundido era de origen ucraniano y miembro fundador de la sección griega de la COW.

La noticia quedó en el aire, casi palpable. Enorme. Fue Dante quien rompió el silencio, con voz vacilante.

—¿Los hemos encontrado de verdad? —dijo.

Colomba pensó de nuevo en el largo viaje iniciado en la estación de Termini, en una noche particularmente fría. En lo que era entonces y en lo que se había convertido. Lo que había llegado a comprender. Habían pasado solo un par de semanas, pero podría ser otra existencia. Tal vez lo era.

—Sí. Los hemos encontrado. Y ahora tenemos que impedir que Giltiné los extermine.

16.

El amanecer convirtió a Giltiné en una silueta contra la ventana del hotel. Se había puesto su máscara, único rayo de luz en la oscuridad de la habitación. Francesco estaba tumbado en la cama, en un estado de bienestar hasta tal punto completo que le parecía volver a ser un niño otra vez, en una de esas mañanas de vacaciones en las que se despertaba y disfrutaba de la sensación de su cuerpo entre las sábanas, y aguardaba con placer un largo y luminoso día de pereza, lejos de todas las preocupaciones.

Se rascó con voluptuosidad los testículos.

—¿Cómo has dicho que te llamas?

—Giltiné.

—Es un nombre extraño. ¿Eres rusa o algo parecido?

—Algo parecido —respondió manteniendo la mirada en el agua, que seguía contándole historias.

—Y mataste a mi madre —al pronunciar la frase, Francesco sintió que algo iba mal. Tendría que haber estado por lo menos un poco enojado, ¿verdad? Pero ¿cómo podía estar enojado con su nueva amiga? Y su madre era un concepto abstracto y lejano—. ¿Por qué?

—Para hacer que vinieras hasta aquí. Y conocieras a una persona.

—El fundador.

—Sí.

—¿Y si no viene?

—Se lo prometió precisamente a tu madre. ¿Sabes por qué te implicó también a ti?

—No.

—Cuando la operaron de cáncer, estaba convencida de que no saldría de aquello. Te designó a ti como sucesor.

Francesco se estiró.

—¿Cómo es posible que sepas todo esto?

—He escuchado la voz de los muertos.

—Así que estás loca.

Giltiné volvió su mirada hacia él.

—No. Ese no es mi problema.

—¿Y cuál es?

Ella no respondió.

Francesco se estiró de nuevo.

—¿Puedo levantarme o te molesta?

—Puedes, pero no salgas ni llames a nadie.

—No, por supuesto —¿por quién lo había tomado? Le había explicado antes lo que podía o no podía hacer. Y, además, las promesas hechas a los amigos hay que mantenerlas. Se fue al baño para hacer pis, que llevaba aguantándose desde hacía horas, y se miró al espejo. Tenía las pupilas tan dilatadas que se comían el iris y le pareció ver a través de ellas, como si su cráneo fuera de cristal. Divertido por la idea, volvió a echarse en la cama—. ¿Quién puso el micrófono en mi habitación?

—Rossari.

—Ya tenía yo razón para no soportarlo. ¿Es una especie de espía?

—Un mercenario.

—¿Y eso es mejor o peor?

—Los espías creen en algo.

—Entonces, yo soy un mercenario. No puedo recordar ni una sola cosa que me importe de verdad.

—Yo también era así.

—¿Y qué pasó luego?

Giltiné no respondió y le hizo un gesto con la mano vendada.

—Ven aquí.

Obedeció y se unió a ella caminando sobre una nube. Todo emanaba belleza, hasta la moqueta debajo de sus pies.

—Arrodíllate y descansa tu barbilla sobre mis piernas.

Así lo hizo, notando que bajo los pantalones de Giltiné —vestía unos tejanos elásticos negros— había algo viscoso que olía a productos químicos.

—¿Qué enfermedad tienes?

—La que quita todas las enfermedades. Ahora quédate quieto y mira hacia arriba.

Cuando él lo hizo, Giltiné le mantuvo abierto el ojo derecho con la punta de los dedos.

—No vas a notar nada —dijo—. Pero necesito darte otra dosis. No te muevas —repitió.

Luego, con una pequeña jeringuilla de aguja finísima le perforó el globo ocular.

Un relámpago llenó la cabeza de Francesco, y todo fue borrado de nuevo.

17.

Los cuerpos de Guarneri y de su exesposa se trasladaron a la morgue del Hospital Gemelli para la autopsia, obligatoria en caso de muerte violenta. Dado el alto el fuego con Santini, Colomba solicitó y obtuvo que Dante y ella pudieran visitarlos a primera hora de la mañana. La excusa era dar un último adiós a dos amigos sin esperar a la capilla ardiente, excusa en la que Santini no creyó en absoluto. Se limitó a presenciar su acceso, quedándose en un rincón y fumando a pesar de la prohibición: en ese tema, Dante y él estaban de acuerdo de parte a parte.

Dante, cargado de benzodiacepinas, superó el portón fingiendo no verlo, y luego continuó a lo largo del pasillo gris que, desde su punto de vista al borde del pánico —el termómetro interior marcaba ocho clavado—, se alargaba y retorcía igual que una serpiente. Si Colomba no lo hubiera llevado pacientemente del brazo, no habría sido capaz de recorrer los cincuenta metros que lo separaban de la sala de autopsias. Así, en cambio, empleó tan solo quince minutos, un paso tembloroso tras otro, con frecuentes cambios de ruta. Bastaba un sonido repentino, un portazo, para hacer que se sobresaltara y volviera atrás.

Entró por fin en la habitación sin ventanas e iluminada por los fluorescentes, donde un empleado empujó los dos cuerpos sujetos a sendas camillas con ruedas, recién sacados de la cámara frigorífica. Luego Colomba dejó a Dante que fuera por su cuenta, y ella misma retrocedió en el umbral. Ya los había visto lo suficiente. Él se puso los guantes de látex y se dirigió vacilante hacia los cadáveres. A pesar de su pasado, no se sentía nada cómodo con la muerte. Pero si bien no podía superar sus fobias por la fuerza de voluntad, por lo menos era capaz de hacer lo que no le gustaba si resultaba necesario. Era una cualidad que él consideraba útil para diferenciar entre un individuo con fobias y un cobarde.

Los cuerpos estaban metidos en bolsas de hule de color grisáceo, con una cremallera de saco de dormir, y Dante, después de soltar con gesto torpe la correa del más grande, la descorrió preguntándose lúgubremente si sería desechable o si se reciclaba una vez eliminado el relleno.

De la bolsa comenzó a salir peste. Aún no era la de la descomposición, sino la que Dante se había visto obligado a oler en otras ocasiones: la de la muerte violenta, que huele a sangre, vómito, vísceras y comida estropeada. Cuando extrajo de la bolsa la parte superior del cuerpo, se le presentaron la cara y el busto de Guarneri, y su termómetro subió al máximo, tocando el gong. Dante perdió por un momento el control de las piernas, pero logró evitar el derrumbe agarrándose a las asas de la camilla. Esperó hasta notar que la sangre volvía a circularle por las venas, luego se agachó sobre la cara del policía. A pocos centímetros de la piel lívida del cadáver hizo lo contrario de lo que cualquiera hubiese hecho. Cerró los ojos y aspiró profundamente.

Mientras tanto, Santini había llegado junto a Colomba.

—¿Dónde están Esposito y Alberti? —le preguntó.

—En casa, durmiendo. Solo me han hecho un poco de trabajo de oficina y no tengo planes para involucrarlos más a fondo.

El trabajo de oficina al que Colomba se refería eran las pesquisas sobre la COW, a través de los documentos públicos de la asociación obtenidos a partir de las dos íes: internet e Interpol, que habían proseguido hasta las siete de la mañana. Habían descubierto cómo la COW era una entidad mucho más ramificada que las otras asociaciones —con frecuencia de meros aficionados— que se ocupaban de los niños de Chernóbil. Sus actividades benéficas eran numerosas, y en varios frentes, desde los pozos de agua potable hasta los hospitales, y aún mucho más las inversiones en institutos de investigación, simposios, equipos internacionales para las vacunas. Y su capital era bastante elevado: dos mil millones de euros, que procedían en gran parte de donaciones privadas de entidades financieras y empresas repartidas por todo el mundo. El nombre de una de ellas hizo que Dante diese un salto en la silla, ya que, además de gastar en beneficencia, era una de las accionistas de la compañía que había poseído la Executive Outcomes.

—Sabéis qué es la EO, ¿verdad? —preguntó. El único que dijo que sí fue Leo, pero Dante fingió no haberlo oído, a pesar de que estaba sentado delante de él. Sorprendentemente, Leo siempre se sentaba en el mismo sofá pequeño que Colomba—. Okey. Imaginaos a unos mercenarios e imaginaos que quieren convertirse en una empresa legal de exportación (aunque decir legal resulte un poco forzado desde mi punto de vista), para intervenciones en zonas de guerra —explicó haciendo un poco de teatro.

—Estamos hablando de contratistas de seguridad privada —dijo Colomba.

—*Ahora* se habla de contratistas de seguridad privada, en su momento fueron una novedad, algo así como la salida del iPhone. Quien estaba a la cabeza de todo era un racista sudafricano, que había construido su regimiento pescando en el ejército en los primeros años noventa. Oficiales blancos, soldados y diversa carne de cañón negra, de acuerdo con las reglas de esos nazis.

—¿Y quién los contrataba?

—La EO nació después de la caída del Muro, cuando los ejércitos de los dos bloques comenzaban a retirarse de las zonas controladas, dejando para los grupos locales el saqueo o la matanza. Ellos iban allí y aseguraban las zonas mineras para alguna compañía, o eliminaban a los rebeldes que ocupaban los pozos de petróleo de alguna otra.

—Pero ¿cómo podía ser legal algo semejante? —preguntó Esposito.

—Lo era, y lo es para los que han ocupado el lugar de la EO en la actualidad, porque su excusa es que los contratan gobiernos reconocidos por la ONU. Aunque el dinero proceda de las empresas privadas.

—Resulta poco creíble que gente así financie una asociación benéfica —dijo Alberti.

—No solo están ellos en la junta de la fundación. También hay una multinacional, que cuenta asimismo con un exsoldado afrikáner en su consejo de administración, que posee y gestiona cárceles privadas en América y en Australia. Y no estoy hablando de minucias, porque tienen algo así como quince mil empleados.

—¿Crees que es la misma gente que estaba a cargo de la Caja? —preguntó Leo. En un momento determinado, Colomba los había obligado a tutearse.

—La Caja estaba a cargo de los restos de los servicios soviéticos, no habrían sido capaces de penetrar tan rápido en el mercado de los Estados Unidos a principios de los años noventa. Es más probable que sean clientes —dijo Dante.

—¿Clientes para qué, para los niños?

—Los niños y todos los demás que el régimen soviético hizo que acabaran en el experimento más grande de correccional que nunca se haya construido. Técnicas de interrogatorio, de encarcelamiento, para convertir, para romper la voluntad, para enseñar a resistir —Dante trató de encenderse un cigarrillo, pero la mano le temblaba de tal manera que Alberti tuvo que ayudarlo—. ¿De verdad pensáis que no existe un mercado para este tipo de negocio?

Colomba eso no se lo contó a Santini: si él no quería saber, respetaba su elección. O, al menos, la comprendía. Solo un par de años atrás, ella probablemente habría hecho lo mismo. Antes del Desastre. Y de Dante. Especialmente de Dante.

En ese momento, este estaba tratando de no vomitar, con la esperanza de percibir bajo los efluvios del cadáver el olor químico de cítricos que recordaba. No lo encontró, tal vez el contacto con Giltiné había sido demasiado fugaz, y ella llevaba puestos los guantes; tal vez habían manoseado demasiado el cuerpo. Unió con alivio los bordes de la bolsa y trató de cerrarla con la cremallera, lográndolo tan solo hasta la mitad antes de que se trabara. En lugar de volver a intentarlo, mascó un chicle de nicotina y dirigió su atención al otro cuerpo.

—¿Has terminado? —preguntó Colomba desde la puerta.

—Por desgracia, no.

—Mientras solo los huelas, está bien, pero no te los folles, ¿okey? —dijo Santini.

Dante se volvió para mirarlo, no se había percatado de su llegada. En el cerebro se sucedieron como en una máquina tragaperras unas cincuenta ocurrencias posibles como respuesta, pero tuvo que descartarlas todas porque eran terriblemente sexistas o políticamente incorrectas. Y además, sabía que la madre de Santini estaba muerta, por lo que no parecía adecuado sacarla a colación.

—Tienes ahí a un compañero tuyo. Un poquito de respeto.

Santini se dio la vuelta y se alejó cojeando.

—Es vuestro puto problema —dijo—. Yo he cumplido con mi parte.

—Menudo carácter —dijo Dante, envalentonado por su victoria moral. Pero cuando abrió el segundo saco, su ego se deshinchó como un globo.

Cualquiera diría que la exesposa había acabado bajo las ruedas de un tren. El cuchillo de Giltiné se había ensañado sobre todo en la cara, los ojos, el cuello y el abdomen, simulando la furia de un hombre que quiere desfigurar a la víctima de su obsesión, como ocurría muy a menudo en los asesinatos de género. Tratando de no mirar las vísceras que asomaban blandas y rosadas por los cortes, Dante repitió de nuevo su aspiración. Inmediatamente notó cómo se le revolvía el estómago y salió corriendo a devolver en el desagüe del alcantarillado. Colomba se unió a él y lo sujetó.

—Hey. ¿Quieres que te lleve fuera?

—¿Después de todo el esfuerzo que he hecho para entrar? No.

Dante regresó junto al cuerpo de la mujer y husmeó otra vez, tratando de separar las sensaciones olfativas. Y bajo esa mezcla de efluvios encontró el que ya había notado en el cuerpo de Youssef, que se le había grabado en el cerebro y que ahora asociaba con los vendajes de Giltiné, con sus misteriosas heridas. Pero ¿qué diablos era? ¿Una pomada, un desinfectante?

Empeñado como estaba en estimularse la memoria, Dante casi no se dio cuenta de que Colomba lo estaba llevando por fin hacia el exterior, un poco tirando de él, otro poco empujándolo, para detenerse solo delante de dos trabajadores de la funeraria que estaban colocando un cadáver, limpio y maquillado, en un ataúd abierto en la entrada. Fue allí donde Dante sintió fortísimo el mismo olor a naranja, ahora enriquecido con otras notas florales y químicas, y se liberó del brazo de Colomba para correr hacia el ataúd. Los empleados de pompas fúnebres se quedaron de piedra al ver a Dante inclinado sobre su cliente.

—¿Es un familiar? —preguntó uno de los dos.

Colomba se precipitó hacia Dante, pensando que era presa de una crisis como la de Berlín. En lugar de huir, sin embargo, él sacudía por los hombros a uno de los empleados.

—Dime qué has utilizado.

—Pero ¿quiere soltarme?

—¿Qué le has puesto en la cara?

Colomba los separó, al tiempo que se identificaba como policía. Por suerte lo dijo tan bien que los empleados de la funeraria la creyeron sin necesidad de mostrar su carné.

—Dante, ¿qué ocurre? ¿Estás bien?

—Perfectamente. Pregúntale qué le han puesto —Dante pasó el dedo por la mejilla del muerto, recogiendo el cosmético y dejando una franja blanca de piel desmaquillada.

—¿Pero tú eres tonto o qué? —dijo el otro empleado de la funeraria, agarrándolo de la muñeca.

Dante se liberó.

—Discúlpeme. Demasiado entusiasmo.

—Sí, discúlpelo. Pero también contéstele —dijo Colomba, dividida entre la vergüenza ajena y la curiosidad.

—Nosotros no nos encargamos de eso. Hay un técnico para la tanatopraxia. De todos modos, se trata de maquillajes específicos.

—¿Para cadáveres?

—Oh, sí, ¿para qué pensaba usted? ¿Podemos marcharnos, *comisario*? Nos esperan para el funeral.

—Sí, sí. Discúlpenos de nuevo.

Colomba arrastró a Dante, que aún parecía en el mundo de los sueños.

—¿Qué es eso tan importante que has descubierto?

—He descubierto el síndrome de Cotard —dijo Dante con los ojos cerrados.

Y, hasta el tercer café, no dijo nada más.

18.

Cuando Francesco recuperó interés por el mundo era casi la hora del almuerzo. Giltiné había cerrado las persianas y comenzado a desnudarse. Ahora se había quedado solo con la máscara y los vendajes, manchados de sustancias oscuras.

—¿Qué estás haciendo? —preguntó Francesco, al que todo le parecía suave y luminoso. La sensación de bienestar se había vuelto casi insoportable, como un orgasmo en cámara lenta.

—Tengo que ponerme la medicación.

—Ya me pareces lo suficientemente medicada. ¿Qué eres, la Momia? —y se rio. Lo mejor de su estado era que nada tenía importancia en realidad.

Giltiné se agachó sobre una bolsa y sacó una serie de frascos con sus cremas y lociones. También cogió rollos de vendas nuevas, con las grapas para fijarlas. Con el bisturí cortó la gasa sobre su muñeca izquierda y empezó a arrancarla, pero esta vez junto con las costras se desprendieron largos jirones de piel. No salió sangre, solo sintió una debilidad repentina que la hizo detenerse jadeante.

Francesco, desde la cama, se dio cuenta de su vahído y se levantó para ayudarla.

—Te echaré una mano.

Giltiné lo rechazó.

—No —y el mero gesto la hizo tambalearse.

—¿Por qué no? ¿No somos amigos? —resultaba extraño decirlo en voz alta, pero ese día Francesco estallaba de emociones para compartir con el mundo—. Hice un cursillo de primeros auxilios cuando era *boy scout*. Mi madre me enviaba allí, ¿no te parece una cosa muy bonita? —Francesco apartó la mano de Giltiné y aferró los bordes cortados de la venda—. ¿Te duele?

—No.

Miró la piel de la muñeca que había quedado destapada. Estaba embadurnada con algo que parecía barro y que hedía a flores podridas. Al menos, eso le pareció: en el estado en que se encontraba, no estaba seguro de lo que veía.

—No parece que la venda esté pegada. ¿La quito?

Giltiné volvió la máscara hacia él. Los ojos que observaban desde las grietas eran desconfiados como los de un animal salvaje. Asintió lentamente.

—No toques las heridas.

—Está bien —Francesco dio un fuerte tirón.

El vendaje se desprendió del brazo, llevándose consigo lo que quedaba de la piel, junto con grandes trozos de carne necrosada. Giltiné vio las fibras musculares expuestas, el hueso casi negro por la consunción. El olor era tan penetrante que le lloraron los ojos.

Francesco, por el contrario, permanecía mirando con perplejidad. Más allá del barrillo, el brazo de Giltiné aparecía perfectamente sano. Y cuando la ayudó a quitarse el resto de las vendas, apareció ante él una mujer pequeña, con el pubis afeitado y llena de cicatrices, pero sin ninguna herida visible.

19.

Colomba y Dante regresaron a la suite de reserva, que apestaba a cerveza y cigarrillos peor que un bar, porque los Amigos y Leo habían acampado allí por la mañana temprano; el cartel de «No molestar» que Dante se había olvidado de quitar había mantenido a raya a las camareras. Peor aún debía de estar la habitación en la que Santiago se había instalado, porque encontraron debajo de la puerta la notificación de una demanda por daños debida a quemaduras en un sofá.

—¿Pero quién se cree que es, Pete Doherty? —murmuró Dante mientras hacía una bola con el papel y se servía el cuarto expreso.

Colomba se cogió una Coca de la nevera sin decir nada. No lograba dejar de pensar en Giltiné y en lo que había encontrado en internet sobre el síndrome de Cotard.

—Es una zombi —murmuró.

—Solo en su cabeza —Dante comprobó que la cinta adhesiva del detector de humos seguía en su sitio y se encendió un cigarrillo—. Literalmente. Aún no se conocen muy bien las causas, pero parece que está relacionado con lesiones cerebrales. Estás vivo, pero te crees que estás muerto. Algunas veces incluso que te estás pudriendo. Te imaginas que te desaparecen los órganos internos, que no necesitas ni comer ni beber. Qué divertido. Si no te curas, al final te mueres de verdad.

—El olor que notaste...

—Es el de algo que ralentiza la putrefacción, como por ejemplo el maquillaje de cobertura que llevaba el tipo del ataúd. Lo utilizan en tanatopraxia para embellecer el cadáver y darle un buen aspecto. Supongo que ella lo usa para fingirse sana. Aunque, por supuesto, no lo necesite. Ah..., si muero antes que tú, acuérdate de que quiero ser incinerado.

—¿Y tus cenizas?

—Para los Museos del Vaticano, dado que nunca he conseguido entrar cuando estaba vivo: demasiada gente.

Colomba recordó la descripción que Andreas había hecho de Giltiné.

—Así que no tiene nada debajo de los vendajes. Ninguna quemadura ni nada.

Dante se encogió de hombros.

—Supongo que no. Aunque de tanto ponerse esas cosas un poco de irritación le habrá salido.

—Y, en tu opinión, ¿desde cuándo cree que está muerta?

—Tal vez desde que Maksim la dejó en el agua helada. Él pensó que la había matado, y ella pensó que era verdad. Quizá sufriera un daño cerebral por falta de oxígeno, que tal vez provocó el síndrome. Deberíamos preguntarle a Bart si puede ser una causa.

—Cree que ha de saldar las cuentas antes de que se pudra del todo...

Dante negó con la cabeza.

—Siento pena por ella.

—Yo no. Ha asesinado a muchos inocentes.

Colomba se sentó en el pequeño sofá que, a pesar de ser idéntico al de la suite de costumbre, por el poder de la sugestión le parecía más incómodo. Leo se había quedado dormido allí un par de veces, de todas formas, y Colomba pensó fugazmente que cuando dormía era muy guapo.

Luego pensó, algo menos fugazmente, que se estaba atontando. Acababa de salir de un depósito de cadáveres donde yacía el cuerpo de uno de sus hombres, no era el momento de estar en celo.

—Sabemos quién es, sabemos a quién está matando. ¿Cuál es su próxima víctima? —cogió el mazo de hojas impresas que los Amigos le habían dejado allí por la mañana, antes de que los echara.

Colomba les había dicho que estaban fuera del caso justo después de despedir a Leo. Les sentó mal, pero estaban demasiado cansados y tristes por lo de Guarneri como para protestar.

Colomba se comprometió a mantenerlos informados paso a paso, aunque no tenía intención alguna de cumplir su palabra. Solo al final, si es que llegaban.

—Los miembros de la COW están por todo el mundo, tienen tres sedes en Italia y hay otras veinte repartidas por Europa —dijo releyendo el papel en el que se había quemado las pestañas hasta el amanecer.

—Centrémonos en nosotros.

—No hay nadie de relevancia entre los miembros. En la junta directiva hay un anciano de noventa años, sudafricano, John Van Toder, y una italoamericana de Boston que tiene más o menos su misma edad, Susannah Ferrante. El tesorero es inglés, luego está Vetri, que está muerta y que estaba a cargo de las relaciones exteriores. Etcétera.

—¿Rusos, ucranianos?

—Cero. Una vez muerta Vetri, Giltiné debería apuntar a uno de los otros. O puede que a alguien que no aparece de manera oficial, pero en su opinión es el jefe.

Dante suspiró.

—¿Has pensado que podríamos avisarlos? Una llamada de teléfono y los pondríamos en estado de prealarma. Paralizarían todas las iniciativas, se recluirían en sus casas. Tendríamos que actuar de manera que nos crean, pero me parece que si llegáramos hasta la cúspide de la COW, seguro que habría alguien que se acuerda de la muchacha que se escapó de la Caja.

—Sí. Yo también lo he pensado —dijo Colomba de mala gana—. Pero no estoy segura de que eso no pusiera en marcha una maquinaria aún peor. ¿Cuántos Maksim tienen todavía a su servicio?

—Si no los tienen, considerando sus relaciones con las agencias de contratistas de seguridad, no les resultaría nada difícil conseguir otros nuevos.

—Y además, no sabemos qué tiene en la cabeza Giltiné. Si ha colocado dinamita debajo de un edificio, tal vez lo haga saltar por los aires de todas formas. Y luego irá de nuevo por ahí cargándose personas al azar.

—No se mueve al azar.

—Está loca, tú mismo lo has dicho. Lo mejor es tratar de detenerla nosotros. Y eso significa ir sobre seguro —le tendió los papeles—. Elige.

No los cogió.

—¿Hay fiestas o iniciativas especiales de la COW en Italia?

—Unas diez —dijo ella forzando la vista, que se le estaba nublando por el sueño—. Y todas esta misma semana, dado que también es el aniversario de la fundación. Venga, intenta adivinar.

—Antes, una última pregunta. ¿Tienes alguna manera de comprobar si alguien de la familia Vetri se encuentra cerca de una de estas fiestas? ¿En un avión, tal vez?

—¿Por qué?

—Porque quizá la muerte de Vetri no haya sido solo un asesinato. A lo mejor era necesaria para que algo se pusiera en marcha. Piensa en la elección de los del ISIS para camuflarse. En el pasado, Giltiné siempre ha utilizado accidentes y crímenes organizados.

—Tiene aspecto de ser algo extremo, de estar jugando la última carta —convino Colomba.

—No sé, tal vez los miembros de la COW tienen pensado un funeral secreto con capuchas del estilo *Eyes Wide Shut*. Le serviría a Giltiné para enmascararse.

—¿Y tienes la esperanza de que hayan invitado a los familiares al gran baile?

—Exacto.

Colomba se lo pensó.

—*Si* uno de ellos ha pasado un *check-in* en un hotel, *si* se introdujeron sus datos en el sistema y *si* me las arreglo para sacarle un favor a alguien...

—Confío en ti.

Colomba evitó llamar a los Amigos después de haberlos despedido y se dirigió directamente a Leo. Lo despertó con una videollamada de Snapchat, que hizo sola en la terraza. Veinte minutos más tarde tuvo la respuesta que buscaba, y una hora después estaban los tres subidos a un tren hacia Venecia. Iban a llegar solo una hora antes del refrigerio de beneficencia en honor de la difunta.

20.

Francesco Vetri yacía en el suelo en posición fetal, solo con los calzoncillos puestos. Estaba despierto, pero no veía ninguna razón para moverse dado que los dibujos de la alfombra eran tan fascinantes. Y eso que en casa de su madre nunca se había dignado a mirar ni siquiera una vez las *bukhara* centenarias que adornaban el salón. Veía bien solo por el ojo derecho, porque en el izquierdo Giltiné le había practicado otra inyección con más brutalidad de lo habitual.

Ella estaba terminando de arreglarse la cara. Lo hacía con extrema precaución, pese a que sentía cómo la piel rebullía bajo la gruesa capa de cera de color carne que utilizaba para cubrir las heridas del accidente de tráfico. Encima se ponía los maquillajes normales de esteticista. Concluyó dibujándose las cejas y espolvoreándose los párpados de color champán, para hacer que resaltaran sus ojos grises, y se pasó el lápiz de labios de una tonalidad más oscura. Luego se miró en el espejo, preguntándose si esa era la cara que su prisionero se obstinaba en ver en su delirio.

Aun sabiendo que se debía al cóctel de mescalina y de psilocibina, la insistencia de Francesco en encontrarla *bellísima* la había turbado, empujándola a darle otra dosis solo para hacer que se callara. No era propio de ella actuar de forma impulsiva, pero el final se acercaba y se había puesto inquieta. Vivía en un tiempo prestado, pero sus prestamistas estaban impacientes por saldar la deuda. Los oía murmurar en cada crujido de los muebles, en cada roce de las cortinas. Gritaban en las olas movidas por los *vaporetti,* rugían en los pitidos de las barcazas.

Se puso los pendientes de esmeraldas. Habían pertenecido a una mujer de la que solo recordaba el sonido de las manos y el sabor de la piel. Notó cómo vibraban en los lóbulos debido a la electricidad que llenaba el aire, como cuando un rayo está a punto de caer. Giltiné sabía lo que la provocaba. Era la creciente cercanía de la gran oscuridad. De la nada. La partida que empezó a jugar una noche en Shanghái, cuando se alzó del agua helada, estaba llegando a su fin.

Las últimas piezas tomaban ya posiciones en el tablero.

21.

Estaba llegando John Van Toder, el fundador.

Ochenta y nueve años declarados, alto y erguido como una barra de hierro, el pelo canoso y la piel color de cuero. Se movía como un hombre dos décadas más joven mientras descendía por la escalerilla del vuelo privado que lo había transportado desde Ciudad del Cabo. Blanco, pero no racista, como rezaba su biografía, porque se instaló de nuevo en Sudáfrica tras el fin del Apartheid, después de un exilio voluntario en Occidente. Viajaba acompañado solo por los miembros de su escolta personal, necesaria debido a la riqueza acumulada gracias a las hábiles inversiones inmobiliarias en el sur de España y, más tarde, en el campo de la sanidad y de los seguros. Llevaba un traje de alpaca y un panamá blanco. Una vez acabados los trámites aduaneros, lo hicieron subir a un barco cubierto y lo escoltó una lancha de la policía estatal.

Estaban llegando los *tiburones,* a los que Giltiné había liberado de la bañera.

No todos. Tres habían renunciado en el último instante, despertando del embrujo sin sentido que los atraía hacia un territorio desconocido. A uno lo habían detenido en el aeropuerto de Viena, porque trató de subir al avión con un revólver de fabricación casera; a otro en Barcelona, identificado como el autor del asesinato de un transexual. En Venecia desembarcaron por tanto solo los cuatro más decididos, que habían tenido la inteligencia de no arriesgarse ni cargar armas en el equipaje de mano. Dos de ellos eran italianos, luego había un francés y un griego.

Cuando llegaron al lugar de la cita, cerca del Ponte dei Sospiri, se reunieron con el quinto del grupo, que trabajaba como camarero en una pizzería de la Piazza San Marco. Fue él quien los llevó hasta la que había sido la vivienda de Giltiné, siguiendo las instrucciones que esta le había adjuntado con la última *snuff movie* que le envió. Cogieron la llave que había dejado sobre la jamba y entraron en el apartamento. El griego, que era un fetichista, corrió a hurgar en la cesta de la ropa sucia, mientras que los demás se agruparon alrededor de la mesa de la cocina. Sobre la misma había una bolsa de plástico que contenía quinientos mil euros en efectivo, así como una ristra de cuchillos de corte de buena calidad, todavía en sus envases, pasamontañas de lana y guantes gruesos de látex. La nota con instrucciones que los acompañaba indicaba que los tiburones tenían que repartirse la suma a partes iguales, siempre y cuando cumplieran con lo que se les pedía y, obviamente, sobrevivieran hasta el final. El fetichista, tras salir del lavabo, propuso repartirse el dinero y huir, pero para entonces se les había unido también el sexto del grupo, un tipo de unos sesenta años que viajaba con documentación croata, a pesar de que había nacido y se había criado en la Unión Soviética. Sin siquiera presentarse a los demás, aferró uno de los cuchillos y mató al fetichista, prestando atención a no mancharse de sangre. No corrió mejor suerte el camarero, quien intentó escapar cuando se dio cuenta de que participar en una *snuff movie* no era tan divertido como verla tranquilamente. El último en llegar le dio un puñetazo que lo dejó aturdido, luego se lo señaló a los demás.

—¿Necesitáis una invitación? —preguntó en inglés. Los tres agarraron al camarero. Uno de ellos le tapó la boca, mientras los otros dos se iban turnando para golpearlo con patadas y puñetazos. Y luego fue de nuevo el recién llegado quien acabó con él, aplastándole la garganta con un pie—. El próximo que quiera desobedecer las instrucciones —dijo— tendrá el mismo final. Ahora sentaos y esperad a que llegue la hora.

Los tres lo cumplieron. El último en llegar los miraba como un perro pastor vigila a las ovejas, ya que esa era exactamente su misión. Giltiné había implicado a la única persona de la que podía fiarse en su ausencia, un hombre al que no veía desde hacía casi treinta años, pero que en la Caja había limpiado sus heridas y que en sus primeros días después de la fuga le había enseñado cómo orientarse en el mundo exterior. Él le había dicho su nombre, pero en la mente de Giltiné permanecería para siempre como el Policía.

Estaban llegando también, a pesar de que Giltiné había hecho todo lo posible para que no ocurriera, Colomba, Leo y Dante: iban en el vagón de segunda clase del tren de alta velocidad Roma-Venecia. Dante yacía desmadejado sobre dos asientos, con la cara pegada al cristal y en un coma profundo debido a la ampolla de costumbre, sin la cual ni siquiera habría sido capaz de subir. Incluso así, soñaba con poder desmaterializarse y atravesar las moléculas de la ventanilla.

Colomba y Leo, sentados frente a él, ardían en cambio de impaciencia, y se trasladaron para charlar al bar del vagón central, delante de un paquete de Loacker y un capuchino.

—¿Cómo crees que va a moverse nuestra amiga? —preguntó Leo.

—No tengo ni la menor idea. Y, como te decía, me preocupan también las *víctimas* —respondió Colomba haciendo el gesto de las comillas—. No hay nada en contra de la COW, ninguna demanda o investigación periodística, de veras parece el equivalente sudafricano de la Fundación Gates. Pero si solo una décima parte de lo que Dante nos ha dicho es verdad, son unos criminales. De guerra, por lo menos.

Leo cogió la tacita de plástico y la tiró en la papelera con un lanzamiento perfecto.

—*¿Si?* ¿Acaso no le crees?

—Has de entender una cosa, Leo. Dante se mantiene en vilo de una forma constante entre dos mundos, el nuestro y uno que solo ve él. Cuando habla de asesinos y de mentirosos, yo le creo. Cuando me habla de conspiraciones, le creo después de una verificación. En todo lo demás, no sé con qué carta quedarme.

—¿Esto también vale para su secuestro? —preguntó Leo, intrigado.

—Las pruebas que aportó respecto al Padre y sus conexiones son irrefutables. Pero que eso tenga que ver con los experimentos del MKULTRA y la Guerra Fría..., ¿qué puedo decirte? También tiene la esperanza de encontrar a su hermano, tarde o temprano, que se lo explique todo. E incluso si le digo que existe una posibilidad entre mil millones de que haya algo de cierto en ello, él continúa obsesionándose con el tema —se quedó mirándolo—. Más bien eres tú quien tiene que explicarme cómo es posible que Di Marco o quienquiera que sea no haya oído hablar nunca de Giltiné o de la Caja. ¿Por qué nunca han puesto a la COW en el punto de mira por sus actividades? ¿Es posible que en todos estos años no se haya recogido información sobre ellos? ¿No han existido soplos, o rumores que verificar?

Leo hizo un gesto para que se desplazara hasta el pasillo de intercirculación.

—Las multinacionales de seguridad son entidades difíciles de manejar —dijo—. Puedes acabar descubriendo que trabajan con países aliados, o puede que las necesites en zonas de guerra. ¿Crees que nunca he tenido que vérmelas con contratistas de seguridad privada? Eso sucede cada vez que llega algún multimillonario extranjero, y te toca trabajar con ellos. La COW está relacionada con alguna de estas entidades, que evidentemente mantiene buenas relaciones con nosotros.

—Así que los servicios secretos no pueden tocarla.

—Lo que no significa que les moleste si salta por los aires. Si es verdad que vendieron la Caja al mejor postor, seguro que no fue el gobierno italiano el que la compró.

—Giltiné les está haciendo el trabajo sucio a los servicios secretos... —murmuró Colomba—. Si lo consigue, bien; y si no es así, no es culpa de nadie.

Leo se encogió de hombros.

—Es solo una hipótesis, aunque yo en su lugar haría lo mismo.

—¿En serio?

—El mundo está en guerra, Colomba: se lucha con lo que se tiene. Y siempre hay víctimas colaterales. A veces, son inevitables y sirven para que no se produzcan matanzas peores. Como cuando le disparas a un chico en la cabeza porque tienes miedo de que se haga saltar por los aires.

—Lo que hiciste tú con Musta —fue entonces cuando Colomba se percató de ello.

—No quiero hablar del tema, creo que puedes entenderme.

—Vale. Pero si ves las cosas de esa manera, entonces no entiendo por qué estás aquí. Entre otras cosas, te arriesgas a que te suspendan, como me ha pasado a mí.

—He llegado a la edad máxima para pertenecer a los NOA. En cualquier caso van a sacarme de la acción.

—Eso no es una respuesta. Dime la verdad.

—Demasiado comprometedora —dijo Leo con una sonrisa pícara.

Ella señaló hacia su cara con el dedo índice, en tono de broma.

—Dímelo, mierdecilla.

—No quería dejarte sola.

Colomba lanzó una mirada hacia el compartimento, para asegurarse de que Dante dormía aún pegado al vidrio como una lapa. Luego le hizo una caricia a Leo en la cara. Él la empujó contra la pared del compartimento y la besó. Ella se echó sobre él, disfrutando del contacto de sus cuerpos y notando de manera inequívoca que él también la deseaba.

—No hay coche cama —le susurró ella al oído.

—Pero hay una puerta detrás de ti.

Era la del baño, y Colomba giró el pomo a ciegas, dejando que el peso de Leo la empujase hacia dentro. Fue él quien cerró la puerta, fue ella la que empezó a desabrocharle el cinturón en primer lugar; los pantalones cayeron hacia el suelo por el peso de la funda de la pistola. Colomba se agachó y se metió su miembro en la boca, pero él la apartó rápidamente por miedo a perder el control, y la volvió contra el lavabo, bajándole fogoso los vaqueros. Luego la penetró, y Colomba cerró los ojos, renunciando a pensar en lo que estaba bien o mal, y dejó que su cuerpo fuera a ritmo con el de Leo. No duró mucho, por la situación y el deseo, y dado que no estaban usando protección, Leo se apartó de ella. Poco después Colomba también se corrió, guiada por sus dedos, mientras se tapaba la boca con un brazo para no gritar. Hacía dos años que no tenía un orgasmo; con otra persona de carne y hueso, por lo menos.

Leo se recompuso y la ayudó a limpiarse con las toallitas del cuarto de baño. Colomba volvió a vestirse y se lavó la cara.

—¿Se nota? —preguntó mirándose en el espejo.

—Oh, sí —dijo él con los ojos brillantes.

Abrieron una rendija y comprobaron que no hubiera nadie en el pasillito, luego salieron deprisa y se sentaron de nuevo. Dante estaba todavía en su duermevela químico, pero se percató de su regreso, y la parte consciente de él no tuvo duda alguna sobre lo que había ocurrido. Mientras cerraba otra vez los ojos para no mirar la cara sonrosada y feliz de Colomba, feliz como nunca había logrado verla desde el principio de su relación, se dio cuenta de que la había perdido.

22.

El Polideportivo de la Misericordia de Venecia es algo único en el mundo. Construido en un edificio del siglo XVI que albergaba a una hermandad religiosa, desde el final de la guerra hasta los años setenta fue la sede de los partidos de baloncesto del equipo local, con el público apretujado entre las líneas del campo y los arcos de los ventanales. Recientemente reestructurado, la COW lo alquiló para la velada de la gala porque, además de bello, era fácil de defender. De hecho, se trataba de un edificio aislado con dos únicas entradas, a la segunda de las cuales solo se podía acceder a través de una escalera metálica exterior de gran tamaño.

A las ocho de la tarde, alrededor del edificio y en la placita de la iglesia del mismo nombre ya era perceptible el movimiento de las grandes ocasiones, con invitados en esmoquin y vestidos de noche que pululaban en filas ordenadas. Delante de las entradas, y en el puente que cruzaba el canal, una veintena de guardias de seguridad controlaba los accesos, mientras que una lancha de la policía y otra de los carabineros se mantenían atracadas en el muelle opuesto. Superados los primeros filtros, los invitados pasaban un control rápido con detectores de metales y rastreadores de explosivos, para luego acceder al salón decorado con frescos. Una columnata de piedra sostenía el techo artesonado y una escalinata conducía hasta la galería del primer piso, pero únicamente los miembros del personal tenían permitido el acceso, y detrás de la cadena estaban de pie tres hombres de seguridad con el inevitable auricular en espiral y los extraños bultos debajo de las americanas.

El público normal debía permanecer en el suelo de acero que había sustituido a la cancha de baloncesto. Allí, un cuarteto de cuerda compuesto solo por mujeres interpretaba a Brahms y Haydn, y era posible hacerse selfis con autoridades locales y estrellas del espectáculo llegadas para rendir homenaje a Paola Vetri: una enorme fotografía de su rostro estaba colgada justo encima de la mesa con los *vol-au-vent*.

A las nueve, su hijo cruzó el pequeño puente con una sonrisa de borracho dibujada en la cara y unas gafas oscuras que ocultaban las hemorragias en el globo ocular izquierdo. Vestía un esmoquin de Armani. Giltiné, que lo sujetaba del brazo, llevaba un vestido de Chanel verde lima y una chaqueta del mismo color. El vestido era translúcido y Giltiné tuvo que maquillarse completamente, incluyendo los pies metidos en unos Louboutin rojos. Con el pelo negro en forma de casco, casi parecía una niña.

Parecía indefensa.

Dio en los controles el nombre que Francesco había hecho incluir en la lista como *y acompañante*, mientras él hacía esfuerzos para no reírse y seguirle el juego. Mark Rossari fue a recibirlos en el último tramo hasta la entrada, y le recordó a Francesco con sequedad que a la planta superior debería acceder sin la *acompañante*, dándole a este término una entonación de desprecio. Tenía en el expediente la fotografía de la novia de Francesco, y esa tipa no se le parecía ni de lejos.

Giltiné indicó con un gesto que no había problema. Tenía en la cabeza otra forma de garantizarse el acceso. Y se trataba de un hombre con cazadora de aviador, de pie entre los curiosos situados en la otra orilla del canal. Por un momento sus miradas se encontraron y el Policía reconoció a la Chica que en el año de la caída del Muro le había dejado una nota de despedida sobre la mesa y el dinero suficiente como para cambiar de identidad.

En la nota, escrita con la brutalidad de quienes nunca han aprendido a mentir, se limitaba a explicarle que para el viaje que había decidido emprender era necesario un equipaje ligero, y que él no estaba incluido en ese equipaje. Al Policía aquello no lo cogió por sorpresa, pero había esperado una despedida distinta, que le revelara qué había sentido realmente la Chica por él durante esos meses juntos inventando una vida *fuera*. Había sido como convivir con un gato callejero, que apareció de la nada para dejarse alimentar y curar las heridas, hasta que un día desapareció igual que como vino, por nuevas sendas de caza y amores. Solo al cabo de unos días, el Policía se dio cuenta de que la Chica había dejado un pequeño dibujo al carboncillo de un adulto y una niña que caminaban doblados contra el viento. La niña miraba al hombre con una sonrisa mientras lo llevaba de la mano.

Giltiné, del otro lado del canal, no dio muestras de haberlo reconocido, pero al darse la vuelta para pasar por el detector de metales, levantó la mano izquierda, y el Policía entendió el mensaje.

Cinco minutos.

23.

Al llegar a la estación de Santa Lucia, con Dante en pleno bajón de los psicofármacos, ajetreándose para salir del tren, Leo recibió una llamada de su oficina, donde había solicitado que le notificaran cualquier delito de sangre acaecido en Venecia durante esas horas. Le dijeron que acababan de descubrir dos cadáveres en un apartamento para turistas en el barrio de Cannaregio.

Dante, que antes de salir había estudiado el mapa de Venecia y prefería caminar delante para no verles las caras a sus compañeros, los condujo a través de calles y puentes; el antipsicótico que le quedaba en las venas le bastaba para no sufrir ataques de histeria cada vez que un grupo de turistas tenía la audacia de obstaculizarles el camino. La calle de Sant'Antonio estaba bloqueada por curiosos y uniformes, así como por la variante peatonal de una ambulancia. Por su parte, en el canal estaban amarrados los vehículos de la policía con las luces de emergencia encendidas. El único que llevaba una identificación en el bolsillo era Leo, que fue a hablar con los compañeros locales.

Mientras tanto, bajo el típico soportal con hornacina devota al principio de la calle, Dante se desahogaba fumando un cigarrillo tras otro.

—Si no regresa dentro de un minuto, lo dejamos aquí —gruñó.

—Si no regresa dentro de un minuto, lo llamo.

—¿Por qué perder el tiempo?

—Lamento que no te caiga bien.

—Eres la única que me ha caído bien en la vida, aparte de Alberti, de quien no me puedo creer que sea un poli de verdad —dijo Dante, áspero—. Si me sucede con otro, seguro que no será con tu amigo de gatillo fácil. Venga, vamos.

Colomba intuyó que su paréntesis sentimental en el tren no había pasado desapercibido. Y que a Dante no le había sentado nada bien. Se preguntó si era por miedo a perder una amiga, pero por la expresión de falsa superioridad que Dante ostentaba se dio cuenta de que el asunto era más complicado. Pero no era el momento de afrontarlo.

—Necesitamos a Leo, ¿okey? —zanjó la conversación.

Dante tuvo pensamientos poco correctos sobre quién y *para qué* necesitaba a Leo, pero no tuvo tiempo de avergonzarse porque el NOA ya estaba de vuelta.

—Dos muertos. Al menos tres agresores. Uno de los cadáveres estaba tatuado con cartas de póquer, tal vez es una cuestión de apuestas. De todas formas, no ha sido Giltiné.

—No ha sido Giltiné *directamente* —dijo Dante.

—¿Se sabe quiénes son? —preguntó Colomba.

—Uno era un camarero de aquí, el otro es un turista griego. Pero no sé nada más.

—Confiemos en que ellos fueran el objetivo, así se habría terminado ya —dijo Dante.

—No, Dante. Confiemos en que no lo sean —dijo Colomba—. Porque me temo que ella todavía está por aquí. No tengo intención de dejar que esta vez se me escape esa puta vendada.

Giltiné nunca había llevado tan pocas vendas desde que empezó a ver cómo le salían llagas en el cuerpo, y sufría hasta tal punto que debía esforzarse para mantener la sonrisa fija en su rostro maquillado. Por fin, sin embargo, Rossari se llevó a Francesco de la mesa de los postres y lo condujo a la planta superior. Tal vez por temor a que se hubiera armado con el tenedor de plástico con el que se había atiborrado, de nuevo tuvo que pasar un control mediante el rastreador y un cacheo. Le quitaron su teléfono móvil y el encendedor, luego lo hicieron pasar a una habitación con paredes de vidrio esmerilado, amueblada como una oficina de lujo. Detrás del escritorio se sentaba un anciano canoso y con la esclerótica amarilla, que bebía una taza de té. John Van Toder, el fundador.

—¿Paola te hizo estudiar inglés? —le preguntó en esa lengua.

—Oh, sí.

—¿Entonces me entiendes si te digo que te sientes en esa silla de mierda?

Francesco asintió; luego, tras un momento de reflexión, se dio cuenta de que debía obedecer y se sentó frente al escritorio.

—Encantado de conocerle —dijo sin expresión—. Y qué fiesta más maravillosa.

El Policía metió la bolsa con el dinero en una oquedad de la pared y miró a los otros tres supervivientes del equipo: una pareja de italianos que parecían el Gordo y el Flaco y un francés de rostro afilado. La tarea que Giltiné les había asignado los obligaba a llevar trajes de noche, y los tres habían hecho todo lo que habían podido, con un resultado más bien discutible. El italiano gordo había alquilado lo que parecía un esmoquin de carnaval; el delgado vestía uno de alta costura, mientras que el francés llevaba una cazadora de motero, porque según él era lo más elegante del mundo. Habría bastado con eso para dudar de su inteligencia, por si no fuera prueba suficiente la que había dado al matar y comerse a su compañero de piso.

Se separaron. El Gordo y el Flaco eligieron la escalinata exterior, mientras que el francés se dirigió a la entrada principal. Fue él quien comenzó, porque estaba harto de tener que esperar en la cola. Sacó el cuchillo de trinchar de la cazadora y lanzó cuchilladas a las personas que tenía por delante. Le dio en el cuello a un joven rubicundo que se desplomó de rodillas y en la cara a una chica vestida como Lady Gaga en los últimos premios de la MTV. Todo el mundo empezó a gritar y a empujar, él se puso a remolinar a ciegas con el cuchillo.

El anciano miraba a Francesco con perplejidad. No entendía por qué no se quitaba las gafas oscuras y le parecía alterado, pero sabía que Rossari había investigado sobre él, y en el expediente no se indicaba que el chico hiciera uso de drogas. Y, pese a todo, le daba la impresión de que no se estaba enterando de nada de lo que le decía. Suspiró.

—Tu madre trabajó conmigo desde el principio, y sin ella el tránsito de la mercancía a través de tu país no habría resultado tan fácil. Tengo una deuda de gratitud hacia ella, así como un acuerdo notarial que me costaría demasiado pasar por alto. Por eso se te encargarán tareas de carácter administrativo. Podrás seguir utilizando la oficina de Milán, y las otras propiedades. No te enfrentarás a la *actividad principal* hasta que estés listo, siempre y cuando llegues a estarlo. Exactamente como a tu madre, se te pagará en dividendos de una de nuestras empresas asociadas.

—Okey.

—¿Eso es todo?

—La oficina de Milán me gusta. Es bonita.

Van Toder lo miró cada vez más perplejo.

—Si tienes algo que preguntarme, ahora es el momento —dijo.

Algunos siglos atrás, Francesco tenía un montón de preguntas sobre la COW, pero ahora simplemente no lograba recordarlas. Se sentía como si estuviera teniendo un ataque de pánico en un examen, pero no sentía pánico, sino mero aburrimiento. Quería volver a la fiesta, regresar de nuevo junto a su amiga Giltiné, la mujer más hermosa del mundo. Pero, para no ser grosero —ella se lo había encarecido tanto—, se esforzó en formular una.

—Exactamente, ¿quién coño sois? —preguntó—. Aparte de una asociación forrada de pasta que es dueña de todo lo que yo pensaba que iba a heredar. Y que vende niños.

El anciano dio un brinco en la silla. Luego se inclinó hacia él y de una bofetada le hizo saltar las gafas oscuras, lo agarró por el cuello de la chaqueta y se lo acercó, mirándole las pupilas.

—¿Quién te ha drogado?

Los dos italianos, por su parte, pasamontañas en la cabeza, habían sido detenidos a media escalinata por otros tantos guardias. El italiano gordo se lanzó al cuello de uno de ellos y rodó con él hacia abajo, mientras que el italiano flaco hizo aparecer de la manga su puntilla —un cuchillo que se utiliza para deshuesar el jamón— y apuntó con él a la cara del segundo.

Lo había cogido por sorpresa, y podría haberle cortado la garganta o sacarle un ojo, pero se quedó quieto. Había soñado con ese momento durante meses, desde que Giltiné llegó hasta él a través del chat, iniciándolo en los vídeos de violaciones y de brutalidades, pero ahora descubría dentro de sí inhibiciones que no sabía que existieran. El vigilante de seguridad lo aprovechó para arrebatarle el cuchillo e inmovilizarlo en el suelo, doblándole el brazo. Luego se oyó un disparo de pistola a quemarropa y el hombre cayó hacia atrás en los escalones. El italiano levantó la vista y vio a su compañero subir las escaleras con la cara cubierta de sangre y su ridículo esmoquin hecho jirones.

—¡Ahora tengo una pistola! —gritó con entusiasmo, y disparó hacia los hombres que bajaban en masa hacia ellos.

De lo que ocurría fuera los invitados aún no estaban al corriente. La música y las charlas ocultaban los ruidos del exterior dentro del salón, y la entrada acristalada estaba cubierta por cortinajes. Pero la noticia se extendió entre la seguridad y los vigilantes corrieron en masa hacia la salida. Era el momento que Giltiné estaba esperando. Se quitó los zapatos y con los pies descalzos se dirigió hacia las escaleras. Los hombres de seguridad no se esperaban el ataque de una mujer desarmada, pero eran profesionales y se movieron para bloquearla sin sacar las armas. Fue un error, aunque probablemente para ellos nada habría sido distinto.

La oficina acristalada estaba ahora bastante concurrida, porque tres hombres armados con ametralladoras y Rossari se habían unido al fundador y a su invitado.

—Tenemos que sacarlo de aquí —dijo Rossari.

Van Toder señaló a Francesco.

—Él sabe qué está pasando —dijo.

Rossari levantó al joven a peso y lo aplastó contra la pared.

—¿Quién está detrás de este ataque? —preguntó.

La euforia se había desvanecido casi por completo en Francesco, reemplazada por ansiedad y confusión. Es decir, antes también estaba confundido, pero ahora empezaba a darse cuenta de ello.

—Tal vez sea Giltiné —dijo—. Está enojada con ustedes.

—¿Quién es Giltiné? —preguntó desconcertado Rossari.

Antes de que pudiera responder, la superficie metálica de un escritorio aterrizó con fuerza contra la pared que quedaba a su espalda y se hizo añicos. Francesco cayó, golpeándose la nuca con el borde irregular del cristal, que se le hundió en la médula, entre la segunda y tercera vértebras. El hijo de Paola Vetri sintió lo mismo que miles de ejecutados en el patíbulo habían vivido antes que él, esa alienante sensación de estar totalmente encerrado en la propia cabeza. Una sombra verde lima saltó por encima de su cuerpo y cayó en la oficina, donde se movía demasiado rápido para que Francesco fuera capaz de seguirla con los ojos que se le iban apagando. Le faltaba el aire y trató de respirar, pero los pulmones ya no estaban ahí, e inmediatamente después también él dejó de existir.

Giltiné, desgarrada, despeinada y herida, ahora estaba de pie delante de Van Toder. Una bala le había dado en el costado derecho y por ese lado la sangre le había empapado el vestido. Entre ellos, los cuerpos de los tres guardianes. Rossari había acabado al otro lado del cristal, donde se agitaba débilmente.

—Eres la Chica, ¿verdad? —dijo el fundador en ruso, mirándola como un objeto valioso—. Maksim no consiguió matarte. ¿Cómo podría hacerlo? Eres un ser especial.

Giltiné ya había levantado el cuchillo de caza que le había arrebatado a uno de los guardias en la escalera, pero al oírle hablar cayó de rodillas, indefensa, temblorosa. Era como un pecador que escuchara la voz de Dios en el día del Juicio Final, un perro cuyo dueño le gritara en las orejas. Alejaba en un instante ese grito de los muertos que le llenaba la cabeza, el control, la voluntad. Volvía a ser una niña de dos años, arrebatada a la mujer que la había destetado y acompañada por primera vez hasta lo que los guardias llamaban «el ambulatorio», donde el hombre que tenía el poder de la vida y la muerte sobre todos los reclusos la tendió por primera vez en la camita con correas.

Van Toder no se había trasladado a Sudáfrica tras el fin del Apartheid; Van Toder nació el día en que la Unión Soviética se desintegró y un científico decidió transformar sus estudios en una mercancía valiosa para los nuevos tiempos, que traían consigo nuevas guerras y nuevas necesidades de control.

El hombre de pie delante de Giltiné era Aleksander Belyy, el heredero de Pavlov, el carcelero que había creado su infierno en la tierra en los campos de Ucrania, hasta el día en que otro infierno radiactivo acabó con él.

24.

Fuera del salón se había desencadenado el caos. El francés había logrado crear un vacío a su alrededor girando sobre sí mismo con el cuchillo trinchante, favorecido también por los disparos que habían desplazado a los agentes de seguridad y los carabineros hacia la escalinata exterior. Solo tres civiles lo separaban ahora de la puerta de entrada.

Lamiéndose la sangre en los labios, el francés corrió hacia ellos mientras blandía el cuchillo como una bayoneta. Fue así como lo vieron Colomba, Dante y Leo, surgidos justo en ese momento por la calle de detrás del Polideportivo.

—Giltiné ha soltado a sus compinches —dijo Dante, horrorizado. Había docenas de heridos entre la multitud, y alguien incluso trataba de escapar a nado tras saltar al canal.

Colomba y Leo sacaron sus armas y exigieron al francés que se detuviera, pero por toda respuesta agitó el cuchillo en el aire como un salvaje. Dispararon ambos: fue Leo quien le alcanzó en el estómago, lo que le hizo dar una cabriola por encima del parapeto y caer directamente sobre una barca amarrada. Con su último pensamiento, el francés reflexionó que nunca se había divertido tanto en toda su vida.

Luego Leo levantó la identificación y la utilizó para abrirse camino entre los hombres de seguridad, seguido por Colomba, cuyos oídos todavía retumbaban por los disparos y los gritos. Ante la magnitud de lo que estaba ocurriendo, tenía que hacer un esfuerzo para poder continuar. Fue Leo quien la salvó de un ataque de pánico, estrechándole la mano simplemente.

—¿Estás ahí? —le preguntó mirándola a los ojos—. Te pediría que me esperaras afuera, pero no sé si seré capaz de apañármelas yo solo ahí dentro.

Ella asintió y le sonrió.

—No voy a abandonarte —y lo siguió.

Dante trató de hacer lo mismo, pero le cedieron las piernas antes de traspasar el umbral. Demasiada gente, demasiado cerrado, demasiados gritos. La parte de él que decidía en esos casos lo mantuvo afuera, maldiciéndose a sí mismo, mientras Colomba y Leo se internaban en el caos del salón. Siguiendo los gritos encontraron tres cadáveres en la escalinata, muertos a golpes por unas manos desnudas que habían destrozado sus huesos.

—Está aquí —dijo Colomba.

Un grupito de invitados logró desbordar a los guardias y empujó violentamente a Dante, lo que lo obligó a retroceder hacia el puente. Solo allí fue capaz de sujetarse a la balaustrada, y desde esa posición pudo ver en la escalera exterior del Polideportivo a dos hombres bajo el fuego cruzado de la seguridad y de la policía. El más delgado se lanzó al canal y se mantuvo a flote, el otro cayó acribillado por docenas de disparos.

Entre la multitud en fuga, Dante reparó en un hombre que atravesaba el gentío en dirección contraria. Llevaba una cazadora de aviador con un cuello de piel, demasiado calurosa para la temporada. Con cautela, Dante se encaminó hacia él.

Belyy había recogido el cuchillo que había dejado caer Giltiné, arrodillándose con dificultad sobre sus huesos viejos. Se incorporó apoyándose en el cuerpo de ella, que se mantuvo a cuatro patas.

—¿Qué te ocurre? ¿Tanta impresión te causa mi voz? De haberlo sabido, no me habría tomado tantas molestias, mi pequeño Ángel de la muerte.

Levantó el cuchillo con ambas manos y lo dejó caer sobre Giltiné, clavándoselo en el costado izquierdo. Ella se arqueó entre gritos, incapaz de moverse, perdida en su propia pesadilla de descargas eléctricas y dolor. Belyy lanzó otra puñalada y esta vez la hoja se hundió en la carne a través de las costillas, buscando un pulmón. Giltiné trató otra vez de gritar, pero de su boca tan solo salió un gemido que parecía el de una niña. Belyy levantó por tercera vez el cuchillo, las manos artríticas le dolían y temblaban, cuando un ruido de cristales pisados lo detuvo.

Colomba y Leo habían llegado hasta la oficina y apuntaron sus armas contra él.

—¡Alto! —gritó Colomba—. Abajo ese cuchillo.

Belyy obedeció.

—Esta mujer ha intentado matarme —dijo en inglés—. Solo me estaba defendiendo.

Colomba pensó que Giltiné, abatida y cubierta de sangre, con ese vestido a la moda hecho jirones, tenía poco de la asesina despiadada a la que había perseguido durante tres semanas. Y, como siempre, Dante había tenido razón sobre ella. Bajo el maquillaje, ahora ya descompuesto, y más allá de las recientes heridas, su cuerpo no tenía huellas de quemaduras o de enfermedad. Se acercó para colocarle las esposas.

Dante continuó siguiendo al hombre a una distancia adecuada, indeciso sobre qué debía hacer. Luego el individuo se detuvo y se volvió para mirarlo fijamente. Y Dante se dio cuenta de que lo había reconocido.

Se preparó para huir si el otro trataba de agredirlo, pero la postura de su cuerpo indicaba a las claras que no era esa su intención. Se quedaron a un par de metros de distancia, las dos únicas personas que no huían o gritaban en un radio de quinientos metros.

—Dante Torre —dijo el hombre de la cazadora en un italiano con un marcado acento del Este.

—¿De qué me conoces?

—La Chica me habló de ti —no era exactamente así, porque no habían intercambiado ni una sola palabra, pero en las instrucciones sobre su misión había un enlace a un artículo sobre el Hombre del Silo—. Decía que eras peligroso. Has llegado hasta aquí, tenía razón.

—Cuando dices la Chica, ¿te refieres a Giltiné? —preguntó Dante.

—Nunca he sabido su nombre.

—No saldrá con vida de allí, ¿lo sabes, verdad?

—No entraba dentro de sus planes salir con vida. No entraba dentro de sus planes que ninguno de nosotros saliera con vida. Tampoco esos idiotas de allí —dijo señalando a los dos italianos rodeados de agentes y miembros de la seguridad—. Aunque nada me impide tener esa esperanza.

Dante lo leyó.

—Tú también estabas en la Caja —dijo.

—Como si a alguien le importara.

—A mí me importa.

—Entonces estás loco. La Caja ya no existe, pero han hecho otras mejores, también gracias a nosotros. Aislamiento total, celdas pequeñas —se encogió de hombros—. Yo al menos tenía a alguien con quien hablar, cuando no estaba demasiado... —se tocó la cabeza, al no encontrar la palabra adecuada—. Por las medicinas.

—Alguien como la Chica.

—Ella nunca hablaba mucho.

—Ven conmigo a la policía y cuenta lo que sabes. Piensa en los demás que estaban contigo, puedes honrar su memoria.

—Mi misión no es esa —dijo el hombre que antaño era llamado el Policía. Y, dicho esto, saltó por el puente, recto hacia el Campo della Misericordia.

Dante lo vio correr hacia los cordones de los agentes y solo entonces se dio cuenta de lo que tenía en mente. Agitó los brazos tratando de llamar la atención.

—¡Detenedlo! ¡Disparadle! ¡Coño! ¡Tiene una bomba!

Pero el Policía ya había llegado hasta los cordones de sus compañeros de otra tierra y de una nueva era, y había presionado el pulsador que llevaba en la mano izquierda. El Semtex oculto bajo su cazadora estalló, segando todo en un radio de cincuenta metros, personas y cosas. Los agentes volaron por los aires como harapos, las cristaleras del Polideportivo se desintegraron, la escalera perdió parte de sus soportes en la pared y se inclinó hacia el agua con un rugido de metal doblado.

En el interior, la onda expansiva tiró por los suelos a los invitados, enloquecidos de miedo, e hizo añicos por completo la oficina acristalada, terminando el trabajo de destrucción iniciado por Giltiné. Leo y Colomba acabaron por los suelos y una losa de yeso desprendida del techo se derrumbó sobre ellos. Belyy cayó sobre el escritorio, fracturándose la pelvis, y se desmayó.

Giltiné se incorporó de nuevo.

Dante, completamente ensordecido, se levantó del puente, que se había salvado de milagro de la explosión, y corrió hacia el Campo della Misericordia, donde se encontró con una pesadilla hecha carne. La explosión había destrozado al menos a una docena de personas, entre agentes, carabineros y transeúntes, y había docenas de heridos. Sangre por todas partes y trozos de cuerpos, oscurecidos por el polvo y por el humo. Deambuló desorientado por aquella carnicería, mientras que de las lanchas desembarcaban otros agentes y paramédicos para proporcionar asistencia. Se dirigió hacia la escalera del Polideportivo, rezando para que no cediera bajo su peso.

Colomba se recuperó antes que Leo, se quitó los escombros de encima, luego se volvió hacia él y lo sacudió. Leo abrió los ojos.

Giltiné llegó tambaleándose hasta el escritorio donde se había desplomado Belyy y recogió el cuchillo que el anciano había dejado caer. No fue tarea fácil, se le resbalaba constantemente de la mano bañada en sangre. En el momento en que logró aferrarlo, Dante apareció en el umbral cubierto de polvo y cenizas.

—No lo hagas —dijo.

Pero Giltiné no podía oírlo, los muertos habían vuelto a llenarle la cabeza con sus gritos. El puñal se le cayó y lo recogió de nuevo, agachándose sobre el anciano. Dante, rezando al dios de los locos, corrió hacia ella, mientras Colomba hacía lo mismo desde atrás. Giltiné levantó la mirada hacia Dante y le sonrió antes de bajar el cuchillo sobre Belyy, que había abierto los ojos completamente y ahora la miraba aterrorizado.

Pero antes de que Colomba o Dante pudieran alcanzarla, Leo le vació el cargador por la espalda. Giltiné, con la sonrisa aún en su rostro, cayó al suelo y yació inmóvil, repentinamente liberada del peso del cuerpo y del dolor que la acompañaba.

Entre las voces, que ahora se habían vuelto amables y acariciantes, reconoció la del Policía y la del Fabricante de Zapatos y, más etérea, cálida, la de una mujer que le había enseñado la música y el placer de dormir abrazadas.

Se encaminó hacia ella.

25.

Colomba se agachó sobre Giltiné y verificó su muerte, mientras que Dante se volvió enfurecido hacia Leo.

—No era necesario. ¡No era necesario, joder!

Leo colocó un cargador nuevo, luego se acercó a Colomba.

—¿Está muerta?

—Sí —*Dios, qué pequeña es,* pensó Colomba. No debía de pesar más de cuarenta kilos—. ¿Qué ha sido esa explosión, Dante?

—Un viejo amigo de Giltiné que trataba de asegurarle una vía de escape.

—Y por poco lo consigue —dijo Leo, aferrando el cuchillo que Giltiné había abandonado.

—Leo, cuidado, estás contaminando las pruebas —dijo Colomba.

—Qué negligente.

Algo en la forma en que lo dijo le hizo sentir un escalofrío a Dante.

—¡No la toques! —gritó. Pero ya era demasiado tarde: Leo le había clavado a Colomba el cuchillo en el vientre y lo había girado para abrirle la herida.

Colomba sintió como si su estómago se convirtiera en hielo y cayó de rodillas, soltando la pistola, mientras la sangre le llenaba las manos. Vio cómo Leo tiraba a Dante al suelo de un puñetazo, para luego agacharse sobre Belyy. El anciano lo miró horrorizado, incapaz de moverse a causa del terrible dolor en la pelvis.

—Si me dejas con vida, te haré rico —le dijo.

—*Dasvidania* —dijo Leo, y le cortó la garganta con la misma indiferencia con que se corta una porción de tarta.

Dante se arrastró hacia Colomba, echada en posición fetal, ahora ya en un lago de sangre.

—CC —dijo con lágrimas en los ojos—. Quédate quieta. Ahora te comprimo la herida. Te comprimo...

Leo agarró a Dante y lo puso en pie.

—Es hora de marcharse —dijo.

Dante sintió que su termómetro interior superaba el nivel diez, cien, mil, y la cara de Leo se convirtió en una mancha oscura en los bordes de una pantalla gigante en Berlín, y luego en el transeúnte que meses antes había provocado la crisis psicótica que lo había llevado a la clínica suiza.

—Eres tú —murmuró.

—Muy bien, hermanito —dijo Leo, luego le apretó la garganta hasta que perdió el conocimiento y se lo cargó sobre los hombros.

Lo último que Colomba vio fue la mano de Dante tratando de llegar hasta ella desde los hombros de Leo. Quería decirle que lo salvaría, que tenía razón en todo, y que nunca más se separarían, pero lo dijo solo en sueños.

Cuando los paramédicos llegaron para salvarla *in extremis,* Leo y Dante ya habían desaparecido y nadie los había visto alejarse.

Fue necesaria una semana de investigaciones hasta descubrir que Leo Bonaccorso nunca había existido.

Nota del autor

He cambiado algunas siglas de las Fuerzas del Orden y de las Fuerzas Armadas italianas para ser más libre en la descripción de su funcionamiento, y me he tomado algunas libertades sobre sedes, cuarteles, direcciones y demás.

Aún mayor libertad me he tomado con la tecnología de los trenes: el sistema de aire acondicionado del convoy Roma-Milán es diferente de como lo he reconstruido.

También la Caja es de mi propia invención, pero muchas otras cosas son, lamentablemente, ciertas. Por ejemplo, todos los datos sobre las muertes que causó Chernóbil son verdaderos.

Para saber más sobre:

PAVLOV

Y. P. Frolov, *Introduzione a Pavlov e la sua scuola,* Giunti Barbera, Florencia, 1977.

Luigi Traetta, *Il cane di Pavlov,* Progedit, Bari, 2006.

E. Asratian, *I. Pavlov, Sa vie et ses oeuvres,* Editions en langues étrangères, Moscú, 1953.

I. P. Pavlov, *I riflessi condizionati,* Bollati Boringheri, Turín, 2011 (hay trad. esp., *Los reflejos condicionados,* Morata, Madrid, 1997).

Y además este artículo, del que hablo también en la novela: https://snob.ru/selected/entry/109466

LOS CUERPOS ESPECIALES SOVIÉTICOS

https://aurorasito.wordpress.com/?s=kgb

http://www.voxeurop.eu/it/content/article/3006271-il-kgb-e-ancora-tra-noi

LA MAFIA RUSA

https://es.wikipedia.org/wiki/Mafia_rusa

http://www.eastonline.it/public/upload/str_ait/522_it.pdf
http://www.corriere.it/esteri/08_ottobre_01/mafia_russa_cartelli_messicani_48ba1c2a-8fc5-11dd-83b2-00144f02aabc.shtml

DUGA-3
http://www.nogeoingegneria.com/tecnologie/nucleare/il-disastro-di-chernobyl-le-verita-nascoste/
https://es.wikipedia.org/wiki/Pájaro_Carpintero_Ruso

Hay, por supuesto, quienes dicen que todo esto son cuentos chinos: juzgad vosotros mismos.

Quiero dar las gracias:

Al equipo de Mondadori. Al director de ficción Carlo Carabba, a mi editora Marilena Rossi y a la editora de mesa Alessandra Maffiolini, que me siguió paso a paso, incluso los domingos y en Ferragosto, con paciencia y sentido del humor. A la editora jefe Fabiola Riboni.

A mi agente Laura Grandi, quien me animó y me apoyó cada vez que lo necesitaba.

A mi amigo del alma y *coach* Piero Frabetti, que estuvo a mi lado desde el primero hasta el último día: nunca he tenido un lector más implacable.

A mi esposa, Olga Buneeva, que además de soportarme me guio a través de los misterios de la Rusia de la Guerra Fría y del crimen organizado, desenterrando documentos raros y construyendo esquemas de gran complejidad.

A Julia Buneyeva, por los pasteles (son necesarios, creedme).

Y, por supuesto, a vosotros, lectores, por este viaje que hemos hecho juntos.

Índice